# Susan Hill

# *Seelenängste*

### *Der dritte Fall für Inspector Serrailler*

## Roman

*Aus dem Englischen von*
*Susanne Aeckerle*

## Kampa

Die englische Originalausgabe erschien 2006 unter dem Titel
*The Risk of Darkness* im Verlag Chatto & Windus, London.
Die deutsche Erstausgabe erschien 2008 unter dem Titel
*Der Seele schwarzer Grund* im Verlag Knaur, München.

*Für den Blick hinter die Verlagskulissen:*
*www.kampaverlag.ch/newsletter*

*Für die niemals Vergessenen*

I

Da war keine Fliege, und es hätte eine Fliege da sein sollen. Der Raum sah danach aus. Graues Linoleum. Kittfarbene Wände. Stühle und Tische mit Stahlrohrbeinen. In solchen Räumen gab es auch immer eine Fliege, die langsam an der Fensterscheibe hinauf- und hinuntersurrte. Hinauf und hinunter. Hinauf und hinunter. Hinauf.

Die hintere Wand war mit Magnettafeln und Pinnwänden bedeckt. Namen. Daten. Orte. Dann kam:

*Zeugen (Leerstelle)*
*Verdächtige (leer)*
*Spuren (leer)*

Für jeden Fall.

Im Konferenzraum der Kriminalpolizei von North Riding befanden sich fünf Menschen, die bereits seit über einer Stunde auf die Tafeln starrten. Detective Chief Inspector Simon Serrailler hatte das Gefühl, schon sein halbes Leben lang auf eines der Fotos gestarrt zu haben. Das strahlende junge Gesicht. Die abstehenden Ohren. Die Schulkrawatte. Das frisch geschnittene Haar. Der Ausdruck. Interessiert. Wach.

David Angus. Es war acht Monate her, seit er morgens vor dem Tor seines Elternhauses um zehn Minuten nach acht verschwunden war.

David Angus.

Simon wünschte sich, es gäbe eine Fliege, die ihn hypnotisierte, statt des Gesichts des kleinen Jungen.

Der Anruf von Detective Chief Superintendent Jim Chapman hatte ihn zwei Tage zuvor aus einem herrlichen Sonntagnachmittag herausgerissen.

Simon hatte auf der Bank gesessen, mit Pads und Helm, und darauf gewartet, für die Polizei Lafferton gegen das Kreiskrankenhaus Bevham zu schlagen. Die Scorecard zeigte 228 für 5, die Bowler der Ärzte waren schlaff, und Simon glaubte, sein Team würde das Innings vorzeitig beenden, bevor er an die Reihe käme. Er war sich nicht sicher, ob ihm das etwas ausmachte oder nicht. Er spielte gerne, obwohl er nur ein durchschnittlicher Cricketspieler war. Aber an einem solchen Nachmittag, auf einem so schönen Spielfeld war er zufrieden, ob er nun zum Schlagen kam oder nicht.

Die Mauersegler schossen kreischend hoch über das Klubhaus, und die Schwalben glitten am Spielfeldrand entlang. Während der letzten Monate war Simon niedergeschlagen und ruhelos gewesen, aus keinem besonderen Grund und doch aus einer Unmenge von Gründen, aber die Freude am Spiel und die Aussicht auf eine angenehme Teepause im Klubhaus hatten seine Stimmung gehoben. Später war er zum Essen bei seiner Schwester und deren Familie eingeladen. Ihm fiel ein, was sein Neffe Sam letzte Woche gesagt hatte, als sie zusammen schwimmen waren; Sam hatte mitten in der Bahn angehalten und war mit einem »Heute ist ein *guter* Tag!« aus dem Wasser gesprungen.

Simon lächelte in sich hinein. Wie Kinder sich doch freuen konnten.

»Naaaaaaa?«

Der Schrei verklang. Der Batsman war in Sicherheit und kurz vor seinen hundert Runs.

»Onkel Simon, hey!«

»Hallo, Sam.«

Sein Neffe kam zur Bank gerannt. Er hielt das Handy in die Höhe, das Simon ihm in Verwahrung gegeben hatte, falls er schlagen musste.

»Anruf für dich. DCS Chapman, Kriminalpolizei North Riding.« Sams Gesicht war von Besorgnis überschattet. »Ich dachte, ich sollte besser fragen, wer dran ist …«

»Das ist vollkommen in Ordnung. Hast du gut gemacht, Sam.«

Simon stand auf und ging um die Ecke des Klubhauses.

»Serrailler.«

»Jim Chapman. Ein neuer Mitarbeiter?«

»Mein Neffe. Ich habe meine Pads an, bin als nächster Batsman dran.«

»Schön für Sie. Es tut mir leid, Sie am Sonntagnachmittag zu stören. Sehen Sie eine Möglichkeit, in den nächsten paar Tagen hier heraufzukommen?«

»Das vermisste Kind?«

»Mittlerweile seit drei Wochen, und wir haben nichts.«

»Ich könnte morgen am frühen Abend da sein und bis Dienstag oder Mittwoch bleiben, falls Sie mich so lange brauchen – sobald ich es hier abgeklärt habe.«

»Das habe ich gerade getan. Ihr Chief hält eine Menge von Ihnen.«

Jubel wurde laut, und Applaus erklang.

»Einer von uns ist ausgeschieden, Jim. Ich muss los.«

Sam wartete, mit Feuereifer, die Hand nach dem Handy ausgestreckt.

»Was soll ich machen, wenn es klingelt, während du schlägst?«

»Lass dir Namen und Nummer geben und sag, ich rufe zurück.«

»Mach ich, Chef.«

Simon beugte sich vor und zog seine Schienbeinschützer fest, um ein Lächeln zu verbergen.

Aber als er aufs Spielfeld ging, wölkte sich ein dünner Nebel der Trübsal um seinen Kopf, schloss die strahlende Helligkeit des Tages aus, verdarb ihm die Freude. Der Fall des entführten Kindes war ihm ständig präsent, ein Makel, der ihn nicht losließ. Was nicht nur an der Tatsache lag, dass es nach wie vor eine Leerstelle war, unausgefüllt und ungeklärt, sondern dass der Entführer des Jungen jederzeit wieder zuschlagen konnte. Niemand mochte einen offenen Fall, ganz zu schweigen von einem so verstörenden. Der Anruf von Jim Chapman hatte Simon zum Angus-Fall zurückgeholt, zur Polizei, zur Arbeit … und dazu, wie er diese Arbeit in den letzten paar Monaten empfunden hatte. Und warum.

Die Konfrontation mit dem trickreichen Spin-Bowling eines Herzspezialisten zwang ihn, sich auf etwas anderes zu konzentrieren. Simon schlug den ersten Ball und rannte los.

Das Wiehern des Ponys auf der Koppel weckte Cat Deerborn aus einem höchstens zweistündigen Schlaf. Verkrampft lag sie da und fragte sich, wo sie war. Sie war zu einem älteren Patienten gerufen worden, der die Treppe hinuntergefallen war und sich den Oberschenkelhals gebrochen hatte, und bei der Heimkehr hatte sie die Tür zufallen lassen und damit ihr jüngstes Kind geweckt. Felix war hungrig, durstig und unleidlich gewesen, und schließlich war Cat neben seinem Kinderbettchen eingeschlafen.

Jetzt richtete sie sich vorsichtig auf, aber Felix' warmer kleiner Körper regte sich nicht. Die Sonne schien durch einen Spalt in den Vorhängen auf sein Gesicht.

Es war erst zehn nach sechs.

Das graue Pony stand grasend am Zaun und wieherte erneut, als es Cat mit einer Möhre in der Hand auf sich zukommen sah.

Wie könnte ich das alles verlassen?, dachte sie und spürte das weiche Maul. Wie könnten wir es ertragen, dieses Bauernhaus, diese Felder, dieses Dorf zu verlassen?

Die Luft duftete süß, in der Senke lag Nebel. Ein Specht stieß seinen Ruf aus und flog auf die Eiche am anderen Ende des Zauns zu.

Chris, ihr Mann, war wieder ruhelos, unglücklich in der Allgemeinarztpraxis, wütend über die Last der Verwaltungsarbeit, die ihn von seinen Patienten fernhielt, genervt von dem Berg neuer Vorschriften und Kontrollmaßnahmen. In den vergangenen Monaten hatte er mehrfach davon gesprochen, für fünf Jahre nach Australien zu gehen – was genauso gut für immer sein könnte, dachte Cat, da sie wusste, dass diese Befristung nur zu ihrer Beschwichtigung dienen sollte. Sie war einmal dort gewesen, um ihren Drillingsbruder Ivo zu besuchen, und es hatte ihr überhaupt nicht gefallen – der einzige Mensch, dem das je so gegangen war, behauptete Chris.

Sie wischte sich die Hände, schleimig vom Maul des Ponys, an ihrem Morgenmantel ab. Das Tier, momentan befriedigt, trottete ruhig über die Koppel davon.

Sie waren so nah bei der Stadt und der Praxis, nah bei ihren Eltern und Simon, bei der Kathedrale, die ihr so viel bedeutete. Gleichzeitig lebten sie mitten auf dem Land, einem richtigen Bauernhof gegenüber, wo die Kinder Lämmer und Kälber sahen und beim Füttern der Hühner halfen; sie gingen gerne in ihre Schulen, hatten Freunde in der Nachbarschaft.

Nein, dachte sie und spürte die warme Sonne auf ihrem Rücken. Nein.

Aus dem Haus brüllte Felix. Aber Sam würde sich um ihn kümmern, Sam, sein Bruder, der ihn anbetete, im Gegensatz zu Hannah, die ihr Pony vorzog und während Felix' erstem Lebensjahr eifersüchtig auf das Baby geworden war.

Cat wanderte um die Koppel, wusste, dass sie später am Tag müde sein würde, ärgerte sich aber trotzdem nicht über den unterbrochenen Nachtschlaf – Patienten zu versorgen, wenn sie am schutzlosesten waren, vor allem die älteren und verängstigten, hatte für Cat immer zu den Vorzügen einer Allgemeinpraxis gehört, und sie hatte nicht vor, den nächtlichen Bereitschaftsdienst einer Agentur zu überlassen, wenn der neue Vertrag in Kraft trat. Chris war anderer Meinung. Sie hatten sich zu oft darüber gestritten und vermieden das Thema inzwischen.

Um die knorrigen Äste des alten Apfelbaums hatte sich ein Trieb der weißen Rose gerankt, und der Duft wehte herüber, als Cat vorbeikam.

Nein, dachte sie erneut.

In den letzten zwei Jahren hatte es zu viele schlimme Tage gegeben, zu viel Furcht und Anspannung, doch jetzt, abgesehen von ihrer üblichen Besorgnis um ihren Bruder, war alles in Ordnung – bis auf Chris' Unzufriedenheit und Gereiztheit, bis auf seinen Wunsch, etwas zu verändern, wegzuziehen, alles zu verderben … Ihre nackten Füße waren nass vom Tau.

»Mammmmiii. Telefoooooon …«

Hannah lehnte sich im Obergeschoss viel zu weit aus einem Fenster.

Cat rannte.


Es war ein Morgen, an den die Menschen sich erinnern würden, an den silberblauen, klaren Himmel und den frühmorgendlichen Sonnenschein und die Tatsache, dass alles frisch war. Sie entspannten sich und fühlten sich plötzlich sorglos, Fremde sprachen miteinander, wenn sie sich auf der Straße begegneten.

Natalie Combs würde sich ebenfalls erinnern.

»Ich kann Eds Auto hören.«

»Nein, kannst du nicht, es ist das von Mr Hardesty, und jetzt komm runter, wir sind spät dran.«

»Ich will Ed winken.«

»Du kannst Ed von hier unten winken.«

»Nein, ich …«

»Komm *runter*!«

Kyras Haar hing ihr ins Gesicht, zerzaust vom Schlaf. Sie war barfuß.

»Verdammt, Kyra, kannst du denn überhaupt nichts alleine machen? Wo ist deine Haarbürste, wo sind deine Schuhe?«

Aber Kyra war ins Vorderzimmer gegangen, um aus dem Fenster zu sehen und zu warten.

Natalie schüttete Schokofrosties in eine blaue Schüssel. Ihr blieben elf Minuten – um Kyra fertigzumachen, ihr eigenes Gesicht zu Ende zu schminken, ihre Sachen zusammenzusuchen, dafür zu sorgen, dass das dämliche Meerschweinchen Futter und Wasser bekam, und loszusausen. Was hatte sie sich bloß dabei gedacht.

*Ich will dieses Baby behalten?*

»Da ist Ed, da ist Ed …«

Sie hütete sich, Kyra zu unterbrechen. Es war jeden Morgen dasselbe.

»Wiedersehen, Ed … Ed …« Kyra schlug gegen die Scheibe.

Ed hatte sich beim Abschließen der Haustür umgedreht. Kyra winkte. Ed winkte.

»Wiedersehen, Kyra …«

»Kann ich heute Abend zu dir kommen, Ed?«

Doch das Auto war schon angesprungen. Kyra brüllte mit sich selbst.

»Hör auf, so eine Nervensäge zu sein.«

»Ed macht das nichts aus.«

»Du hast mich gehört. Iss deine Cornflakes.«

Aber Kyra winkte immer noch, winkte und winkte, bis Eds Auto um die Ecke bog und außer Sichtweite kam. Was hat Ed bloß an sich, verdammt?, überlegte Natalie. Trotzdem könnte es ihr eine halbe Stunde Zeit verschaffen, wenn

sich Kyra nebenan reinmogeln konnte, um beim Blumen-
gießen zu helfen oder einen Marsriegel vor Eds Fernseher
zu verputzen.

»Schlabber doch nicht so mit der Milch rum, Kyra, da,
siehst du …«

Kyra seufzte.

Für eine Sechsjährige, dachte Natalie, hat sie bereits das
Seufzen einer Diva.

Die Sonne schien. Die Leute grüßten einander, stiegen in
ihre Autos.

»Sieh mal, sieh mal.« Kyra zerrte an Natalies Arm. »Da, in
Eds Fenster, das Regenbogending dreht sich, schau, all die
schönen Farben, die sich bewegen.«

Natalie knallte die Autotür zu, öffnete sie, knallte sie noch
einmal zu, was sie immer machen musste, sonst blieb sie
nicht geschlossen.

»Können wir auch so einen Regenbogenmacher fürs Fenster haben? Die sind wie aus dem Märchenland.«

»Scheiße.« Natalie kam an der Kreuzung quietschend zum
Stehen. »Pass doch auf, wo du hinfährst, du Arsch.«

Kyra seufzte und dachte an Ed; kein Brüllen, kein Fluchen,
nie. Sie beschloss, heute Abend hinüberzugehen und zu fragen, ob sie Pfannkuchen backen könnten.

Die Sonne, die von der weißen Wand abstrahlte, weckte Max
Jameson: helles, strahlendes Licht, das durch die Scheibe fiel.
Er hatte das Loft wegen des Lichts gekauft – selbst an einem
trüben Tag war der Raum davon erfüllt. Als er zum ersten
Mal mit Lizzie hier gewesen war, hatte sie sich voller Entzü-
cken umgeschaut.

»Die alte Bortenfabrik«, hatte sie gesagt. »Warum heißt die
so?«

»Weil hier Borten hergestellt wurden. Lafferton-Borten
waren berühmt.«

Lizzie hatte ein paar Schritte gemacht und dann mitten im Raum einen kleinen Tanz aufgeführt.

Das war das Loft – ein einziger Raum mit einer offenen Treppe zum Schlafzimmer und Badezimmer. Ein riesiger Raum.

»Wie auf einem Schiff«, hatte sie gesagt.

Max schloss die Augen, sah sie vor sich, den Kopf zurückgeworfen, das dunkle Haar herabhängend.

Es gab eine Wand aus Glas. Keine Jalousie, keine Vorhänge. Nachts brannten Laternen unten in der schmalen Straße. Hinter der alten Bortenfabrik gab es nur noch den Treidelpfad und den Kanal. Beim zweiten Mal hatte er Lizzie abends hierhergebracht. Sie war direkt ans Fenster getreten.

»Das ist das viktorianische England.«

»Ein nachgemachtes.«

»Nein. Nein, es ist echt. Es fühlt sich richtig an.«

An der Wand hinten im Raum hing ihr Bild. Er hatte das Foto von Lizzie gemacht, allein am See in ihrem Hochzeitskleid, den Kopf genauso zurückgeworfen, die Haare herabhängend, aber diesmal mit weißen Blumen durchflochten. Sie blickte auf und lachte. Das Foto war an der weißen Wand auf drei Meter fünfundsechzig mal drei Meter vergrößert worden. Als Lizzie es zum ersten Mal gesehen hatte, war sie weder verblüfft noch verlegen gewesen, nur nachdenklich geworden.

»Das ist die schönste Erinnerung«, hatte sie schließlich gesagt.

Max öffnete erneut die Augen, und das Sonnenlicht blendete ihn. Er hörte sie.

»Lizzie?« Panisch, da sie nicht neben ihm lag, warf er die Decke zurück. »Lizzie …?«

Sie war halb die Treppe hinunter, übergab sich.

Er versuchte ihr zu helfen, sie aus der Gefahrenzone zu bringen, aber ihre Unsicherheit machte es schwierig, und er hatte Angst, sie könnten beide stürzen. Dann starrte sie ihm ins Gesicht, die Augen weit aufgerissen und entsetzt, und schrie ihn an.

»Lizzie, alles in Ordnung, ich bin da, ich bin's. Ich tu dir nicht weh, ich tu dir nicht weh. Lizzie …«

Irgendwie gelang es ihm, sie wieder zum Bett zu führen und sie zu bewegen, sich hinzulegen. Sie rollte sich zusammen, von ihm abgewandt, und stieß kleine, wütende Kehllaute aus wie eine fauchende Katze. Max lief ins Badezimmer, kippte sich kaltes Wasser über Kopf und Nacken, putzte sich die Zähne und ließ dabei die Tür offen. Er konnte das Bett im Spiegel des Medizinschranks sehen. Sie hatte sich nicht mehr gerührt. Er zog sich Jeans und ein Hemd über, ging hinunter in den strahlenden Raum und stellte den Wasserkessel an. Er atmete schwer, war verspannt durch die Panik, hatte feuchte Hände. Wie ein bitterer Geschmack blieb jetzt die Angst ständig in seinem Mund und seiner Kehle.

Dann kam das Poltern. Er wirbelte herum und sah Lizzie gerade noch in grausiger Zeitlupe die gesamte Treppe hinunterfallen und unten liegen bleiben, das eine Bein unter ihrem Körper abgeknickt, die Arme ausgestreckt, schreiend vor Schmerz und Angst wie ein wütendes Kind.

Der Kessel stieß Dampf aus, und das Sonnenlicht fing sich in der Glastür des Wandschranks wie Feuer.

Max spürte, wie ihm Tränen über das Gesicht liefen. Der Kessel war zu voll, lief beim Ausgießen über und verbrühte ihm die Hand.

Lizzie lag am Fuße der Treppe, und das Geräusch, das sie von sich gab, war das Brüllen eines Tieres, stammte nicht von ihr, nicht von Lizzie, nicht von seiner Frau.

Cat Deerborn hörte es durch das Telefon.

»Max, Sie müssen langsamer sprechen … Was ist passiert?«

Aber sie konnte, abgesehen von dem Krach im Hintergrund, nur ein paar zusammenhanglose, erstickte Worte ausmachen.

»Max, halten Sie durch … Ich komme sofort. Halten Sie durch …«

Felix krabbelte im Flur auf das Treppengitter zu, roch nach schmutziger Windel. Cat hob ihn hoch und trug ihn ins Bad, wo Chris sich rasierte.

»Das war Max Jameson«, sagte sie. »Lizzie … ich muss weg. Lass dir von Hannah helfen.«

Sie rannte, zog im Laufen den Reißverschluss ihres Rocks zu, wich Chris' Blick aus.

Draußen roch die Luft nach Heu, und das graue Pony trabte über die Koppel, mit vor Vergnügen schlagendem Schweif. Cat war im Nu aus der Einfahrt und beschleunigte auf der Straße, plante, was zu tun sei, wie sie Max Jameson endlich davon überzeugen konnte, dass es für ihn nicht möglich war, Lizzie zum Sterben zu Hause zu behalten.

## 2

Serrailler war in dem Raum ohne Fliege. Bei ihm waren die höheren Kriminalbeamten des Teams, das den Fall des entführten Kindes bearbeitete.

DCS Jim Chapman war der SIO, der Senior Intelligence Officer, der Leiter des Teams. Er stand kurz vor der Pensionierung, war freundlich, erfahren und scharfsinnig und hatte sein ganzes Berufsleben bei der Polizei von Nordengland verbracht, größtenteils in Yorkshire. Die anderen waren erheblich jünger. Detective Sergeant Sally Nelmes war klein, gepflegt, ernsthaft und galt als Senkrechtstarterin. Detective Constable Marion Coopey, sehr ähnlich in ihrem Wesen, war vor Kurzem aus dem Thames Valley hierher versetzt worden. Während der Besprechung hatte sie sich nur wenig geäußert, aber was sie gesagt hatte, war scharf und pointiert. Der andere Mann aus Yorkshire, Lester Hicks, war seit Langem ein Kollege von Jim Chapman und außerdem sein Schwiegersohn.

Sie hatten das Mitglied einer auswärtigen Polizeieinheit freundlich aufgenommen, genauso gut hätten sie misstrauisch oder ablehnend sein können. Sie waren konzentriert und tatkräftig, und Serrailler war beeindruckt, erkannte jedoch gleichzeitig die aufkeimenden Anzeichen von Frustration und Entmutigung, die er auch bei dem unter ihm an dem David-Angus-Fall arbeitenden Team aus Lafferton erlebt hatte. Er verstand es voll und ganz, durfte aber durch seine

Anteilnahme kein Gefühl von Unvermögen, geschweige denn Defätismus aufkommen lassen.

Ein Kind aus dem Ort Herwick wurde vermisst. Der Junge war achteinhalb. Um fünfzehn Uhr am ersten Tag der Sommerferien war Scott Merriman zum Haus seines Cousins Lewis Tyler aufgebrochen, einen knappen Kilometer entfernt. Er hatte einen Sportbeutel mit Badesachen bei sich gehabt – Lewis' Vater Ian wollte sie ins neue Schwimmbad bringen, eine Fahrt von einer halben Stunde.

Scott war bei den Tylers nie angekommen. Nachdem Ian zwanzig Minuten gewartet hatte, rief er bei den Merrimans und auf Scotts Handy an. Scotts elfjährige Schwester Lauren berichtete Ian, dass Scott »vor Ewigkeiten« losgegangen sei. Sein Handy war abgeschaltet.

An der Straße, die Scott entlanggegangen war, standen hauptsächlich Wohnhäuser, es war eine stark befahrene Ausfallstraße.

Keiner meldete sich, der den Jungen gesehen hatte. Weder eine Leiche noch ein Sportbeutel wurden gefunden.

Ein Schulporträt von Scott Merriman hing an einer der Tafeln im Konferenzraum, ein Stück neben dem von David Angus. Sie glichen sich nicht, hatten aber etwas ähnlich Frisches an sich, einen eifrigen Ausdruck, der Simon Serrailler zu Herzen ging. Scott lächelte auf dem Foto, zeigte eine Lücke zwischen den Zähnen.

Ein Detective Constable kam mit einem Teetablett in den Raum. Serrailler begann auszurechnen, wie viele Plastikbecher Tee er wohl seit seinem Eintritt in die Polizei getrunken hatte. Dann stand Chapman auf. Da war etwas in seinem Ausdruck, etwas Neues. Er war ein maßvoller, ausgeglichener Mann, doch jetzt wirkte er wie angespornt, von frischer Energie erfüllt. Simon richtete sich auf und merkte, dass die anderen dasselbe taten, den Rücken durchdrückten, sich aus ihrer zusammengesackten Haltung aufrafften.

»Eines habe ich in dieser Ermittlung noch nicht getan. Und ich glaube, jetzt wäre es an der Zeit. Simon, hat Lafferton beim David-Angus-Fall Kriminalpsychologen eingesetzt?«

»Als Profiler? Nein. Es wurde darüber diskutiert, aber ich habe es abgelehnt, weil ich der Meinung war, sie hätten einfach nicht genug, wovon sie ausgehen könnten. Sie hätten uns nur ein allgemeines Bild über Kinderentführer geben können – und das kennen wir bereits.«

»Stimmt. Trotzdem glaube ich, dass wir die Sache auch mal aus dieser Perspektive betrachten sollten. Spielen wir Profiler. Überlegen wir, wer eines oder beide dieser Kinder entführt haben könnte – und womöglich auch noch andere. Glauben Sie, das könnte eine nützliche Übung sein?«

Sally Nelmes klopfte mit einem Stift an ihre Schneidezähne.

»Ja?« Chapman entging nichts.

»Wir haben als Ausgangsmaterial nicht mehr, als es ein Profiler hätte, ist meine Ansicht.«

»Nein, haben wir nicht.«

»Ich finde, wir sollten da draußen sein, nicht hier sitzen und uns Geschichten ausdenken.«

»Uniformierte und Kriminalbeamte sind immer noch da draußen. Wir waren alle schon draußen und werden es auch wieder sein. Diese Sitzung, zusammen mit dem Beitrag von DCI Serrailler, dient dazu, dass sich das Kernteam Zeit nimmt, nachzudenken … im Kreis zu denken, durchzudenken, zu denken.« Er hielt inne. »Zu *denken*«, wiederholte er, diesmal lauter. »Zu bedenken, was passiert ist. Zwei kleine Jungen wurden ihrem Zuhause, ihrer Familie, ihrer vertrauten Umgebung entrissen und sind in furchtbare Angst versetzt, vermutlich missbraucht und fast sicher ermordet worden. Zwei Familien sind zerbrochen, haben gelitten, leiden nach wie vor, sind voller Qual und Schmerz, sie sind verstört, ihre Phantasie läuft Amok, sie schlafen nicht, essen nicht, können nicht normal funktionieren, sich auf nichts und niemanden konzentrieren, und es gibt kein Zurück für sie, nichts wird für sie jemals wieder normal sein. Das alles wissen Sie genauso gut wie ich, aber ich muss Sie daran erinnern. Wenn wir zu keinem Ergebnis kommen und all unser Nachdenken und Reden für unsere Ermittlungen nichts Neues ergeben, bleibt mir nichts anderes übrig, als einen Experten von außen hinzuzuziehen.«

Er setzte sich wieder und drehte seinen Stuhl herum. Sie bildeten eine Art Halbkreis.

»Denkt darüber nach«, sagte er, »welche Art von Mensch diese Dinge getan hat.«

Einen Moment lang herrschte aufgeladenes Schweigen. Serrailler betrachtete Chapman mit großem Respekt. Dann kamen die Worte, die Vorschläge, die Beschreibungen, eins nach dem anderen, klatsch, klatsch, klatsch, aus dem Halbkreis wie Karten, die bei einem schnellen Kartenspiel auf den Tisch geknallt werden.

»Pädophiler.«

»Einzelgänger.«

»Männlich ... ein kräftiger Mann.«

»Jung ...«

»Kein Teenager.«

»Autofahrer ... na ja, offensichtlich.«

»Arbeitet allein.«

»Fernfahrer ... Lastwagenfahrer, so was in der Art ...«

»Unterdrückt ... sexuell unzulänglich ...«

»Unverheiratet.«

»Nicht unbedingt ... wie kommst du darauf?«

»Kann keine Beziehung eingehen ...«

»Als Kind missbraucht ...«

»Gedemütigt worden ...«

»Ist 'ne Machtsache, oder?«

»Niedrige Intelligenz ...«

»Schmutzig ... kein Selbstwertgefühl ... schmuddelig ...«

»Verschlagen.«

»Nein – rücksichtslos.«

»Dreist jedenfalls. Von sich eingenommen.«

»Nein, nein, genau das Gegenteil. Unsicher. Sehr unsicher.«

»Geheimniskrämer. Kann gut lügen. Vertuschen …«

Und so ging es weiter und weiter, die Karten klatschten immer schneller. Chapman schwieg, schaute nur von Gesicht zu Gesicht, folgte dem Muster. Auch Serrailler schwieg, beobachtete sie mit einem zunehmend mulmigen Gefühl. Irgendetwas stimmte nicht, aber er konnte weder das Was noch das Warum festmachen.

Allmählich verebbten die Bemerkungen. Die Karten gingen ihnen aus. Sie sackten wieder auf ihren Stühlen zusammen. DS Sally Nelmes warf Serrailler hin und wieder Blicke zu – keine besonders freundlichen.

»Jetzt wissen wir also genau, wen wir vor uns haben«, sagte sie schließlich.

»Wirklich?« Marion Coopey beugte sich vor, um ein Blatt Papier aufzuheben.

»Na ja, halt einen ziemlich vertrauten Typus …«

Einen kurzen Moment lang sah es so aus, als wollten die Frauen sich streiten. Serrailler zögerte, wartete auf den DCS, aber Jim Chapman schwieg weiter.

»Wenn ich darf …«

»Simon?«

»Ich glaube, ich weiß, was DC Coopey meint. Während alle ihre Ideen in den Ring warfen, wurde mir immer mulmiger … Und das Problem ist … genau dieser ›vertraute Typus‹ … wenn man alles zusammennimmt, zeichnet es das Bild von jemandem, den Sie alle als typischen Kinderentführer betrachten.«

»Und stimmt das nicht?«, forderte Sally Nelmes ihn heraus.

»Vielleicht. Manches davon wird zweifellos zutreffen … Es gibt mir nur zu denken – und das tut es immer beim

Profiling, wenn man es als Ganzes schluckt –, dass wir ein Phantombild erstellen und dann nach einer Person suchen, die dazu passt. Funktioniert gut, wenn wir es mit einem Phantombild zu tun haben, das von jemandem stammt, den mehrere Menschen tatsächlich gesehen haben könnten. Aber hier nicht. Ich möchte nicht, dass wir uns auf diesen ›vertrauten Typus‹ fixieren und jeden ausschließen, der nicht dazu passt.«

»In Lafferton haben Sie also mehr, wovon Sie ausgehen können?«

Er fragte sich, ob DS Nelmes einen Komplex hatte oder ihn einfach nur nicht mochte, doch er ging damit um, wie er es immer tat, und womit er fast immer erfolgreich war. Er wandte sich ihr zu und lächelte, ein intimes, freundliches Lächeln mit Blickkontakt, ein Lächeln nur zwischen ihnen beiden.

»Ach, Sally, ich wünschte es …«, sagte er.

Aus dem Augenwinkel sah er, dass Jim Chapman jede Nuance dieses Blickwechsels registriert hatte.

Sally Nelmes bewegte sich ein wenig, und die Andeutung eines Lächelns hob ihre Mundwinkel.

Zum Lunch machten sie eine kurze Pause, und danach gingen Serrailler und Jim Chapman ein wenig spazieren, hinaus aus dem Siebziger-Jahre-Flachbau der Kripo und eine unspektakuläre Straße entlang, die in die Stadt führte. In Yorkshire gab es keine Sonne und anscheinend keinen Sommer. Der Himmel war von einem erstarrten Grau, die Luft seltsam chemisch.

»Ich bin Ihnen keine große Hilfe«, sagte Simon.

»Ich musste sichergehen, dass uns nichts entgangen war.«

»Es ist ein verfluchter Fall. Ihre Leute sind genauso frustriert, wie wir es waren.«

»Nur noch nicht so lange.«

»Das sind die Fälle, die einem unter die Haut gehen.«

Sie erreichten die Kreuzung mit der Durchgangsstraße und machten kehrt.

»Meine Frau erwartet Sie übrigens zum Dinner.«

Simons Laune stieg. Er mochte Chapman, aber es war mehr als das; er kannte hier sonst niemanden, die Stadt und ihre Umgebung waren ihm fremd und nicht besonders anziehend, und das Hotel war in demselben Stil erbaut wie die Polizeidienststelle, mit genauso wenig Seele. Simon hatte schon überlegt, ob er nicht nach beendeter Arbeit heimfahren sollte, statt hierzubleiben und allein eine schlechte Mahlzeit einzunehmen, doch die Einladung von Chapman munterte ihn auf.

»Ich möchte mit Ihnen nach Herwick fahren. Ich weiß nicht, wie es Ihnen geht, aber ich bekomme im Allgemeinen ein Gefühl für einen Ort, wenn ich da ein wenig herumlaufe. Wir haben keine Beweise, es gibt dort auch nichts … Doch ich möchte gerne sehen, wie Sie darauf reagieren.«

Serrailler und Chapman fuhren zusammen mit Lester Hicks auf dem Rücksitz nach Herwick. Hicks war ein wortkarger Mann aus Yorkshire, klein und stämmig, mit einem kahl rasierten Kopf und dem chauvinistischen Verhalten, das Simon schon öfter bei Männern aus dem Norden erlebt hatte. Anscheinend mit wenig Vorstellungsvermögen ausgestattet, wirkte er vernünftig und besonnen.

Die Stadt Herwick lag am Rand der Ebene von York und schien sich planlos ausgebreitet zu haben. Die Außenbezirke bestanden aus einem Band von Gewerbegebieten, Baumärkten und Multiplexkinos, und das Stadtzentrum war voller Läden von Wohltätigkeitsorganisationen und billigen Schnellrestaurants.

»Wie sieht es hier mit Arbeitsplätzen aus?«

»Nicht besonders gut … Es gibt einen Verpackungsbetrieb für Hühnerfleisch, mehrere große Callcenter, aber die bauen gerade wieder Stellen ab – das wird alles ins Ausland verlagert, weil es da billiger ist. Große Zementfabriken ... ansonsten Arbeitslosigkeit. So, wir sind fast da. Das ist die Painsley Road ... hat eine Verbindung zur Schnellstraße drei Kilometer weiter.« Sie fuhren langsam weiter und bogen dann links ab. »Hier ist das Haus der Tylers ... Nummer 202 ...«

Es war eine gesichtslose Straße. Doppelhäuser und ein paar heruntergekommene Reihenhäuser; zwei Ladenzeilen – Zeitungskiosk, Fish and Chips, Buchmacher, Waschsalon; ein Beerdigungsunternehmen mit Spitzengardinen in den Schaufenstern und einem Flachbau dahinter.

Zwei Häuser daneben lag das Haus der Tylers. Hellrote Ziegel in Fischgrätmuster waren vor Kurzem im ehemaligen Vorgarten verlegt worden. Der Zaun fehlte noch.

Sie bremsten ab.

»Scott hätte sich dem Haus von dort aus nähern müssen ... Er wäre von der Kreuzung gekommen.«

Niemand achtete auf das im Schritttempo fahrende Auto. Eine Frau schob einen Kinderwagen, ein alter Mann fuhr in einem Rollstuhl den Bürgersteig entlang. Zwei Hunde kopulierten am Straßenrand.

»Was sind das für Leute?«, fragte Serrailler.

»Die Tylers? Er ist Klempner, seine Frau arbeitet in der Hühnerfabrik. Anständige Leute. Nette Kinder.«

»Wie kommen sie damit zurecht?«

»Der Vater sagt nicht viel, macht sich aber Vorwürfe, dass er den Jungen nicht mit dem Auto abgeholt hat.«

»Scotts Eltern?«

»Kurz davor, sich gegenseitig an die Gurgel zu gehen ... Aber ich glaube, das ist nicht neu. Seine Schwester scheint das ganze Gewicht der Familie auf ihren Schultern zu tragen.«

»Und sie ist ...«

»Dreizehn, auf dem Weg zu dreißig. Hier hätte Scott um

die Ecke biegen müssen ... Diese Straße führt zu seinem Haus. Es steht in einer kleinen, etwa zweihundert Meter langen Sackgasse, die von der Hauptstraße abgeht.«

»Niemand hat ihn hier langgehen sehen?«

»Niemand hat irgendwas gesehen, Punkt.«

Eine weitere nichtssagende Straße mit Häusern hinter Gartenzäunen oder verwahrlosten Ligusterhecken. Drei große Wohnblöcke. Eine aufgegebene Baptistenkapelle mit Holzbalken über der Tür und vor den Fenstern. Stetiger, aber kein starker Verkehr auf der Hauptstraße.

»Schwer zu glauben, dass niemand den Jungen gesehen hat.«

»Ach, sie werden ihn schon gesehen haben ... nur ohne ihn wahrzunehmen.«

»Demnach muss es ganz normal gewirkt haben, ohne jeden Kampf, genau wie bei David Angus. Niemand übersieht es, wenn ein Kind gewaltsam in ein Auto gezerrt wird.«

»Jemand, den sie beide kannten?«

»Die beiden können nicht dieselbe Person gekannt haben, das ist äußerst unwahrscheinlich. Also müssten wir es dann mit zwei unterschiedlichen Entführern zu tun haben. Beide kannten das jeweilige Kind gut genug, um ...« Simons Stimme verklang. Sie wussten alle, dass es sich nicht lohnte, den Satz zu beenden.

»Das hier ist Richmond Grove. Nummer sieben ... hinten rechts.«

Die Häuser waren auf winzige Grundstücke gezwängt. Simon konnte sich vorstellen, wie viel Krach durch die dünnen Trennwände drang, wie klein die Gärten dahinter waren.

Chapman schaltete den Motor ab. »Wollen Sie aussteigen?«

Serrailler nickte. »Warten Sie hier?«

Er ging langsam los. Die Vorhänge in Nummer sieben waren zugezogen. Kein Auto stand davor, kein Anzeichen von

Leben war zu sehen. Er betrachtete das Haus lange, versuchte sich den Jungen mit der Zahnlücke vorzustellen, wie er aus der Tür kam, den Schwimmbeutel über der Schulter, auf die Querstraße zuging ... links abbog ... fröhlich marschierte. Serrailler drehte sich um. Ein Bus fuhr auf der Hauptstraße vorbei, aber es schien weit und breit keine Haltestelle zu geben. Simon blickte die graue Straße entlang. Wie weit war Scott gekommen? Wer hatte neben ihm angehalten? Was hatte derjenige gesagt, um den Jungen zum Einsteigen zu überreden?

Er setzte sich wieder ins Auto.

»Erzählen Sie mir, wie der Junge war ... Schüchtern? Aufgeweckt? Alt oder jung für sein Alter?«

»Frech. Das haben die Lehrer gesagt. Aber in Ordnung. Sie mochten ihn. Machte keine Probleme. Viele Freunde. War beliebt. Ein Anführertyp. Fußballfan, die örtliche Mannschaft. Werden die Haggies genannt. Hatte ihr Logo auf dem Schwimmbeutel.«

»Die Art von Kind, die mit einem Fremden reden würde, wenn es beispielsweise nach dem Weg gefragt wird?«

»Sehr wahrscheinlich.«

Während David Angus insgesamt etwas zurückhaltender war, allerdings ebenfalls mit so einem Fremden gesprochen hätte, weil es die Höflichkeit gebot.

Hicks' Handy klingelte. Drei Minuten später rasten sie zurück zur Einsatzzentrale. Bei Hicks' Frau, Chapmans Tochter, hatten die Wehen vierzehn Tage zu früh eingesetzt; es war ihr erstes Kind.

Serrailler verbrachte den Nachmittag allein und ging die Akten zum Scott-Merriman-Fall durch. Irgendwann trank er einen Tee in der Kantine. Um halb sieben fuhr er zurück ins Hotel.

Sein Zimmer hatte eine beige Tapete mit Goldrändern und

roch nach abgestandenem Zigarettenrauch, das Bad schien gerade groß genug für einen Zehnjährigen. Jim Chapman hatte sich mit überstürzten Entschuldigungen verabschiedet und gesagt, er werde sich »später melden«. Serrailler hatte die Wahl ... entweder grübelnd in seinem Zimmer auf dem Bett zu liegen, grübelnd allein in der Bar zu sitzen oder die lange Heimfahrt auf verstopften Straßen zurück nach Lafferton in Angriff zu nehmen. Starker Regen hatte eingesetzt. Die Fahrt schien keine angenehme Alternative.

Simon duschte und zog ein sauberes Hemd an.

Die Bar war leer bis auf einen Geschäftsmann, der in einer Ecke an seinem Laptop arbeitete. Die Möbel waren rot lackiert. Auf jedem Tisch lag eine Cocktailkarte. Simon bestellte ein Bier.

Er fühlte sich in seiner eigenen Gesellschaft immer wohl, aber die Hässlichkeit dieser Umgebung und die Abgeschnittenheit von allem, was er kannte und liebte, schienen ihm Leben zu entziehen. In zwei Monaten wurde er siebenunddreißig. Er fühlte sich älter. Er war immer gern Polizist gewesen, doch etwas an diesem Leben begann ihn zu frustrieren. Es gab zu viele Einschränkungen, zu viel an politischer Korrektheit, das erst abgehakt werden musste, bevor man mit der Arbeit vorankam. War es für irgendjemanden von Bedeutung? Hatte sich durch das, was er tat, ein einziges Leben verbessert, wenn auch nur geringfügig? Er dachte daran, welche wichtige Rolle seine Schwester Cat spielte, als gewissenhafte und engagierte Ärztin, was seine Eltern während ihrer aktiven Arztzeit getan hatten, um Leben zu verändern. Vielleicht hatten sie ja recht gehabt, vielleicht hätte er Mediziner werden und seinen Vater glücklich machen sollen.

Er ließ sich gegen die schimmernde rote Rücklehne sinken. Der Barmann hatte die Strahler um die Bar angeschaltet, nur trug auch das nichts zur Hebung der Stimmung bei.

Was ihm fehlte, dachte Simon plötzlich, war Aufregung, der

Adrenalinstoß, den er vor zwei Jahren bei der Verfolgung des Serienmörders in seinem Bezirk gespürt hatte und der in den frühen Tagen seiner Polizeilaufbahn fast immer da gewesen war. Die Polizeipräsidentin hatte mehr als einmal angedeutet, dass Simon die nächste Stufe der Karriereleiter erklimmen sollte, aber wenn er sich zum Superintendent und darüber hinaus befördern ließe, würde er noch weniger rauskommen, noch mehr Zeit im Büro verbringen, und das wollte er nicht. Es war die alte Geschichte: Werde kein Schuldirektor, wenn du gern unterrichtest, nimm keinen höheren Posten in der Klinik an, wenn du dich gerne um Patienten kümmerst. Wenn du die Erregung der Jagd willst, bleib in Uniform oder Constable. Aber das hatte er nicht getan, und ein Zurück gab es nicht. Geld war nicht sein Motiv. Allerdings fragte er sich wie üblich, ob ihm Kunst so viel Befriedigung und Vergnügen bereiten würde, wenn er davon leben musste. Vielleicht würde mit der Zeit alles schal.

Vielleicht.

Er stand gerade auf, um sich an der Bar ein weiteres Bier zu bestellen, als er seinen Namen hörte.

DC Coopey sah in einem fließenden schwarzen Kleid, mit hochgestecktem Haar und langen Ohrringen völlig verändert aus. Eine Sekunde lang blickte Simon sie an, ohne sie zu erkennen. Doch sie trat selbstbewusst und lächelnd auf ihn zu.

»Das ist traurig«, sagte sie. »Wirklich … ein einsamer Drink in einem Schuppen wie diesem. Da weiß ich etwas Besseres für Sie.« Sie sah sich um. »Wo sitzen Sie?«

Simon zögerte, deutete dann auf seinen Tisch.

»Gut. Ich hätte gern einen Wodka Tonic, bitte, und dann schlage ich vor, dass ich Sie in ein halbwegs anständiges Lokal mitnehme. Ins Sailmaker.« Sie rauschte durch den Raum und setzte sich.

Er war verärgert, fühlte sich eingeengt und abgeurteilt.

Plötzlich enthüllten sich ihm der Charme dieser ruhigen Bar und die Annehmlichkeit seiner eigenen Gesellschaft. Aber seine guten Manieren setzten instinktiv ein, wenn Simon gereizt war; er bestellte ihren Drink und trug ihn zum Tisch.

»Sie trinken nichts mehr?«

»Nein. Ich muss morgen früh raus.«

Marion Coopey trank ihren Wodka und sah ihn über das Glas hinweg an. Sie hat ein recht angenehmes Gesicht, dachte er, weder reizlos noch hübsch, auch wenn sie zu viel Make-up trug. Er brachte diese Person nicht mit der Kriminalbeamtin unter einen Hut, die im Konferenzraum so vernünftig gesprochen hatte. Er hatte sie als sehr karriereorientiert eingeschätzt, auf dem Weg zur nächsten Beförderung.

»Aber Sie werden doch mit mir essen gehen – es ist kein Restaurant, sondern ein Klub, und die Küche ist sehr gut. Es überrascht mich, das Sie noch nie vom Sailmaker gehört haben.«

»Ich bin zum ersten Mal hier.«

»Das weiß ich, aber Homotreffs sprechen sich doch herum.«

Es traf ihn wie ein Schock, ihr selbstsicherer Ton und die Annahme, die dahinterstand. Ihm stieg das Blut ins Gesicht.

Marion Coopey lachte nur. »Ach, kommen Sie schon, Simon, ich bin homosexuell, und Sie sind's auch. Was soll's? Deswegen dachte ich, wir könnten einen Abend zusammen genießen. Ist das für Sie ein Problem?«

»Nur, dass Sie absolut und total danebenliegen. Und ich muss ein paar Anrufe machen.« Er stand auf.

»Das glaube ich jetzt nicht ... Wie altmodisch kann man denn sein? Heutzutage ist das doch völlig in Ordnung, wissen Sie. Es gibt bei der Polizei sogar eine eigene Organisation für Lesben und Schwule.«

»DC Coopey ...«, er sah, wie sie den Mund öffnete, um »Marion« zu sagen, sich aber bei seinem Ton wieder zurücknahm, »… ich gedenke nicht, über mein Privatleben mit Ihnen zu diskutieren, außer zu wiederholen, dass Ihre Annahme falsch ist. Ich …«

In seiner Jackentasche klingelte das Handy. Jim Chapmans Nummer war auf dem Display.

»Jim? Gute Neuigkeiten?«

»Von zu Hause. Stephanie hat um vier Uhr ein Mädchen geboren. Alles bestens.«

»Das ist ja wunderbar. Meine Glück…«

»Der Rest ist nicht so gut.«

»Wie bitte?«

»Wir haben noch eins.«

Simon schloss die Augen. »Sprechen Sie weiter …«

»Heute Nachmittag. Ein sechsjähriges Mädchen. Hat sich ein Eis an einem Eiswagen gekauft … Jemand hat sie gepackt. Nur diesmal gibt es einen Zeugen – Zeitpunkt, Ort, Beschreibung des Autos …«

»Kennzeichen?«

»Teilweise … Das ist mehr, als wir je hatten.«

»Wo ist es passiert?« Er warf Marion Coopey einen Blick zu. Ihr Ausdruck hatte sich verändert.

»In einem Dorf namens Gathering Bridge, oben in den Mooren von North York.«

»Kann ich Ihnen irgendwie von Nutzen sein?«

»Ich würde nicht Nein sagen.«

Simon steckte sein Handy ein. Marion war aufgestanden.

»Ein weiteres Kind. Ich fahre zur Einsatzzentrale.«

Er durchquerte die Bar, und sie folgte ihm rasch. An der Tür hielt sie ihn auf. »Ich sollte mich wohl lieber entschuldigen«, sagte sie.

Er war immer noch wütend, aber jetzt stand die Arbeit wieder im Vordergrund, und er schüttelte nur den Kopf. »Es ist nicht weiter wichtig.« Mit langen Schritten erreichte er sein Auto und ließ sie hinter sich zurück.

Die Kripo brummte. Simon begab sich direkt in die Einsatzzentrale.

»Der DCS ist zum Tatort gefahren, Sir. Er hat mich gebeten, Sie auf den neuesten Stand zu bringen.«

Die Wandtafeln waren mit Informationsmaterial gespickt, und ein halbes Dutzend Kriminalbeamte saßen an Computern.

Serrailler trat zu dem Foto eines silbernen Ford Mondeo.

»XTD oder XTO 4 …«, stand daneben.

»Ist die Presse mit im Boot?«

»Der DCS unterrichtet sie am Tatort.«

»Was wissen wir bisher?«

»Gathering Bridge ist ein großes Dorf … altes Zentrum, Neubaugebiete außen herum … ist in den letzten zehn Jahren stetig gewachsen. Hübscher Ort. Das Kind ist gerade sechs geworden … Amy Sudden … Wohnt mit ihren Eltern und einer jüngeren Schwester in einer Sackgasse mit Cottages. Wollte sich ein Eis von einem Eiswagen holen, der an der Ecke zur Hauptstraße geparkt war. Sie war das letzte Kind, das zu dem Wagen kam – der Eisverkäufer wollte gerade Schluss machen, als Amy angelaufen kam. Sie bekam ihr Eis und ging zur Sackgasse zurück, der Eiswagen fuhr los, als ein Auto die Hauptstraße entlangkam und neben dem Mädchen an den Straßenrand fuhr … Der Fahrer beugte sich halb hinaus und zog das Kind rein. Ging alles offensichtlich blitzschnell, der Typ beschleunigte und schloss gleichzeitig die Tür … Der Eiswagenfahrer hielt an und sprang hinaus, aber der Mondeo war weg … Der Eisverkäufer konnte nur noch den Anfang des Autokennzeichens entziffern. Er rannte brüllend die Straße entlang … Jemand kam aus einem Haus … Wir wurden angerufen.«

»Wo ist der Mondeo jetzt?«

»Verschwunden. Wurde seither nicht mehr gesehen.«

»Viel Verkehr?«

»Nicht im Dorf, aber drei Kilometer dahinter kommt man auf eine der Schnellstraßen, die zur Küste führen. Da ist viel los.«

»Und das Kennzeichen?«

»Wird überprüft ...«

»Aber es reicht nicht?«

»Nein, die Computer werden ein paar Tausend ausspucken.«

Simon ging hinunter in die Kantine, holte sich Tee und ein getoastetes Sandwich und nahm beides mit an einen Ecktisch. Er wollte nachdenken. Er stellte sich den silbernen Mondeo vor, wie der Fahrer mit dem Kind in Panik auf die Schnellstraße zuraste, das Gebiet unbedingt verlassen wollte, mit wild schlagendem Herzen, ohne klar denken zu können. Diesmal war es schiefgegangen. Die Tat war impulsiv erfolgt, wie die anderen, am helllichten Tag, doch jetzt hatte ihn das Glück verlassen. Er war entdeckt worden. Der Entführer musste davon ausgehen, dass sein Autokennzeichen vollständig notiert und er selbst aus nächster Nähe gesehen worden war. Seine Beschreibung würde an alle Polizeikräfte durchgegeben werden. Sein Instinkt riet ihm, in Bewegung zu bleiben, möglichst schnell und möglichst weit weg.

Am Ende verlässt einen das Glück. Für gewöhnlich. Manchmal.

Trotzdem musste Simon auch andere Möglichkeiten durchdenken – dass es ein anderer Entführer war und sich, falls man ihn fand, herausstellen würde, dass er mit dem Verschwinden der beiden kleinen Jungen im Abstand von fast einem Jahr nichts zu tun hatte. Doch Simon vertraute seinem Instinkt, und sein Bauchgefühl sagte ihm: Das ist derjenige, das ist er.

Aufregung überkam ihn. Wenn sie dem Mondeo auf die Spur kamen, dann hatten sie eine Chance. Hier handelte es sich nicht nur um Jim Chapmans Fall, sondern auch um seinen.

Er ging an die Theke, um sich Tee nachschenken zu lassen, und prallte fast mit Marion Coopey zusammen, in Jeans, Jackett und ohne Ohrringe. Sie warf ihm einen vorsichtigen Blick zu. Er nickte und ging an seinen Platz zurück, wollte nicht mit ihr reden. Ihr abendliches Auftauchen in seinem Hotel hatte ihm an und für sich nichts ausgemacht; es hätte eine freundliche Geste gegenüber einem zu Besuch weilenden Kollegen in einer fremden Stadt sein können. Nur ihre Unterstellung hatte ihn geärgert. Er war schon öfter für schwul gehalten worden, ohne sich groß darum zu scheren. Doch heute hatte es ihn wütend gemacht, und er hatte sich in die Defensive gedrängt gefühlt. Er war ein sehr zurückhaltender Mensch, er wollte die Arbeit von seinem Privatleben getrennt halten.

Was nimmt sie sich heraus, verdammt?, fasste er in etwa seine Gefühle zusammen.

Doch er war gut darin, Dinge beiseitezuschieben, was er auch jetzt tat. Es war trivial. Es war unwichtig. Wichtig war, was vor ein paar Stunden mit einem sechsjährigen Mädchen aus einem Dorf in Yorkshire geschehen war.

Er trank den Tee aus und ging zurück in die Einsatzzentrale, auf der Betontreppe nahm er zwei Stufen auf einmal.

## 3

Kyra, hör auf, so herumzuhüpfen, hörst du?«
Kyra hüpfte weiter. Wenn sie das lange genug machte, würde ihre Mutter sie rauswerfen, und sie konnte nach nebenan gehen.

»Ich werf dich raus, wenn du so weitermachst. Geh und schau fern. Oder mach ein Puzzle. Oder schmink dich mit meinem Make-up – nein, mach das nicht. Hör jetzt endlich auf zu hüpfen!«

Natalie probierte ein neues Rezept aus. Das tat sie dauernd. Kochen war das Einzige, das ihr genug Spaß machte, um zu vergessen, wo sie war und dass sie mit Kyra allein war, hüpf-hüpf-hüpf, verdammt. In ihren Träumen besaß sie ein eigenes Restaurant oder vielleicht einen Cateringservice für Veranstaltungen und Hochzeiten. Nein, keine Hochzeiten, sie wollte kein Hühnchen à la King für hundert Personen zubereiten, sie wollte diesen gebackenen Barbadosfisch mit gefüllter Paprika für vier Personen kreieren. Oder sechs. Es war knifflig, und der Fisch war nicht die richtige Sorte, sie hatte nur Schellfisch bekommen, doch sie probierte zu gerne Sachen aus, von denen sie noch nie gehört hatte, um zu sehen, was dabei herauskam. Dann würde das Gericht in ihr Buch eingetragen werden, das Buch, das sie benutzen würde, um den Leuten zu zeigen, was sie alles zubereiten konnte. Wenn sie ihr eigenes Geschäft aufmachte. Super Suppers.

Sie begann, die grüne Paprika zu schneiden.

Kyra hüpfte, bis die Eieruhr vom Regal fiel.

*»Kyra …«*

Kyra ergriff die Gelegenheit und rannte hinaus.

Vor dem Nachbarhaus wusch Bob Mitchell sein Auto. Er sah Kyra und drehte den Schlauch langsam, langsam in ihre Richtung, aber sie wusste, dass er sie nicht nass spritzen würde. Sie steckte ihm die Zunge heraus. Mel schloss das Tor zum Haus gegenüber.

»Hallo, Mel.«

»Hi, Kyra.«

»Du siehst ja toll aus.«

»Danke, Babe.«

»Ich hab ein neues Haargummi, Mel.«

»Cool. Okay, Babe, bis dann.«

»Bis dann, Mel.«

Mel war sechzehn und sah aus wie ein Model. Kyras Mutter hatte gesagt, für Mels Beine könnte sie Morde begehen.

Eds Auto stand nicht in der Einfahrt. Kyra ging den Pfad zur Haustür entlang, zögerte, ging dann hinten herum. Vielleicht …

Aber Ed war nicht da. Das hatte sie bereits gewusst.

Sie klopfte an die Hintertür, nur für alle Fälle, doch es war zwecklos. Langsam schlurfte sie zurück. Bob Mitchell war nach drinnen gegangen. Niemand war da. Nicht einmal eine Katze.

Natalie stellte den in Folie gewickelten Fisch in den Ofen und wusch sich die Hände. Kyra schlüpfte zur Tür herein.

»Hab's dir ja gesagt«, sagte Natalie. Sie hob die apfelförmige Eieruhr vom Boden auf und stellte sie auf fünfunddreißig Minuten, bevor sie ins Wohnzimmer ging, um sich die Nachrichten anzuschauen.

# 4

D as müssen Sie verstehen«, sagte Cat Deerborn.
»Lizzie kommt nirgendwohin. Ihr geht's gut, ich schaffe das.«

»Warum haben Sie mich dann angerufen?«

Max Jameson stand am anderen Ende des langen Raums, blickte auf das wandfüllende Foto seiner Frau. Lizzie selbst lag zusammengerollt auf dem Sofa unter einer Decke und schlief, nachdem Cat ihr ein Beruhigungsmittel gegeben hatte.

»Ich weiß, wie schwer das ist, Max, glauben Sie mir. Sie haben das Gefühl, versagt zu haben.«

»Nein, hab ich nicht. Ich hab nicht versagt.«

»Na gut, Sie haben das Gefühl, versagt zu haben, wenn Sie sie ins Hospiz gehen lassen. Aber es ist sehr schlimm und wird noch schlimmer werden.«

»Das haben Sie mir gesagt.«

»Wenn diese Wohnung etwas geeigneter wäre ...«

»Sie liebt die Wohnung. Sie ist glücklich hier, ist nie so glücklich gewesen.«

»Glauben Sie wirklich, dass das immer noch so ist? Sehen Sie denn nicht, wie beängstigend das alles für sie ist? Der riesige Raum, die Treppe, die Höhe, wenn sie vom Schlafzimmer hinunterschaut, die glatten Böden, das schimmernde Chrom in der Küche, im Badezimmer. Helligkeit ist jetzt schmerzhaft für sie, es tut ihr regelrecht weh.«

»Und dort würden sie Lizzie im Dunkeln halten, ja? In diesem Hospiz? Das wäre ja wie im Gefängnis.«

Cat schwieg. Sie war seit vierzig Minuten bei Max Jameson. Nach ihrer Ankunft hatte er an ihrer Schulter geweint. Lizzie hatte sich erneut übergeben und dort auf dem Boden gesessen, wohin sie gestürzt war, das eine Bein unter sich abgeknickt. Erstaunlicherweise stand sie nur unter Schock, hatte sich nicht ernsthaft verletzt.

»Aber wie lange wird es dauern, bis sie mit dem Kopf voran die Treppe hinunterstürzt? Möchten Sie, dass ihr Leben so endet?«

»Wissen Sie ...« Max drehte sich zu Cat um und lächelte. Er war ein hochgewachsener Mann und hatte gut ausgesehen, war jetzt allerdings abgehärmt vor Sorgen und Furcht. Sein Gesicht war eingesunken, und sein kahl rasierter Kopf hatte einen bläulichen Schimmer. »... ich will überhaupt nicht, dass ihr Leben endet.«

»Natürlich nicht.«

Er kam langsam auf Cat zu, drehte sich dann um und kehrte zu der Wand mit dem Foto zurück.

»Sie glauben, dass sie gaga ist, nicht wahr?«

»Diesen Ausdruck würde ich niemals benutzen, für niemanden.«

»Okay, und welchen würden Sie dann für sie benutzen?« Er war wütend.

»Die Krankheit hat jetzt ihr Gehirn erreicht, und sie ist sehr verwirrt, obwohl es Augenblicke bewusster Wahrnehmung geben kann. Außerdem ist sie die meiste Zeit sehr verängstigt – Angst ist ein Symptom für die nvCJD in diesem Stadium. Ich möchte Lizzie an einen sicheren Ort bringen, wo sie sich so wenig ängstigt wie möglich. Sie hat ihre Körperfunktionen nicht mehr unter Kontrolle. Die Bewegungsstörungen werden zunehmen, daher wird sie ständig stürzen, sie kann ihre Muskeln ...«

Max Jameson schrie, ein entsetzliches Brüllen voll Angst und Wut, die Hände auf die Ohren gepresst.

Lizzie wachte auf und begann zu weinen wie ein Baby, mühte sich ab, sich aufzusetzen. Sein Brüllen hielt an, ein tierischer Laut.

»Max, hören Sie auf«, sagte Cat leise. Sie ging zu Lizzie und nahm ihre Hand, redete ihr gut zu, sich wieder unter die Decke zu legen. Die Augen der jungen Frau waren geweitet vor Furcht und zeigten die Leere von jemandem, der kein Gespür für seine Umgebung, andere Menschen und sogar das eigene Selbst hat. Alles war nur beängstigende Verwirrung.

Es wurde still. Unten auf der Straße ging pfeifend jemand vorbei.

»Lassen Sie mich telefonieren«, sagte Cat.

Nach einer langen Pause nickte Max.


Es war noch keine drei Monate her, seit Lizzie in ihre Praxis gekommen war. Sie hatte sich übervorsichtig bewegt, als hätte sie Angst, das Gleichgewicht zu verlieren, und ihr Sprechen schien verlangsamt. Lizzie war schon einmal bei ihr gewesen – da war es um Verhütung gegangen –, und damals war Cat beeindruckt gewesen von ihrer lebenssprühenden Schönheit und ihrer Fröhlichkeit; die unglückliche junge Frau, die nun in ihr Sprechzimmer kam, erkannte sie kaum wieder.

Eine schwere Depression zu diagnostizieren war nicht schwer, nur konnten weder Cat noch Lizzie eine Ursache dafür finden. Sie sei sehr glücklich, sagte Lizzie, nein, mit ihrer Ehe sei alles in Ordnung und auch mit allem anderen. Ihre Arbeit mache ihr Spaß – sie war Graphikdesignerin –, sie liebe die Wohnung in der alten Bortenfabrik, liebe Lafferton, habe weder psychische Traumata erlitten noch schwere Krankheiten.

»Jeden Tag beim Aufwachen ist es schwärzer. Als würde ich in eine Grube rutschen.« Sie sah Cat hohläugig an, aber es flossen keine Tränen.

Cat verschrieb ihr ein Antidepressivum und bat sie, während der nächsten sechs Wochen einmal wöchentlich in die Praxis zu kommen, um den Fortschritt zu beobachten.

Über einen Monat lang änderte sich nichts. Die Tabletten kratzten kaum die Oberfläche ihrer Trübsal an. Beim vierten Besuch hatte Lizzie einen schweren Bluterguss am Arm und einen ausgerenkten Finger, die sie sich beim Abwenden eines Sturzes zugezogen hatte. Sie habe bloß das Gleichgewicht verloren, sagte sie.

»Ist das früher schon mal passiert?«

»Es passiert immer wieder. Ich nehme an, das liegt an den Tabletten.«

»Hm. Mag sein. Sie können ein leichtes Schwindelgefühl verursachen, gewöhnlich klingt das jedoch nach ein paar Tagen ab.«

Cat vereinbarte für sie einen Termin beim Neurologen im Kreiskrankenhaus Bevham. Am selben Abend sprach sie mit Chris darüber.

»Hirntumor«, sagte er sofort. »Die MRT wird es zeigen.«

»Ja. Könnte sehr tief sitzen.«

»Parkinson?«

»Ist mir auch schon in den Sinn gekommen.«

»Vielleicht hängen die beiden Symptome auch nicht zusammen … Schau sowohl unter Depression als auch unter Gleichgewichtsstörung nach.«

Danach wechselten sie das Thema, doch am folgenden Morgen kam Chris aus seinem Sprechzimmer in Cats.

»Lizzie Jameson …«

»Hast du eine Idee?«

»Wie ist sie gegangen?«

»Unsicher.«

»Ich habe gerade unter ›neue Variante der Creutzfeldt-Jakob-Krankheit‹, abgekürzt nvCJD, nachgeschaut.«

Cat starrte ihn an. »Die ist sehr selten«, sagte sie schließlich.

»Ja. Ich hab noch nie einen Fall gesehen.«

»Ich auch nicht.«

»Aber es passt alles.«

Nachdem der letzte Patient gegangen war, rief Cat den Neurologen im Bevham an.

Max Jameson war fünf Jahre bevor er Lizzie kennenlernte, Witwer geworden. Seine erste Frau war an Brustkrebs gestorben. Kinder gab es keine.

»Ich war wahnsinnig«, erzählte er Cat. »Ich war verrückt. Ich wollte tot sein. Ich *war* tot, ich war ein wandelnder Toter. Es ging nur noch darum, über den Tag zu kommen, während ich mich fragte, warum ich mich überhaupt bemühe.«

Freunde hatten ihn zu allem Möglichen eingeladen, doch er tauchte nie auf. »Ich wollte nicht zu dieser Dinnerparty, aber jemand holte mich ab – er musste mich praktisch hinschleppen. Als ich in das Zimmer kam, überlegte ich nur, wie ich sofort wieder hinauskönnte, welche Ausrede mir einfiel, umzudrehen und wegzulaufen. Dann sah ich Lizzie am Kamin stehen … Ich sah sogar zwei Lizzies, weil sie vor einem Spiegel stand.«

»Also haben Sie sich nicht umgedreht und sind weggelaufen?«

Er lächelte sie an, sein Gesicht freudestrahlend bei der Erinnerung. Dann fiel ihm ein, was Cat ihm jetzt beizubringen versuchte. »Lizzie hat *Rinderwahn*?«

»Das trifft nur auf Tiere zu. Ich benutze den Ausdruck nvCJD, eine neue Variante der Creutzfeldt-Jakob-Krankheit.«

»Ach, verstecken Sie sich doch nicht hinter Worten. Großer Gott.«

Es gab keine Möglichkeit herauszufinden, wie lange sie die Krankheit schon in sich trug.

»Und sie wird davon ausgelöst, dass man Fleisch isst?«

»Infiziertes Rindfleisch, ja, aber wann genau, lässt sich nicht feststellen. Möglicherweise schon vor Jahren.«

»Was wird passieren?« Max sprang auf und beugte sich über ihren Schreibtisch. »Worte. *Was wird passieren?* Wie und wann? Ich muss das wissen.«

»Ja«, antwortete Cat, »das müssen Sie.« Und sagte es ihm.

Die Krankheit hatte sehr rasch ihren schrecklichen Verlauf genommen. Von Depression zu Gleichgewichtsstörungen, gepaart mit anderen mentalen Symptomen, die für Max schwerer zu ertragen waren – heftige Stimmungsschwankungen, zunehmende Aggression, Paranoia und Misstrauen, Panikattacken und dann stundenlang anhaltende Angstzustände. Lizzie war mehrfach gestürzt, hatte ihren Geschmacks- und Geruchssinn verloren, war inkontinent geworden und hatte sich immer wieder übergeben müssen. Max war bei ihr geblieben, hatte sie rund um die Uhr versorgt und gepflegt. Ihre Mutter war zweimal aus Sommerset gekommen, konnte aber nicht in der Loftwohnung bleiben, weil sie erst kurz zuvor an der Hüfte operiert worden war. Max' Mutter war aus Kanada eingeflogen, hatte einen Blick auf die Situation geworfen und war wieder nach Hause geflogen. Er war auf sich allein gestellt. »Das ist schon in Ordnung«, sagte Max. »Ich brauche niemanden. Ich schaff das allein.«

Cat ging durch das seltsame, aus Ziegeln gemauerte Treppenhaus, das immer noch an eine Fabrik erinnerte, hinunter auf die Straße, wo ihr Handy Empfang hatte, und ließ Max bei Lizzie zurück.

Das Hospiz von Lafferton, Imogen House, hatte ein Bett

frei, und Cat traf die notwendigen Vorkehrungen. Die Straße war leer. An ihrem Ende war eine merkwürdige Schwärze, die auf das Vorhandensein von Wasser hindeutete, obwohl man von hier aus nichts vom Kanal sehen konnte.

Am Turm der Kathedrale, nicht weit entfernt, schlug die Uhr.

»O Gott, du machst es uns manchmal sehr schwer«, sagte Cat laut. Aber dann fügte sie ein grimmiges Gebet hinzu, für den Mann oben in der Wohnung und die Frau, die zum Sterben von dort weggebracht wurde.

# 5

Das Klingeln eines Handys unterbrach die geordnete Ruhe der Domkapitelsitzung.

Der Dean hielt inne. »Wenn es wichtig ist, gehen Sie bitte nach draußen und nehmen Sie den Anruf entgegen.«

Reverend Jane Fitzroy errötete. Sie war erst vor einer Woche in Lafferton eingetroffen, und es war ihre erste Domkapitelsitzung.

»Nein, das kann warten. Entschuldigen Sie bitte.«

Sie schaltete das Handy aus, und der Dean fuhr mit der Tagesordnung fort.

Erst eine Stunde später konnte sie auf dem Display nachsehen, wer angerufen hatte. Die letzte Nummer war die ihrer Mutter, aber als sie zurückrief, meldete sich nur der Anrufbeantworter.

»Mum, tut mir leid, ich war in der Domkapitelsitzung. Hoffe, dir geht's gut. Ruf mich an, wenn du die Nachricht abhörst.«

Die nächsten beiden Stunden verbrachte sie in Imogen House, für das sie jetzt als Seelsorgerin verantwortlich war, außerdem fungierte sie als Verbindungsperson der Kathedrale zum Kreiskrankenhaus Bevham. Die Arbeit würde sie hinaus in die Gemeinde führen, sie aber auch zu ihrer Basis in der Kirche selbst zurückbringen, wo sie ihren Beitrag zu den Gottesdiensten und anderen geistlichen Tätigkeiten zu leisten hatte.

Im Moment bestand der wichtigste Teil ihrer Arbeit darin, Menschen kennenzulernen und sich im Gegenzug von ihnen einschätzen zu lassen, zuzuhören und zu lernen. Es war ein ausgefüllter Nachmittag, an dessen Ende sie bei einem Mann saß, der ein paar Wochen vor seinem hundertsten Geburtstag stand und entschlossen war, wie er sagte, »auf jeden Fall das Telegramm abzuwarten«. Er war wie ein kleines Vögelchen, nur Haut und Knochen, winzig in seinem Bett, seine Haut von der Farbe einer Talgkerze, doch mit leuchtenden Augen.

»Ich schaff das, junger Reverend«, sagte Wilfred Armer und drückte Janes Hand. »Ich blas alle Kerzen aus, Sie werden schon sehen.«

Jane bezweifelte, dass er die nächsten vierundzwanzig Stunden überleben würde. Er wollte, dass sie bei ihm blieb, zuhörte, während er ihr mit pfeifendem Atem Geschichte auf Geschichte aus seiner Kindheit erzählte, vom Fischen im Lafferton-Kanal und vom Schwimmen im Fluss.

Als sie das Gebäude verließ, schaltete sie das Handy wieder an. Die Mailbox hatte eine Nachricht für sie. »Jane?« Magda Fitzroys Stimme klang fern und seltsam. »Bist du da? Jane?«

Sie drückte auf die Ruftaste. Es kam keine Antwort, und diesmal sprang auch der Anrufbeantworter nicht an. Sie setzte sich unter einen Baum und überlegte, was sie tun sollte. Jane hatte noch die Nummer eines Nachbarn ihrer Mutter in Hampstead, aber der war für drei Monate in Amerika. Das Haus auf der anderen Seite gehörte einem ausländischen Geschäftsmann, der nie da zu sein schien. Die Polizei? Die Krankenhäuser? Sie zögerte, weil es ihr zu dramatisch erschien, die Polizei einzuschalten, wenn sie nicht einmal wusste, ob irgendetwas passiert war.

Die Klinik. Deren Nummer hatte sie gespeichert. Weitere Nummern mochten sich bei ihren Sachen befinden, die immer noch in Kisten im Gartenhaus des Kantors standen.

Ein Junge holperte auf seinem Fahrrad über das Kopfsteinpflaster und riss dabei das Vorderrad hoch. Jane lächelte ihm zu. Er reagierte nicht darauf, aber als er an ihr vorbei war, drehte er sich um und starrte sie an. Sie war daran gewöhnt. Hier saß sie, eine junge Frau in Jeans, dazu ein Kollar – der steife weiße Kragen eines Geistlichen. Das überraschte die Menschen immer noch.

»Heathside Klinik.«

»Hier ist Jane Fitzroy. Ist meine Mutter zufällig da?«

Magda Fitzroy behandelte nach wie vor ein paar Patienten an ihrer alten Arbeitsstelle, obwohl sie im Jahr zuvor offiziell in Pension gegangen war und jetzt mit einer befreundeten Kollegin an einem Lehrbuch über Kinderpsychiatrie schrieb. Magda vermisste die Klinik, wie Jane wusste, vermisste die Menschen und ihre eigene Rolle dort.

»Entschuldigen Sie, dass Sie warten mussten. Niemand hat Dr. Fitzroy heute gesehen, aber sie wurde auch nicht erwartet. Sie hat diese Woche keine Termine hier.«

Während der nächsten Stunde versuchte es Jane mehrfach unter der Nummer ihrer Mutter. Nichts. Immer noch keine Antwort und kein Anrufbeantworter.

Dann ging sie hinüber zum Dekanat. Geoffrey Peach war nicht da, und sie hinterließ eine Nachricht. Als sie Richtung Autobahn fuhr, war es früher Nachmittag.

Je näher sie London kam, desto dichter wurde der Verkehr, und auf dem Haverstock Hill steckte sie zwanzig Minuten lang im Stau. Von Zeit zu Zeit wählte sie die Nummer ihrer Mutter, und beim Abbiegen auf den Heath Place wünschte sie, doch die Polizei angerufen zu haben.

Als sie das georgianische Cottage erreichte, sah sie, dass die Eingangstür nur angelehnt war.

Im Flur meinte Jane zunächst, alles sei wie immer, doch dann bemerkte sie, dass die Lampe, die sonst auf dem Walnusstisch gestanden hatte, zerbrochen am Boden lag. Der Tisch selbst war verschwunden.

»Mutter?«

Magda verbrachte die meiste Zeit in ihrem Arbeitszimmer, das zum Garten hinausging. Jane liebte dieses Zimmer mit den purpurroten Wänden und dem weichen, mit Kissen bedeckten Sofa, den Papieren ihrer Mutter und den Büchern, die jede freie Fläche vom Schreibtisch über die Sessel bis zum Boden bedeckten. Das Zimmer hatte einen besonderen Geruch, teilweise, weil die Fenster fast immer offen standen, selbst im Winter, was die Gartengerüche hereinwehen ließ, und außerdem rauchte ihre Mutter manchmal Zigarillos, deren Rauch sich über die Jahre in den Stoffen festgesetzt hatte.

Der Raum war verwüstet. Die Bilder waren von den Wänden gerissen, jedes Stück altes Porzellan aus den Regalen gefegt, und sowohl aus dem Schreibtisch wie auch aus einem kleinen Tischchen waren die Schubladen herausgezogen und auf den Boden gekippt worden. Über allem hing ein unverkennbarer Uringeruch.

Während Jane noch dastand, sich entsetzt umschaute und alles in sich aufzunehmen versuchte, hörte sie ein schwaches Geräusch aus der Küche.

Magda lag auf dem Boden neben dem Herd. Das eine Bein klemmte verkrümmt unter ihr, und an ihrem Kopf war getrocknetes Blut, verfilzte ihr Haar und hatte seitlich an ihrem Gesicht eine Kruste gebildet. Ihre Haut sah grau aus, ihr Mund war verkniffen.

Jane kniete sich neben sie und griff nach ihrer Hand. Sie war kalt und der Puls schwach, doch ihre Mutter war bei Bewusstsein.

»Jane ...?«

»Wie lange liegst du schon hier? Wer hat dir das angetan? O Gott, du hast mich angerufen, und ich hab's nicht begriffen.«

»Ich, ich glaube … seit heute Morgen? Jemand hat an der Tür geklingelt und … nur … ich konnte nicht wieder hochkommen und ans Telefon gehen … ich … dachte du würdest …«

»Ganz ruhig, ich rufe einen Krankenwagen und die Polizei. Ich hol dir eine Decke, aber beweg dich nicht, überlass das lieber denen … warte kurz.«

Jedes Zimmer, in das sie beim Hinauflaufen blickte, war durchwühlt und verwüstet worden. Ihr wurde übel.

»Das wird dich warm halten. Sie werden gleich da sein.«

»Ich gehe nicht ins Krankenhaus …«

Doch Jane rief bereits den Notarzt an.

»Ich sterbe, wenn ich ins Krankenhaus muss.«

»Du wirst eher sterben, wenn du es nicht tust.«

Jane setzte sich auf den Boden und griff nach der Hand ihrer Mutter. Magda war eine hochgewachsene, kräftige Frau, deren graues Haar für gewöhnlich in einem eigenwilligen Knoten hochgesteckt war. Jetzt war es offen und zerzaust; ihre Gesichtszüge, so charaktervoll, so scharf geschnitten mit der Adlernase und den hohen Wangenknochen und der klaren Stirn, schienen eingesunken zu sein, sodass sie eher wie achtzig aussah statt der achtundsechzig Jahre, die sie alt war. Innerhalb von ein paar Stunden hatten Alter und Verletzlichkeit sie eingeholt und auf erschreckende Weise verändert.

»Hast du Schmerzen?«

»Das ist … schwer zu sagen … Ich fühle mich taub …«

»Was war das für ein Mann? Wie ist das um Gottes willen passiert?«

»Zwei … Jugendliche … Ich hab ein Auto gehört … Kann mich nur schwer erinnern.«

»Mach dir keine Gedanken. Ich bin bloß wütend auf mich, dass ich nicht früher gekommen bin.«

In dem Moment huschte der alte Ausdruck über das Gesicht ihrer Mutter, derjenige, den Jane in den letzten Jahren so oft gesehen hatte. Magdas Blick fiel kurz auf Janes Kragen, und da war er, sogar jetzt, nach allem, was passiert war – der Ausdruck von Verachtung und Ungläubigkeit.

Magda Fitzroy war eine Atheistin alter Schule. Atheistin, Sozialistin, Psychiaterin, Rationalistin, geformt nach dem klassischen Hampstead-Modell. Woher der christliche Glaube ihrer Tochter, ganz zu schweigen von dem Wunsch, zur Priesterin ordiniert zu werden, kam, war ihr sowohl ein Rätsel als auch etwas, worüber sie sich lustig machte. Und dann war der Blick wieder verschwunden. Ihre Mutter lag verletzt am Boden, war verängstigt und stand unter Schock, und Jane hatte tiefes Mitgefühl; sie ließ die Sanitäter herein und erzählte ihnen das Wenige, was sie wusste.

Einer der beiden untersuchte die Schnitte an Magdas Kopf.

»Ich bin Larry«, sagte er, »und das ist Al. Wie heißen Sie, meine Liebe?«

»Ich heiße Dr. Magda Fitzroy, und ich bin nicht Ihre Liebe.«

»Ach, wie schade, Magda.«

»Dr. Fitzroy.«

Er blickte zu Jane auf. »Ist sie immer so?«

»O ja. Achten Sie nicht darauf.«

»Ist mit Ihnen alles in Ordnung?«

Jane hatte sich plötzlich gesetzt, überwältigt von der Erkenntnis, dass ihre Mutter an einem ruhigen Werktagmorgen, während die Welt ihren Geschäften nachging, in ihrem eigenen Haus überfallen und ausgeraubt worden war und daran genauso gut hätte sterben können. Sie brach in Tränen aus.

# 6

Das Holly Bush wirkt wie einem Hammer-Horrorfilm entsprungen, dachte Ed bei der Fahrt den steilen Hang zum Vorhof hinauf. Es stand hoch über der Schnellstraße, hässlich, mit Zinnen bewehrt und nachts von Neonlampen und bunten Lichtern beleuchtet. Um die Weihnachtszeit warf ein erleuchteter Weihnachtsmann mit Schlitten und Rentier dem vorbeifahrenden Verkehr anzügliche Blicke zu, umgeben von endlos blinkenden Lichterketten. Wenn man lange genug darauf schaute, bekam man glatt eine verdammte Migräne. Nur tat das niemand. Sie sausten vorbei oder den Hang hinauf und hinein durch die Tür.

Es roch, wie solche Hotels immer rochen, und tagsüber wirkte es muffig und heruntergekommen. Nachts verliehen ihm die Lichter wenigstens ein bisschen Glanz. Nicht dass Ed mehr als zweimal abends dort gewesen wäre. Arbeit und Vergnügen, wenn man beim Einkehren im Holly Bush überhaupt von Vergnügen sprechen konnte, sollte man besser klar trennen.

»Brian?«

Jemand pfiff. Auf dem Parkplatz hatte nur ein Auto gestanden. Es war nicht die Jahreszeit für die Art Leute, die im Holly Bush übernachteten, Vertreter und Geschäftsleute der untersten Kategorie. Das Hotel verfügte über fünf Gästezimmer, die Ed nie gesehen hatte, drei Bars, ein Restaurant und einen Spieleraum. Die Toiletten, die einzigen Räume, die Ed wirklich kannte, waren mit entsetzlichen Tapeten aufgemotzt, dicke blaue Rosen und knallgrüne Ranken.

»*Brian?*«

Behalt die Nerven, darum geht es. Verhalt dich wie immer. Ganz normal.

Zuerst war das beängstigend gewesen, aber seit dem vergangenen Jahr fiel es nicht mehr so schwer.

»Bri...«

»Ist ja gut, ich komme schon. Ach, du bist das. Musst du hier so rumbrüllen?«

»Dachte, du wärst im Keller. Okay, was brauchst du?«

»Woher zum Teufel soll ich das wissen? Dafür bist du doch zuständig.«

»Ja, ja, die Toiletten mach ich gleich. Ich meinte, was sonst noch?«

»Was hast du denn?«

Die ganzen Vorräte waren im Kofferraum gewesen, bevor es passiert war, aber Ed hatte die Kartons auf den Rücksitz gepackt, zugedeckt mit einer alten Hundedecke.

»Marlboro, Silk Cut, B & H. Oh, und ein paar Hamlets.«

»Wie teuer?«

»Wie letztes Mal.«

»Wie viele kann ich haben?«

»Fünfhundert, wenn du willst.«

»Aye, mach weiter. Füll in den Toiletten auf, und ich hole das Geld.«

Die Tür hinter Ed öffnete sich, und zwei Männer kamen herein. Sie waren am Auto vorbeigegangen, sie ... Nein. Hatten sie nicht. Das Auto war abgeschlossen, alles war abgedeckt, sah aus wie jedes andere Auto.

»Gibt's bei Ihnen Kaffee?«

»Nur Filterkaffee.«

»Gut, dann bitte zwei.«

»Auch einen für dich, Ed?«

Ja, besser ein bisschen bleiben, plaudern, unbesorgt wirken, statt rasch abhauen zu wollen.

»Mit Milch, ein Stück Zucker. Danke.«

Die Automaten in den Toiletten waren schnell gefüllt. Zwei Päckchen Kondome, ein Päckchen Tampons, noch genug Strumpfhosen da, waren im Holly Bush nicht sehr gefragt. Die Gewinne waren nicht hoch, selbst bei Billigpreiswaren. Die Zigaretten brachten das Geld. Sie lagen in einem Karton mit dem Aufdruck »Tomatensuppe«, alle versiegelt.

Einer der Männer kam herein. Sah sich rasch um. Ed machte weiter, füllte mit gesenktem Kopf den Päckchenturm im Automaten auf. Der Mann lachte.

»Helfen Sie, die Geburtenrate zu senken?«

In der Bar stand der Kaffee auf dem Tresen, neben einer flachen Dose. Ed blickte sich um, aber der andere Mann war in die *Racing Post* vertieft, schaute nicht mal auf. Der Kaffee war gut, und Brian war wieder nach hinten gegangen, es bestand kein Grund, noch zu plaudern.

»Wiedersehen«, rief Ed. Von irgendwo ertönte ein Grunzen.

Das Zeug auf dem Sitz musste wieder abgedeckt werden. Später würde es zurück in den Kofferraum wandern. Später.

Der Gedanke an das, was im Kofferraum lag, schickte jetzt den vertrauten, ersehnten Spannungsstoß durch Eds Körper. Wenn es kam, gab es nichts, nichts Vergleichbares, keine andere Erregung, die das erreichen konnte, nichts so derartig Befriedigendes. Wo stammte er her, dieser Drang, der so anders war, diese Begierde, die, wenn sie erfüllt wurde, das tiefste Entzücken auslöste? Für andere Menschen war ein Kind ein Sohn oder eine Tochter, ein hübsches kleines Ding, an dem man auf der Straße vorbeiging, oder ein schreiendes, nervtötendes Blag, etwas, dem man das Alphabet beibrachte und das man herausputzte, etwas Übelriechendes, Verrotztes oder Niedliches, was auch immer. Für Ed war ein Kind all das zusammen. Aber von Zeit zu Zeit kam diese Begierde. Wenn es so weit war, dann bot jedes Kind eine Gelegenheit.

Das Auto bog aus dem Parkplatz vom Holly Bush und beschleunigte auf der Schnellstraße, und in dem Moment blinkte das Warnlicht der Benzinanzeige auf.

»Mist.« In Kitby gab es eine Tankstelle. Lass es nicht darauf ankommen, geh nicht das Risiko ein, stehen zu bleiben. Himmel, allein der Gedanke ... Gut, fahr langsam, sieh zu, dass du durchhältst, verbrenn nicht das verdammte Benzin.

Bis zur Tankstelle in Kitby verging eine halbe Ewigkeit.

# 7

Simon Serrailler saß mit Jim Chapman in dessen Büro. Sie schwiegen, dachten nach. Simon war nicht nach Lafferton zurückgefahren, weil er hoffte, dass es sich hier abspielen und hier enden würde, ein Ergebnis sowohl für ihn wie auch für die Polizei von North Riding, und weil sich seine Stimmung gehoben hatte und er seine Beteiligung an den Ermittlungen genoss.

Chapman hatte die Fingerspitzen vor der Nase zusammengelegt und blickte auf seinen Schreibtisch. Der Besuch in dem Dorf, wo das entführte Kind wohnte, war so quälend gewesen wie erwartet. Serrailler hatte die Eltern von David Angus im Sinn gehabt, aber im Vergleich zu den Suddens waren diese beherrscht gewesen. Nie hatte er einen so abgrundtiefen, offenen Schmerz, solche Wut und Qual und Ströme von Tränen gesehen. Die Mutter hatte sich das Gesicht zerkratzt und an ihren Haaren gerissen, bis ganze Büschel ausgingen, und dabei die Verbindungsbeamtin der Polizei angeschrien. Die Leute hatten die Polizei mit wilden, feindseligen Blicken angestarrt, während sie sie gleichzeitig wütend und verzweifelt brauchten. Beide Männer waren erschüttert gewesen.

Jetzt griff Jim Chapman nach dem Telefon. Jede seiner Bewegungen wirkte geplant, jedes Wort sorgfältig gewählt. Simon beobachtete ihn.

»Ich will«, sagte Chapman, »dass jeder silberfarbene Mondeo, der irgendwo auf den Straßen in unserer Region gesehen wird, verfolgt und seine Registrierung überprüft wird. Alle Autos, deren Kennzeichen mit den ersten drei, ich wiederhole, ersten drei Buchstaben übereinstimmen, werden angehalten, die Fahrer werden befragt und die Wagen durchsucht. Und ich will, dass jeder in unserer Region registrierte silberne Mondeo mit diesen ersten drei Buchstaben aufgespürt und dem Besitzer ein Besuch abgestattet wird. Ich wiederhole, jeder silberne Mondeo.«

Er legte den Hörer auf und blickte Simon an. »Was ist?«

Simon schüttelte den Kopf. »Ihr Aufruf.«

»Koste es, was es wolle. Beamte. Überstunden. Was auch immer.« Er stand auf. »Ich würde gern schnell ins Krankenhaus fahren, meine Tochter noch mal besuchen. Bleiben Sie hier, Simon?«

»Bin ich immer noch willkommen?«

Jim Chapman hob nur die Augenbrauen, während er das Büro verließ.


»Er geht zu Real Madrid.«

»Real wird ihn nicht wollen.«

»Quatsch, natürlich wollen sie ihn. Er ist ein Genie.«

»Na ja, sie können nicht alle zu Real gehen. Ich schätze, es wird der AC Mailand werden.«

PC Dave Hennessy trank seine Coladose leer und knautschte sie auf die Größe eines Chicken Nuggets zusammen. So etwas tat er ständig.

»Hör mal, Karl meinte, dass er sie kommenden Freitag fragen wird.«

»Hab mich schon gewundert, was das fette Grinsen sollte. Die wird ihm sagen, wo's langgeht. Dann gibt's abends kein Gewichtheben mehr.«

»Nee, wenn er als Gewichtheber bei den Meisterschaften mitmachen will, muss er weitermachen. Da kann man es sich nicht leisten, auch nur einen Tag auszusetzen.«

»Glaub mir, wenn ich dir sage, dass sie ihm sagen wird, wo's langgeht. Kennst du Linda?«

»Hab sie mal gesehen.«

»Tja, ich bin mit ihr zur Schule gegangen. Bei der wird dir angst und bange. Er wird unter dem Pantoffel stehen.«

Nick Paterson lachte, dachte darüber nach. Ihr Auto stand in der Parkbucht im Schatten. Er bewegte die Beine und rutschte auf dem Sitz ein wenig nach unten. Zeit für ein Nickerchen.

»Hast du heute Morgen den Zettel gesehen? Hat anscheinend eine von der Kripo aufgehängt.«

»Nee.«

»Eine Schwulendemo in York. Trag deine Uniform mit Stolz.«

Nick schnaubte verächtlich. »Ist verboten. Steht in den Polizeivorschriften. Man beteiligt sich nicht an politischen Demonstrationen, man wird kein Aktivist … Wenn sie mit Perversen demonstrieren wollen, sollen sie sich einen anderen Beruf suchen.«

»Das kannst du so nicht sagen.«

»Perverse hab ich gesagt, und Perverse meine ich.«

»Da!« Nick richtete sich auf. »Hast du das gesehen?«

»Hatte die Augen zu.«

»Silberner Mondeo.«

»Gibt's Hunderte von.«

»Hast du den Fahrer gesehen? Mann, dunkle Jacke, dunkles Haar.« Nick legte den Gang ein und raste von der Standspur auf die Schnellstraße. »Such das Kennzeichen raus.«

Dave war bereits dabei.

Drei Kilometer weiter schossen sie mit hundertdreißig Sachen an der Tankstelle vorbei.

»Verdammte Scheiße. Er ist zum Tanken abgebogen«, rief Dave.

»Halt am Conway-Kreisverkehr an und warte auf ihn.«

»Dort kann er in vier Richtungen abfahren. Wir können sie nicht alle abdecken.«

»Fordere Verstärkung an.«

»Bis dahin ist er halb in Schottland.«

»Vielleicht war er es ja auch gar nicht.«

Sie wurden etwas langsamer. Vor ihnen, im Osten, türmten sich Wolken auf, sturmgrau und dunkler werdend.

»Also ich weiß nicht«, sagte Nick nach einem Augenblick. »Ich hatte so ein Gefühl bei dem da.«

Es war schwierig hier, ohne offizielle Funktion. Simon konnte nicht ewig bleiben. Wenn sich heute nichts mehr ergab, würde er am nächsten Morgen nach Lafferton zurückkehren müssen.

Er ging den Flur entlang zur Einsatzzentrale. Was hielten sie von ihm hier? Beobachteten sie ihn alle, stellten Spekulationen an? Polizeireviere waren die reinste Gerüchteküche, doch es war ungewöhnlich, dass sich Gerüchte über einen Außenstehenden verbreiteten. Er war irritiert.

Die Atmosphäre war ruhig, aber voller Anspannung, das Gefühl, dass es diesmal vielleicht, möglicherweise, einen Durchbruch geben könnte, eine Spur zu verfolgen wäre und die Blase platzen würde. Vom anderen Ende des Raumes blickten ihn die Gesichter der Kinder an, drei waren es jetzt.

»Sir?«

Ein Constable winkte ihn herüber. Simon griff nach dem Telefonhörer, den er ihm hinhielt. »Serrailler?«

»Ich komme zurück«, sagte Jim Chapman. »Hole Sie unterwegs ab.«

»Wohin fahren wir?«

»Schnellstraße in Richtung Scarborough. Silberner Mondeo mit Geschwindigkeitsübertretung. Streifenwagen wollte ihn aufhalten. Fahrer hat Gas gegeben. Kennzeichen stimmt. Kommen Sie runter auf den Hof, ich will gleich weiterfahren.«

Simon ließ den Hörer fallen und rannte los.

Im Auto, das kaum gebremst hatte, um ihn einsteigen zu lassen, erklärte Chapman, was passiert war.

»Sie haben ihn entdeckt, dann verloren. Haben ihn an einem Kreisverkehr wieder aufgegabelt und zum Halten aufgefordert, aber er hat nicht gehalten.«

Chapmans Fahrerin beschleunigte.

»Beschreibung?«

»Passt – Fahrer hat dunkles Haar, trägt eine dunkle Jacke, hat anscheinend bemerkenswert bleiche Haut, was auch dem Eisverkäufer aufgefallen war … keine Mitfahrer. Andere Streifenwagen werden die abzweigenden Straßen blockieren.«

Inzwischen befanden sie sich auf der Schnellstraße, und Chapman stand in Verbindung mit dem Streifenwagen direkt hinter dem Mondeo. Simon spürte, wie sich sein Magen bei dem vertrauten Adrenalinstoß zusammenzog. Er hatte das Gefühl, dass es diesmal klappen könnte. Ihr Auto fuhr jetzt über hundertfünfzig, die Außenwelt flog vorbei. Ein Gesicht hinter einem Autofenster, ein von ihrer Geschwindigkeit alarmierter Fahrer, dann noch einer, verschwunden. Ein Transporter, der ihnen Platz machte. Verschwommenes Rot. Ein Tankwagen. Lautes Hupen. Vorbei. Es regnete, der Himmel vor ihnen war schwefelgelb.

Zweihundert, durchgehend.

Dann, direkt vor ihnen, das blaue Blinklicht eines Streifenwagens.

»Der Sturm kommt vom Meer herein«, sagte Chapman. »Waren Sie schon mal in dieser Gegend?«

»Es gibt ein Foto von mir auf einem Esel in Scarborough.«

Serrailler warf einen Blick durch das Heckfenster und entdeckte einen zweiten Streifenwagen.

Chapman war wieder am Telefon. Der Mondeo war immer noch unterwegs, nach wie vor in Richtung Osten.

Sie stießen auf eine Regenwand und rasten hindurch.

## 8

Beschissene Art, seinen Lebensunterhalt zu verdienen. Beschissene Art zu leben. Automaten mit Kondomen und Tampons aufzufüllen, geschmuggelte Zigaretten zu verkaufen. Was sollte das alles? Es musste noch mehr geben.

Es *gab* noch mehr.

Das Auto fuhr, wenn es musste, fraß die schimmernde, nasse Straße nur so weg.

Was hätte er gesagt? Oder sie, was das anbetraf? *Wir hatten Besseres von dir erwartet. Wir wollten mehr für dich.* Die weinerlichen, käsigen Gesichter, seine wässrigen blauen Augen. Erbärmlich.

Schwach. Niemals.

Da war der dunkle Ort. Das Loch. Niemand wusste davon. Das war das Ende und unwichtig. Auf den Anfang kam es an. Der Moment des Erwachens. Der leiseste Schatten eines Schattens. Die Nadel erregender Furcht.

Der Regen strömte über die Scheiben und prallte von der Motorhaube ab. Wie weit weg von zu Hause? Zu weit. Also kein glücklicher Abend mit Kyra. Kyras Gesicht schimmerte strahläugig durch den heftigen Regenguss. Kyra. Anders. Merkwürdig, das. Kyra war absolut sicher. Kyra würde nie etwas zustoßen. Es war gut, das zu wissen, gut, davon überzeugt zu sein. Kyra kam gerne herüber, war froh, aus ihrem eigenen Haus fortzukommen, von dem mangelnden Interesse und der fehlenden Aufmerksamkeit, dem endlosen

Brüllen und Schikanieren und Fluchen. Kyra verdiente mehr, verdiente jemanden, der ihr zuhörte, mit ihr spielte, Spaß daran hatte, sich Dinge für sie auszudenken.

Warum war Kyra anders?

Ed konnte es sich nicht erklären.

Da waren sie. Sie waren erst weit zurückgeblieben, aber jetzt waren sie wieder da, aufblitzendes Weiß, blaues Blinken. Verdammt. Die Straße war gerade und schnell, doch der Regen war keine Hilfe. Es war gut, genau zu wissen, was vor einem lag, nicht blind irgendwohin zu fahren in der Verzweiflung, sie abzuschütteln, davonzukommen.

Bei Kyras letztem Besuch hatten sie Fotos angeschaut, und es gab ein halbes Dutzend von Scarborough. Sie hatten ihr gefallen. Die Esel. Die Burg. Dann Ed auf einem Esel. Ed mit Sandeimer und Schaufel. Eine Postkarte von der Bucht mit den bunten Lichterketten.

»Ich wünschte, ich könnte dahin. Werden wir eines Tages dahin fahren? Fährst du mit mir nach Scarborough, Ed?«

Warum nicht? Natalie hätte bestimmt nichts dagegen, für ein paar Tage ihre Ruhe zu haben. Da wären die Esel und das Eis in einem Glasbecher mit roter Soße in der Hafenbar und Hau-den-Lukas auf dem Jahrmarkt, die Stände mit Zuckerwatte, süß schmelzend im Mund; der Stand mit den Steinen; der Sand, weich wie Seide in großen Haufen an den Stützpfeilern des Piers, aber härter, flacher und dunkel wie Honig am Rand des Wassers. Minigolf. Das Labyrinth. Die sich weit hinunterschlängelnden Klippenpfade.

Die Klippen. Die Höhlen. Mulden im Gestein, die sich mit Wasser füllten. Kleine Krebse und Seesterne. Kyra würde das alles gefallen. Einem Kind diesen Zauber zu zeigen, einem Kind, mit dem man lachen konnte. Kyras Gesicht, neugierig, interessiert, hoffnungsvoll. Kyra würde nichts passieren. Kyra war in Sicherheit. Kyra würde nie gefesselt im Kofferraum liegen, mit geschlossenen Augen, ohne Atem.

Wassertümpel in den Gesteinsmulden. Ihre Spiegelung leuchtete jetzt durch die Windschutzscheibe und den Regen, das klare Wasser, in dessen Tiefe die kleinen Wesen Sand aufwühlten.

Tümpel.

Klippen.

Höhlen.

Klippe.

Höhle.

Tümpel.

Verstecke.

## 9

Ich habe geträumt, dein Vater sei wieder da. Er saß am Klavier und spielte Scott Joplin. Wie albern.«

»Na ja, er hat gern Scott Joplin gespielt.«

»Natürlich, aber warum sollte ich davon träumen, dass er das jetzt tut?«

Magda Fitzroy bewegte sich gereizt auf ihren Kissen. Sie sah bleich aus, ihre Augen waren eingesunken, die Blutergüsse und der Schnitt an ihrer Stirn hoben sich verschorft und dunkel ab wie getrocknetes Fleisch.

Im Krankenzimmer standen sechs Betten, und Magda hatte das neben dem Fenster, doch man sah von hier aus nur dünne Wolkenfetzen und die Seitenwand eines anderen Gebäudes.

»Es war bemerkenswert, weißt du, dass er alles ohne Noten spielte, nur nach dem Gehör.«

»Hast du in letzter Zeit viel an ihn gedacht?«

»Nein. Warum fragst du?«

Gespräche wie dieses, gewundene, streitsüchtige Gespräche, stellten Janes Geduld auf die Probe und erinnerten sie daran, warum sie aus London hatte fortziehen müssen, um andere Luft zu atmen, eher psychisch als buchstäblich. Magda genoss Streitgespräche und Wortgefechte. Das hatte ihren geduldigen Ehemann verrückt gemacht. Jane rettete sich damit, diesen Gesprächsfaden einfach scharf abzuschneiden. Aber nachdem sie das getan hatte, musste sie einen anderen entrollen. »Nach dem, was passiert ist, kannst du nicht mehr allein in dem Haus leben. Vielleicht sollten wir darüber reden.«

Ihre Mutter wandte den Kopf ab. Auf der anderen Seite des Zimmers schnarchte eine alte Frau, lag gekrümmt auf der Seite, den Kopf im Nacken. Magda atmete gereizt ein. Jane wartete. Aber ihre Mutter war gut darin, ein Thema zu ignorieren, über das sie nicht reden wollte.

Ein Rollwagen wurde hereingeschoben, umweht vom Geruch der Teemaschine.

»Hier ist Ihr Tee, Violet, kommen Sie, setzen Sie sich auf.«

Jane ging zum Wagen. »Kann ich Ihnen helfen?«

Die Frau hatte einen langen grauen Pferdeschwanz und einen verkniffenen Mund.

»Meine Mutter nimmt weder Milch noch Zucker.«

»Was, nur schwarz? Das brächte ich nicht runter.«

»Ich auch nicht.« Jane lächelte. Es wurde nicht erwidert.

»Dann kommst du also mit zu mir?«, fragte sie und stellte Tasse und Untertasse auf den Nachttisch. Lieber Gott, dachte sie, hilf mir, einen Ausweg zu finden. Sie ist alt. Du hast sie zu lieben, du musst es versuchen. Aber es war schwer, all die Jahre verbissener Abneigung zu vergessen und dann die bitteren Worte und den Hohn in letzter Zeit.

Magda sah sie an. »Du könntest es nicht länger ertragen als ich. Ich will in mein eigenes Haus. Sie werden nicht wiederkommen, sie haben das, was sie wollten.«

»Das kannst du nicht wissen.«

»Sollte ich aber.«

»Ich habe bei einer Firma für Sicherheitstechnik angerufen, die sich das Haus morgen anschauen wird.«

»Was soll das bringen? Jede Nacht geht irgendwo eine Alarmanlage los, den Leuten wird wahrscheinlich die Kehle aufgeschlitzt, aber keinen interessiert es, die Polizei kommt garantiert nicht. Also spar dir das Geld.«

»Mutter, ich kann nicht einfach wegfahren und dich allein lassen, ich ...«

»Was? Du wirst das tun, was du immer tust. Singen und beten.«

»Und mir um dich Sorgen machen.«

»Ich dachte, das hättest du hinter dir. Vertraue auf Gott und so weiter.«

Eines Tages rutscht mir die Hand aus. Eines Tages bringe ich sie noch um. Eines Tages ... Aber das hatte sie überwunden, schon vor Jahren, wenn sie aus der Schule kam, zitternd vor angestauter Wut, falls ihre Mutter zu Hause war, nur entspannt, wenn Magda in der Klinik war oder Vorlesungen hielt oder, herrlich, im Ausland war. Manchmal waren Jane und ihr Vater wochenlang allein gewesen. Sie hatten einander über den Esstisch angeschaut und es nie laut ausgesprochen, sich jedoch dabei erwischt, wie sie die ihnen verbleibenden Tage der Freiheit und des Friedens zählten, es an den Augen des anderen ablasen.

Doch Magda war jetzt schwach, dachte Jane, schwach und verängstigt und verwirrt. Und als es passierte, hat sie mich angerufen. Bedeutete das nicht etwas?

»Ich muss einen Artikel für das nächste *Journal* schreiben, und Elsbeth erwartet von mir, dass ich unser letztes Kapitel überarbeite. Ich muss das fertig machen, Jane. Ich habe immer noch viel zu tun, bevor ich sterbe.« Das sagte sie ganz nüchtern und meinte es auch so.

»Ich weiß. Du hast noch vieles zu geben.«

»Sentimentalität.«

»Nein. Die Wahrheit.«

»Erinnerst du dich an Charlie Gold? Den Sohn von Maurice Gold?«

»Lieber Gott ... Ja, ich erinnere mich ... In den war ich mal ein bisschen verknallt. Warum?«

»Zu Hause liegt irgendwo eine Einladung zu seiner Hochzeit. Sonntag in einer Woche, glaube ich. Ich würde gern hingehen.«

»Charlie Gold.« Sie sah ihn vor sich, dunkles Haar, olivfarbene Haut, dicke Augenbrauen. Du meine Güte.

»Wen heiratet er?«

Ihre Mutter zuckte mit den Schultern. »Ich kann die Synagoge nicht ausstehen. Seit dem Tod deines Vaters bin ich nicht mehr dort gewesen. Aber es würde mir nichts ausmachen, auf einer jüdischen Hochzeit zu sterben.«

»Ich wette, das passiert einer ganzen Reihe von Leuten … All das Essen, das Tanzen, als wären sie noch zwanzig … Und dann Rums.«

Jane fielen die Streitigkeiten ein, die sie aus ihrem Zimmer mitbekommen hatte, die Salven an Vorwürfen, die Verzweiflung in der Stimme ihres Vaters. Er hatte darunter gelitten, nicht nur eine Nichtjüdin geheiratet zu haben, sondern auch noch eine Ungläubige, eine Rationalistin, eine Marxistin, eine Frau, die ihm ins Gesicht gelacht hatte, wenn er vorschlug, gelegentlich zum Sabbatessen seiner Eltern zu gehen.

Wenn Magda fort war, hatte Jane ihn an ihrer Stelle begleitet. Die Erinnerung an die Feier, das Essen, die Gebete, die Heimeligkeit waren ihr lieb und teuer. Sie hatte es ihrer Mutter nie erzählt, und als ihre Großeltern nacheinander im Abstand von sechs Monaten starben, war es, als wäre alles zum Stillstand gekommen, als wäre die Verbindung zu ihrem Jüdischsein abgeschnitten worden. Dann war ihr Vater gestorben. Sie hatte das alles fast aus dem Gedächtnis verloren, bis Neuigkeiten wie diese, über jemanden, den sie einst gekannt hatte, alles zurückbrachten, wie ein Hauch aus einem Weihrauchfass, dessen Duft auf sie zuströmte.

»Glaubst du, diese Jugendlichen kannten mich?«, fragte ihre Mutter. Einen flüchtigen Augenblick lang flackerte Angst in ihren Augen auf.

»Nein … Denen hat das Haus gefallen, und sie haben gedacht, dass es da was zu holen gibt. Sie haben erwartet, dass es leer ist, aber du warst da, und sie haben den Kopf verloren. Woher sollten sie dich kennen? Du hast sie nicht erkannt.«

»Meinst du, sie haben es vorher beobachtet?«

»Unwahrscheinlich. Es gibt viel protzigere Häuser in Hampstead.«

»Das stimmt. Oh, nun geh schon, fahr zurück zu deiner Kathedrale. Die brauchen dich bestimmt mehr als ich.«

»Im Moment nicht. Außerdem muss ich zur Polizei. Die haben das Haus überprüft, wollen aber noch eine Aussage von mir.«

»Wozu das denn? Du warst ja nicht mal da. Sag ihnen, sie sollen zu mir kommen. Du weißt überhaupt nichts darüber. Ich werde mich morgen früh selbst entlassen und in mein Haus zurückkehren. Und ich will nicht, dass du dann dort bist und mir auf die Nerven gehst.«

Jane stand auf. Humor, hatte sie vor langer Zeit beschlossen, Humor funktioniert. Gelegentlich. Aber ihr fiel nichts auch nur entfernt Humorvolles ein.

Erst bei Einbruch der Dunkelheit verließ sie London. Über den Himmel breiteten sich fedrige Brombeerwolken, während sie nach Westen fuhr. Scott Joplin tönte aus dem CD-Spieler. Jane war bei der Polizei gewesen, hatte so gut wie möglich im Haus aufgeräumt, Lebensmittel und ein paar süß duftende Levkojen gekauft, um in ein Haus, das ihr besudelt vorkam, frisches Leben zu bringen. Sie zwang sich, nicht daran zu denken, wie ihre Mutter wieder allein dort war, in ihrem zum Garten gelegenen Arbeitszimmer, umgeben von ihren Papieren und aufwehender Zigarilloasche. Magda würde es gut gehen. Sie war eine starke Frau. Es war erstaunlich, dass ein Einbrecher sie überwältigt hatte. Ihre Mutter …

Aber ihre Mutter war zum ersten Mal in Janes Leben verletzlich geworden, und diese Vorstellung verwirrte und ängstigte sie, halb war es Furcht, halb Gereiztheit. Wie kann sie es wagen?, dachte sie, bog auf die Mittelspur und beschleunigte. Wie kann sie es wagen, mir das anzutun?

Das Klavier klimperte mit seinem Jazz, fehlerlos, selbstsicher. Die Erinnerung an ihren Vater ließ ihr unerwartet Tränen in die Augen treten.

K ann sie mich sehen?«
Die Schwester zögerte.
»Kann sie mich hören?«
»Möglicherweise ... Hören ist der ... Ja, kann sein.«
»Hören ist der was? *Was?*«
Bestürzung flackerte über ihr Gesicht.
Max Jameson hatte gebrüllt. Er war wütend. Er hatte die Schwester angefaucht, als sei es ihre Schuld, was nicht der Fall war, aber er konnte sich nicht entschuldigen. »Was? Machen Sie mir bitte nichts vor.«

»Hören ist der letzte der Sinne, den sie verliert, mehr wollte ich nicht sagen. Also könnte sie Sie hören ... Davon sollten Sie immer ausgehen. Das ist das Beste.«

Doch als er Lizzie anschaute, die ihn möglicherweise hörte oder auch nicht, fiel ihm nichts zu sagen ein.

Lizzie. Das war bereits nicht mehr Lizzie.

Er sah, dass die Schwester ihn mit solcher Freundlichkeit, solcher Besorgnis ansah, dass er ihr am liebsten den Kopf an die Brust gelegt hätte, um sich trösten zu lassen. Sie wischte Lizzies Stirn mit einem in kühles Wasser getauchten Tuch ab.

»Kann sie das fühlen?«
»Ich weiß es nicht.«
»Ich muss nach draußen. Kann ich in den Garten gehen?«
»Natürlich. Es ist sehr schön da draußen. Friedlich.«
»Ich will keinen Frieden.«

Er stand in dem heißen kleinen Sterbezimmer, versuchte zu sprechen, aber es kam nur Luft heraus. Er stolperte zur Tür.

Drei Tage und drei Nächte dauerte es jetzt schon und war schrecklich anzuschauen, und trotzdem wollte seine Frau immer noch nicht sterben. Lizzie.

Er setzte sich auf eine Bank. Wenn er doch nur rauchen würde. Das wäre eine gute Ausrede: »Ich muss eine Zigarette rauchen gehen«, statt: »Ich kann ihr beim Sterben nicht zuschauen.«

Außer ihm war niemand draußen. Rechts näherte sich der neue Anbau der Vollendung, die Fenster noch ohne Scheiben, wie leere Augenhöhlen.

»Kann sie sehen?«

Max ging durch den Kopf, dass er, hätte er am Anfang ihrer Krankheit über die Zukunft Bescheid gewusst, sie damals getötet hätte, es wäre mitfühlender gewesen, sie zu töten. Seine Liebe zu ihr war so tief, dass er es hätte tun können.

Die Luft roch süß, nach Erde und auskühlendem Gras, aber im nächsten Augenblick nach Zigarettenrauch. Ein Mann hatte sich neben ihn auf die Bank gesetzt. Er bot ihm das Päckchen an.

»Nein danke«, sagte Max.

»Nein. Tja, ich auch nicht. Hab es vor Jahren aufgegeben. Nur greift man dann danach, wissen Sie, als Allererstes.«

Sprich nicht mit mir, dachte Max, stell keine Fragen und erzähl nichts.

»Das ist das Schwerste, nicht wahr? Das Warten. Man fühlt sich schuldig ... Wünschte, es wäre vorbei, fürchtet sich davor.«

Irgendetwas durchströmte ihn ... Erleichterung? Furcht?

»Es ist nicht richtig. Man hat alles für sie getan, und plötzlich kann man überhaupt nichts mehr tun.«

»Ja.«

»Ihre Mutter oder wer?«

Max starrte auf den dunklen Boden unter seinen Füßen. Seine Lippen fühlten sich dick und taub an. »Ehefrau«, hörte er sich sagen. »Meine Frau. Lizzie.«

»Verdammt.«

»Genau.«

»Tochter, bei mir. Zwei tolle Kinder, alles, wofür es sich zu leben lohnt. Ich würde mich in das Bett legen und für sie sterben, wenn ich könnte.«

»Ja«, sagte Max.

»Krebs?«

»Nein.«

»Na ja. Für gewöhnlich ist es das.«

»Ja.«

Der Mann legte Max kurz die Hand auf die Schulter, als er aufstand. Sagte nichts mehr. Ging.

Es wäre besser gewesen, wenn er Lizzie nie kennengelernt, sie nie geliebt hätte, nie glücklich gewesen wäre.

»Besser.«

Er wusste, dass er zu ihr zurückgehen sollte.

Er blieb allein im dunklen Garten sitzen.

## 11

Cat Deerborn knipste ihre Taschenlampe an. Der Wohnblock hatte eine Außentreppe, aber mehrere Lampen waren ausgefallen, auch im Laubengang vor den Wohnungen. Es war einige Zeit her, seit sie nachts hierhergerufen worden war. Fernseher und Stereoanlagen plärrten durch die Fenster, laute Stimmen waren zu hören, dann wieder Flecken der Stille und Schwärze, als kauerten sich die Menschen vor einem Sturm zusammen.

Bei Nummer 188 war es dasselbe. Kein Licht aus dem Küchenfenster nach vorne heraus oder hinter der Scheibe in der Wohnungstür. In der Ferne fuhr ein Zug vorbei.

Cat rappelte mit der Briefkastenklappe, klopfte dann mit der Faust laut an die Tür. In der Ferne fing ein Hund an zu bellen, dröhnend, bedrohlich. Sie wusste, von welcher Rasse der Hund war.

Niemand kam an die Tür.

Der Anrufer war ein älterer Mann gewesen. Er hatte atemlos und gequält geklungen, und durch das Telefon hatte sie das raue Pfeifen seiner Bronchien hören können. Sie rappelte wieder mit der Klappe, rief und versuchte es dann am Türknauf, aber die Tür war verschlossen. Sie ging ein paar Schritte den Laubengang entlang, stellte sich unter eine der funktionierenden Lampen und zog ihr Handy heraus. Währenddessen hörte sie ein leichtes Schlurfen, das Scharren einer Schuhsohle, nichts mehr, und dann schlang ihr jemand von hinten den Arm um den Hals, ihr Handgelenk wurde nach hinten gezogen und das Handy aus ihrer Hand gezerrt. Cat fluchte und trat um sich, aber als sie sich losmachen wollte, bekam sie einen Schlag ins Kreuz, der sie vornüber auf den Betonboden knallen ließ. Schritte, leise, selbstsichere Schritte, rannten weg und die Treppe hinunter.

Das Hundegebell hatte sich zu wildem Zorn gesteigert.

Sie konnte später nicht sagen, wie lange sie gebraucht hatte, um sich vorsichtig aufzusetzen und nach Verletzungen abzutasten; sie zitterte zwar am ganzen Leib, hatte aber nur Schrammen und blaue Flecken abbekommen und musste sich beim Aufstehen am Geländer festhalten.

Wieder Schritte auf der Treppe, diesmal jedoch das scharfe, selbstsichere Klappern von Stöckelschuhen.

Cat rief.


Zehn Minuten später saß sie auf einem Ledersofa neben einem lodernden Gasfeuer und versuchte, mit zitternder Hand aus einem Teebecher zu trinken. Polizei und Krankenwagen waren auf dem Weg.

»Sie sollten hier nachts nicht allein Hausbesuche machen, Doktor, Sie können von Glück sagen, dass es nur Ihr Handy war. Verdammte Rüpel.«

Cat kannte die Frau mit den burgunderfarbenen Fingernägeln nicht, die von der Spätschicht im Supermarkt nach Hause gekommen war, fühlte sich aber vor Dankbarkeit den Tränen nahe.

»Zu wem wollten Sie denn?«

»Einem Mann, der in 188 wohnt ... Mr Sumner.«

»Hat er ein Hörgerät?«

»Keine Ahnung. Ich glaube nicht, dass er jemals bei mir in der Praxis war.«

»Na ja, ich würde seinen Namen sowieso nicht wissen, das ist hier so. Bei den Jüngeren, den Müttern mit kleinen Kindern ist das anders, die scheinen sich alle zu kennen, aber wir anderen kommen und gehen bloß. So ist das heutzutage, nicht wahr? Ist Ihnen auch warm genug, nach einem Schock kann einem sehr kalt werden, hab ich gelesen.«

Cat hätte nicht äußern können, dass ihr zu warm und der Tee so süß war, dass sie ihn kaum herunterbrachte. Es spielte keine Rolle. Wie denn auch?

Die Polizisten und Sanitäter kamen gemeinsam, mit knirschenden Stiefeln, was den Hund und andere in den Wohnungen rundherum erneut in laute Aufregung versetzte.

Die Frau folgte Cat und wartete mit ihr, als die Tür zu Nummer 188 aufgebrochen wurde. Die Wohnung war dunkel und roch säuerlich. Einer der Sanitäter rutschte fast auf einer Pfütze Erbrochenem aus. Sie fanden Cats Patienten, Arthur Sumner, tot in der Toilette liegen.

»Soll ich Sie nach Hause fahren, Doc?«

»Mir geht's gut.«

Gut, dachte sie, dankte der Frau mit den burgunderfarbenen Fingernägeln, dankte den Männern, ging die Betontreppe hinunter und zu ihrem Auto. Gut. Einen Moment lang saß sie da, den Kopf auf dem Lenkrad. Sie würde Chris anrufen, ihm erzählen, was passiert war. Dann fiel ihr ein, dass ihr das Handy gestohlen worden war, dass sie morgen auf dem Polizeirevier eine Aussage machen, sich ein neues Handy besorgen, den Totenschein für Arthur Sumner ausfüllen musste. »Hat er ein Hörgerät?« Nicht einmal das hatte sie gewusst.

Nach Hause. Jetzt. Sie ließ den Motor an, schaltete in den Rückwärtsgang. Als sie wendete, sah sie zwei Jugendliche, die sie anglotzten, lachten, den Stinkefinger hoben. Werdet bloß nicht krank, wenn ich in der Gegend bin, dachte sie, ruft mich nicht an, habt keinen Unfall …

Vergiss es. Sie fuhr zu schnell.

Über den Weg aus der Dulcie-Siedlung kam sie zur Umgehung und wich danach dem rechtwinklig angelegten Straßennetz aus, das zum Hügel führte. Abscheu, wie Cat ihn seit Monaten nicht empfunden hatte, und auch Furcht stiegen in ihr auf und schienen ihren Mund mit einem bitteren Geschmack zu füllen. Sie wollte dem Hügel nicht nahe kommen, auf dem Frauen überfallen und so rasch, so fachmännisch ermordet worden waren. Auf diesem Ort lag ein Makel, der sich aus dem Bewusstsein Laffertons nie würde löschen lassen. Jemand hatte ein Buch über den Fall geschrieben, ein anderer drehte eine Fernsehdokumentation darüber, hielt das alles lebendig und die Wunden offen.

Sie machte einen Umweg über den Tenbury Walk, an dessen Ende das Hospiz lag. Hinter den Vorhängen leuchtete sanftes Licht, zwei Autos standen vor dem Eingang. Cat bog in die Einfahrt und parkte neben den Wagen.

## 12

Chapman.«

»Da kam gerade ein Anruf, Chef. Von einer Natalie Combs, sechsundzwanzig Jahre alt. Hat gemeldet, dass jemand von nebenan einen silbernen Mondeo mit der Nummer XT ... irgendwas fährt. Sie hat plötzlich Panik bekommen, weil ihre sechsjährige Tochter dort anscheinend viel Zeit verbringt.«

»Hat das Kind irgendwas gesagt?«

»Soweit ich weiß, nicht.«

»Der Name des Nachbarn?«

»Ed Sleightholme.«

»Schicken Sie jemanden hin. Sofort.«

»Chef.«

Die Fahrerin klang aufgeregt, und Chapman blickte auf. »Verdammt.«

»Sie biegen ab, Sir.«

Der Streifenwagen vor ihnen schlingerte nach links, verließ die Schnellstraße und folgte dem Mondeo auf eine Landstraße.

»Er fährt nicht nach Scarborough.«

»Wohin dann?«

»Bin mir nicht sicher ...« Der Regen hatte etwas nachgelassen, aber die Wolken waren immer noch dunkel, türmten sich auf, als sie auf das Meer zufuhren, und die schmale Straße war tückisch.

»Gut, Katie, wir wollen keinen Auffahrunfall verursachen.«

»Sir.« Die Fahrerin bremste ab, doch der Streifenwagen vor ihnen raste hinter dem Mondeo her, wirbelte Spritzwasser auf.

»Ist doch komisch«, sagte Chapman, lehnte sich entspannt und ruhig im Sitz zurück. »Gibt man ihnen Spielraum, verraten sie sich oft selbst ... Wenn er nicht in Panik geraten wäre, als die Jungs hinter ihm beschleunigten, hätte er kaum Aufmerksamkeit erregt. Und jetzt sehen Sie sich das an.«

»Haben Sie genug, um ihn festzunehmen?«, fragte Simon.

»Es reicht so eben für ein Verhör.«

»Guter Gott.« Simon schloss die Augen. Als er sie wieder öffnete, war die Straße vor ihnen leer. Die Autos waren auf eine weitere Landstraße abgebogen. Blitze zuckten am Himmel draußen über dem Meer. Der Mondeo hielt darauf zu.

Sie brauchten zwanzig Minuten, um die Küste zu erreichen, ein Stück offenes, mit niedrigem Buschwerk bewachsenes Land.

Sie sprangen hinaus. Der Streifenwagen hatte angehalten. Der Mondeo hatte ein paar Meter davor herumgeschwenkt, und der Fahrer rannte auf den Klippenrand zu.

»Teufel noch mal.«

»Der will sich umbringen«, murmelte Chapman.

»Das wird er verdammt noch mal nicht, solange ich es verhindern kann.«

Irgendetwas veranlasste Serrailler loszurennen, etwas, das sich in ihm aufgebaut hatte wie ein Sturm und ihm jetzt einen wütenden Schlag in den Magen versetzte. Die Uniformierten rannten ebenfalls über das Gras, aber sie waren langsam, der eine ein schwerer Mann, der andere hatte offensichtlich Schwierigkeiten mit seinem Stiefel. Simon überholte sie, sprintete zuversichtlich weiter. Seine Schnelligkeit rührte von der unumstößlichen und unerschütterlichen Gewissheit her, dass er dem Mörder von David Angus, Scott Merriman und Amy Sudden folgte. Er musste den Mann erwischen, bevor der den Klippenrand erreichte und sich hinab auf die Felsen stürzte.

Doch als er näher kam, erkannte Serrailler, dass da ein Pfad war. Er vergewisserte sich nicht, ob die anderen ihm folgten. Er war jetzt auf sich gestellt, das war seine Jagd und seine Verhaftung. Der Mann verschwand.

Simon erreichte den Klippenrand und zögerte, blickte nach unten. Der Pfad war schmal und abschüssig, in die Klippen gehauen, ohne Handlauf oder Haltemöglichkeit, aber der Mann wusste eindeutig, wohin er wollte und was er tun musste, sobald er über den Rand gestürmt war.

Simon zögerte nicht mehr.

Der Wind traf ihn hart und brachte ihn fast aus dem Gleichgewicht; Regen peitschte ihm ins Gesicht. Der Himmel war bleigrau, Blitze zuckten, wenn auch noch weit entfernt. Er rechnete sich aus, dass ihnen noch einige Zeit blieb, bis der Sturm zur Bedrohung wurde, und bis dahin gedachte er mit seiner Beute wieder oben und im Auto zu sein.

Er schlitterte, schnappte nach Luft und versuchte sich an dem vortretenden Gestein festzuhalten, aber die Steine rutschten ihm aus der Hand und polterten mit zunehmender Geschwindigkeit die Klippe hinunter. Der Mann vor ihm bewegte sich wie ein Affe, behände, trittsicher, kletterte und kraxelte hinunter. Unter ihnen, weit unten, war ein schmaler Streifen dunklen Sandes, übersät mit Felsen. Davor toste das Meer, schwoll an und stieg immer höher. Simon sah zurück. Er war weiter gekommen, als ihm klar gewesen war. Die Gestalten, die vom Klippenrand zu ihm hinabblickten, schienen meilenweit entfernt zu sein. Aber Höhe hatte ihm noch nie etwas ausgemacht, und auch er war jetzt trittsicher, obwohl der Regen hinter ihm auf dem Pfad Geröll hinabspülte und Simons Hände am Fels abrutschten, als er sich festzuhalten versuchte. Der untere Teil der Klippe war am schwersten zu überwinden – die Felsen hier waren zerklüftet, voller Spalten und rutschig von limonengrünem Seetang. Mehrmals wäre er fast gestürzt, und einmal riss er sich Halt suchend die Handfläche auf. Dann waren sie unten, und er setzte die Verfolgung fort; der flache Sand saugte an seinen Schuhen. Der Mann versuchte zu rennen, aber auch er kam nicht schneller voran. Der Wind schlug ihnen voll ins Gesicht, und der Sturm wurde auf das Land zugetrieben; den herabzuckenden Blitzen folgte der Donner innerhalb von Sekunden. Die Flut nahm an Geschwindigkeit zu und strömte schäumend herein.

Sie befanden sich in einer kleinen, gebogenen Bucht, getrennt von den anderen durch lange Wellenbrecher aus Felsen, die sich wie spitz zulaufende Schwänze prähistorischer Monster ins Meer hinaus erstreckten; während Simon sich laufend und springend den Weg entlang des schmalen Sandstreifens bahnte, wurden die Knochen der Schwänze einer nach dem anderen überspült.

Vor ihm sprang der Mann auf einen hohen Felsen und kletterte auf die Klippe zu.

Simon war ihm jetzt ganz nahe.

Dann sah er den Höhleneingang, ein zahnloses Maul am Fuß der Klippe, bewacht von einem Felszerberus. Sekunden später hatte er die Höhle erreicht. Sie roch nach totem Fisch und Salzwasser.

Einen Moment lang überlegte er, ob es der Eingang zu einem sicheren Ort war, der von der Flut nicht überspült würde, weit hinten im Inneren der Klippe, doch als er sich hineinbeugte, sah er, dass die Höhle nicht tief war und so niedrig, dass er kaum aufrecht stehen konnte. Es gab kein Licht. Er hatte keine Taschenlampe. Hinter ihm toste das Meer gemeinsam mit dem Donner.

»Komm raus, du Idiot, komm wieder raus, die Flut wird hier jeden Moment hineinlaufen.«

Nichts. Dann eine Stimme, die ihn so verblüffte, dass es ihm die Sprache verschlug.

»Gott. O Gott, das ist die falsche Höhle. Sie müssen raus. Sie stehen mir im Weg. Bewegen Sie sich.«

Die Stimme wurde hysterisch.

»Raus da!«, kreischte die Frau.

Serrailler schob sich langsam zurück, hielt sich an den Felsen, an den Höhlenwänden fest … Als er in das grünliche Sturmlicht hinauskam, sah er, dass es nur einen einzigen Ausweg gab, einen Vorsprung in einigen Metern Höhe an der Klippenwand, gerade noch erreichbar mit drei oder vier sorgsam gesetzten Schritten. Die Flut wirbelte etwa einen Meter entfernt.

»Kommen Sie heraus und klettern Sie hinter mir her … Schaffen Sie das?«

Er blickte sich um. Eine Frau kam aus der Höhle. Kurzes dunkles Haar. Eine dunkle Jacke. Schwarze Jeans. Weißes entsetztes Gesicht. Dunkle eingesunkene Augen.

Vergiss, wer es ist, konzentrier dich.

»Kommen Sie … einen Schritt nach dem anderen, machen Sie genau, was ich mache. Tun Sie das, was ich Ihnen sage, okay?«

»Okay … o Gott, o Gott …«

»Wir schaffen es da hinauf. Keine Panik. Atmen Sie tief durch. Gut, ich gehe voran. Folgen Sie meinen Schritten.«

Seine Stimme klang selbstsicher, dachte er, autoritär. Sie würde glauben, dass er genau wusste, was er tat. Er griff nach dem ersten Halt an der Klippe, packte ihn und schwang sich hinauf, scharrte vorsichtig mit den Füßen, um festen Stand zu finden.

Unter sich hörte er das schnelle, wimmernde Atmen der Frau.

»Alles in Ordnung. Warten Sie. Jetzt der nächste.«

Es dauerte hundert Jahre. Es dauerte zwei Minuten. Einmal löste sich ein Felsstück unter seiner Hand, riss ihn fast mit hinunter, aber er schob sich zur Seite und griff nach einem weiteren, das fest blieb.

Simon erreichte den Vorsprung, hievte sich vorsichtig hinauf, legte sich auf den Bauch und streckte die Hand aus, um die Frau heraufzuziehen.

Das Meer war über den Sandstreifen gerauscht, über die niedrigen Felsen und in den Höhleneingang hinein. Der Himmel war von einem düsteren, schwefligen Grau, aber die Blitze hatten nachgelassen.

»Drücken Sie sich gegen die Felswand. Dann werden Sie nicht weggeweht.«

Sie tat es, weinend vor Angst, mit blutenden Händen und aschfahlem Gesicht.

Simon wartete, bis sie neben ihm war, den Rücken an der Felswand, gegen die sie sich so fest drückte, als könne sie damit erreichen, dass sich die Wand öffnete und ihren Körper in sich aufnahm.

Er betrachtete sie.

Gewöhnlich. Weder attraktiv noch reizlos, weder groß noch klein, weder dick noch dünn. Eine durchschnittliche, mittelgroße Frau mit kurzem Haar. *Gewöhnlich.*

»Ich bin Simon Serrailler von der Kriminalpolizei in Lafferton. Und Ihr Name?«

Sie sah ihn mit offenem Mund an, als hätte er in einer Fremdsprache gesprochen.

»Wie heißen Sie?« Er hob die Stimme, um das Krachen und Donnern einer unten aufschlagenden Welle zu übertönen.

Schließlich kam es heraus, ihr Mund bewegte sich seltsam, verschob sich seitlich, als hätte sie einen Schlaganfall erlitten.

»Ed.«

»Was ist denn das für ein Name?«

»Edwina. Edwina Sleightholme.« Sie blickte ihn an. »Was passiert jetzt?«

»Sie werden aufs Revier gebracht, zum Verhör im Zusammenhang mit der Entführung von Amy Sudden.«

»*Jetzt*, Himmel noch mal, jetzt, was wird hier passieren, *jetzt*?«

Sie kauerte sich zusammen und senkte den Kopf. Er hörte ihr angstvolles Weinen.

Er konnte weder sehen, was über ihnen geschah, noch konnte er sich umdrehen, um hinaufzuschauen. Einmal meinte er, ein Rufen zu hören, doch das wurde von der Brandung übertönt.

Er war seltsam ruhig. Er war allein hier, mit der Frau. Aber oben auf der Klippe wartete Verstärkung, und sie hatten inzwischen sicherlich Hilfe angefordert; er hatte keine Ahnung, wann die eintreffen würde. Wann trat die Ebbe ein?

Ed Sleightholme bewegte sich plötzlich ein kleines Stück nach vorne.

»Seien Sie doch nicht so verdammt dumm.«

»Ist doch egal, ist doch schon alles egal.«

Sie zitterte am ganzen Leib.

Simon wartete, sagte dann: »Eine hässliche Art zu sterben.«

»Wen kümmert's?«

»Habe nicht die geringste Ahnung. Sind Sie verheiratet?«

Ein leichtes Kopfschütteln.

»Leben Ihre Eltern noch?«

Schweigen. Dann wieder die kleine Bewegung, ein paar Zentimeter nach vorne.

»Freunde?«

Ihm wurde übel bei dem Gedanken. Aber Familie und Freunde würden nichts wissen. Sie wussten nie etwas. Die Frau könnte diese Kinder und noch ein halbes Dutzend mehr entführt und ermordet und trotzdem gute Freunde,

Liebhaber, Menschen haben, denen sie etwas bedeutete, einfach nur *weil sie nichts wussten.*

Sie sagte etwas.

»Wie bitte?«

Noch mal.

»Ich kann Sie nicht verstehen.«

Er hatte gemeint, der Sturm hätte nachgelassen und wäre ins Binnenland gezogen, aber jetzt ging ein Blitzschlag herunter, so nahe bei ihnen, dass es Simon schien, als wäre er direkt neben ihm eingeschlagen. Der Donner ließ ihn den Kopf einziehen. Sie kauerte sich zusammen, drückte sich wieder an die Felswand und umklammerte Simons Arm mit solcher Kraft, dass er befürchtete, sie würde ihn mit sich hinabreißen.

»Alles in Ordnung«, sagte er mit möglichst ruhiger Stimme.

»Uns passiert nichts. Es kann uns nichts anhaben, die Felsen leiten alle Blitze nach unten.«

Er hatte keine Ahnung, ob das stimmte, wusste aber, dass er überzeugend geklungen hatte, als sie ihren Griff lockerte.

»Das … wusste ich nicht …«

»Solange wir mit dem Rücken Kontakt zur Felswand halten. Unterbrechen Sie diesen Kontakt nicht einmal für eine Sekunde.«

Er blickte sie von der Seite an und sah, dass sie ihm glaubte und ihren Körper nach hinten drückte, als hinge ihr Leben davon ab. Sie hatte die Augen fest geschlossen.

Simon zwang sich, seinen Blick von ihr abzuwenden und an andere Orte, andere Dinge zu denken … Er stellte sich seinen Neffen Sam am Wicket vor, den Kopf eifrig gehoben und dem Bowler zugewandt. Die Sonne streifte durch die Pappeln am Rand des Cricketfelds. In Simons Mund war der Geschmack von selbst gebrautem Bier. In Gedanken fuhr er fort, das Bild zu malen, es zu animieren, den Film laufen zu lassen, das Cricketspiel fortzusetzen. Alles, um ihn davon abzulenken, wer da neben ihm stand, Zentimeter entfernt auf dem schmalen Vorsprung, und warum und was sie fast sicher getan hatte. Wenn er daran dachte, war es durchaus möglich, dass er sie mit einer einzigen Bewegung die Klippe hinabstieß.

Er sah gerade vor sich, wie Sam das Schlagholz hob und stolz den Beifall für seinen Half-Century entgegennahm, als er plötzlich ein Geräusch hörte, das er nach einem Augenblick als das Klingeln seines in der Innentasche steckenden Handys erkannte.

»Simon? Was zum Teufel machen Sie da?« Die Leitung knisterte, die Stimme war kaum zu verstehen.

Simon informierte Jim Chapman mit einem Halbsatz. Während er sprach, sah er, wie sich der Rücken der Frau versteifte.

»Sie haben verdammtes Glück, am Leben zu sein.«

»Ja.«

»Gut, die Küstenwache ist alarmiert und hat gerade Bescheid gegeben, dass ein Rettungshubschrauber der Royal Air Force unterwegs ist.«

»Gott sei Dank.«

»Irgendwelche Verletzungen?«

»Nichts Ernstes … Ich halte mich zurück.«

»Gut, ja, bleiben Sie dabei, wir wollen den da in einem Stück.«

»Allerdings. Und bei Ihnen da oben?«

Eine winzige Pause. Dann sagte Chapman rasch: »Sie bekommen später einen vollständigen Bericht«, und unterbrach die Verbindung.

Simon war oft genug gewalttätigen Verbrechern nahe gewesen, Mördern und Männern, die ihre Frauen zusammengeschlagen hatten, musste ihnen Handschellen anlegen und sie dabei berühren, was ihm stets Gänsehaut verursachte. Aber das hier war anders. Er hatte vollkommene Gewalt und vollkommene Macht über Edwina Sleightholme, abgesehen von der Tatsache, dass sie sich immer noch plötzlich entschließen konnte, in den Tod zu springen. Doch er glaubte nicht, dass sie es jetzt noch tun würde. Die Angst lähmte sie.

Er überlegte, wie lange sie wohl hier sein würden, bevor der Hubschrauber eintraf, und ob er den Willen aufbringen konnte, sich mit ihr zu unterhalten. Wenn es nur um Minuten ging, brauchte er das nicht, doch wenn sie noch stundenlang warten mussten, würde er reden, sie zum Sprechen bringen, sie wach halten müssen.

Er sah auf ihre Beine in den schwarzen Jeans, die Kappe aus dunklem Haar, die ihr vorne über die Knie fiel. Hatte sie diese Kinder entführt und ermordet? Wie konnte das sein? Das Profil stimmte überhaupt nicht. Es war kein weibliches Verbrechen. Es hätte ein Mann sein sollen.

Wenn sie unschuldig war, warum hatte sie dann die Aufforderung des Streifenwagens, anzuhalten, ignoriert, warum hatte sie versucht, sich und ihren Verfolgern auf der rasenden Fahrt zur Küste das Genick zu brechen? Was hatte sie dazu veranlasst, den abschüssigen Pfad hinunterzurennen, um von ihnen fortzukommen, außer Schuldgefühlen und Angst vor Verhaftung?

Der Felsvorsprung war kalt, und Simons Rücken schmerzte. Seine Arme waren steif, und die Abschürfung in seiner Hand pochte.

Der Sturm verzog sich jetzt grummelnd Richtung Binnenland, und der Himmel war heller geworden, zeigte ein bleiches Grau über dem Meer. Es begann wieder zu regnen, zuerst leichter Sprühregen, der ihnen mit der Gischt ins Gesicht wehte, dann schwere Tropfen, die gegen die Felswand peitschten. Aber Simon entdeckte etwas in sich wieder, das ihm entgangen war, etwas, das er einst gekannt und zu dem er fast die Verbindung verloren hatte. Seine Anspannung und Erregung waren unter Kontrolle, das innere Sirren half ihm, seine Konzentration zu bewahren.

»Mir wird schlecht.«

»Beugen Sie sich nicht vor, lehnen Sie sich zurück. Schließen Sie die Augen.«

»Davon wird es noch schlimmer.«

»Schauen Sie auf den Felsbrocken vor Ihnen.«

»Ich sterbe vor Angst.«

Das hätte er ausnützen können, sie fragen können, wie ihr das gefiel, ob ihr klar wäre, dass die Kinder genauso empfunden hätten, nur schlimmer, tausendmal schlimmer. Er wollte sie damit konfrontieren, ihr die Kinder beschreiben, wie er sie an der Wand des Konferenzraums gesehen hatte, die Fotos von drei strahlenden, fröhlichen, hoffnungsvollen jungen Gesichtern, ihr vorhalten, wie das für die Eltern gewesen war, für …

Er schwieg.

Wieder klingelte sein Handy.

»Der Hubschrauber sollte in etwa fünfzehn Minuten eintreffen. Halten Sie so lange noch durch?«

»Ja.«

»Wollen Sie die gute Nachricht hören?«

»Welche?«

»Das Kind lebt.«

»Wo?«

»Gefesselt im Kofferraum.«

Simon blickte nicht zu Edwina Sleightholme. Sonst hätte er sie womöglich mit einem Tritt über den Rand auf die Felsen unter ihnen befördert.

»Der Hubschrauber wird Sie ins Krankenhaus von Scarborough bringen. Wir fahren dorthin, sobald wir ihn in Sichtweite haben. Halten Sie den Burschen fest.«

»Oh, keine Bange.«

»Wir verhaften ihn, sobald die Ärzte ihn entlassen.«

»Mist.«

»Sie bekommen Ihre Chance.«

»Eines noch.«

»Was?«

»Ed ist die Abkürzung von Edwina.«

Er hörte, wie scharf eingeatmet wurde.

Simon blickte seitlich auf ihren Schuh, einen flachen schwarzen Slipper mit einem Goldkettchen darüber. Kein Männerschuh, genau wie die Hände, die ihren Kopf hielten, keine Männerhände waren, schlanke, weiche, hübsch geformte Hände mit sauber geschnittenen, unlackierten Nägeln. Das Haar, das er zwischen ihren Fingern sehen konnte, schimmerte vom Regen dunkel wie ein Seehundrücken.

Er hatte oft Mörder betrachtet und begriffen, wie sie funktionierten, hatte die in ihren Körpern aufgestaute Gewalt gesehen, wuterfüllte Augen in verzerrten Gesichtern. Ein- oder zweimal war er verwirrt gewesen. Der Serienmörder von Lafferton war ein Psychopath gewesen, unfähig, Empathie oder Emotionen zu empfinden, egozentrisch, mit einem eigenen, verborgenen Plan. Aber diesmal, neben einer jungen Frau, der vor Angst übel war und die sich zum Schutz vor Regen und Wind zu einem kleinen Häufchen zusammengekauert hatte, war er vollständig verblüfft, fand überhaupt keine Erklärung, keine Verbindung zwischen ihr und der Entführung, Folterung, Ermordung kleiner Kinder. Es ging ihm einfach nicht in den Kopf.

Sie hörten den Krach, lange bevor sie den gelben Vogel aus der grauen Masse von Wolken und Wasser auftauchen sahen. Die Rotorblätter wühlten die Luft auf, schienen sie zu zerschneiden und sie ihnen wie Klumpen nasser Erde entgegenzuwerfen.

Sleightholme stand plötzlich auf.

»Ducken Sie sich. Halten Sie sich völlig still.«

»Ich will nicht in das verdammte Ding, lieber springe ich vorher runter.« Wasser lief ihr über das Gesicht, aber ihr Mund war trotzig verkniffen, ihre Blicke schossen wild umher.

»Stehen Sie *still*!«

Ohne Vorwarnung stürzte sie vor und packte Serraillers Schulter, und er schwankte, versuchte verzweifelt, sie beide im Gleichgewicht zu halten. Der Krach des Hubschraubers über ihnen schien durch sein Trommelfell in seinen Schädel eingedrungen zu sein. Wieder stieß sie mit der Hand zu, die Finger gespreizt wie Klauen. Er erwischte ihr Handgelenk, riss es zurück und sah, wie sich ihr Mund vor Schmerz öffnete. Er brauchte Handschellen und hatte keine.

Dann zog sich der Hubschrauber zurück, der Krach gedämpft durch die Wolkenbank.

»Was soll das, verdammt?«, brüllte er.

Sekunden später klingelte sein Handy. Er hielt die Frau gepackt, und seine Hand war rutschig, sodass er das Handy fast fallen ließ.

»Ja?«

»Sie haben sich zurückgezogen, weil sie wissen müssen, ob die Frau ein Sicherheitsrisiko darstellt, wenn sie mit der Winde an Bord gezogen wird. Irgendwelche Waffen oder potenzielle Waffen?«

»Woher zum Teufel soll ich das wissen?«

»Fragen Sie sie halt, verflucht. Feuerzeug, sogar ein Stift …«

»Gehen Sie besser davon aus.«

»Na gut. Die haben einen Kampf gesehen … Wir sehen von hier oben nichts. Stimmt das?«

»Nichts Ernstes. Sagen Sie denen, sie sollen uns endlich hier wegholen.«

»Die nehmen niemanden auf, der ein Risiko für die Besatzung und den Hubschrauber ist. Können Sie sich für die Frau verbürgen?«

Serrailler zögerte. Er konnte es nicht. Sleightholme war eine Frau, klein und schlank, leicht zu überwältigen, aber sie war wütend und verängstigt und hatte nicht viel zu verlieren. Er wusste, dass er für nichts garantieren sollte, doch wenn er es nicht tat, was dann? Es gab keine andere Möglichkeit, sie beide in Sicherheit zu bringen. Bis die Ebbe einsetzte und sie hinunter auf den Sand klettern konnten, würden noch Stunden vergehen.

Er beendete die Verbindung und wandte sich an die Frau.

»Hören Sie zu. Ich muss dafür garantieren, dass Sie keine Waffe haben und sich so benehmen, dass Sie niemanden in Gefahr bringen – weder mich noch die Hubschraubermannschaft. Ich muss total verrückt sein, Sie dafür um Ihr Wort zu bitten.«

»Und wenn Sie es nicht tun? Wenn ich es nicht tue?« Sie blickte ihn an, und er sah etwas Tückisches in ihren Augen aufblitzen, das vorher nicht da gewesen war.

»Wenn Sie sich weigern, mitzumachen?«

Sie nickte.

»Dann schlag ich Sie bewusstlos.«

Sie blinzelte.

»Oder sie nehmen mich mit und lassen Sie da.«

»Das würden die nicht wagen.«

»O doch. Darum ging es bei dem Anruf. Also?«

Er sah, wie sie angestrengt nachdachte. Über die Klippe nach unten schaute. Nachdachte. Ihn anschaute. Nachdachte.

»Okay.«

»Was?«

»Okay, hab ich gesagt.«

Er zögerte. Er musste sich darauf einlassen. Ihr vertrauen. Großer Gott. Er rief Chapman an.

»Können Sie den Piloten dazu bringen, mit mir zu sprechen?«

»Legen Sie auf. Ich frage nach.«

Eine Regenbö klatschte gegen die Felswand, durchnässte sie von Kopf bis Fuß.

Nach einigen Minuten klingelte das Telefon.

»Flight Sergeant Cuff, RAF 202 Squadron.«

»DCI Serrailler. Ich verstehe Ihre Besorgnis, Sergeant. Alles in Ordnung.«

»Übernehmen Sie die volle Verantwortung? Es ist Ihre Entscheidung, Chief Inspector.«

»Ja.«

»Sie sehen keine Bedrohung für meine Besatzung?«

»Nein.«

Ein Sekundenbruchteil. Dann: »In Ordnung, wir kommen zurück. Der Mann an der Winde wird auf dem Weg nach unten sein. Aber ich kann nicht näher als knappe fünf Meter an die Klippen heranfliegen, und die Bedingungen sind schwierig. Es könnte einige Zeit dauern. Er wird auf den Vorsprung runterkommen und Sie beide zusammen festschnallen – wir können es nicht riskieren, den Gefangenen einzeln hochzuziehen. Irgendwelche Verletzungen?«

»Unbedeutend.«

»Gut. Halten Sie durch.«

Serrailler hatte es gewusst. Sobald die Rettung unterwegs war, die Sicherheit in greifbarer Nähe, nahm die Spannung eher zu als ab. Die Zeit, die der Hubschrauber brauchte, um nahe genug an die Klippen zu kommen und den Mann an der Winde hinunterzulassen, erschien ihm viel länger als die Zeit, die sie bereits auf dem Vorsprung verbracht hatten. Der Hubschrauber schwebte über ihnen, blies ihnen kalte Luft ins Gesicht, stieg auf und entfernte sich, bevor er aus einem anderen Winkel wiederkam, auswich, abdrehte. Jetzt gingen Serrailler und die Frau beide in die Hocke, und er hielt sie am Handgelenk fest. Ihr Arm war schlaff, ihr Ausdruck flach und müde. Der Regen klatschte ihr kurzes Haar wie eine Kappe an ihren Kopf.

»Die schaffen das nicht, oder?«

»Die schaffen das.«

Der Hubschrauber kam etwas niedriger zurück, drehte sich gegen den Wind. Er schwebte. Stabilisierte sich. Die Tür wurde aufgeschoben. Der Mann an der Winde trat auf den Vorsprung und hob den Arm. Das Windenseil wurde schlaff. Er beugte sich vor und gestikulierte. Eine Windbö blies ihn fast von den Füßen, und es dauerte noch weitere Minuten, bis er Serrailler und Sleightholme erreichte und sie fest zusammenschnallte.

Minuten später wurden sie in den Hubschrauber hineingezogen. Simon realisierte wieder, wie groß die Rettungshubschrauber der Royal Air Force innen waren, mit Platz genug für ein Dutzend Tragen, zusätzlich zu den Sanitätern und der Besatzung. Es war laut, und das Schwanken und Schaukeln war enervierend.

Edwina Sleightholme sackte zusammen, den Kopf gebeugt, und starrte auf den Boden.

Der Windenmann war zurück, und die Türen wurden zugeschoben und gesichert.

»Wir fliegen Sie ins Krankenhaus. DCS Chapman wird sich dort mit Ihnen treffen. Voraussichtliche Ankunft in vier Minuten.«

»Danke. Großer Gott, das meine ich ernst.«

»Kein Problem. Hab mich kurz gefragt, ob wir nahe genug herankommen würden. Zeigen Sie mir Ihre Hand.«

»Das ist nichts weiter.«

Beide blickten sie zu der Frau, die immer noch zusammengesunken dasaß. Simon schüttelte den Kopf, wandte sich dann, in einem Augenblick des Abscheus, von Sleightholme ab und starrte aus dem Hubschrauberfenster auf das aufgewühlte Meer und den Himmel.

## 13

Mir geht's gut«, sagte Cat Deerborn. »Mir geht's gut. Ich sollte mich doch gegen so einen jungen Rowdy wehren können ...« Schwester Noakes nahm ihr die Teetasse ab, bevor sie aus Cats zitternden Händen zu Boden fiel.

Irgendetwas war passiert, als Cat durch die Tür von Imogen House in die nächtliche Ruhe getreten war. Die Muskeln und Knochen in ihren Beinen fühlten sich an, als hätten sie sich aufgelöst, und Cat war von einer der Schwestern aufgefangen worden, als sie zusammensackte. Jetzt saß sie in Penny Noakes' Zimmer und kam sich wie eine Idiotin vor.

»Was ist denn nur mit mir los, Himmel noch mal? Ich bin schon mit viel Schlimmerem fertig geworden.«

»Schock ist eine komische Sache.«

»Ich bin zäh.«

»Sind wir das nicht alle? Und dann wirft uns völlig unvermutet irgendeine Kleinigkeit um. Passiert mir auch. Ein Tod nach dem anderen, alle schwierig, junge Menschen, Schmerz, den wir nicht regulieren können, jemandes Angst ... und ich bleibe ganz ruhig. Ich gehe nach Hause, und da liegt eine tote Maus auf der Fußmatte, und ich breche in Tränen aus. Trinken Sie noch etwas Tee.«

Cats Hand war ruhiger.

»Was hat die Polizei gesagt?«

Cat zuckte die Schultern. Irgendein Jugendlicher aus der Dulcie-Siedlung, der ihr Handy geklaut, sie niedergeschlagen hatte und weggerannt war? Sie konnte Simons geduldigen Seufzer hören.

»Wie geht es Lizzie Jameson?«, fragte sie und stellte die Tasse ab.

Schwester Noakes blickte auf. Die Schreibtischlampe warf einen Schatten auf ihr Gesicht, doch Cat entging der flüchtige Ausdruck nicht.

»Scheußliche Sache«, sagte Cat. »Ich geh gleich noch mal zu ihr. Ist Max da?«

»Ja. Er geht oft in den Garten ... läuft herum ... setzt sich auf die Bank. Er wird viel Unterstützung brauchen, wenn es vorbei ist, Cat.«

»Und er ist kein Mann, der sich leicht helfen lässt. Sehr starrköpfig, sehr stolz.«

»Er ist wütend.«

»Genau wie ich. Das ist der erste Fall, den ich zu Gesicht bekommen habe, und ich bin wütend, weil es vermeidbar war. Alle Fälle der neuen Variante von CJD waren vermeidbar, sind nur eine Folge von Gier ... gierige, verdammte Bauern.«

»Die Bauern haben das doch nicht gewusst.«

»Seien Sie nicht so nachsichtig. Im Moment kann ich mit Nachsicht nichts anfangen.« Sie stand auf. »Ich weiß auch nicht, was ich zu Max sagen soll.«

»Ach, Sie wissen doch immer, was Sie sagen sollen. Das können Sie am besten.«

»Hm.«

Auf dem Flur spürte Cat die außerordentliche Atmosphäre des Hospizes, die gewaltige, angestaute Stille, das Gefühl, außerhalb der Zeit zu sein. In Krankenhäusern war das nie so, da gab es immer Klappern, Stimmen und Schritte, ein Gefühl der Dringlichkeit. Hier fehlte das alles. Hier kam es nur darauf an, dass die Patienten gepflegt wurden, möglichst schmerzfrei waren, es bequem hatten und allem, was sie sagen wollten, aufmerksam zugehört wurde. *»Am*

*Ruhepol der kreisenden Welt«,* dachte Cat immer, wenn sie hierherkam.

Sie öffnete die Tür zu Lizzies Zimmer.

Und in diesem Sekundenbruchteil blieb die Zeit stehen. Max Jameson stand neben dem Bett, hielt die Hand seiner Frau zwischen seinen Händen, blickte auf sie hinunter, sein Gesicht starr vor Unglauben und einer Art Entsetzen. Die Schwester auf der anderen Seite von Lizzie schaute zu Cat auf, und nach dem Ausdruck in ihren Augen war alles klar. Es herrschte vollkommene Stille. Das Zimmer war ein Tableau, die Menschen reglos, die Augen der toten Frau nach wie vor offen, ausdruckslos zur Decke gerichtet.

Dann zerbrach das Bild und zersplitterte in tausend Scherben, deren scharfe Kanten die Stille durchschnitten, als Max Jameson einen Laut ausstieß, den Cat bisher nur ein paarmal im Leben gehört hatte, ein mit Schmerz und Qual, Wut und Furcht vermischtes Heulen. Und dann stürzte er an Cat vorbei, stieß sie aus dem Weg, rannte aus dem Zimmer und den Flur entlang zur Eingangshalle, wobei ihm der Schrei wie eine Blutspur folgte.

Cat trat an das Bett und ließ ihre Hand sanft über die Augen von Lizzie Jameson gleiten. Sie hatte bereits den Ausdruck, den Cat so gut kannte, den seltsamen, tiefen und fernen Ausdruck der Toten, eine vollständige Versunkenheit, in der sie nicht mehr erreichbar waren. Aber, befreit von dem Ringen und der Furcht, war Lizzie wieder schön und bereits Jahre jünger; es war, als zählte die Zeit vom Augenblick des Todes an rückwärts.

»Armes Mädchen.«

»Schwer für sie beide.«

»Es war grausam.«

»Ich fürchte um ihn, Dr. Deerborn. Ich habe ihn heute beobachtet. Es war, als brodelte in ihm ein Geysir, den er nur um ihretwillen unter Verschluss hielt.«

94

»Ich werde nach ihm sehen.« Cat hob Lizzies Hände und legte sie sanft aufeinander. »Aber heute nicht mehr.« Sie wandte sich zur Tür. »Ich bin vollkommen fertig.«

Nur mit Mühe konnte sie sich darauf konzentrieren, sicher zu fahren, und sie öffnete das Autofenster und stellte die Spätnachrichten an.

»Die Polizei von North Yorkshire hat eine achtunddreißigjährige Frau im Zusammenhang mit der Entführung der sechsjährigen Amy Sudden aus der Nähe ihres Hauses im Dorf Gathering Bridge verhaftet. Die Frau wurde ins Krankenhaus von Scarborough gebracht, wo der für den Fall zuständige Beamte, DCS Jim Chapman von der Polizei North Riding, mit den Reportern sprach.«

Cat bog auf die Umgehungsstraße. Es gab nur wenig Verkehr, und sie konnte langsamer fahren, ohne jemanden zu verärgern.

Eine kräftige Yorkshire-Stimme ertönte, sprach in der typisch roboterhaften offiziellen Art. »Ich möchte bestätigen, dass heute Nachmittag Beamte von der Polizei North Riding ein Auto verfolgten, das in Richtung Küste fuhr, und dass im Kofferraum ein sechsjähriges Mädchen gefunden wurde, als das Auto auf dem Heideland über den Klippen ein paar Kilometer nördlich von Scarborough zum Halten kam. Das Mädchen wurde zur ärztlichen Untersuchung mit dem Krankenwagen in das Krankenhaus von Scarborough gebracht. Obwohl sie an einem Schock und Dehydrierung litt, konnten keine ernsthaften Verletzungen festgestellt werden, und sie wird voraussichtlich in ein bis zwei Tagen nach Hause entlassen. Ich kann ebenfalls bestätigen, dass die Polizei die Fahrerin des Wagens verfolgte und später festnahm und dass heute Abend eine achtunddreißigjährige Frau in Haft genommen wurde. Das ist alles, was ich Ihnen im Moment sagen kann.«

»Superintendent, können Sie sich zu den Berichten äußern, dass ebenfalls Beschuldigungen erhoben werden könnten in Zusammenhang mit dem Verschwinden von zwei kleinen Jungen, einer aus dem Gebiet der Polizei von North Riding und einer aus Südengland?«

»Tut mir leid, im Moment kann ich Ihnen nichts weiter sagen.«

»Können Sie bestätigen, dass ein höherer Beamter von einer anderen Dienststelle mit Ihnen an diesen anderen beiden Fällen vermutlicher Entführung zusammenarbeitet?«

»Kann ich nicht, nein.«

Cat schaltete das Radio aus und fuhr nach Hause.

Im Bauernhaus brannte noch Licht, aber in der Küche war niemand. Von oben drang das laute Weinen ihres älteren Sohnes.

»Ich habe das nicht gewusst, es tut mir leid, Daddy, ich habe das nicht gewusst …«

Cat ließ ihre Tasche fallen und rannte hinauf.

»Was ist denn hier los?«

Chris, Sam und Felix waren im Badezimmer. Felix saß in der Wanne.

»Mummy, ich kann nichts dafür, wirklich nicht, ich habe nicht gewusst …«

»Sei still, Sam. Hör auf zu heulen. Je mehr du heulst, desto saurer werde ich. Also sei still.«

So scharf sprach Chris nur selten mit den Kindern.

»Was ist passiert?«

»Sam dachte, dass man mit dem Marker tolle Tattoos auf Felix' Arm machen kann, und ich krieg das blöde Zeug nicht wieder runter.«

Cat setzte sich auf den Wäschepuff und begann zu lachen.

»Was daran komisch ist, erschließt sich mir nicht. Felix, hör auf zu zappeln.«

»Es bringt nichts, ihn so zu schrubben, Chris, das verblasst mit der Zeit von allein. Sam, du hättest es besser wissen müssen.

Meine Güte, ist es schon so spät? Wo ist Hannah?«

»Schläft. Nur die Jungs machen Ärger.«

Chris sah Cat zum ersten Mal an. »Hallo.«

»Hallo. Ein Glas Wein wäre nett.«

»Mein Gott, die sind schlimmer als junge Hunde.«

»Während da draußen eher heulende Wölfe rumlaufen.«

»Was ist passiert?«

»Erzähl ich dir später.«

Cat hob ihren jüngeren Sohn aus der Wanne.

»Seine Finger sind ganz schrumpelig«, sagte Sam. »Wie die von Aliens.«

»Woher willst du das wissen?«

»Ich weiß alles über Aliens.«

»Vielleicht, weil du einer bist.«

Er stieß einen fröhlichen Schrei aus.

Zwanzig Minuten später schliefen die Kinder, und Cat machte sich auf die Suche nach dem Glas Wein, das noch nicht aufgetaucht war. Chris lag auf dem Sofa in der Küche.

»Schlafen sie?«

»Ja.« Sie stupste ihn an. »Rutsch mal.«

Chris öffnete die Augen. »Das kann so nicht weitergehen«, sagte er. »Und ich brauche einen Whisky.«

Cat hütete sich, daran Anstoß zu nehmen. Stimmungen wie diese traten inzwischen recht häufig auf. Sie meinte zu wissen, wie sie damit umgehen musste.

»Ich bin total genervt.«

»Sam hat einfach nicht nachgedacht. Das ist nicht das Ende der Welt.«

»Nicht wegen Sam, obwohl er zu alt ist, so dämlich zu sein, er sollte gelegentlich mal zu denken anfangen. Aber nicht deswegen, sondern wegen dem ganzen Scheiß. Ich hatte einen saumäßigen Tag, drei Notfälle, einen Riesenberg von Papierkram, ein Treffen mit dem Primary Health Care Trust, zu dem du eigentlich hättest gehen sollen, dann komm ich heim und erwarte, dass du innerhalb einer Stunde zurück bist, und du bleibst die halbe Nacht weg. Jedenfalls hab ich denen vom Primary Care Trust gesagt, dass sich keiner von uns beiden dem Nachtdienstturnus anschließen wird, und das gilt auch für die Hälfte der Hausärzte in unserem Gebiet, mehr als die Hälfte, sollen sie doch dafür bluten, die Agenturärzte zu bezahlen, geschieht ihnen recht.«

»*Was* hast du getan? Chris, du magst ja vielleicht nicht bereit sein, Nachtdienst zu machen, nachdem die neuen Verträge gelten – das ist deine Entscheidung –, aber ich finde es falsch. Warum sollen unsere Patienten leiden, nur damit du und deine Kumpel politisch punkten?«

»Die Patienten werden nicht leiden.«

»Also, ich mache weiter Nachtdienst, wie ich es immer getan habe.«

»Wo warst du überhaupt?«

»Hör doch auf, einfach zu ignorieren, was ich sage, und das Thema zu wechseln, das ist so verdammt arrogant. Ich werde dem Primary Care Trust morgen mitteilen, dass alles, was du gesagt hast, nur für dich gilt, nicht für mich.«

»Damit spaltest du die Praxis in zwei Hälften. Sehr hilfreich.«

»Ach, sei doch nicht so kindisch.« Sie stand auf. Der Wein, den sie zu schnell getrunken hatte, war ihr sofort zu Kopf gestiegen und ließ sie vor Erschöpfung schwanken. »Ich muss ins Bett.«

»Du hast immer noch nicht gesagt, wo du warst.«

»Mir wurde mein Handy geklaut, und ich wurde in einem Laubengang in der Dulcie-Siedlung niedergeschlagen, wonach die Sanitäter den Patienten, den ich aufsuchen wollte,

tot in seiner Toilette vorfanden. Dann bin ich ins Hospiz gefahren, wo Lizzie Jameson gerade gestorben war und Max
brüllend in die Nacht verschwand. Dann bin ich heimgefah-
ren. Unterwegs hörte ich, dass die Polizei von North Riding
jemanden verhaftet hat – eine *Frau,* um alles in der Welt. Sie
hatte ein kleines Mädchen entführt, und sie könnte auch diejenige sein, die David Angus entführt hat ... zu viel für einen
Abend.«

Oben setzte sie sich auf die Bettkante und begann zu weinen.
Sekunden später war Chris neben ihr.

»Gott, es tut mir so leid ... Ich bin ein Schwein.«

»Ja.«

»Wir brauchen das nicht.« Er nahm sie in die Arme. »Keiner von uns braucht das. Denk nur, wenn wir das alles nicht
nötig hätten.«

»Bitte«, sagte Cat, »bitte fang nicht wieder von Australien
an. Das könnte ich wirklich nicht ertragen.«

»Na ja, irgendetwas muss geschehen, Cat. Eine große Veränderung.«

»O Gott.«

»Hör zu, organisiere einen Babysitter für Samstag. Ich
möchte mit dir ausgehen. Ich möchte in Ruhe mit dir reden.
Ist das möglich?«

»Ich will mir kein schönes Essen mit dem Reden über Australien verderben«, murmelte Cat. »Ich bin zu müde zum
Ausziehen.«

»Ja, schau dich an ... schau dir uns an. Dich überfallen sie
in einer beschissenen Siedlung, ich muss mit der Bürokratie kämpfen, statt Patienten zu behandeln, und beschimpfe
dann meine Kinder, weil ich müde und frustriert bin ... Was
soll das? Was machen wir hier?«

Sie war kurz davor gewesen, in ihren Kleidern einzuschlafen. Jetzt setzte sich Cat auf, Hirn und Körper angespannt

und aufgeladen. »Warum brüllst du mich an? So etwas machen wir nicht, Chris, wir brüllen nicht.«

»Genau. *Genau.*«

»Die Sache kann nicht warten, bis wir an irgendeinem Restauranttisch sitzen. Ich kann nicht schlafen, bevor wir das ausdiskutiert haben. Es geht nicht nur um die Nachtdienste.«

»Nein. Es geht um viel mehr. Ich habe versucht, im Kopf damit klarzukommen …«

»Ohne mit mir zu reden?«

»Wir sind nie lange genug zusammen.«

»Das ist Quatsch.«

Sie fühlte sich, als würden abscheuliche Dinge sie von allen Seiten angreifen, sie in einem bösen, hämischen Tanz umkreisen. Und dann ging ihr in Übelkeit erregender Weise auf, dass genau das auch Karin McCafferty passiert war – als sie nach Hause kam, um ihrem Mann glücklich zu berichten, dass alle Scans sauber waren, der Krebs verschwunden, nur um im nächsten Moment damit konfrontiert zu werden, dass ihr Mann sie verlassen wollte, um mit einer anderen Frau in New York zusammenzuleben.

»Die Frau war nicht mal jünger«, sagte sie laut. »Ich weiß nicht, warum es das besser gemacht hätte, aber es ist so. Sie war älter. Eine ältere Frau, Himmel noch mal.«

Chris starrte sie verständnislos an.

»Karin«, sagte sie dumpf. »Als Mike sie verlassen hat.«

»Was hat das damit zu tun?«

»Hat es nicht?«

Eine Pause entstand, dann schloss Chris die Augen. »Oh, du lieber Gott.« Er griff nach ihren Händen. »Es hat damit zu tun, dass ich es satthabe und müde bin und fast ausgebrannt. Es hat damit zu tun, dass ich es nicht mehr machen will. Ich will nicht mehr sein, was ich bin.«

»Und das wäre? Ehemann? Vater?«

»Natürlich nicht Ehemann und Vater. Ein Allgemeinmediziner. Ich will kein Allgemeinmediziner mehr sein.«

»Aber du bist durch und durch Arzt, du bist …«

»Ich habe nicht ›Arzt‹ gesagt, sondern Allgemeinmediziner. Das ist es, wovon ich genug habe. Du bist es immer noch mit Begeisterung. Ich fange an, es zu hassen, und wenn ich es nicht hasse, dann ärgert es mich. Der Beruf hat sich verändert, die Bürokratie geht mir auf den Geist … Aber es ist nicht nur das … Ich will es nicht mehr machen. Wenn ich weitermache, werde ich ein schlechter Arzt.«

»Wir brauchen Urlaub, das ist alles.«

»Nein. Das ist nicht alles. Wir haben Urlaub gemacht, und ich habe mich kein bisschen besser gefühlt. Hör zu, ich wollte mit dieser Riesensache nicht mitten in der Nacht anfangen, wenn wir beide völlig fertig sind.«

»Was willst du wirklich?«

»Eine weitere Ausbildung machen … na ja, teilweise. Ich möchte in die Psychiatrie zurück.«

»Ich glaube, ich muss weinen. Oder mich übergeben.«

»Schock?«

»Erleichterung. Nicht Australien, keine andere Frau.«

»Australien habe ich aufgegeben, und welche andere Frau würde mich nehmen?« Er ging ins Badezimmer. »*Was* war das mit der Frau, die verhaftet wurde?«

## 14

Vater im Himmel, spende ihnen Trost in ihrem Leiden. Wenn sie sich fürchten, gib ihnen Mut, wenn sie betrübt sind, verleihe ihnen Geduld, wenn sie niedergeschlagen sind, gewähre ihnen Hoffnung, und wenn sie allein sind, versichere sie des inständigen Beistands deines heiligen Volkes, durch Jesus Christus, unseren Herrn.«

Die Kerzenflammen flackerten nur schwach, und die Lampen machten eine glimmende Höhle aus der Kapelle von Christus unserem Heiler. Die großen Kathedralenräume hinter Jane Fitzroy lagen im Dunkeln. Sie kniete allein vor dem kleinen Altar, auf dem ein überraschend modernes goldenes Kreuz stand.

Sie liebte es, hier die letzte Andacht des Tages allein zu halten. Heute war sie gekommen, um für zwei Patienten zu beten, die in Imogen House gestorben waren, und für einen weiteren, der vermutlich in ein paar Stunden sterben würde. Die abendliche Stille der Kathedrale erschien ihr nicht hohl oder leer, sondern angefüllt mit Jahrhunderten von Gebeten. Sie konnte verstehen, warum Menschen sich dem klösterlichen Leben hingaben.

Sie beugte den Kopf für einen weiteren Moment, um sich selbst Gott anzuvertrauen, und dabei ließ ein Geräusch sie zögern. Sie meinte gehört zu haben, wie eine Tür beim Öffnen über den Steinfußboden scharrte. Sie wartete. Nichts. Wieder Stille.

Sie beugte den Kopf.

Schritte kamen durch den Seitengang näher, jemand auf weichen Sohlen.

Die Haupttüren würden geschlossen und verriegelt sein, doch die Seitentür war offen und sollte erst von ihr verschlossen werden, wenn sie ging.

Sie erhob sich. »Ist da jemand?«

Die Schritte verstummten.

»Hallo?« Die Kerzenflammen brannten gleichmäßig, nur ihre Stimme zitterte leicht. »Kann ich Ihnen helfen?«

Nichts. Sie überlegte, ob sie zuversichtlich vortreten oder lieber abwarten sollte. Die Schritte kamen näher.

»Die Kathedrale ist eigentlich geschlossen, aber wenn Sie gekommen sind, um zu beten, bleiben Sie ruhig noch ein paar Augenblicke, ich kann noch einiges erledigen, bevor ich gehe.«

Ein Mann stand an dem offenen Gitter der Kapelle. Er kam nicht herein. Er hatte Stoppeln am Kinn und auf dem Kopf, trug eine blaue Matrosenjacke und einen roten Schal. Sie seufzte. Kein Verrückter, kein Dieb, nicht betrunken, nicht – sie lächelte, als ihr das Wort einfiel –, nicht *anrüchig*.

»Max«, sagte sie.

Er wirkte verwirrt, als sei er sich nicht sicher, wo er war oder warum. Dann sagte er: »Lizzie.«

»Max, es tut mir so leid.« Jane stand auf und ging zu ihm, streckte die Hand aus, um ihn am Arm zu berühren. Er schreckte zurück, als sei ein fremdes Wesen vor ihm aufgetaucht. »Ich habe die Abendgebete gesprochen. Möchten Sie sich in Ruhe ein paar Minuten hinsetzen?«

»Warum?«

»Sie sehen erschöpft aus.«

»Ich bin rumgewandert. Ich kann nicht nach Hause. Ich kann nicht dahin zurück.«

»Es ist sehr schwer.«

Er machte ein paar Schritte in die Kapelle. Jane wartete. Sie und Max Jameson waren sich nur einmal begegnet, als sie Lizzie in Imogen House besuchen wollte. Er war kurz angebunden gewesen, hatte ihr gesagt, sie würde nicht gebraucht. Sie war gegangen, hatte Verständnis gehabt, war jedoch zurückgekehrt, als er fort gewesen war, um der schlafenden Lizzie den Segen zu spenden.

»Ich hasse diesen Ort.«

»Die Kathedrale?«

Er deutete um sich. »Sie wollte, dass ich sie hierherbringe. Ganz am Anfang. Ich hätte sie überall hingebracht. Ich hätte sie auf meinem Rücken getragen ... Es nannte sich Heilungsgottesdienst.« Er lachte, ein kleines, kaltes Lachen. »Da drüben habe ich gekniet. Ich habe sogar gebetet. Es hätte wirken können, ich hätte alles versucht, was sie wollte. Sie glaubte, dass es half. Das hat sie gesagt.«

»Möchten Sie, dass ich jetzt ein Gebet spreche ... oder mit Ihnen bete?«

»Nein. Das hat keinen Sinn.«

»Ich glaube doch.«

»Natürlich tun Sie das.«

»Ich werde beten. Setzen Sie sich einfach.«

»Warum ist Lizzie gestorben?«

»Ich weiß es nicht.«

»Das würde man doch nicht mal einem Tier antun. Wer würde das schon? Was soll das?«

»Kommen Sie ... gehen wir hinüber zu mir, und ich koche uns einen Kaffee ... Sie können reden, wenn Sie wollen, oder Sie können auch schweigen. Sie sollten nicht allein durch die Straßen wandern, Sie brauchen Gesellschaft.«

»Ich brauche Lizzie.«

»Ich weiß, Max. Wenn ich sie Ihnen zurückgeben könnte, würde ich es tun. Ich weiß jedoch, dass sie die ganze Zeit im Geiste bei Ihnen ist.«

»Das ergibt keinen Sinn.«

»Vielleicht wird es das bald tun.«

Dann sagte er: »Sie sehen aus wie sie.«

»Nein.« Jane lächelte. »Lizzie hatte diese wunderschönen langen Haare … glatt und weich …« Ihr Haar war dunkelrot und stand nach allen Seiten von ihrem Kopf ab, war unmöglich zu bändigen.

»Sie sind jung, schön … Sie sind, wie sie war.«

»Kommen Sie, Max … kommen Sie mit mir.«

»Doch Sie leben, das ist der Unterschied, und Lizzie ist tot. Warum sind alle anderen nicht auch tot? Warum sind Sie nicht tot?«

Jane nahm ihn am Arm, und er ließ sich von ihr fortführen, aus der Kapelle und durch den Seitengang der leeren Kathedrale. Er wirkte verwirrt, unsicher, wie er seine Schritte setzen sollte. Sie hatte Angst um ihn, sein Kummer und sein Schmerz waren so überwältigend, marterten ihn sowohl körperlich als auch emotional.

»Seit wann haben Sie nichts mehr gegessen?«, fragte sie, als sie über den stillen Kathedralenhof gingen.

»Ich weiß es nicht.«

»Ich kann Ihnen etwas machen …, wenn Sie wollen. Kommt jemand von der Familie zu Lizzies Beerdigung?«

»Ich will keine Beerdigung. Eine Beerdigung bedeutet das Ende von Lizzie, bedeutet, dass Lizzie tot ist. Verstehen Sie das nicht?«

»Doch. Aber Lizzie *ist* tot. Ihr Körper ist tot«, erwiderte sie sanft.

»Nein.«

»Wir gehen durch dieses Seitentor. Der Bewegungsmelder wird gleich die Lichter einschalten.« Sie nahm Max bei der Hand wie ein Kind und führte ihn durch den Garten des Kantors, über einen Pfad mit einem Spalier an der Seite zu ihrem kleinen Bungalow. Irgendwo im Gebüsch raschelte eine Katze oder ein Fuchs, Augen glühten in der Dunkelheit auf.

In der kleinen Eingangshalle herrschte immer noch ein großes Durcheinander. Jane knipste die Lampen in ihrem Arbeitszimmer an, schaltete den Gasofen ein und streckte die Hände nach Max' Jacke aus.

»Ich weiß nicht, was ich tun soll«, sagte er.

»Setzen Sie sich dorthin. Ich koche Kaffee … oder Tee? Und ich mache ein paar Sandwiches … Ich hab auch noch nichts gegessen. Ruhen Sie sich einfach aus, Max.«

Er sah sich im Zimmer um, betrachtete Janes Bücher, ihren Schreibtisch, das Kruzifix und die beiden Kerzen auf einem kleinen Tischchen. Sie zog die Vorhänge zu, ließ ihn allein und ging in die Küche. Das Licht an ihrem Anrufbeantworter blinkte.

»Jane? Ich werde morgen entlassen. Eine Gemeindeschwester soll nach mir schauen, aber ich werde sie nicht brauchen. Ich ruf dich an … Vielleicht erwische ich dich ja zwischen deinen kirchlichen Angelegenheiten. Wiedersehen.«

Sie lächelte in sich hinein, erkannte, dass nichts ihre Mutter jetzt noch würde ändern können, und lehnte es ab, sich deswegen Sorgen zu machen. Der Gedanke, dass sie in das von Einbrechern und Straßenräubern verwüstete Haus zurückkehrte, war besorgniserregend, aber Jane hatte getan, was sie konnte, und Magda würde sich an diejenigen wenden, die sie brauchte. Darin war sie gut. Jane zog den Wasserkessel hervor und nahm einen Laib aus dem Brotkasten.

Als sie an den Kühlschrank trat, hörte sie einen Schritt, und ein Arm legte sich von hinten um ihre Kehle, würgte sie nicht, machte es ihr aber unmöglich, sich zu bewegen.

»Max …«, brachte sie heraus. »Was …?«

»Wie können Sie hier sein? Wie können *Sie* hier sein, Tee kochen, Brot schneiden, wo Lizzie tot ist? Was hat Lizzie getan? Warum hat Ihr Gott Lizzie getötet? Sie sollten nicht leben, ich kann Sie nicht leben lassen, nicht nach dem, was passiert ist. Sie sind ihr zu ähnlich. Sie sollten nicht leben.« Er sprach mit einer seltsamen, sanften Stimme, als würde er das, was er sagte, zitieren, als hätte er es nur für diesen Moment, diesen Ort auswendig gelernt.

»Drücken Sie bitte nicht so fest, Max.«

Zu ihrer Überraschung kam er der Aufforderung nach. Er ließ sie los, schubste sie dann zum Arbeitszimmer. Als sie drinnen waren, schloss er die Tür.

Plötzlich bekam Jane Angst. Max war außer sich vor Qual, und in diesem Zustand konnten Menschen irrational und unkontrolliert handeln. Er war wütend. Sie wusste nicht, wie sich seine Wut entladen würde.

Hilf mir, betete sie, hilf mir. Es gab keine anderen Worte außer: Hilf mir.

»Setzen Sie sich«, sagte Max.

Sie tat, wie ihr befohlen. Im Moment erschien es ihr besser, sich nicht zu widersetzen, nicht zu flehen. Ruhig zu bleiben.

»Was wollen Sie, Max?«

»Oh, eine kosmische Frage? Stellen wir lieber eine einfache Frage. Mit einer einfachen Antwort. Die sollten Sie doch geben können, nicht wahr?«

»Eigentlich nicht. Ich stelle selbst eine Menge Fragen. Ständig.«

»Dafür werden Sie nicht bezahlt.«

Sie lächelte.

»Ich *muss* Antworten bekommen.«

»Es ist schwer, ich weiß …«

Er machte einen Satz auf sie zu, und sie wich auf dem Sessel zurück.

»Wie können Sie es wagen, mir das zu sagen? Wie können Sie sagen, dass es schwer ist? Woher wissen Sie das? Ist es Ihnen zugestoßen?«

»Nein«, erwiderte Jane. »Wenn Sie meinen, ob ein Mensch,

den ich geliebt habe oder mit dem ich verheiratet war, gestorben ist, nein.«

»Dann seien Sie nicht so herablassend zu mir.«

»Und Sie bedrohen mich bitte nicht.«

»Glauben Sie daran? Glauben Sie wirklich daran? Würden Sie dafür sterben?«

»Für mein Christentum? Ich glaube daran, ja. Ob ich dafür sterben würde … Ich frage mich, wie mutig ich bin. Aber viele Menschen sind für ihren Glauben gestorben. Und tun es immer noch.«

»Sie glauben, dass Christus von den Toten auferstanden ist?«

»Ja.«

»Und an Gebete?«

»Ich glaube nicht, dass Gebete ein magischer Trick sind. Wir bekommen immer eine Antwort, aber vielleicht nicht diejenige, die wir uns wünschen.«

»Gute Ausrede.«

»Klingt das so für Sie? Das ist kein Brief an den Weihnachtsmann … Ich wünsche mir, bitte kann ich es haben …«

»Warum ist Lizzie gestorben? Können Sie das beantworten?«

»Nein. Ich weiß es nicht … Es erscheint grausam und entsetzlich und sinnlos … wie so vieles auf der Welt. Ich weiß, dass sich die Dinge mit der Zeit bewältigen lassen, und ich weiß, dass Gott trotz allem stets bei uns ist, wenn Schreckliches passiert.«

»Tut mir leid, das ist mir entgangen. Wie dumm.«

»Lassen Sie mich den Tee machen, dann fahre ich Sie nach Hause.«

»Nein.«

»Geben Sie sich eine Chance, Max.«

»Ich gehe nirgendwohin. Sie auch nicht. Nicht, bevor Ihr Gott Lizzie wieder zum Leben erweckt hat.«

»Das wird er nicht. Dieses Gespräch hat keinen Zweck, Sie sind nicht in der richtigen Verfassung dazu.«

»Bis Sie mir erklären können, warum meine Frau gestorben ist, und bis Ihre Gebete sie mir zurückbringen, bleiben Sie hier, und ich bleibe hier, Reverend. Vielleicht heute Nacht, vielleicht morgen ... vielleicht bis wir sterben.«

»Was soll das heißen?«

»Nichts.«

»Kommen Sie, ich fahre Sie nach Hause. Wenn Sie mir etwas sagen wollen, Ihren Gefühlen freien Lauf lassen wollen, was auch immer, bin ich für Sie da, aber nicht heute Abend. Sie sind verstört, ich bin erschöpft. Besser, wir machen das morgen.«

»Ich will, dass Sie die Tür abschließen ... Gibt es nur diese eine Tür?«

Jane zögerte.

»*Sagen Sie es mir.*«

»Ja. Nur eine Tür.«

»Schließen Sie die ab. Ich werde Sie beobachten.«

»Max ...«

»Ich werde Sie beobachten.«

»Beruhigen Sie sich doch bitte.«

Er stand ganz still, schien kaum zu atmen, sehr angespannt, konzentriert.

Sie stand auf.

Er packte ihren Arm und schob sie mit einer Kraft zur Tür, gegen die sie sich nicht hätte wehren können. Sie drehte den Schlüssel um. Die Tür war solide gebaut, ohne Glas, und das Schloss war altmodisch und schwer. Es gab auch noch eine zweite Verriegelung. Max wartete. Langsam drehte sie den Messingknopf.

»Wo ist Ihr Telefon?«

»Im Arbeitszimmer, und es gibt einen Anschluss im Schlafzimmer.«

»Ziehen Sie sie aus der Steckdose. Geben Sie mir zuerst Ihr Handy.«

Es steckte in der Tasche ihres Talars. Sie überlegte, ob sie irgendwie wählen könnte, während sie es herauszog. Bevor sie dazu kam, packte Max ihr Handgelenk und hielt es fest, während er mit der anderen Hand die Tasche und das Handy fand, es herauszog und ausschaltete.

»Jetzt die anderen.«

Sie gingen in das Arbeitszimmer, dann zu der Steckdose neben ihrem Bett.

»Sind Schlösser an den Fenstern?«

»Sicherheitsschlösser. Ja.«

»Sind die verschlossen?«

»Ja.«

»Ich hätte jetzt gerne den Tee, bitte. Und etwas zu essen. Wie Sie versprochen hatten.«

»Gut, Max, aber bitte, das bringt doch nichts, es …«

Er stand schweigend da, wartete. Sie ging vor ihm in die Küche. Max folgte, schloss die Tür und stellte einen Stuhl davor. Er setzte sich auf den Stuhl. Ihr fiel ein, was mit ihrer Mutter passiert war, wie die Diebe alles mitgenommen und sie dann auf den Kopf geschlagen hatten. Sie betrachtete Max Jameson. Nein, so war das hier nicht. Hier ging es um etwas anderes.

»Ich muss Ihnen etwas erzählen.« Sie hörte ihre Stimme, heiser, als hätte sie etwas im Hals. Dieses Etwas war Furcht. »Ich musste heute dringend nach London … Meine Mutter hatte mich angerufen … Sie ist Kinderpsychiaterin, sie lebt allein. Als ich ankam, war ihr Haus verwüstet, vieles war gestohlen worden … und meine Mutter lag blutend am Boden. Sie hatte die Einbrecher überrascht. Sie dachten, das Haus wäre leer. Es war sehr beängstigend. Ich … ich krieg es nicht aus dem Kopf. Jetzt Sie. Das ist …«

»Ich bin kein Einbrecher. Hier gibt es nichts, was ich haben will.«

»Ich verstehe nicht, *was* Sie wollen.«

»Antworten.«

»Ich habe keine einfachen, Max.«

»Wunder.«

»Wenn ich Lizzie zurückbringen könnte, würde ich es tun ... Ich kann es nicht. So funktioniert das nicht. So funktioniert Gott nicht. Es ist kompliziert.«

Sie überlegte, was sie da eigentlich sagte. Sie hatte immer empfunden, dass alles, im Gegenteil, nicht kompliziert war, sondern einfach. Nicht leicht, nie, aber auf glorreiche Weise einfach. Jetzt wusste sie nichts mehr. In ihrem Kopf herrschte nur Durcheinander.

Sag nichts. Sag nichts. Beschäftige dich.

Ja.

Sie zündete das Gas an, setzte den Kessel auf, öffnete den Schrank, um das Geschirr herauszunehmen, holte Milch aus dem Kühlschrank. Sag nichts. Beschäftige dich.

Max saß schweigend und vornübergebeugt auf dem Stuhl, beobachtete sie.

Eine merkwürdige Ruhe überkam sie und ein Gefühl von Unwirklichkeit, als würde sie schlafwandeln, sei aber unberührbar, unerreichbar. Sie schnitt Brot, Tomaten und Käse, fand einen Früchtekuchen, den ihr jemand zum Einzug geschenkt hatte. Das Wasser kochte.

Wenn er gegessen und den Tee getrunken hatte, würde er zu sich kommen, dachte Jane, würde erkennen, wo er war, und dann würde alles wieder seine Ordnung haben. Sie würde ihn nach Hause fahren und dafür sorgen, dass er in Sicherheit war. Es war, als müsste sie sich um ein Kind kümmern.

»Bitte kommen Sie zum Essen«, sagte sie.

Sie wartete darauf, dass er es tat. Wartete darauf, dass sich alles wieder normalisierte. Wartete.

Er beobachtete. Max beobachtete.

Sie war wie Lizzie. Ihre Hände, wie sie das Brot schnitt, den Griff des Kessels hielt. Ihre Augen. Lizzie.

Er wusste, dass sie nicht Lizzie war, aber er war zu erschöpft, um mit der Verwirrung fertig zu werden, die ihn hin und her schwanken ließ, Lizzie, nicht Lizzie, Lizzie lebendig, Lizzie tot. Lizzie / Jane, Jane / Lizzie.

Alle paar Augenblicke sah er sich um und fragte sich, warum er in diesem unvertrauten Haus war, die Räume kleiner als diejenigen, die er kannte, dunkler, mit mehr Gegenständen, Büchern, Möbeln und seltsamen Bildern. Dann fiel es ihm ein. Sein Kopf wurde klar, und es fühlte sich an, als sei er durch eiskaltes Wasser gezogen worden, und der Zweck seines Hierseins war glasklar und offensichtlich.

Aber er war so müde, dass er sich auf den Boden legen und schlafen wollte. Für immer schlafen. Es gab keine andere Möglichkeit, mit Lizzie zusammen zu sein. Dann sah er sie, wie er sie zum letzten Mal gesehen hatte, ihre Augen aufgerissen und blicklos, ihr Ausdruck unergründlich; sie entschwand, während er in eine andere, dunkle, leere, schweigende Welt hinabschaute.

Bei Ninas Tod war er nicht dabei gewesen. Sie hatte im Krankenhaus gelegen, verborgen unter Masken und Schläuchen, an Maschinen angeschlossen, gelb und dünn und hässlich, hundert Jahre alt, die Schmerzen hatten das Leben und Aussehen aus ihr herausgesogen. Er hatte geschlafen, unfähig, neben dem Bett zu bleiben, voller Angst vor dem Moment ihres Todes. Als er wieder zu ihr kam, war sie jemand anderes geworden, wächsern und still, in einer Kapelle, die seltsam roch, nach ekligen künstlichen Blumen, um den antiseptischen Krankenhaustod zu überdecken.

Er hatte nicht erwartet, eine weitere Ehefrau sterben zu sehen, eine Frau, die ihm wie ein Wunder erschienen und gierig, verzweifelt geliebt worden war.

Er blickte hoch. Auf dem Tisch stand eine Teekanne, daneben ein Teller mit Sandwiches.

In ihm brodelten Wut und Hass, die ihn beängstigten, Gefühle von solcher Stärke, wie er sie nie gekannt hatte. Sie waren rein, unverfälscht von allem anderen bis auf das Bedürfnis nach Vergeltung.

Sie wischte ihre Hände an einem Handtuch ab. Ihr rotes Haar stand wie ein Heiligenschein um ihr Gesicht, ihr Talar hatte diesen lächerlichen weißen Kragen, ein Symbol für alles, das er zerstören musste. Er glaubte nichts von dem, an das sie glaubte, und doch hatte es eine bedrohliche Macht.

»Wen haben Sie?«, fragte er. Beim Klang seiner Stimme zuckte sie zusammen.

Er freute sich, dass er sie verängstigt hatte.

»Sie haben eine Mutter ... wen noch? Bruder, Schwester, Geliebten?«

»Ich bin ein Einzelkind. Mein Vater ist vor zehn Jahren gestorben.«

»Und hat er gelitten?«

»Ich ... ich bin mir nicht sicher. Er hatte einen Schlaganfall ... Warum?«

»Ich will, dass Sie es gespürt haben. Warum sollten Sie nicht?«

»Wie kommen Sie darauf, dass ich es nicht gespürt habe? Es gibt tagtäglich Menschen, die wie Lizzie leiden, Menschen, die zurückbleiben und wie Sie empfinden.«

Max stand auf und trat zu ihr. Er sah ihre weiche Haut und das rote Haar, ihren schlanken Hals unter dem weißen Kragen, und hob die Hände. Hoch.

Sie sagte: »Ich weiß, was Sie mit mir machen wollen. Aber würde Lizzie wollen, dass ich sterbe?«

»Reden Sie nicht von Lizzie.«

»Warum nicht? Hier geht es doch nur um sie. Ich kann nicht glauben, dass es sie glücklich machen würde, wenn Sie mich töten, weil sie gestorben ist.« Sie bewegte sich. »Lassen Sie mich vorbei.«

Er zögerte. Er wollte sie jetzt aus einem anderen Grund als Hass töten, er wollte wissen, wie sich das anfühlen würde. Wie es sich anfühlen würde, die Hände um ihre Kehle zu schließen. Er war schon immer rasch in Zorn geraten, hatte die Menschen mit seinen plötzlichen, heftigen Wutanfällen verängstigt – Nina war immer aus dem Haus geflohen. Nur Lizzie war es gleich gewesen. Lizzie hatte einfach gelacht. Doch er war nie wütend auf sie gewesen, nur auf die Dinge um sie herum, Dinge, die mit ihm selbst zu tun hatten. Und ihr Lachen hatte genügt.

Er ließ Jane Fitzroy vorbei. Er berührte sie nicht. Sie setzte sich an den Küchentisch. Sie sieht klein und sehr jung aus, dachte er. Ein Kind. Nur ein Kind würde so naiv sein. Was konnte sie denn schon wissen?

»Ich hätte gern eine Tasse Tee«, sagte er.

Sie griff nach der Kanne. »Und dann nach Hause?«

»Nein.«

Sie begann zu weinen.

## 15

Edwina Sleightholme hatte geschwiegen, als ihr die Entführung von Amy Sudden zur Last gelegt worden war. Sie hatte lediglich ihren Namen bestätigt.

Nach Verlassen des Hubschraubers hatte Serrailler sie kaum mehr zu Gesicht bekommen. Aber er wollte es. Er wollte sie verhören, wollte die Wahrheit über David Angus aus ihr herauspressen. Doch natürlich war ihm nicht erlaubt, mit ihr zu sprechen. Denn das hier war weder sein Bezirk noch sein Fall. Er konnte nur einen formellen Antrag stellen, sie zu einem späteren Zeitpunkt verhören zu dürfen, wenn die Yorkshire-Fälle in Gang gekommen waren.

»Mir wäre es lieber, Sie blieben noch eine Nacht«, sagte Jim Chapman. Sie aßen Specksandwiches, die ihnen von einem eifrigen Constable heraufgebracht worden waren. Die gesamte Kripo war aus dem Häuschen, verblüfft über die Geschehnisse, aufgeregt über die Verhaftung einer Frau.

Simon schüttelte den Kopf, nuschelte mit vollem Mund. »Mir geht's gut. Hat man mir im Krankenhaus bestätigt.«

»Gut genug, um dreihundert Kilometer zu fahren?«

»Ja.«

»Schon toll, nicht wahr?«

Sie blickten sich verständnisinnig an.

»Unschlagbar«, sagte Serrailler, »selbst auf einem Vorsprung in halber Höhe einer Felswand im Sturm. Aber ich muss zurück. Ich will mir die Angus-Akten noch mal vornehmen.«

»Sie war es.« Jim Chapman aß einen großen Bissen. Das ganze Büro roch würzig.

»Ich weiß. Nur muss es bewiesen werden. Sie wird nicht mitspielen.«

Chapman wischte sich den Mund ab und trank einen Schluck Tee. »Die Seelenklempner werden ausflippen.«

»Ich krieg es einfach nicht in meinen Kopf. Es läuft allem zuwider, was wir wissen.«

»Nicht ganz. Erinnern Sie sich an Rose West. Denken Sie an Myra Hindley.«

»Hindley war nicht allein, sie wurde von Ian Brady mit reingezogen. Gut, sie war manipulierbar, aber hätte sie es auch allein getan? Das bezweifle ich. Dasselbe gilt für West.«

»Was bringt diese Menschen dazu? Großer Gott. Auf dem Rückweg musste ich dauernd an meinen Enkel denken … sah sein Gesicht vor mir. Es ist nicht zu glauben. Was für eine Frau ist das, Simon?«


Als Simon kurz nach Mitternacht nach Hause kam, blinkte das Licht an seinem Anrufbeantworter. Eine Nachricht war von der Reinigung, dass sein Anzug fertig war – die anderen drei Anrufer hatten nichts hinterlassen.

Er stand in der Dunkelheit seines lang gestreckten, kühlen Wohnzimmers. Hinter dem Fenster waren ein schmaler zunehmender Mond und der Abendstern zu sehen, erinnerten ihn an den genialen Samuel Palmer, den Künstler, den er am meisten bewunderte.

Dann dachte er an Diana Mason. Sie hatte ihn im vergangenen Jahr mit stummen Anrufen verfolgt, doch er hatte sie seit Monaten weder gesehen noch mit ihr gesprochen. Höchstwahrscheinlich hatte sie einen neuen Mann und ein anderes Leben, und er war aus ihrer Erinnerung gelöscht worden. Hoffte Simon zumindest.

Er ging erschöpft zu Bett, doch das Geräusch des gegen die Felsen brandenden Meeres und das Zischen seiner Reifen auf der Autobahn drangen in seinen Schlaf, Visionen von Edwina Sleightholmes dünnem, verschlossenem Gesicht und den trotzigen Augen, von dem gelben Rettungshubschrauber, der auf sie zuschwenkte und wieder weg, zuschwenkte und wieder weg, trudelten Übelkeit erregend durch seine Träume.

Bis fünf Uhr hörte er die Kathedralenuhr jede volle Stunde schlagen, dann sank er für gute drei Stunden in einen schweren Schlaf.

»Chef ... wir haben es schon gehört.«

DS Nathan Coates wartete auf ihn.

»Die Angus-Akte liegt auf Ihrem Schreibtisch. Ich dachte ...«

»Darauf hätte ich gewettet. Holen Sie uns Kaffee von drüben, und bringen Sie mir auch ein Brötchen mit Speck und Ei mit.«

Er trat an seinen Schreibtisch, auf dem sich Akten häuften. Nathan machte widerstrebend kehrt und ging in das nahe gelegene griechisch-zyprische Café, welches das Leben der Kripo von Lafferton völlig verändert und sich den ewigen Zorn der Revierkantine zugezogen hatte.

Serrailler blätterte die Unterlagen durch, schaltete seinen Computer an und hatte, bis Nathan zurückkam, schon zwei Dutzend E-Mails durchgeschaut. Er hob den Deckel seines Espressos und atmete den würzigen, frischen Kaffeeduft ein. Bei der Angus-Akte hatte er sich rasch auf den neusten Stand gebracht. Nathan wartete, schien vor unterdrückten Fragen und Enthusiasmus fast zu platzen. Serrailler blickte zu ihm auf.

»Ich nehme an, hier brummt alles vor Gerüchten und Spekulationen.«

»Ja, allerdings. Bloß, bevor wir uns damit befassen, wär da noch was andres, Chef.« Nathan errötete.

»Ja?«

Simon befürchtete, sein Sergeant wollte ihm mitteilen, dass er Lafferton mit einer Beförderung zum Inspector bei einer anderen Dienststelle verlassen wollte und schon nächste Woche weg wäre. Nathan war begeisterungsfähig, ehrgeizig und arbeitete hart. Er würde schnell aufsteigen. Simon wollte ihn nur ungern verlieren, wusste aber, dass er ihn gehen lassen musste. Er wartete.

»Die Sache ist, ich hab's noch keinem hier erzählt ... noch nicht. Wir wollten, dass Sie's als Erster erfahren.«

Wohin? In den Norden? Zur Met?

»Em und ich kriegen was Kleines.«

Nathan wurde röter als eine Tomate. Simon stieß einen Schrei aus, der gleichzeitig Erleichterung und Entzücken ausdrückte.

Kurz vor der Mittagspause rief Simon die Kerntruppe zusammen, die am Angus-Fall gearbeitet hatte.

»Es wird nicht leicht werden«, warnte er und blickte sich um. Er musste den richtigen Ton treffen – zu großen Optimismus dämpfen und gleichzeitig andeuten, dass er sich ziemlich sicher fühlte, den Täter geschnappt zu haben. »Sleightholme wird nicht gestehen – sie hat kaum ein Wort gesagt. Droben im Norden werden die Kollegen sie natürlich drankriegen, weil Amy Sudden im Kofferraum ihres Wagens war. Aber beide Dienststellen müssen verlässliche Beweise für die beiden Jungen zusammenbringen. Wir müssen uns verdammt anstrengen. Das wird eine harte Sache. Doch ich bin zuversichtlich, dass wir es schaffen werden.«

»Sie könnten sich irren, Chef. Vielleicht bricht die Frau

ja doch zusammen und serviert uns alles auf einem Silber-tablett.«

»Sie haben sie nicht kennengelernt.«

»Es heißt, Sie wären ein Held, Chef ... Haben da eine echte Stuntnummer abgezogen.« Bewundernde Pfiffe ertönten.

»Danke, Leute, das wäre alles. Also machen wir uns an die Arbeit.«

## 16

Er hatte sie ruhen lassen. Sie hatte sich eine Wolldecke und ein Kissen geholt und sich auf das Sofa im Wohnzimmer gelegt, verkrampft und verängstigt, aber so erschöpft, dass sie zweimal für etwa zwanzig Minuten eingeschlafen war. Ansonsten hatte sie sich mit geschlossenen Augen von Max abgewandt und für sie beide gebetet. Mehrmals hatte sie ihn gefragt, was er von ihr wollte, was er damit zu erreichen hoffte, sie hier festzuhalten, doch seine Antworten hatten keinen Sinn ergeben.

Falls Max überhaupt schlief, hatte sie es nicht bemerkt. Jedes Mal, wenn sie zu ihm sah, hatte er mit offenen Augen auf dem geradlehnigen Stuhl gesessen, hatte manchmal auf sie, manchmal ausdruckslos ins Leere gestarrt.

Beim Morgengrauen hatte sie mit dem wenigen, was ihre Küche hergab, Frühstück gemacht. Er ging ins Badezimmer, schloss sie aber vorher in der Küche ein. Als sie die Toilette benutzte, blieb er vor der Tür stehen. Das Fenster war ein schmaler, hoher Schlitz oben in der Wand; sie machte sich gar nicht erst die Mühe, es zu erreichen.

Danach fragte sie ihn, ob sie Briefe lesen und beantworten könnte, und er stimmte zu, aber sie konnte sich nicht konzentrieren. Schließlich machte sie Kaffee, goss die letzte Milch dazu und setzte sich einfach hin, wie er, tat nichts und schwieg.

Sie verlor jedes Zeitgefühl, aber als sie meinte, dass es später Vormittag sein müsse, merkte sie, dass Max schlief, auf seinem Stuhl etwas zur Seite gerutscht war. Er hatte nicht schlafen wollen, das wusste sie; die Erschöpfung musste ihn überwältigt haben. Sie wartete. Beobachtete ihn. Er schlief weiter. Unter seinen Augen waren dunkle Ringe. Sie empfand Bedauern für ihn, eine Affinität zu seiner Qual, die ihn in den Wahnsinn und zu dieser Tat getrieben hatte. Aber sie musste jetzt etwas unternehmen.

Nach weiteren zehn Minuten begann sie sich sehr langsam zu bewegen. Sie stand auf. Er schlief weiter. Schritt für Schritt näherte sie sich der Wohnzimmertür. Sie befürchtete, dass der Griff ein Geräusch machen oder das Schloss knacken würde, als sie es zentimeterweise öffnete. Sie blickte über die Schulter. Max hatte sich nicht bewegt.

Sie erreichte den Flur. Zögerte. Jetzt musste sie nur noch zur Eingangstür kommen, sie aufschließen und wegrennen. Sie überlegte, wie viele Schritte sie machen musste, in welche Richtung sich der Schlüssel drehte. Sie zitterte, das Herz schien ihr die Brust zu sprengen. Aber sie würde hinauskommen. Sie musste.

Sie bewegte sich.

Er hatte nicht geschlafen. Oder die Leere des Zimmers hatte sich irgendwie auf ihn übertragen. Oder ein kleines Geräusch hatte ihn geweckt.

Als Jane einen Schritt machte, schlang er ihr von hinten den Arm um die Kehle und warf sie zu Boden.

Sie schrie und schrie noch einmal, wie sie noch nie zuvor im Leben geschrien hatte.

»Aufhören. Seien Sie still. *Seien Sie still.*«

Er presste ihr die Hand auf den Mund und drückte sie mit seinem Gewicht nach unten. Sie hatte entsetzliche Angst, dass Max sie in seiner aufgestauten Wut, seiner Erschöpfung und Frustration, aus Kummer und Hass vergewaltigen würde. Das war stets ihr schlimmster Albtraum gewesen.

Sie hob ihr Bein, um ihn zu treten oder ihm das Knie in die Weichteile zu rammen, aber er war ein großer Mann, und die Wut machte ihn zu einem Bullen, verängstigte sie noch mehr.

»Sie gehen hier nicht weg«, brüllte er ihr ins Ohr. »Tun Sie das nie wieder. Sie verlassen mich nicht.«

Seine Hand hatte sich gerade lange genug von ihrem Mund gehoben, dass sie einen weiteren Schrei ausstoßen konnte, einen gequälten, animalischen Schrei.

## 17

Chef?«
»Kommen Sie rein, Nathan.«

»Vor ein paar Minuten kam ein Anruf ... Bungalow am Kathedralenhof ... Gärtner hat gemeldet, Schreie zu hören. Ein Streifenwagen ist hingefahren, und die glauben, da wird jemand festgehalten.«

»Was, als Geisel? Klingt nicht sehr wahrscheinlich.«

»Hab ich mir auch gedacht. Nur, ich wollte lieber mal nachschauen. Sie wohnen da doch, und ich dachte, Sie wüssten vielleicht was.«

»Nein. Mit Geiselnahmen haben wir es hier in unserem netten, ruhigen Fleckchen selten zu tun. Sind Sie sicher, dass es keine Zeitverschwendung ist?«

»Nein, aber ...«

»Nein, aber Sie möchten lieber mal an die Luft, statt sich mit dem Papierkram rumzuschlagen.«

»Wie kommen Sie denn auf die Idee?«

»Nehmen Sie Jenny Lyle mit.«

»Ja, ja, wir beide zusammen jagen bestimmt jedem Geiselnehmer genug Angst ein ... Ich mit meinem Gesicht, sie ...«

»Raus«, rief Serrailler aufgeräumt. Das Bild des breiten Hinterns und der Waschfrauenarme von DC Lyle wollte er lieber nicht heraufbeschwören. Er griff nach einer weiteren Akte. Er hatte Jim Chapman mitteilen lassen, dass er jederzeit zu einem Verhör von Edwina Sleightholme bereit war, sobald sie ihn ließen. Er konnte es kaum erwarten.

Nathan fühlte sich von Jenny Lyles massigem Körper auf dem Fahrersitz eingequetscht, aber er mochte sie, und sie war ein guter Detective mit einem natürlichen Gespür dafür, wenn etwas nicht stimmte. Außerdem war sie noch jemand, dem er seine freudige Neuigkeit erzählen konnte.

Sie lachte. »Unser Nathan wird Vater!«

»Es ist einfach toll.« Nathan schlug auf das Lenkrad.

»Alles schon geplant, oder?«

»Ja, nur können wir dann nicht mehr in unserer Wohnung bleiben.«

»Babys sind nicht sehr groß.«

»Hast du das ganze Zeug gesehen, mit dem sie geliefert werden? Ems Schwester hat letztes Jahr eins gekriegt, man kam fast nicht mehr durch die Tür, Kinderwagen, Buggys, Tragetaschen, Körbe, Kinderbettchen, Reisebettchen, große Stapel von Windeln. Igitt. Ich hab's mir anders überlegt.«

Sie bogen in den Kathedralenhof.

»Muss seltsam sein, hier zu wohnen«, sagte Jenny und hievte sich aus dem kleinen Auto.

»Der DCI wohnt hier.«

»Wie eine andere Welt ... ein anderes Jahrhundert.«

»Aber hübsch.«

»Die Kirchturmuhr würde mich verrückt machen.«

Sie schlug die halbe Stunde, als sie an der Häuserreihe entlanggingen. Der Streifenwagen parkte ein paar Meter entfernt.

»Da sind wir. Das Haus des Kantors.«

»Was macht der? Kantorieren oder was?«

»Keine Ahnung.«

Ein Streifenpolizist kam aus dem Seitentor und winkte sie zu sich. Sie folgten ihm, vorbei an dem großen georgianischen Haus, an einem Spalier entlang, an dem sich Geißblatt und Rosen hochrankten.

»Also … der Gärtner sagt, eine der Geistlichen wohnt in der sogenannten Gartenwohnung, nur ist das eher eine Art Bungalow, ganz hinten im Garten. Sie ist erst vor Kurzem eingezogen, eine Priesterin namens Jane Fitzroy … Der Gärtner hat an den Beeten beim Haus gearbeitet, musste aber eine Schubkarrenladung Kompost zur Tonne bringen, und da hat er diesen Schrei gehört … einen lauten, entsetzten Schrei, der ihn zu Tode geängstigt hat. Er ging zum Bungalow und hat geklopft, doch da war nichts, höchstens so ein kehliges Grunzen. Er wusste nicht, was das war, hat Panik gekriegt … hat noch mal geklopft, ist dann zu seinem Telefon gerannt und hat uns angerufen. Kelly Strong und ich waren am Kanal, hat nur fünf Minuten gedauert. Wir sind zu dem Bungalow gegangen – aber nichts, nur Stille. Erst als wir geklopft und gerufen haben, war da eine Männerstimme, die uns angebrüllt hat. Ich hab durch den Briefkastenschlitz gerufen … konnte nichts sehen – auf der Rückseite ist einer von diesen Filzstreifen angebracht –, aber er war im Flur. Brüllte, wir sollten gefälligst verschwinden.«

»Wer ist er?«

»Sagt er nicht.«

»Verdammt. Was will er?«

»Sagt er nicht.«

»Wird vermutlich high sein, auf Drogen, ein schiefgelaufener Einbruch … Wie klingt er?«

»Hat 'ne ganz nette Stimme – gebildet.«

Nathan betrachtete den Bungalow. Gepflegt. Ruhig. Schön gelegen. Er hätte nichts dagegen, am Ende eines Gartens wie diesem zu wohnen, in einer Art blumenreicher Wildnis. Ein idealer Ort für eine Familie mit Kind.

Das Haus sah leer und tot aus, die Vorhänge waren zugezogen, nichts rührte sich. Bloß war drinnen etwas passiert oder passierte noch. Da könnte ein Ermordeter liegen.

»Wartet hier. Ich gehe zur Tür.«

Die beiden Streifenpolizisten und Jenny Lyle blieben stehen, wie er angeordnet hatte. Nathan schlich den Pfad entlang. Die Stille war so tief, dass sie ihn ängstigte. Er sah Freya Graffham vor sich, wie sie auf dem Boden ihres Wohnzimmers gelegen hatte. Er hob den Türklopfer und senkte ihn, ein-, zweimal, nicht zu laut, nur so, wie ein Besucher anklopfen würde. Stille. Er klopfte wieder, hob die Briefkastenklappe und legte sein Ohr daran, hoffte verzweifelt, etwas zu hören, etwas Lebendiges. Nichts.

Er klopfte erneut und wollte sich gerade abwenden, als eine Männerstimme von innen nahe der Tür sagte: »Verschwinden Sie.«

»Ich bin DS Nathan Coates, Polizei Lafferton.«

»Verschwinden Sie.«

»Ich möchte kurz mit Ihnen sprechen, Sir, wenn ich hereinkommen darf.«

»Bitte, verschwinden Sie.«

»Nur um mich zu versichern, dass alles in Ordnung ist.«

Schweigen.

»Uns sind ungewöhnliche Geräusche gemeldet worden. Ich bin sicher, dass es nichts zu bedeuten hat. Wenn Sie nur eben mal die Tür öffnen würden.«

»*Verschwinden Sie.* Wenn Sie noch mal anklopfen oder irgendwas anderes machen, werde ich sie umbringen, verstehen Sie? Sagen Sie mir bitte, ob Sie gehört haben, was ich gesagt habe.«

Schweigen.

»Ich … habe es gehört.«

»Dann sagen Sie, ob Sie es verstehen.«

»Ich verstehe.«

»Ich habe gesagt, ich werde sie umbringen. Ich habe ein

Messer, ein sehr langes, sehr scharfes Küchenmesser, und ich schneide ihr die Kehle durch. Wenn Sie nicht *verschwinden*.«

Nathan zog sich von der Tür zurück, drehte sich um und rannte den Gartenpfad entlang zu den anderen.

»Wir müssen außer Hörweite, kommt.«

Sie folgten ihm zur Vorderfront des Haupthauses.

»Er hat ein Messer ... und er hat jemanden bei sich, eine Frau.«

»Sind Sie sicher, Sarge?«

»Ja, und selbst wenn ich nicht hundertprozentig sicher wäre, dürfen wir das nicht auf die leichte Schulter nehmen. Wir brauchen Verstärkung.«

Er drückte die Tasten auf seinem Handy.


Eine Viertelstunde später war der Hof voller Streifenwagen. Der Superintendent von Lafferton hatte das Kommando, Simon Serrailler bereitete sich auf die Verhandlungen vor. Alle anderen waren um sie versammelt.

»Ich möchte, dass die Sache ohne großes Aufsehen vor sich geht«, sagte der Superintendent, »und hoffentlich können wir es schnell lösen. Wir haben keine Ahnung, was dieser Mann will oder zu erreichen hofft, ob er geistig gesund ist oder unter dem Einfluss von Drogen oder Alkohol steht. Soweit wir wissen, verfügt er nicht über eine Schusswaffe. Wir wissen, dass er eine Frau in seiner Gewalt hat, aber wir wissen nicht, ob noch andere beteiligt sind. In diesem Stadium brauchen wir noch keine Funkgeräte oder Sprechfunkverbindungen. Wir halten uns zurück und bleiben ruhig. Simon? Hoffen wir, dass sich das alles auflöst, bevor es begonnen hat.«

Simon ging vorsichtig auf den Bungalow zu. Es war ein friedlicher, warmer, sonniger Nachmittag. Bienen summten um das Geißblatt und die Rosen, ein Schmetterling saß auf dem Spalier. Der Kontrast zwischen dem hier und dem stürmischen, dräuenden Yorkshire-Nachmittag am Meer war gewaltig, aber Simon hatte dasselbe Gefühl, wieder mittendrin im Geschehen zu sein, in einem Zustand erhöhter Wachsamkeit. Er hatte eine Ausbildung als Unterhändler gemacht und den einwöchigen Intensivkurs faszinierend gefunden; seither hatte er sich gewünscht, zu einer groß angelegten Geiselnahme hinzugerufen zu werden, um seine Fähigkeiten unter Beweis zu stellen. Diese Nachmittagsübung erschien ihm im Vergleich wie eine zahme Routineangelegenheit.

Der Bungalow lag still in der Sonne, mit zugezogenen Vorhänden. Nichts bewegte sich. Nichts war zu sehen. Er hatte eine Vorahnung. Kein Haus, in dem sich Menschen aufhielten, sollte so still sein. Das Team wartete, blickte ihm nach. Jemand lehnte sich aus dem Fenster des großen Hauses nebenan. Er hörte die verzerrten Stimmen aus einem Walkie-Talkie.

Er erreichte die Eingangstür und klopfte, plötzlich und laut, sodass die Insassen aufschrecken würden.

Er meinte, ein leises, scharrendes Geräusch zu hören, aber dann flatterte eine Amsel aus dem Busch neben ihm auf und flog über den Garten, ließ ihren Warnruf ertönen und löschte alle Geräusche aus, die aus dem Haus hätten kommen können. Er hob die Briefkastenklappe. Auf der Innenseite war ein Stück Stoff angebracht, daher konnte er nichts sehen.

»Polizei. Wenn Sie da drinnen sind und mich hören können, würden Sie sich dann bitte melden? Ich möchte mit Ihnen reden.«

Er wartete. Stille.

»Ich möchte mit Ihnen sprechen. Bitte sagen Sie mir, wer Sie sind.«

Die Stille war so dicht, so absolut, dass er sich fast umgedreht und dem Team bedeutet hätte, mit der Ramme zu kommen, um die Tür aufzubrechen. Falls jemand in diesem Bungalow war, dann lebte er bestimmt nicht mehr.

Die Amsel sang in einem Magnolienbaum.

»Was wollen Sie?«

Die Stimme war leise und kam nur Zentimeter entfernt von der anderen Seite der Briefkastenklappe.

»Ich bin DCI Simon Serrailler. Ich würde gerne wissen, wer da drinnen ist. Würden Sie bitte die Tür öffnen, damit ich nachschauen kann, ob alles in Ordnung ist?«

»Nein.«

»In dem Fall können Sie mir vielleicht wenigstens Ihren Namen nennen. Wenn da etwas passiert ist, würde ich gerne versuchen, zu helfen.«

»Da ist nichts.«

»Würden Sie mir Ihren Namen nennen?«

Eine Pause entstand. Dann: »Müssen Sie so schreien?«

»Wenn Sie mich hören können, dann nicht.«

»Kommen Sie zum Fenster.«

»Welchem?«

»Dem vorderen. Sie schläft.«

»Wer schläft? Können Sie mir sagen, wer Sie sind und wer sonst noch mit Ihnen im Haus ist? Hier wohnt Reverend Jane Fitzroy. Können Sie mir sagen, ob sie da drinnen bei Ihnen ist?«

Jetzt waren Schritte zu hören, die sich leise zurückzogen. Simon wartete. Dann, nachdem er dem Team signalisiert hatte, dass ein Kontakt hergestellt war, ging er zum Vorderfenster. Die Vorhänge waren zugezogen, und einen Moment lang war nichts zu hören, keine Bewegung zu sehen. Gleich darauf wurde ein Fensterflügel ein Stückchen geöffnet.

»Versuchen Sie nicht, einzudringen.«

»Werde ich nicht.«

»Bleiben Sie, wo Sie sind.«

»Ich bleibe hier stehen, vor dem Fenster. Ich werde nicht versuchen, ins Haus zu kommen. Ich möchte nur mit Ihnen reden. Es wäre wirklich hilfreich, wenn ich wüsste, mit wem ich spreche.«

Eine Pause.

»Wie heißen Sie noch mal?«

»DCI Simon Serrailler.«

»Wieso sind Sie hier?«

»Jemand hat uns angerufen, weil er Schreie gehört hat.«

»Ihr geht's gut. Hab ich doch gesagt. Sie schläft.«

»Wer schläft? Können Sie mir wenigstens das sagen?«

»Ihr geht's gut.«

»Und Ihnen?«

»Nicht. Nicht gut.«

»Was ist passiert?«

»Lizzie.«

»Ist Lizzie da bei Ihnen?«

»Lizzie ist tot.«

»Verstehe. Können Sie mir sagen, wer bei Ihnen ist?«

»Warum?«

»Ich muss wissen, ob mit der Person alles in Ordnung ist. Ist es Miss Fitzroy? Geht es ihr gut?«

»Ihr geht es gut.«

»Warum wollen Sie mir Ihren Namen nicht nennen? Ich bin Simon, Sie …«

»Ich bin doch nicht schwachsinnig, Sie haben mir Ihren Namen schon genannt, also reden Sie nicht so mit mir.«

»Ich möchte Sie doch nur dazu bringen, mir Ihren Namen zu nennen, mehr nicht.«

»Okay. Okay. Max. Max, Max, Max, Max, Max, Max, Max … Scheiße. *Max*.«

»Danke. Max.«

»Max Jameson.«

Einen Moment lang klang er müde. Müde genug, um aufzugeben? Vielleicht hatte er genug.

»Na gut, Max … Gibt es einen Grund, warum Sie mich nicht hineinlassen wollen?«

»Sie schläft.«

»Wer?«

»Sie. Ich will sie nicht stören.«

»Gut. Das brauchen wir auch nicht. Solange ich mich versichern kann, dass mit ihr alles in Ordnung ist – mit Ihnen beiden –, können wir sie schlafen lassen.«

»Ihr geht's gut. Lizzie nicht, Lizzie ist tot, aber ihr geht's gut.«

»Erzählen Sie mir von Lizzie, Max.«

»Lizzie.«

Er sprach den Namen aus, als wäre er ihm fremd. Als müsse er ihn erst ausprobieren.

»Lizzie«, sagte er erneut.

»Ja. Erzählen Sie mir von ihr. Wollen Sie?«

»Sie ist tot. Was gibt es da zu erzählen? Sie ist gestorben.«

»Das tut mir leid, Max.«

»Tut es nicht, Sie haben sie nicht gekannt, wie sollte es Ihnen leidtun?«

»Weil Sie verstört klingen.«

»Verstört?«

»Ja.«

Er lachte, ein kurzes, trockenes, hartes kleines Lachen. »Zum Teufel, Sie haben ja keine Ahnung.«

»Dann erzählen Sie es mir.«

Aber der Mann hatte die Hand kurz vorgestreckt und das Fenster geschlossen. Der Vorhang hatte sich kaum geteilt.

Simon wartete. Der Bungalow war wieder in dieselbe erschreckende Stille gehüllt. Er blieb noch zehn Minuten stehen, doch es kam weder das geringste Geräusch, noch war eine Bewegung zu sehen.

Er ging den Pfad zurück durch die Büsche und Obstbäume.

»Chef?«

Er schüttelte den Kopf.

Es würde dauern. Er hatte die Situation falsch eingeschätzt. Er ging auf den Kathedralenhof. Ein Kordon war um das

Gelände errichtet, und davor sammelten sich Menschen, um zuzuschauen, wie immer angezogen wie von einer magischen Kraft zum Ort eines möglichen Unheils.

Er sprach mit dem Superintendent. War die Situation unter Kontrolle? Mehr oder weniger. War es möglich, dass sie eskalierte? Schwer zu sagen. Er hatte immer noch keine Ahnung, warum der Mann die Person, wer immer sie war, im Haus festhielt oder was er wollte und zu erreichen hoffte. Wie gefährlich war er? Schwer zu sagen.

Es war alles nebulös, eine frustrierende und doch, seltsamerweise, potenziell hochinteressante Art von Situation, eine, die Simon gepackt hatte und die er entschlossen war, zu lösen. Wer war dieser Mann? Wer war da bei ihm? Wer war Lizzie? Lag Lizzie tot da drinnen? Sollte »schlafen« bedeuten, dass sie »tot« war? Er würde die Wahrheit herauskitzeln, Stück für Stück, sorgsam und taktvoll vorgehen. Er wollte es wissen. Das war keine krude, kriminelle Gewalttat, das dämliche Spiel eines Idioten, der sich mit Crack zugedröhnt hatte. So offensichtlich war das nicht.

Es war alles andere als offensichtlich.

»Ich glaube, es könnte einige Zeit dauern, aber es gibt über den Bungalow hinaus keine Bedrohung, soweit ich das einschätzen kann. Er hat sich dort selbst isoliert, das Haus lässt sich leicht umstellen und abriegeln.«

»Dann halten wir uns erst mal zurück.«

»Ja. Ich würde gerne wissen, ob es in den letzten paar Wochen einen plötzlichen oder gewaltsamen Todesfall mit einem Opfer namens Lizzie, möglicherweise Lizzie Jameson, gegeben hat, aber ich bin mir nicht sicher, Autounfälle, Selbstmorde … Und wo ist Reverend Jane Fitzroy? War sie bei der Arbeit? Hat jemand sie gesehen?«

»Sonst noch was?«

»Bisher nicht.«

»Hat er irgendwas verlangt?«

»Nein. So weit sind wir noch nicht gekommen … Bin mir auch nicht sicher, ob das passieren wird. Ich bin mir über kaum etwas sicher, aber ich gehe jetzt zurück.«

Er hatte ein paar Minuten Zeit zum Nachdenken.

Wie seltsam, dachte Simon, dieser Garten, halb wild am unteren Ende, alles blüht in der Sonne, Vögel, Insekten, süßer Duft. Wie seltsam. Mittendrin dieser schmale kleine Bungalow, und drinnen …

Was?

»Max?«, rief er leise. Dann hob er die Briefkastenklappe und rief lauter. »Max? Hören Sie mich?«

Die Sonne schien auf seinen Rücken, während er da hockte, und wärmte ihn.

## 18

Sie hatte wieder geschlafen. Wie hatte sie schlafen können? Um zu schlafen, musste man sich sicher fühlen, und sie glaubte, sich im ganzen Leben noch nie weniger sicher gefühlt zu haben. Vielleicht, auf irgendeine merkwürdige Weise, vertraute sie Max, wusste sie, dass er ihr nichts antun würde, einfach, weil er außer sich vor Kummer und Verwirrung war, aber nicht mehr voller Zorn.

Er hatte sie zugedeckt. Sie streckte Arme und Beine, um ihre verkrampften Muskeln zu lockern, drehte sich dann um. Die Vorhänge waren nach wie vor zugezogen, doch dahinter schien die Sonne, füllte das Zimmer mit einem fleckigen, honigfarbenen Licht. Und die Sonne verfing sich in etwas, ließ es blinken. Jane fuhr hoch.

Auf dem Couchtisch lagen drei ordentlich aufgereihte Messer, zwei große Küchenmesser und ein kleines neues Obstmesser, dass sie vor zwei Tagen gekauft hatte. Die Klingen blitzten in der Sonne.

Max saß auf einem Stuhl neben dem Fenster und beobachtete sie.

»Fassen Sie die nicht an«, sagte er.

Galle stieg in ihr hoch. Wie lange hatte sie geschlafen, unschuldig, vertrauensvoll? Während er die Messer neben ihr aufgereiht hatte.

»Was …?« Ihre Kehle war trocken vor Furcht. »Was ist passiert? Warum haben Sie … Was sollen die Messer hier?«

Er stand auf, und sie wich unter die Decke zurück, aber er kam nicht näher, drehte sich nur um, hob die Ecke des Vorhangs ein wenig an und lugte hinaus.

Erst als er sich wieder umgedreht hatte, erkannte sie, dass sie Zeit gehabt hätte, nach einem der Messer zu greifen.

»Jemand ist dort draußen gewesen«, erwiderte er in normalem Plauderton, »aber er scheint weggegangen zu sein.«

»Wer?«

Er zuckte die Schultern.

»Max, inzwischen wird aufgefallen sein, dass ich fehle. Jemand wird kommen, um mich zu suchen. Ich hatte einen Termin im Krankenhaus, ich hätte im Büro des Deans etwas erledigen sollen ... Die Leute werden ...«

»Das haben sie anscheinend schon getan. Keine Bange, sie werden wiederkommen.«

»Haben Sie mit jemandem gesprochen?«

»Ja.«

»Mit wem?«

Wieder zuckte er mit den Schultern.

»Ich verstehe nicht, was Sie wollen. Bitte, bitte sagen Sie mir, was das alles soll.«

»Das wissen Sie.«

»Lizzie ... ja, das weiß ich, aber ich verstehe nicht, wie es Ihnen helfen soll, mich hier festzuhalten. Es kann Lizzie nicht zurückbringen, das müssen Sie akzeptieren. Was auch immer Sie mir antun, kann das, was geschehen ist, nicht rückgängig machen. Ich muss das sagen. Selbst wenn Sie ... mich mit einem von diesen Dingern da erstechen, wird es nichts an dem ändern, was geschehen ist.«

»Nein.«

»Warum machen Sie das dann?«

»Um es Gott heimzuzahlen.«

»Glauben Sie an Gott?«

»Nein. Aber Sie.«

»Das ergibt keinen Sinn.«

»Nichts davon ergibt einen Sinn. Weder der Tod, noch dass Lizzie tot ist.«

»Und indem Sie mich hier festhalten, denken Sie irgendwie ... was? Ich versuche zu verstehen, was in Ihnen vorgeht, doch das ist ziemlich schwer.«

»Sie werden es nie verstehen. Sie können es nicht.«

»Wie fühlen Sie sich?«

»Wie bitte?«

»Sie sind wütend und verstört, ich weiß, aber was noch? Wie sieht es in Ihrem Kopf aus ... Können Sie klar denken?«

»O ja.«

»Weil ich das nicht erkenne.«

»Nein.«

Sie verstummte. Er sah grau und zerzaust aus, seine Augen waren trüb. Er wirkte eher erschöpft als wahnsinnig oder zornig.

Lieber Gott, gib mir die richtigen Worte.

Aber ihr fiel nichts ein. In ihrem Kopf war nur weiße, schimmernde Leere.

»Welche Art Gott haben Sie, Jane?«

Ihre Kehle wurde eng. Sie wusste es nicht.

»Den sanften Jesus? Den Heiler? Den Barmherzigen? Als wir bei dem Gottesdienst in der Kapelle waren und sie für Lizzie beteten, sprachen sie von Barmherzigkeit und Heilung und Trost und Gnade, und Lizzie sagte, es hätte ihr geholfen, aber ich verstehe das nicht. Wie kann es ihr geholfen haben? Ihre Krankheit wurde schlimmer, und sie starb. Ihr Tod war grauenvoll, wissen Sie. Wir müssen alle sterben. Ich verstehe das nicht.«

Verstehe ich es?, dachte Jane. Jetzt war in ihrem Kopf nur noch Schwärze und Wirbel und Gefahr, keine friedliche, wundervolle Leere. »Ich weiß es nicht. Ich behaupte nicht, alle Antworten auf Leben und Tod zu haben.«

»Warum nicht?«

»Dafür sind Sie zu intelligent, Sie müssen doch wissen, dass ich das nicht vortäusche, ich kann nur glauben. Glaube. Es geht um Glauben. Und um Vertrauen.«

»Lizzie hat vertraut.«

»Woher wissen Sie, dass ihr Vertrauen nicht gerechtfertigt war? Das wissen Sie nicht. Es gibt viele Arten des Heilens.«

»Und die wären?«

»Max, hören Sie zu ... Ich bin erschöpft. Ich muss duschen, und ich brauche etwas zu essen und frische Luft. Genau wie Sie. Wir brauchen Normalität. Ich kann nicht klar denken. Ich kann so ein Gespräch nicht führen, wenn ich bedroht werde ... Wie sollte ich? Ich werde mit Ihnen reden, mit Ihnen beten ... alles Mögliche ... aber nicht so.«

»Es war die Polizei.«

»Wie bitte?«

»Ein Polizist. Er hat geredet, und dann ist er gegangen.«

»Wenn die Polizei hier ist, müssen Sie damit aufhören. Sie haben nichts Falsches getan, und ich würde im Traum nicht daran denken, Sie anzuzeigen, aber Sie müssen die Tür öffnen und mich gehen lassen.«

»Nein.«

»Die Polizisten können die Tür aufbrechen.«

»Sie sind weg.«

»Nein. Vielleicht haben sie sich zurückgezogen, doch sie werden nicht gegangen sein. Natürlich nicht.«

»Niemand wird die Tür aufbrechen. Das werde ich nicht zulassen.«

»Sie können es nicht verhindern. Kommen Sie ... denken Sie nach.«

Jetzt lächelte er, und das Lächeln ließ ihr das Blut in den Adern gefrieren, weil es weder sein Gesicht erhellte noch seine Augen erreichte. Vielleicht, dachte sie plötzlich, geht es nicht nur um Lizzie. Vielleicht ist er nicht einfach nur außer sich wegen ihres Todes. Vielleicht ist er tatsächlich wahnsinnig. Und gefährlich. Und verzweifelt. Vielleicht …

Vom Fenster kam ein Geräusch. Max sprang auf und erreichte es mit einem raschen Schritt, hob aber den Vorhang nicht an. Er lauschte konzentriert, doch als Jane sich bewegte, drehte er sich so schnell um, dass sie erstarrte. Er blickte auf die Messer, dann zu ihr.

»Max?« Die Stimme eines Mannes von draußen. »Bitte kommen Sie ans Fenster und sprechen Sie mit mir. Ist alles in Ordnung?«

Eine lang anhaltende Stille entstand. Die Sonne kroch über das kleine Tischchen, fing sich im Rahmen der Fotografie ihres Vaters. Ein Schmetterling saß mit ausgebreiteten Flügeln in einer Ecke der weißen Wand, ein roter Admiral, prächtig und zitternd in der Wärme.

»Max?«

Bitte. Bitte …

»Ich bin hier.«

»Würden Sie das Fenster öffnen?«

Er zögerte, schob dann den Griff ein wenig nach vorne.

»Danke. Könnten Sie den Vorhang öffnen?«

»Warum?«

»Weil es sich leichter mit jemandem redet, den man sehen kann.«

»Ich kann reden.«

Eine Pause.

»Ist Jane da?«

Max antwortete nicht.

»Kann ich mit Jane sprechen?«

»Nein.«

»Geht es ihr gut?«

»Warum?«

»Kommen Sie, Max, beruhigen Sie mich bitte. Sie verstehen schon, warum.«

»Jane ist hier.«

»Würden Sie sie ans Fenster kommen lassen?«

»Nein.«

»Wie lange wollen Sie da noch bleiben, Max? Wir wissen nicht einmal, warum ... Wenn Sie mir erzählen, was Sie wollen, könnte ich Ihnen dabei vielleicht helfen.«

»Sind Sie Gott?«

»Nein.«

»Meine Frau ist tot. Können Sie mir dabei helfen?«

»Sie wissen, dass ich das nicht kann. Ich verstehe Ihre Qual, ich weiß, was ...«

»Wirklich? Was wissen Sie denn schon, verdammt?«

Eine kurze Pause entstand. Dann sagte der Mann: »Ich weiß, wie es ist, wenn jemand stirbt, den man liebt. Ich bin ein menschliches Wesen, und mir ist das auch schon passiert, und daher weiß ich es.«

»Ihre Frau?«

»Nein, aber kommt es darauf denn an?«

Max blickte zu Jane.

»Nein«, sagte sie.

»Sie sagt ...«

»Was war das? Ich kann Sie nicht gut verstehen, könnten Sie ein bisschen näher ans Fenster kommen?«

»Nein. Sagt sie.«

»Wer? Jane?«

Max wartete.

»Möchten Sie mit jemandem sprechen?«

»Ich dachte, das tue ich bereits.«

»Ich könnte einen Trauerberater holen, wenn das ...«

Max lachte.

»Gut, dann erzählen Sie mir einfach, wenn Sie es wissen, warum Sie da drinnen sind und warum Sie Jane festhalten. Können Sie mir das sagen? Es muss einen Grund dafür geben. Intelligente Menschen machen so etwas nicht einfach so. Was wollen Sie? Max, wir werden Ihnen helfen, so gut wir können, aber niemand von uns kann Ihre Frau wieder lebendig machen. Jane nicht. Ich nicht. Niemand. Sie wissen das eigentlich genau, nicht wahr?«

»Gott kann es.«

»Glauben Sie das?«

»Nein.«

»Wer glaubt das? Jane?«

»Ich weiß es nicht … nein. Nein. Sollte sie?«

»Das bezweifle ich. Haben Sie überhaupt geschlafen?«

»Nein. Ich weiß nicht.«

»Sie können nicht klar denken, wenn Sie erschöpft sind. Warum kommen Sie nicht heraus, und wir bringen Sie nach Hause, damit Sie schlafen können … Alles wird nur noch viel schlimmer erscheinen, je länger Sie dort drinnen bleiben.«

»Nichts könnte schlimmer sein.«

»Ich glaube, Ihnen ist klar, dass Sie es schlimmer machen, nicht wahr?«

»Ich weiß es nicht.«

»Ich möchte Sie sehen können.«

»Warum?«

»Hilft mir, mit Ihnen zu reden. Könnte Ihnen helfen, mit mir zu reden, wenn wir uns sehen.« Max bewegte sich nicht.

»Haben Sie genug zu essen?«

»Wir haben was gegessen.«

»Ist noch was im Haus? Milch, Tee … all so was?«

»Ich weiß es nicht.«

»Ich könnte das alles bringen lassen, wenn Sie mir sagen, warum Sie da drinnen sind. Helfen Sie mir, Max … Ich verstehe nicht, was da vorgeht. Helfen Sie mir bitte.«

Max schloss das Fenster.

Jane saß zusammengesunken auf dem Sofa, den Blick zu Boden gerichtet. Er starrte sie an. Er hatte gedacht, sie sei wie Lizzie, aber jetzt erkannte er, dass sie das nicht war. Sie war jünger. Kleiner. Haar und Augen von einer anderen Farbe, die Haut blasser. Anders. Sie trug Kleider, die Lizzie nie getragen hätte. Sie war nicht wie Lizzie. Nicht Lizzie. Er setzte sich neben sie auf das Sofa, und sie wich vor ihm zurück.

»Lizzie«, sagte er.

»Nein.«

»Ich möchte es Ihnen erzählen.«

»Was?« Sie klang müde. Ihre Stimme war flach. Sie wollte ihm nicht zuhören.

»Dass ich keinen Grund zum Leben habe. Dass Lizzie alles war, und jetzt ist da nichts. Kein Lebenszweck. Kein Grund. Alles, was ich hatte, war Lizzie, alles, was ich tat. Für Lizzie. Wegen Lizzie. Ich existierte wegen Lizzie. Was ist da jetzt noch?«

»Alles. Alles andere in der Welt da draußen … Was würde Lizzie von Ihnen erwarten?«

»Ich hasse es, wenn Menschen Toten Dinge unterstellen. ›Sie hätte gewollt, dass …‹ Woher zum Teufel wollen sie das wissen? Sie können es nicht wissen, außer, sie haben vorher darüber gesprochen. Das sagen sie doch nur, damit sie etwas, das *sie* wollen, mit reinem Gewissen tun können.«

»Manchmal. Ja. O ja. Wir wollen die Party nicht absagen, daher sagen wir …«

»… sie hätte das so gewollt«, sagten sie gemeinsam. Max lächelte.

»Ich habe Lizzie nicht gekannt. Wenn Sie es gewesen wären … wenn Sie gestorben wären, hätte sie dem Leben dann den Rücken zugekehrt?«

»Gott, nein. Lizzie war Leben. Bis … Leben und Lizzie austauschbar waren.«

»Und?«

»Ich bin nicht wie Lizzie. Ich hab mir nie viel aus dem Leben gemacht, wissen Sie. Dann kam Lizzie. Sie war mein Ein und Alles. Sonst gab es nicht viel.«

»Was für eine Verschwendung.«

»Lizzies Tod ist eine Verschwendung.«

»Wenn das stimmt – und ich weiß nicht, ob es so ist –, gibt es Ihnen nicht das Recht, den Rest des Lebens, Ihres Lebens, wegzuwerfen. Da ist noch alles andere … Sie schulden es ihr sicherlich, es in beide Hände zu nehmen.«

»Er passt zu Ihnen, nicht wahr, dieser verdammte Kragen?«

»Max, ich muss aufs Klo.«

»Okay.« Er stand auf.

»Ich bin sehr, sehr müde. Können Sie nicht einfach aufhören und gehen? Bitte. Gehen Sie doch. Niemand wird Ihnen etwas anhaben.«

»Gehen Sie auf die Toilette.«

Ihre Beine schmerzten, ihr Kopf fühlte sich leicht an. Sie konnte nicht mehr logisch denken. Zufällige Gedanken kamen und gingen. Sie wollte weinen. Sie wollte schreien.

Sie ging ins Badezimmer und verriegelte die Tür. Sie wusch sich das Gesicht und hielt ihre Hände unter den kalten Wasserstrahl. Betete, obwohl sie darüber hinaus war, mehr zu tun, als sich Gott anzuvertrauen. Genau wie Max. Sie vergaß nicht, für Max zu beten.

Wenigstens wurde sie in ihrem eigenen Heim festgehalten. Sie konnte essen, trinken, auf die Toilette gehen, sich waschen, schlafen. Sie war unverletzt. Wenn sie trotzdem so empfand, wie musste es dann für Menschen sein, die in schrecklicher Umgebung festgehalten wurden – im Dunkeln, im Kalten, unter Bedrohung, ohne Essen, in ihren eigenen Exkrementen, tagelang, wochenlang, monatelang? Wie musste das sein?

Noch einmal wusch sie ihr Gesicht, trank etwas Wasser. Strich sich über das Haar. Trat hinaus.

Max packte sie und wirbelte sie herum, sein Arm um ihre Kehle. Draußen hörte sie Stimmen. Er zerrte sie ins Wohnzimmer und hinüber zum Fenster, zog den Vorhang mit einem Arm zurück, während er sie mit dem anderen festhielt. Jane erhaschte einen Blick auf das Gesicht eines Mannes vor der Scheibe. Dann merkte sie, dass Max ihr eines der Messer an das Gesicht hielt. Es fing das Sonnenlicht auf. Sie schloss die Augen und betete verzweifelt, Schweiß lief ihr über den Nacken.

»Seht ihr«, schrie er, »seht ihr? Ich hab euch gewarnt, was passieren würde, wenn ihr hereinzukommen versucht. Seht her.«

Aber es dauerte nur Sekunden, in denen der Mann auf der anderen Seite des Fensters und die anderen ein Stück hinter ihm sie beide sehen konnten, ehe Max den Vorhang wieder fallen ließ. Gleich darauf nahm er den Arm von ihrer Kehle und warf das Messer in den Kamin.

Janes Beine gaben nach, und sie fiel auf das Sofa. Max kniete auf dem Boden, das Gesicht im Stuhlpolster vergraben, und schluchzte.

Wenn sie nicht vor Angst und Schock so gelähmt gewesen wäre, dass es ihr die Stimme verschlug, hätte sie vielleicht die Chance ergriffen, aufzuspringen und zur Tür zu stürzen, bevor er sie erreichen konnte. Aber sie konnte nichts tun. Sie saß zitternd da, konnte vor Schmerzen in der Brust kaum atmen, ihr Herz raste, pulsierte in ihren Ohren, ihrem Kopf.

Auf diese Weise verharrten sie lange Zeit, dann wurde es still im Zimmer, und sie beide schienen sich in einem merkwürdigen Zustand des Schwebens und der Ruhe zu befinden, als teilten sie etwas Ungreifbares, Unaussprechliches, aber äußerst Reales und Wichtiges.

Nach einer Weile hörten sie wieder die Stimme.

»Max? Können Sie mich hören? Sagen Sie mir nur, ob Sie mich hören können und ob mit Ihnen beiden alles in Ordnung ist.«

Max hob langsam den Kopf. »Sprechen Sie mit ihm«, sagte

er, als hätte er einen Marathonlauf hinter sich und könne kaum noch atmen. »Stehen Sie auf, gehen Sie ans Fenster.«

Jane zögerte.

»Ich werde Sie nicht anfassen, Jane.«

Vertrauen, dachte sie, es geht um Vertrauen, und ich glaube, ich habe meines verloren.

Sie bewegte sich. Stand auf. Max sah sie nicht an. Mit unsicheren Schritten ging sie zum Fenster und zog den Vorhang zurück.

Von draußen blickte sie ein hochgewachsener Mann mit sehr hellem Haar an.

Sie nickte.

»Gut«, sagte der Mann. »Okay?«

Sie wusste es nicht.

»Max?«, rief der Mann.

Aber Max saß mit gesenktem Kopf am Boden, atmete seltsam, rasselnd, als hätte er Asthma.

»Jane, können Sie zur Haustür kommen?«

Max sah sie immer noch nicht an.

»Oder sonst könnte ich hineinkommen. Max, was wollen Sie? Dass Jane hinaus- oder ich hineinkomme?«

Max schüttelte den Kopf. Sagte nichts. Blickte nicht auf. War in seinem eigenen engen, verängstigten Kreis gefangen, unerreichbar.

Jane ging hinüber zur Zimmertür. Wartete. Trat in den Flur. Dort blieb sie stehen. Sie fühlte, dass sie Max retten sollte, aber um das zu tun, würde sie Lizzie wieder lebendig machen müssen. Es gab keinen Ausweg.

»Jane?«

»Die Tür ist abgeschlossen. Er hat den Schlüssel genommen.«

»Warten Sie dort.«

Sie wartete. Max blieb im Wohnzimmer, still und schweigend, den Kopf gesenkt.

Es dauerte nur ein paar Minuten. Eine solche Stille herrschte, dass Jane die Amsel draußen im Busch singen hörte. Dann rennende Schritte den Pfad entlang und das schwere Krachen von splitterndem Holz.

Der Mann mit dem blonden Haar kam durch die zerstörte Tür auf sie zu.

Zwei Stunden später war sie aus dem Krankenhaus entlassen, erschüttert, aber unverletzt. Max Jameson sah sie nicht mehr.

»Wohin bringen Sie mich?«, fragte sie im Polizeiwagen auf der Fahrt durch die Straßen Laffertons, so ruhig, so normal in der Spätnachmittagssonne. »Ich möchte nach Hause. Ich muss mit Leuten reden ... mich um die Tür kümmern, ich ...«

»Wir haben sie gesichert, Liebes. Sie müssen noch eine Aussage machen und ihn anzeigen.«

»Nein.«

Zwei Polizisten waren mit ihr im Auto, der eine in Uniform, der andere ein Detective. Rotblondes Haar. Fröhlich. Hässlich.

»Ich will ihn nicht anzeigen. Es gibt nichts, wofür ich ihn anzeigen könnte.«

»Ach, kommen Sie, Reverend, er hat Sie gewaltsam festgehalten, Freiheitsberaubung begangen, gedroht, Ihnen die Kehle aufzuschlitzen ... Natürlich müssen Sie ihn anzeigen. Das ergibt eine ellenlange Liste. Da wäre Tätlichkeit, da wäre ...«

»Ich will das nicht.«

»Hören Sie, Sie müssen es erst noch verarbeiten ...«

»Das habe ich bereits. Danke. Er ist völlig von Sinnen vor Kummer. Seine Frau ist gestorben. Er weiß nicht, was er tun, an wen er sich wenden soll, er ist wütend ... Es gibt nichts, wofür man ihn anzeigen könnte. Ich war nur ... ein Brennpunkt für all das. Er hat mir nichts getan.«

»Ja, ja, und bedroht hat er sie auch nicht, oder?« Er lächelte.

»Doch«, sagte sie. »Trotzdem.«

Der Sergeant schüttelte den Kopf. »Wenn er das mit meiner Frau gemacht hätte, dann hätte ich ihn abgeschlachtet.«

»Aber er braucht Hilfe. Jemanden, mit dem er reden kann. Keine Zelle und keine Anzeige wegen Tätlichkeit.«

»Ich sag Ihnen was, nichts für ungut, aber es gibt so was wie zu viel Vergebung, wissen Sie, zu viel christliche Nächstenliebe. Ganz bestimmt.«

Jane lehnte sich zurück. Sie war erschöpft. Sie fühlte sich innen hohl, als flösse kein Blut durch ihre Adern oder als hielten sie keine Knochen zusammen. Sie argumentierte nicht mehr, hatte keine Energie dazu.

Als der Wagen in den Kathedralenhof bog, kam Rhona Dow, die Frau des Kantors, zur Tür heraus.

»Jane, meine Liebe. Ich bin so erleichtert, Sie zu sehen. Was für eine scheußliche Sache. Jetzt bleiben Sie natürlich erst mal bei uns.«

Jane konnte sich nur noch auf den Pfad setzen und weinen.

# 19

Die Fenster des Bauernhauses standen offen, und hin und wieder drang das Lachen eines der Deerborn-Kinder heraus, als bliese jemand kleine Bläschen aus einer Tonpfeife. Sie hatten den Nachmittag im Planschbecken und unter dem Gartenschlauch verbracht und nahmen jetzt oben ihr Bad.

Cat und Simon saßen auf zwei Liegestühlen, eine Flasche Champagner auf dem Plastiktisch neben sich. Chris war zwischen Küche und Badezimmer unterwegs und bereitete das Abendessen vor.

Cat und Simon hatten Geburtstag.

»Ivo auch«, hatte Cat am frühen Morgen gesagt.

»Herzlichen Glückwunsch zum Geburtstag, Ivo.«

Doch es war unwahrscheinlich, dass sie etwas von dem anderen Serrailler-Drilling hören würden, der Geburtstage ignorierte, wie auch die meisten üblichen Meilensteine des normalen Lebens.

Die Frühabendsonne brannte immer noch heiß.

»Hast du dich mit Sonnencreme eingerieben?«

Zu Simons weißblondem Haar gehörte eine helle Haut, die leicht Sonnenbrand bekam.

Er winkte ab.

»Tja, komm bloß nicht mitten in der Nacht angerannt, weil dir das Gesicht brennt.«

»Okay, dann wecke ich Chris.«

Es war gut, dachte er. Hier war er am liebsten. Das Essen

wurde zubereitet. Er brauchte nicht darauf zu achten, wie viele Gläser Wein er trank, weil er hier übernachten würde.

Auf der gegenüberliegenden Koppel drückte sich das geistergraue Pony in den Schatten der Hagedornhecke. Ein Teil der Koppel war für einen Hühnerstall mit Auslauf abgetrennt; ein Dutzend rotbraune Hennen pickten im Gras.

Cat blickte jetzt dort hinüber. »Guter Gott.«

»Es wird dir gefallen. All die guten, frischen Eier.«

»All das Ausmisten und das Gemetzel, wenn der Fuchs sie erwischt, weil ich vergessen habe, sie einzusperren.«

Die Hühner waren ihr Geburtstagsgeschenk von Sam, Hannah und Felix, kichernd geheim gehalten bis um sechs Uhr in der Früh, als die Kinder sie mit verbundenen Augen auf die Koppel geführt hatten.

»Ein Hühnerstall bedeutet Beständigkeit. Man kann Hühner nicht mit nach Australien nehmen.«

»Nein, zum Glück nicht, Gott sei Dank.«

»Du könntest hier gar nicht weg. Wie könntest du?« Simon griff nach der Flasche und schenkte ihnen nach. »Prost. Auf das Ende einer ereignisreichen Woche.«

»Gott, ich kann es immer noch nicht fassen. Solche Verbrechen begehen nur Männer. Sie ist ein Mann.«

»In gewisser Weise ja. Sah aus wie ein Junge. Wir dachten die ganze Zeit, in dem Auto säße ein Kerl.«

»Wie ist sie? *Wie?* Ich muss immer wieder an David Angus denken.«

»Das ging mir genauso. Auf dem Felsvorsprung neben ihr sollte ich ihr Leben retten, und ich dachte an David Angus. Und Scott Merriman. Und Amy Sudden. Und Gott weiß, vielleicht auch noch andere. Ich schaute auf ihr Haar und ihre Hände und ihre Füße und dachte daran. An diese Kinder.«

»Du wirst eine Belobigung bekommen.«

»Vergiss es.«

»Wirst du da rauffahren, um die Anklage vorzubereiten?«

»Nur verhören. Für eine Anklage haben wir noch keine Beweise. North Riding kann ihr die Sache mit dem kleinen Mädchen zur Last legen und sie damit drankriegen, aber es wird noch lange dauern, ihr auch den Rest nachzuweisen. Doch wir kriegen sie, und wenn es so weit ist, will ich dabei sein. Ich will sie fix und fertig machen.«

Cat warf ihm einen Blick zu. So wütend hatte sie ihn nur selten erlebt. Da war etwas Neues an ihm, eine Bitterkeit, eine Schärfe, die er sich entweder erst kürzlich zugelegt oder bisher gut verborgen hatte. Sie hatte immer geglaubt, ihn genauso gut zu kennen wie sich selbst – sicherlich besser, als sie Chris kannte, der immer noch fähig war, sie zu verblüffen und auf dem falschen Fuß zu erwischen.

Simon fing ihren Blick auf. »Dir ist es auch unter die Haut gegangen«, sagte er. »Streit es nicht ab.«

»Ja. David Angus – das ist mir unter die Haut gegangen. Jedes Mal, wenn ich Sam angeschaut habe. Es war immer da, hat mich nie losgelassen. Und ich habe es immer noch nicht verdaut, dass die Person, die diese Kinder entführt und ermordet hat – Kinder wie Sam –, eine Frau ist. Ich bin eine Frau. Ich kann es nicht begreifen. Ich hätte behauptet, so etwas würde nie passieren.«

»Die meisten Menschen würden dir zustimmen.«

»Ich frage mich, ob wir uns verändern. Wir Frauen. Mädchen benehmen sich wie Jungen. Sie haben männliche Aggressionen und männliche Verhaltensweisen, sie trinken wie Männer, lassen sich auf Schlägereien ein, genauso bereitwillig wie Männer, manchmal sogar mehr.«

»Jeden Samstagabend in der Innenstadt von Bevham.«

»Ich habe versucht, Hannah beizubringen, beherzt zu sein, eine eigene Meinung zu haben und sich dafür einzusetzen, unabhängig zu denken … Vielleicht mache ich damit genau das Falsche.«

»Ich würde mir keine Sorgen machen. Sie hat ein sehr mädchenhaftes rosa Schlafzimmer.«

»Während meiner Assistenzarztzeit war ich eine von drei Frauen unter siebzehn Männern. Falls sich Hannah für die Medizin entscheiden würde, würde sie merken, dass es inzwischen umgekehrt ist.«

»Wäre das ein Problem?«

»Nein, natürlich nicht. Aber es verlangt eine große Veränderung in der Einstellung. Der männlichen Einstellung im Besonderen.«

»Ich bin mir nicht sicher, ob Ed Sleightholme in dein neues Muster passt … Sie ist achtunddreißig. Eine Einzelgängerin. Ich weiß nicht, was in ihr vorgeht, aber ich bezweifle, dass es etwas mit der neuen Gesellschaftsordnung zu tun hat.«

»Womit hat es dann zu tun?«

»Sag du's mir.«

»Ich bin kein Seelenklempner.«

»Ist auch nicht nötig. Denk zurück … Vor nicht allzu langer Zeit hast du einen Psychopathen ziemlich gut gekannt … hast gesehen, wie er vorging.«

Cat schüttelte den Kopf. »Hör auf.«

Sie wollte nicht, dass dieser dunkle Schatten über den sonnigen Nachmittag fiel.

»Na gut, aber der Punkt ist, ein psychopathischer Mörder ist ein psychopathischer Mörder … ein Einzelgänger ohne die Fähigkeit, normale Beziehungen einzugehen, ein Fanatiker, jemand ohne Gewissen, jemand, dessen Leitprinzip Selbstbefriedigung ist, um jeden Preis. Ich glaube, es ist ein merkwürdig geschlechtsloser Zustand.«

»Kann nicht sein. Dann müsste die Anzahl männlicher und weiblicher psychopathischer Mörder gleich sein, und das ist sie nicht. Ich könnte keine sechs Frauen nennen, die auf diese Weise gemordet haben.«

Simon schwieg, drehte den Stil seines Glases zwischen den

Fingern. »Wie ist es mit einer Frau, die jemanden als Geisel nimmt ... oder denjenigen unter Androhung von Gewalt festhält?«, fragte er nach einem Moment.

»So was gibt es ... Guerillas ... Soldatinnen. Es gibt weibliche religiöse Militante, weibliche Selbstmordattentäter.«

Er schüttelte den Kopf. »Ich meinte nicht im Krieg.«

»Ich kann es mir in extremen häuslichen Situationen vorstellen ... Ehekrisen. Jemand, der an den Rand des Erträglichen getrieben wird. Aber das ist sehr ungewöhnlich, oder?«

»Die Bereitschaftspolizei kriegt davon eine ganze Menge mit. Kommen noch Alkohol und Drogen ins Spiel, eskaliert es.«

»Wie kommst du auf häusliche Geiseln?«

»Wegen gestern.«

»Ach so. Davon weiß ich aus der kirchlichen Gerüchteküche. Man erwartet ja nicht, dass herumstreunende Irre in englische Kathedralen hineinspazieren.«

»Bin mir nicht sicher, ob er ein Irrer ist. Seine Frau ist gestorben. Er wollte sich an Gott rächen, und Jane Fitzroy kam der Sache am nächsten. Die Frau ist viel zu christlich. Wollte wegen irgendeiner Art unangebrachter Nächstenliebe keine Anzeige erstatten.«

»Tja, wenn er in seelischer Not ist ...«

»Das sind viele.«

»Ich glaube nicht, dass mir dieser neue, unbeugsame DCI gefällt.«

»Gewöhn dich an ihn.«

Cat blickte ihren Bruder von der Seite an. Dann lachte sie.

»Vermutlich ist der Kerl eingewiesen worden?«

»War niemand zum Einweisen da. Er ist verschwunden. Wir hatten keinen Grund, ihn festzuhalten.«

»Ich frage mich, ob diese Jane Patientin bei uns ist. Oder er. Von hier?«

»Ja. Aus diesem Yuppie-Umbau am Kanal.«

»Max Jameson! O mein Gott, das hätte ich wissen müssen. Seine Frau ist gestorben … Lizzie. Die wunderschöne, liebenswerte Lizzie. Sie hatte eine neue Variante der Creutzfeldt-Jakob-Krankheit. Der erste Fall, den ich hatte, und ich hoffe, der letzte. Ich muss zu ihm.«

»Warum?«

»Ich bin seine Ärztin, Si … Was ist nur mit dir?«

»Du bist viel zu gewissenhaft. Wenn er dich braucht, wird er einen Termin ausmachen.«

Cat schnaubte. »Trink die Flasche leer«, sagte sie und ging zum Haus. »Könnte dich milder stimmen.«

## 20

Das Metallgitter glitt zurück. Augen funkelten hindurch. Sie wich zurück, aber sie sahen sie. Sie sahen sie, wo immer sie in der Zelle war. Sie hatte versucht, sich flach auf den Boden zu legen. Sie sahen sie. Sie kamen alle fünfzehn Minuten. Gitter auf. Augen. Die Augen schwenkten hin und her. Nahmen sie aufs Korn. Sahen sie. Starrten zwanzig Sekunden lang. Das Gitter schloss sich wieder.

Sie wusste, worauf sie warteten. Hofften? Würde ihnen das Leben einfacher machen, nicht wahr? Nur war sie kein Feigling, und Selbstmord war Feigheit. Außerdem gab es dazu keine Möglichkeit. Keine Laken. Nichts Scharfes. Nichts zum Schlucken. Das Fenster befand sich ganz oben unter der Decke. Auch davor Gitterstäbe. Sie konnte nicht erkennen, ob es Tag oder Nacht war.

Sie dachte viel an Kyra. Wie sie zusammen Pfannkuchen machten. Brötchen. Aus einer alten Gasrechnung eine ganze Reihe von Papierpuppen ausschnitten. Sie hatte Kyra nie angerührt. Kyra befand sich außerhalb der Spirale. Sie hatte geplant, mit Kyra ans Meer zu fahren. Ein Wohnwagen. Sie hätten viel Spaß gehabt, und Kyras Mutter wäre froh gewesen, sie eine Woche lang los zu sein.

Sie dachte viel an Kyra.

Sonst versuchte sie, an nichts zu denken. Sie dachte sich Wortspiele aus. Probierte es mit Kopfrechnen. Darin war sie gut. Ihr Gehirn funktionierte bestens. War richtig verdrahtet, hatte ein Lehrer mal gesagt. Sie buchstabierte rückwärts, sehr schnell.

Aber wenn sie schlief, verlor sie die Kontrolle und war wieder auf dem Felsvorsprung, und das Meer wartete auf sie, klatschte an der Klippe hoch und versuchte sie zu kriegen, ein Tiger hinter den Gitterstäben seines Käfigs. Es war grün wie Galle. Der Polizist auf dem Vorsprung wollte sie ins Wasser stoßen, und in ihrem Traum kämpfte sie mit ihm, biss ihn in die Handgelenke, bis Blut kam, und schubste ihn trudelnd über den Rand in die Tiefe. Er hatte sie wütend gemacht, der verdammte, hochnäsige Blödmann.

Sie hatte das Mädchen nicht zurücklassen wollen. Das Mädchen war eine unerledigte Angelegenheit, und das konnte sie nicht ausstehen, es machte sie verrückt, wenn sie es unbeendet ließ, in der Luft hängend, nicht abgeschnitten. Es gefiel ihr, sie abzuschneiden, schnips, beendet. Ein sauberes Ende. Sie hatte das Gefühl, als würden sich Würmer in ihrem Bauch winden, wenn sie daran dachte: nicht beendet, nicht sauber, nicht abgeschnitten. Es war wie ein Jucken, an dem sie nicht kratzen konnte, eines in ihrem Inneren, an das sie nicht herankam, ein Jucken in ihrer Leber oder ihrem Bauch. Nichts konnte es aufhalten. Das war seine Schuld. Ihre. Männer.

Sie erwachte. Die Tür wurde aufgestoßen. Schlüssel.

Ein Mann.

Das Tablett wurde auf den Tisch geknallt. Würstchen, verschmiert mit orangefarbenen Bohnen. Ein Donut. Wasser.

Sie starrte den Mann an. Die Schlüssel.

Sie trat gegen das Tablett, es krachte zu Boden, orangefarbene Bohnen und Wasser spritzten herum. Er fluchte.

Sie war zufrieden. Sie sprach nicht mit ihnen, mit keinem. Nannte ihren Namen, das war's. Beantwortete keine Fragen, erzählte ihnen nicht, was sie dachte. Schwieg. Das konnte sie ewig durchhalten.

Gut, dachte sie, als sie aufgaben und sie allein ließen. Gutes Mädchen. Sie boxte sich mit der Faust in die andere Handfläche. Gut. Dadurch hörte das Würmerkrabbeln in ihrem Bauch auf. Für eine Weile.

Sie wünschte, sie hätte das Wasser nicht umgestoßen. Sie war durstig. Es war trocken hier, trockene, abgestandene Luft.

Sie begann, gegen die Bank zu treten, fest. Das rief ihr das Bild des Fußballers ins Gedächtnis. Er hatte getreten. Eine Woche lang hatte sie einen Bluterguss auf dem Oberschenkel gehabt, lila und schwefelgelb, wo er sie getreten hatte. Sie hatte sich sogar einen Moment lang gefragt, ob er derjenige sein würde, der sie besiegte, aber das hatte er nicht. Eigentlich hatte sie es gewusst. Keiner konnte das je schaffen. Am Ende war sie immer die Stärkere.

»Feste, Ed«, hatte Dad gesagt, »so ist's richtig. Mach weiter, fest. Versuch mir wehzutun.«

Das hatte sie nie getan. Er hatte es ihr beigebracht. Bevor er tot war.

Das war alles, woran sie sich erinnern konnte.

»Feste, Ed. Mach schon, schlag zu. So ist's richtig.«

Es war genug. Sie trat weiter, bis sie kamen, das Gitter aufknallte, die Schlüssel.

Die Frau diesmal.

»Hör auf, Sleightholme, lass das. Was willst du?«

»Wasser.«

»Daran hättest du vorher denken sollen.«

Aber das Wasser kam. Sie wagten es nicht, sie ohne Wasser zu lassen. Sie trank die Hälfte und schüttete der Frau den Rest ins Gesicht.

Eine Stunde später öffnete sich die Tür erneut, und sie musste hinaus, den schmalen Flur entlang, durch die Schwingtüren, in einen anderen Flur. In einen Raum.

Sie kannte diese Räume inzwischen. Keine Fenster. Schmucklos. Tisch. Stuhl auf der einen Seite, zwei Stühle auf der anderen. Stromanschluss für den Kassettenrekorder. Das war's. Verdammte Folterkammern.

Sie schlurfte hinter ihnen her, den Blick gesenkt. Sie schoben sie zum Stuhl und drückten sie darauf.

»Ist ja gut, ist ja gut.«

Sie gingen. Alle bis auf einen. Er stand an der Tür, hinter ihr.

Sie drehte sich um. Sah ihm ins Gesicht.

Er. Kurzes Entsetzen packte sie, führte ihr blitzartig den Felsvorsprung vor Augen, und dann glaubte sie, wieder zu fallen, ihr wurde schwindelig, in ihren Ohren summte es, *sie* fiel, nicht er. Nicht wie in ihrem Traum.

Er.

Er hatte einen anderen dabei, mit einem Gesicht wie eine zermatschte Rübe.

Sie starrte ihn an. Dann den Blonden.

»DCI Simon Serrailler. DS Nathan Coates. Verhör von Edwina Sleightholme, Zeit …«

Das übliche Brimborium. Sie musste aufpassen. Sie richtete sich auf. Sie hatte keine Zeit gehabt, sich vorzubereiten. Sei vorsichtig.

Sie starrte ihn an. Aber es war das Rübengesicht, das sprach.

»Welchen Beruf haben Sie, Edwina?«

»Ed.« *Nein.* Sag nichts. Sie konnte es bloß nicht ertragen. Wina war sie gerufen worden, als sie klein war. Konnte das nicht aussprechen, Wina. Mutter hatte sie Weeny genannt. Himmel. Aber dann hatte sie entschieden. Ed hieß sie, und Ed blieb sie.

»Sagen Sie uns, was Sie beruflich gemacht haben.«

Sie starrte ihn an.

»Sie sind gereist.« Er warf einen Blick auf seine Unterlagen.

»Spielautomaten. Sie haben was mit Spielautomaten gemacht … einarmige Banditen, so was in der Art.«

Sie biss sich auf die Zunge.

»Stimmt das oder nicht?«

Sie nickte.

»Was davon?«

Nichts. Halt die Klappe.

»Gehörte der Mondeo zu dem Job? Ein Firmenwagen?«

Sie lächelte. Konnte nicht anders. Firmenwagen.

»Hat Sie gut durchs Land gebracht, nicht wahr? Kein schlechtes Auto. Recht schnell. Großer Kofferraum.«

Schweigen.

Sie blickte zur Decke. Da war ein seltsamer Fleck. Keine Spinnweben.

»Wie lange haben Sie von hier nach Lafferton gebraucht, Ed?«

Blondschopf jetzt. Er hatte eine angenehme Stimme.

»Wo ist Lafferton?«

»Lafferton ist der Ort, wo Sie David Angus entdeckt haben, der an seinem Tor auf seine Mitfahrgelegenheit zur Schule gewartet hat.«

Sie starrte auf den Tisch. Ihr Herz klopfte. Sie könnten den Puls an ihrem Hals sehen, also beugte sie den Kopf nach vorne. Sie sah ihn ganz deutlich vor ihrem inneren Auge. Die Kappe. Schultasche. Das Tor. Spürte, wie das Auto langsamer wurde, als sie an den Randstein fuhr. Eine Hand drückte ihr das Herz zusammen, wie man einen Mopp ausdrückt.

»Was ist los?«

Starr auf den Tisch. Starr darauf. Blick nicht auf.

»Was haben Sie zu ihm gesagt, damit er einstieg? Oder haben Sie gar nichts gesagt? Haben Sie ihn hineingezerrt? Hat er sich gewehrt?«

Nein, er war einfach mitgekommen. Hatte ihr geglaubt. War eingestiegen. Nicht wie die anderen. Sie sah sein Gesicht ganz deutlich. Hörte seine Stimme. Er hatte viel geredet. Den ganzen verdammten Weg hatte er geredet, sie ständig gefragt, gequengelt. Sie hasste Quengler. Quengel nie. Das hatte sie verdammt schnell gelernt. Klappe halten.

»Haben Sie ihn geschlagen? Haben Sie ihn geknebelt? Wo haben Sie ihn hingebracht, Ed?«

Sie fragten jetzt beide, spielten Pingpong mit ihr, einer nach dem anderen. Sie wollte sie auslachen. Es war leicht, nachdem sie erkannt hatte, dass sie keine Ahnung hatten. Leicht. Sie war clever, und das musste man sein, es brachte nichts, sich vorzumachen, dass sie nicht auch clever waren, da irrten sich die Leute. Diese Kerle waren nicht dumm. Nur sie war cleverer.

»Haben Sie David in die Höhle gebracht, Ed? Haben Sie dort seine Leiche versteckt?«

Großer Gott. Sie spürte das Blut hinter ihren Augen pulsieren. Für eine Sekunde hatten sie sie erwischt; sie hatte nicht erwartet, dass sie zwei und zwei zusammenzählen und damit herausplatzen würden, peng, einfach so. Das war nicht fair. Sie spielten nicht fair.

»Ich will einen Anwalt.«

Er lächelte. Das Rübengesicht. Sie wollte ihm in seine hässliche Fresse schlagen.

»Warum?«, fragte Blondschopf. »Warum jetzt plötzlich?«

»Ja, was hat Sie dazu gebracht, Ed? Die Höhle, nicht wahr?«

Sie sackte auf ihrem Stuhl zusammen und schob ihn ein wenig zurück, damit sie auf ihre Füße schauen konnte. Um die beiden Männer nicht zu sehen. Um nicht in ihre Gesichter blicken zu müssen. In ihre Augen.

Sie hörte die Höhle im Kopf, die Echos, das Geräusch des Meeres draußen. Sie ging in der Höhle umher. Bis ganz nach hinten. Sie roch den Seetang. Kalter Seetang. Feuchter Sand. Sie hatte die Höhle geliebt. All diese Höhlen. Das hatte schon vor Jahren begonnen. Sie hatte in einer geschlafen. Hatte es gewagt. Sie hatte sie gefunden, und sie gehörten ihr. Sie fürchtete sich vor dem Meer, hatte aber die Gezeiten in den Griff bekommen. Sie hatte in einer geschlafen.

Einer anderen.

»Finden Sie nicht, Sie sollten uns erzählen, wo Ihre Leichen sind, Ed? Denken Sie an die Eltern. Von diesen Jungen. Und anderen. Gibt es noch andere? Wie viele haben Sie in die Höhle gebracht? David Angus ... Scott Merriman ...«

Sie sah Blondschopfs Hand aus dem Augenwinkel. Er zählte die Namen an den Fingern ab. Er nannte sie erneut.

»David ... Scott ... Amy wollten Sie auch dahin bringen. Wie viele andere sind da?«

Wie viele?

Sie wusste es. Sie waren in ihrem Kopf. Das vergaß man nicht. Sie war sehr, sehr vorsichtig gewesen. Die Sache war nur, dass es jetzt zu Ende war und trotzdem nicht beendet, der Faden hing lose. Das Mädchen. Es war nicht beendet.

Sie roch den grünen Meeresgeruch in der kalten Höhle.

Sie hatten Glück gehabt. Niemand außer ihr würde das verstehen. Die Höhle war wunderschön. Sie hatte sich dort versteckt. Es würde ihr nichts ausmachen, dort zu sterben. Was könnte schöner sein? Ruhiger? Friedvoll. Sie hatten einander. Dort waren sie für immer sicher.

Sie war sehr, sehr müde. Sie konnte sich kaum zurückhalten, ihren Kopf auf die Tischplatte zu legen.

»Was ist mit Kyra?« Blondschopf.

Sie richtete sich auf, wütend, knallte die Hand auf den Tisch.

»Was ist, Ed?«

»Kyra ist ... Lassen Sie Kyra in Ruhe.«

»Kyra ist was?«

Sei still, sei still, sei still, Dummkopf. Nur würden sie in einer Million Jahre nicht verstehen, wie das mit Kyra war und wie sie zusammen Ferien machen würden, sie und Kyra, in einem Wohnwagen, und wie anders Kyra war. Immer anders sein würde. Wie sie Kyra liebte.

»Bringen Sie sie in die Zelle zurück.«

Er klang angeekelt. Er sah ihr in die Augen. Ja. Angeekelt. Er fand sie widerlich. Dafür hasste sie ihn.

»Stehen Sie auf.«

Später in ihrer Zelle fand sie, sie hätte ihm ins Gesicht spucken sollen. Sie hätte es tun sollen.


Der DCI bedeutete Nathan, ihm aus dem Flur zu folgen. Sie gingen die Betontreppe hinunter und auf den Vorhof.

»Gehen wir ein Stück«, sagte Serrailler, obwohl er nicht wusste, wo man hier vernünftig spazieren gehen konnte. Nur die lang gezogene Hauptstraße entlang, die jetzt staubig war und von der Hitze des Tages nach Teer roch.

»Ich dachte, oben im Norden wäre es so toll«, sagte Nathan, musste zwei Schritte machen, um mit Serrailler mitzuhalten.

»Die Dales und so.«

»Das ist der andere Teil. Die Klippen. Die Strände.«

»Hier ist es scheußlich. Schlimmer als in Bevham.«

»Komisch. Es verändert alles. Niemand in Lafferton kann den Hügel noch auf dieselbe Weise betrachten … generationenlang nicht. Ich kann nicht an die Küste denken … diese Klippen. Das Meer. Sie gehören zum schönsten Küstenteil des Landes … und sind verdorben. Beschmutzt. Nichts wird das ändern.«

»Glauben Sie, das war ihre Höhle, in die sie Sie geführt hat?«

Simon zuckte die Schultern.

»Die Spurensicherung wird sie sich vornehmen.«

»Spurensicherung. Das ist alles, was wir haben, Nathan. Das Haus. Das Auto. Und die Höhle. Wenn sie nichts finden, stehen wir mit leeren Händen da.«

»Sie müssen was finden.« Nathan hieb sich mit der Faust in die andere Hand.

»Sie wird nicht reden.«

»Wie eine eiserne Tür, nicht? Gibt nichts preis. Nicht das Geringste. Nur ...«

»Was?«

»Nur, sie war es. Sie hat sie alle umgebracht.«

»O ja.«

»Wie viele Jahre kriegt sie, nach dem, was die bis jetzt haben, was meinen Sie? Zehn? Mehr?«

»Zehn mindestens.«

»Wenn wir was von der Spurensicherung bekommen ...«

»Ja. Dann ist es gut.«

»Wenn nicht ...«

»Ich kann lose Enden nicht ausstehen. Wir wissen es. Sie weiß, dass wir es wissen. Aber da wird nichts sein. Sie könnte sie im Sand vergraben haben. Sie ins Meer geworfen haben.«

»Kann ein Seelenklempner sie dazu bringen, sich zu öffnen?«

»Das bezweifle ich. Die kriegen sie nicht alle rum. Tun nur so.«

»Ich hab einen Geruch von ihr aufgefangen, wissen Sie, Chef? Diesen bestimmten Geruch.«

»Schuld.«

»Bösartigkeit. Verderbtheit. Man kann es riechen.«

Sie erreichten eine Kreuzung. Die Straße führte noch meilenweit weiter, flimmernd und stickig in der Sonne.

»Kommen Sie.«

»Knöpfen wir sie uns noch mal vor?«

Simon schwieg. Sollten sie? Sie konnten es auf den nächsten Tag verschieben. Oder weiter Druck machen, hoffen, sie kleinzukriegen, sie mürbe zu machen. Es würde nicht funktionieren. Sie war keine von denen, die man mürbe machen konnte. Jemals. Und doch konnte er es nicht gut sein lassen und zurück nach Lafferton fahren. Lose Enden.

»Ich gehe diesmal ohne Sie rein. Nehme jemanden von deren Team mit.«

»Geht klar, Chef.«

»Das ist nicht gegen Sie gerichtet, Nathan.«

»Nein, ist schon gut. Mir ist überhaupt nicht danach, sie heute noch mal zu sehen. Ich werde Em anrufen.«

»Wie geht es ihr?«

»Bestens, danke. Bekommt ihr. Wirkt richtig rosig, wissen Sie?«

Simon lachte. Er erinnerte sich an seine Schwester, schwanger mit ihrem jüngsten Kind. »Rosig.«

Ihm ging auf, dass er nie erfahren würde, wie es war, eine Frau zu haben, die »rosig« mit seinem eigenen Kind war. Er wusste es instinktiv, genauso wie er wusste, dass Ed Sleightholme schuldig war. Man ignorierte solche Gefühle nicht, selbst wenn man ihnen machtlos ausgeliefert war.

»Bin froh, wenn ich hier wegkomme, froh, nach Hause zu kommen.«

Ein Streifenwagen raste mit gellenden Sirenen vom Vorhof. Noch einer.

»Wo ist der Unterschied?«, fragte Simon.

## 21

Das nächste Verhör mit Ed Sleightholme war für zehn Uhr angesetzt. Um halb zehn saß Serrailler in Jim Chapmans Büro, mit einer Plastiktasse schlammgrauem Kaffee und DC Marion Coopey. Simon hatte darum gebeten. Er wollte, dass sie mit Ed sprach.

»Die kriegen Sie nicht klein«, sagte sie nun. »Sie hat mich einfach niedergestarrt, und das wird sie mit Ihnen auch machen. Wie kommt das Spurensicherungsteam voran?«

»Sie waren in den Höhlen – an den Stränden, auf den Klippenpfaden – nichts. Jetzt sind sie in dem Haus. Sie haben das Auto, und ein anderes Team nimmt es auseinander. Wir könnten Glück haben. Aber ich *will* ihr Geständnis. Ich *will*, dass sie redet.«

»Sie geht Ihnen unter die Haut.«

»Natürlich. Ihnen etwa nicht?«

Die Kriminalbeamtin zuckte mit den Schultern. Sie trug ein cremefarbenes T-Shirt und einen kurzen Leinenrock. Sie wirkte kühl.

»Eigentlich nicht. Ich versuche, so was nicht an mich heranzulassen.«

»Wenn ich das nicht von Zeit zu Zeit täte, bekäme ich das Gefühl, die Arbeit wäre es nicht wert.«

»Weil es zeigt, dass Sie engagiert sind?«

Er ließ seinen Kaffee kreisen und ging nicht darauf ein. »Glauben Sie, dass sie eine Psychopathin ist?«, fragte er.

»Vermutlich. Andererseits will sie Genugtuung. Aber das ist das Übliche. Es ist wie ein Jucken ... irgendwann muss man sich kratzen. Der Drang ist zu groß, und die Befriedigung ist groß ... für eine Weile. Bis es wieder zu jucken beginnt.«

»Warum Kinder? Was bringt eine *Frau* dazu, Kinder zu entführen?«

»Warum die Betonung auf ›Frau‹? Was bringt irgendjemanden dazu, Kinder zu entführen?«

»Es ist ein überwiegend männliches Verbrechen. Das wissen Sie.«

»Trotzdem verstehe ich nicht, wieso die Motive unterschiedlich sein sollen.«

Er dachte darüber nach. »Vielleicht ... vielleicht sind sie das nicht. Aber entweder ist der Wunsch, Kinder zu entführen und sie womöglich zu töten, bei Frauen selten, oder Frauen unterdrücken ihn bereitwilliger ... Irgendwas zensiert es sehr stark.«

»Und in diesem Fall fehlt der Zensor?«

»Muss so sein. Sie hat es nicht nur einmal getan, sie hat es wieder und wieder getan. Jungen und Mädchen. Kein Gewissen, keine Hemmschwelle ... ergreife die Gelegenheit. Befriedigung. Warum?«

»Aus sexuellen Gründen. Das ist doch immer so.«

»Bei Männern.«

»Warum nicht bei Frauen?« Sie klang aggressiv. Sie hatte ihn beim Wickel und wusste es. »Hören Sie, falls Sie glauben, Frauen seien empfindsamer, was Kinder betrifft, weil sie die Kinder gebären, wohingegen Männer, die sie zeugen, das nicht sind – dann ist das Schwachsinn. Und warum sollen weibliche sexuelle Gefühle nicht genauso stark sein wie männliche?«

»Aus keinem Grund, wenn Sie normale sexuelle Gefühle meinen, aber in diesem Fall sind die Gefühle nicht normal, oder?«

»Warum soll das wichtig sein?«

»Es muss einen Grund geben, irgendwo ... Warum will sie das tun? Warum will irgendjemand dieses spezielle Verbrechen begehen?«

»Ich kenne die üblichen Erklärungen.«

»Emotionale Mangelsituation in der Kindheit ... Missbrauch ... möglicherweise Pflegeeltern oder Heim ... das Fehlen enger und vertrauensvoller Beziehungen in der Jugend ...«

»Und so weiter, bla, bla, bla.«

»Sie kaufen das nicht ab?«

»Weiß nicht. Ist als Erklärung für die meisten Verbrechen so ausgelatscht. Da muss es doch noch mehr geben.«

»Ich möchte, dass Ed Sleightholme uns mehr *erzählt*.«

»Das wird sie nicht tun. Genauso gut könnten Sie nach Hause fahren.«

»Kommen Sie. Zurück in den Vernehmungsraum.« Er hielt ihr die Tür auf. DC Coopey warf ihm beim Hinausgehen einen verächtlichen Blick zu.

Ed Sleightholme würdigte ihn keines Blickes.

»Haben Sie mit den Kindern geredet?«, fragte Serrailler. Sie starrte auf den Tisch und schaute nicht auf, aber er meinte, eine Reaktion zu bemerken, eine Art Zusammenfahren oder Zögern, ein Zucken ihres Körpers. Sie hatte ihn wahrgenommen. Sie musste sich zwingen, ihm nicht zu antworten.

»Oder haben Sie sie geknebelt? Sie bewusstlos geschlagen? Oder wurden sie umgebracht, kurz nachdem sie im Auto waren?«

Schweigen. Marion Coopey lehnte sich auf ihrem Stuhl zurück, die Beine übergeschlagen.

Simon machte weiter. »Leben Ihre Eltern noch, Edwina?«

»Ed.«

»Warum?«

»Warum was?«

»Warum macht es Ihnen so viel aus? Mir gefällt der Name Edwina.«

»Tja, ich hasse ihn.«

»Warum?«

Keine Antwort.

»Hat Ihre Mutter Sie Ed genannt?«

»Nein.«

»Edwina?«

»Was geht Sie das an?«

»Ich bin interessiert. War es dann Ihr Vater? Der Sie Ed genannt hat?«

Schweigen.

»Sie lieben Ihre Eltern, nicht wahr?«

»Wie kommen Sie darauf?«

»Also nicht?«

»Kenn sie nicht. Hab sie nie gekannt.«

»Was, keinen von beiden?«

Sie blickte ihm ins Gesicht. »Verpissen Sie sich.«

»Noch nicht. Wurden Sie adoptier? Waren Sie bei Pflegeeltern?«

»Geht Sie nichts an.«

»Erzählen Sie mir von Kyra.«

Das war es. Er hatte sie. Nichts anderes funktionierte. Sie hielt sich zurück oder blendete ihn aus, sie schwieg oder war trotzig. Aber mit Kyra hatte er sie. Zum zweiten Mal. Ihre Augen blitzten und wurden lebendig, ihre Haut rötete sich ganz leicht. Sie beugte sich zu ihm vor.

»Reden Sie nicht von Kyra, haben Sie mich verstanden?«

»Sie sind ihre Freundin, nicht wahr? Sie kommt zu Ihnen und verbringt Zeit mit Ihnen.«

Sie blickte ihn an. Er glaubte, sie wollte etwas sagen, hielt sich aber in letzter Minute zurück.

»Was haben Sie beide gemacht?«

»Kekse gebacken. Karamell gemacht. Sachen ausgeschnitten und in Alben geklebt. Ausgemalt. Seifenblasen gemacht.«

»Spaß.«

»Ja. Wir hatten Spaß. Sie macht gern spaßige Sachen.«

»Waren das Sachen, die Sie als Kind auch gemacht haben?«

Ein Flackern. Was? Ein Schatten auf ihrem Gesicht. Verschwunden.

»Als ich in dem Alter war, haben wir an regnerischen Samstagnachmittagen Pfefferminzbonbons gemacht. Mit meiner Mutter. Das war ein Spaß.«

Sie starrte ihn an.

»Worüber haben Sie geredet?«

»Alles Mögliche. Was wir gemacht haben. Alles. Sie wissen schon.«

»Ich weiß es nicht. Erzählen Sie es mir.«

»Nein.«

»Dann erzählt es mir Kyra.«

Sie funkelte ihn an. »Reden Sie ja nicht mit Kyra. Lassen Sie sie in Ruhe. Halten Sie sie gefälligst aus all dem heraus, ja? Ich will nicht, dass Kyra erfährt …«

»Was erfährt? Von den anderen Kindern?«

»Wo ich bin. Was …«

»Was Sie getan haben … mit Amy und David und Scott … und … wie viele andere waren es noch? Kyra wird es erfahren müssen.«

»Wenn …«

Simon konnte ihre Anspannung fast sehen, wie ein Stromschlag, der über den Tisch auf ihn zukam. Er spürte Erregung. Er kam näher. Bekam sie zu fassen.

»Wir müssen mit Kyra sprechen. Sie wird über Sie ausgefragt werden … was Sie zusammen gemacht haben … wie oft sie bei Ihnen war … worüber Sie geredet haben … ob Sie ihr jemals etwas angetan haben … sie mit fortnehmen wollten.«

»Wir wollten wegfahren. Ich wollte Kyra mit in Urlaub nehmen. In einen Wohnwagen.«

»Ihre Mutter hat das nicht erwähnt. Wusste sie davon?«

»Es war in Ordnung, ihr würde es gut gehen.«

»War der Wohnwagen in Scarborough, in der Nähe der Höhlen und der Klippen?«

»Nein.«

»Ich dachte, Ihnen würde es dort gefallen. Mit Kyra ... sie wäre begeistert gewesen, der schöne Strand, im Sand und in den Höhlen spielen.«

Da war ein Stahlkabel, und es dehnte und dehnte sich, wurde dünner, straffer ... Er spürte den Zug.

Der Raum war heiß und feucht, und die Stille war außergewöhnlich, eine elektrisch aufgeladene, bebende Stille. Sie setzte sich fort, während das Kabel straffer wurde und sich dehnte. Er spürte Marion Coopey neben sich, ebenfalls angespannt, kaum atmend. Ein leichter Schweißgeruch hing im Raum.

Ed Sleightholmes Hände waren zu still. Sie spielte nicht mit den Fingern, legte keine Hand auf die andere, kratzte sich nicht, pulte nicht an ihren Nägeln. Ihre Hände vor ihr auf dem Tisch waren so still, als wären es Wachshände. Wenn Hände sprechen könnten, würden sie vielleicht am meisten erzählen. Es waren gewöhnliche Hände, nicht sehr groß.

»Wohin wollten Sie mit Kyra fahren, Ed? Sie müssen doch einen Plan gehabt haben.«

»Hab ich doch schon gesagt. Urlaub. Ein Wohnwagen.«

»Haben Sie das auch den anderen erzählt?«

»Was?«

»Komm mit, wir machen Urlaub, wir fahren zu einem Wohnwagen. Haben Sie ihnen erzählt, ihre Freunde würden dort auf sie warten? Haben Sie gesagt: ›Alles ist gut, Mummy und Daddy kommen später auch dorthin.‹?«

Sie sah ihn direkt an. Ihr Blick war fest. Ihre Augen verbargen gar nichts. Gewöhnliche Augen. Sie war so gewöhnlich.

Es war etwas, das Serrailler jedes Mal bemerkt hatte, wenn er Mördern nahegekommen war, außer sie standen unter Drogen oder waren nicht bei Sinnen. Die Gewöhnlichkeit. In einer Menge würde sie nicht auffallen. Ed. Jungenhaft. Weder unscheinbar noch hübsch. Nicht abstoßend. Nicht bemerkenswert. Nicht erinnerungswürdig. Gewöhnlich.

»Wie sehen Sie sich selbst, Ed?«

Sie blinzelte. Schüttelte dann den Kopf.

»Verstehen Sie, was ich meine?«

»Nein.«

»Ich meine nicht, wie Sie aussehen, ich meine, was Sie sind ... Wie sehen Sie sich selbst? Als jemanden, der nicht weiter auffällt? Den die Menschen kaum bemerken würden ... Wenn wir fragten: ›Wie hat sie ausgesehen?‹, würden sie sich nicht so richtig erinnern können. Eigentlich bedeutungslos, nichtssagend. Sehen Sie sich so?«

»Nein.«

»Wie dann?«

»Ich bin ... Ed, das sehen die Leute. Ed. Mich. Sie kennen mich. MICH. Kyra ... fragen Sie sie ... Sie hält viel von mir, sie möchte ständig zu mir rüberkommen. Die Leute denken ... Sie denken einfach Ed.«

»Gute Ed? Hübsche Ed? Seltsame Ed?«

»Woher soll ich das wissen?«

»Aber was glauben Sie selbst? Nennen Sie mir ein Wort. Beschreiben Sie ›Ed‹.«

Das Schweigen dauerte Minuten, nicht Sekunden. Ed starrte auf ihre Hände, doch die Hände bewegten sich immer noch nicht. Tote Hände.

Dann sah Serrailler, dass sie weinte. Stille Tränen, die sehr langsam, einzeln über ihre Wangen liefen. Er wartete. Sie machte keine Anstalten, sie wegzuwischen.

»Erzählen Sie es mir einfach«, sagte er leise. »Das ist ganz leicht. Sagen Sie mir die Namen. Und dann erzählen Sie mir, was passiert ist. Ed?«

Nichts. Das Schweigen hielt an, und die Wachshände blieben still, und die Tränen kamen, eine nach der anderen, liefen langsam hinunter, und er wartete. Und da war nichts.

## 22

Die Männer sind wieder da.«

»Komm weg vom Fenster, wie oft muss ich dir das noch sagen?«

»Ja, aber sie gehen wieder in Eds Haus, sie haben gerade die Tür aufgemacht. Ed würde das nicht wollen, ich weiß das. Wenn sie zurückkommt, erzähl ich es ihr. Wann kommt sie zurück?«

»Ich habe gesagt, *komm da runter*. Zum Kuckuck, wirst du endlich hören? Ich hab dir gesagt, dass du nicht über Ed reden sollst, vergiss sie. Vergiss, dass sie je gelebt hat.«

Kyra drehte sich verwundert um.

»Geh und mach den Fernseher an.«

»Ich will den Fernseher nicht anmachen. Ich will Ed.«

»Himmel noch mal. Hör mir gut zu, Kyra … Wenn du den Namen in diesem Haus noch ein Mal, *ein einziges Mal* aussprichst, hörst du, verprügel ich dich, dass dir Hören und Sehen vergeht, ich geb dich weg, ich schick dich mit dem Streifenwagen. Sag diesen Namen nie wieder, okay? Merk dir das.«

Langsam, schweigend stieg Kyra von dem Stuhl am Fenster und schlurfte aus dem Zimmer.

»Kyra!«

Sie erstarrte.

»Du versprichst es mir, auf der Stelle. ›Ich werde nie wieder den Namen in diesem Haus aussprechen.‹ Los. Sag es. *sag es!*«

Kyra hatte Natalie den Rücken zugewandt. Ihre Schultern waren steif, ihr Kopf starr.

»Sag es. ›Ich werde nie …‹« Eine Pause. Natalie zitterte.

»›Ich werde nie wieder …‹«

»Ich werde nie wieder …«

Sie konnte die Stimme ihres Kindes kaum hören. »*Sprich lauter.*«

»Ich werde nie wieder …« Es war immer noch schwer zu verstehen.

»›Den Namen …‹«

»Den Namen …«

»›In diesem Haus aussprechen‹.«

»In meinem Haus aussprechen.«

»›*Diesem* Haus‹!«

»*Diesem* Haus.«

»›Ich schwöre.‹«

»Ich schwöre.« Dann, nach einer Sekunde, fügte Kyra hinzu:

»Amen.«

»Jetzt verschwinde. Geh nach oben. Geh irgendwohin. Los.«

Kyra schlüpfte aus dem Zimmer wie ein Schatten an der Wand.

Natalie schloss die Tür und zündete sich eine Zigarette an. Sie hatte wieder angefangen zu rauchen, als es passiert war, nachdem sie es vor drei Jahren aufgegeben hatte. Zigaretten waren das Erste, wonach sie gegriffen hatte. Sie stellte sich ein Stück vom Fenster entfernt, sodass man sie von draußen nicht sehen konnte, und beobachtete das Nachbarhaus, beobachtete die Polizeitransporter und die Polizisten in den weißen Raumanzügen, die Sachen hinein- und heraustrugen. Sie beobachtete sie täglich, konnte den Blick nicht davon abwenden. Sie ging kaum mehr aus dem Haus. Sie hatte keine Ahnung, was sie zu sehen bekommen könnte, hatte ihren Befürchtungen noch keine Form gegeben, falls sie sich bewahrheiten sollten. Aber irgendwo in ihrem Hinterkopf hatte sich die Vorstellung von Leichen, im Garten ausgegraben, Kinderleichen, wie Gas festgesetzt und vergiftete sie.

Sie hatte nur wenig geschlafen, seit sie an ihre Tür geklopft hatten, kaum eine Stunde, nachdem sie die Nachrichten im Fernsehen gesehen hatte. Drei waren es gewesen, und Natalie hatte auf sie gewartet. Kyra war nicht da, spielte bei einer Freundin. Sie würden auch mit Kyra reden wollen, hatten sie gesagt, aber nicht jetzt, noch nicht.

Eds Haustür öffnete sich, und zwei von ihnen kamen heraus. Einer trug zwei schwarze Säcke mit … mit was? Natalie zog an der Zigarette. Sie wollte in das Haus gehen. Sie war ein- oder zweimal dort gewesen, um Kyra abzuholen, aber Ed hatte sie nie hereingebeten. Außerdem war es damals bloß ein Haus gewesen, das Wohnzimmer und der Flur von jemand anderem, die interessanten Möbel von jemand anderem. Jetzt sah das anders aus. Die Form des Hauses schien sich verändert zu haben. Es wirkte falsch, sonderbar. Natalie sah Fotos davon im Fernsehen, in den Zeitungen, Eds Haus, das Nachbarhaus nebenan, aber nicht dieses Haus, irgendwo anders, mit zugezogenen Vorhängen und Polizisten in weißen Anzügen und Transportern davor. Das Haus einer Mörderin. Eines Tages würde es in einem Film auftauchen oder in einem Buch über wahre Verbrechen, dieses Haus.

Sie musste noch einmal mit Kyra reden. Die Polizei war deswegen noch nicht da gewesen, und Natalie wollte alles, was es da gab, vorher aus ihr herauskriegen. Dass es da etwas gab, bezweifelte sie nicht. Es musste etwas geben. Ihr wurde ganz kalt bei dem Gedanken, was passiert war und, mehr noch, was am nächsten Tag, in der nächsten Woche hätte passieren können – passiert wäre. Kyra.

Sie liebte Kyra. Es war schwierig als Alleinerziehende, und sie hatte schlimme Tage. Kyra brachte sie an ihre Grenze, hörte nie auf mit Fragen und Herumhüpfen und Zappeln, war nie still, schlief nicht gut. Aber sie liebte sie. Wie könnte jemand daran zweifeln?

Die weißen Anzüge stapften über den Pfad zurück und schlossen die Tür.

Natalie ging in Gedanken hinter ihnen her. In den Flur. Links herum. Wohnzimmer, dasselbe wie hier. Wieder hinaus. Küche. Hintertür. Die Kyra manchmal benutzte. Benutzt hatte. Sie sah die Treppe, obwohl sie Eds Treppe nie hinaufgegangen war. Jetzt wollte sie es, wollte sich in jedem Zimmer umsehen, es in sich aufnehmen, wollte mit ihren Augen die Tapeten und Vorhänge abreißen, die Möbel zerlegen, um zu sehen, was darunter war oder dahinter.

Mehrmals am Tag hatte Natalie das Telefonbuch aufgeschlagen und unter dem Namen nachgesehen.

*Sleightholme, E. S., Brimpton Lane 14*

Der Eintrag hob sich von allen anderen auf der Seite ab. Die Zeile schwanke. Sie sah größer aus, der Druck schwärzer.

*Sleightholme, E. S., Brimpton Lane 14*

Es war bereits mehr als ein Name, eine Adresse, eine Telefonnummer. Sie war eingekreist. Sah aus wie …

*Christie, J. R. H., Rillington Place 10*

*West, E, Cromwell Street 25*

Genauso sah es aus.

Nur waren die tot, und das hier war wirklich, und sie konnte es sehen, dieses rote Ziegelhaus, genau wie ihr rotes Ziegelhaus, wenige Meter entfernt von ihrem Haus, in dem sie aß und schlief und sich anzog und kochte. In dem sie mit Kyra lebte.

Natalie drückte die Zigarette aus.

Im Haus nebenan war es jetzt still. Niemand kam oder ging. Die Transporter parkten davor. Das war alles.

Sie war froh gewesen, wenn Kyra hinüberging. Mehr als froh. Nur allzu bereit, sie dorthin zu lassen. Täglich. Sie wusste nicht, wie sie das jetzt empfand. Sie warf sich nichts vor. Wie hätte sie es wissen können? Kyra hatte nie aufgehört, jeden Morgen, jeden Abend, jeden Samstag und Sonntag. Ed. Ed. Ed. Ed.

Dann konnte doch nichts Schlimmes passiert sein, nichts allzu Schlimmes, wenn sie ständig davon redete, jeden Morgen, jeden Abend. Oder? Wie könnte das sein? Kyra hatte nie irgendwas erwähnt. Sie hätte nicht mehr hingehen wollen, wenn …

Der Polizeitransporter leuchtete weiß und eckig und merkwürdig in der Sonne. Natalie fragte sich, was wohl darin war.

Von oben kam kein Geräusch. Überhaupt kein Geräusch.

Sie zündete sich die nächste Zigarette an und würde sie zu Ende rauchen, bevor sie mit Kyra redete.

Man konnte Eds Haus von ihrem Zimmer aus sehen. Sobald Kyra nach oben geschickt worden war – was dauernd passierte –, hatte sie ihren kleinen Hocker vorsichtig zum Fenster getragen, damit sie von dort aus sehen konnte, falls Ed zurückkam. Jeden Tag hoffte sie, dass Ed zurückkommen würde. Jeden Tag wusste sie, dass Ed zurückkommen würde. Sie sah Leute in Eds Haus gehen und herauskommen, und wenn Ed zurückkam, würde sie ihr alles erzählen. Ed wusste es vielleicht nicht. Es würde ihr bestimmt nicht gefallen. Ed war stolz auf ihr Haus. Das hatte sie oft gesagt.

»Ich bin eine ordentliche Hausfrau.« – »Zieh deine Schuhe aus, Kyra, ich möchte keine Schmutzflecke auf dem Boden haben, ich bin eine ordentliche Hausfrau.« – »Wasch deine Hände, nachdem du das gegessen hast, Kyra, ich möchte keinen Kuchenteig auf den Möbeln, ich bin eine ordentliche Hausfrau.«

Es war wunderschön in Eds Haus, und Kyra wollte nicht, dass die Männer es unordentlich machten. Die Böden glänzten immer, und auf den Teppichen lagen keine Krümel. Alles hatte seinen Platz, ordentlich und sorgfältig, und die Möbel rochen nach Politur. Die Kissen auf dem Sofa waren genau ausgerichtet, und wenn man die Becher wieder an ihre Haken hängte, musste man die richtige Reihenfolge einhalten. Kyra tat das. Sie hatte es gelernt. Ed hatte es ihr beigebracht.

»Wenn du hier bei mir sein willst, musst du die Regeln lernen, Kyra. Der blaue, dann der weiße, dann der grüne, der pinkfarbene, der gelbe und als Letzter wieder ein blauer.«

»Warum müssen sie so hängen?«

»Weil es mir gefällt.«

»Ja, aber warum?«

»Deswegen. Weil es mir so gefällt.«

»Mir gefällt es auch, Ed.«

»Gut«, hatte Ed gesagt. »Jetzt wasch dir die Hände, du hast die Pflanzen angefasst.«

Es gefiel ihr so. Wenn Kyra nach Hause kam, wollte sie auch alles sorgfältig aufreihen. Sie versuchte es. Aber es funktionierte nie, weil ihr Haus eine Müllhalde war. »Kyra, hör auf, da rumzuwühlen, hör gefälligst mit der Zappelei auf, ja?« Aber in ihrem eigenen Zimmer konnte Kyra die Sachen so ordnen, wie sie es mochte. Wie Ed es mochte. Sie sortierte ihre Schubladen – weiße Socken, blaue Socken, weiße Unterhosen, pinkfarbene Unterhosen – und ihre Puppen und Stofftiere in einer Reihe auf dem Regal. Sie hatte es gelernt.

»Gott, was ist bloß los mit dir, Kyra, du bist ein komisches Kind. Ich weiß nicht, woher du das hast. Schau dir das an, das ist doch abartig.«

»Es gefällt mir so.«

»Ja, ja, schon gut, warten wir, bis du vierzehn bist, dann ist es der reinste Saustall, wie bei allen Teenagern.«

Kyra wusste, dass es nicht so sein würde, war aber klug genug, nicht zu widersprechen.

Sie beugte sich vor. Die Hintertür von Eds Haus hatte sich geöffnet, und zwei von den seltsamen Männern waren herausgekommen und mit Säcken zur Mülltonne gegangen, aber sie warfen keinen Müll hinein, sie holten ihn heraus, leerten den Mülleimer in die Säcke aus. Warum taten sie denn so was?

Unten klingelte das Telefon. Kyra machte es sich auf der Fensterbank bequemer. Ihre Mutter würde stundenlang telefonieren.

Als sie gefragt hatte, warum die Männer und die Transporter jeden Tag bei Eds Haus waren, hatte Natalie sie angeschrien. Kyra war an die Brüllerei ihrer Mutter gewöhnt, aber das war anders gewesen, ihr Gesicht so verzerrt und beängstigend, dass Kyra nicht gewagt hatte, weitere Fragen zu stellen.

»Hör auf damit. Ed ist weg. Okay? Ende. Ich will nichts mehr von Ed hören, ich will nicht, dass du irgendjemanden fragst. Hast du verstanden, Kyra?«

Kyra hatte genickt, zu verängstigt, irgendetwas zu sagen oder zu fragen. Ihr Kopf war so voll mit Fragen, dass sie überlegte, ob er wohl größer geworden war, um sie alle unterzubringen, ob die Leute es bemerken würden. Fragen summten den ganzen Tag, die ganze Nacht, wie in einem Bienenkorb, der nie still war, und die einzige Möglichkeit, sie hinauszulassen, war durch ihren Mund, indem sie die Fragen stellte, und das wagte sie nicht, also blieben sie drinnen und machten Kyra mit dem Summen verrückt.

Ihre Mutter hatte die Stimme gehoben. Kyra drehte sich ein wenig, um lauschen zu können.

»Was? Wann? Wann hast du das gehört, Donna? O mein Gott. O mein *Gott*. Das ist ein verdammter Albtraum, und ich muss darin leben. O mein Gott. Nein. Immer noch dasselbe, Transporter und diese Männer mit den weißen Anzügen, weißt du, wie man sie in Krimis sieht ... Dann wird es in den Nachrichten kommen. Ich muss Kyra wegbringen, sie hat ihre Ohren überall, ich will nicht, dass sie das hört. Ich hab nur gesagt, sie wär weg und käme nicht wieder. Ja, allerdings stimmt das ... O mein Gott.«

Kyra sah wieder aus dem Fenster. In ihrem Kopf tanzten die Fragen jetzt auf und ab, mit harten kleinen Schritten. Wo war Ed? Warum war sie weg? Warum würde sie nie wiederkommen? Was hatte sie getan? Warum waren die Männer in ihrem Haus? Was, warum, warum, wann, wer, was, warum, warum ...

Kyra wollte Ed. Weil ihr niemand sonst die Fragen beantworten würde, alle anderen würden sie ausschließen, würden die summenden Fragen in ihren Kopf zurückschubsen und die Tür zuknallen. Aber Ed antwortete immer. Ed beantwortete jede Frage, wenn auch manchmal nur mit: »Darauf habe ich auch keine Antwort.« Aber irgendwie war das genug. Es war eine Antwort. Ed sagte nie, sei still, frag nicht, hör auf zu nerven, das geht dich nichts an, dazu bist du noch zu klein. Ed redete mit ihr, dachte nach und hörte zu. Und antwortete. Ed erzählte ihr Sachen. Ed wusste viel. Ed. Ed. Ed. Ed.

Aber plötzlich versuchte sie, sich Ed vorzustellen, und da war nichts. Niemand. Ein leerer Fleck. Sie sah aus dem Fenster hinüber zum Haus, starrte und starrte, als wolle sie ein Bild von Ed heraufbeschwören, aber es wollte nicht kommen. Nichts kam. Sie wusste nicht, wie Ed aussah oder klang. Sie konnte Ed nirgends finden.

Sie stieg von ihrem Hocker und lief verängstigt aus dem Zimmer. Das war es, was ihre Mutter gemeint haben musste, dass Ed weg war und nie wiederkommen würde. Ed war sogar aus Kyras Kopf verschwunden, ihr Aussehen, ihre Stimme, ihr Geruch, ihr Lachen. Kyra machte einen Schritt auf die Treppe zu, so voller Angst vor ihrem leeren Zimmer und dem Alleinsein, wie sie es noch nie gewesen war, wollte bei ihrer Mutter sein, sie hören, sehen, trotz ihres Schimpfens und ihrer Gereiztheit.

Natalie kam herauf. Kyra blieb stehen und schaute hinab.
»Was machst du da?«

Kyra schwieg.

»Komm runter, ich muss einkaufen, brauch noch Sachen. Was ist los mit dir, Kyra, um Himmels willen, du siehst aus, als hättest du einen verdammten Geist gesehen.«

Aber das hatte sie nicht. Das war es ja. Sie hatte nichts gesehen.

Ganz langsam, Stufe für Stufe, kam Kyra die Treppe hinunter.

Draußen war jetzt ständig jemand. Kinder. Nachbarn. Leute aus der Siedlung. Sie standen herum, schauten, redeten miteinander, warteten, dass die weißen Anzüge herauskamen, starrten auf das, was sie trugen, folgten ihnen mit den Blicken wieder hinein. Fragen stellten sie lieber keine. Sie standen nur da, warteten, hofften, dass etwas passieren würde, etwas Aufregendes, und dann Fernsehwagen und Männer mit pelzigen Mikrophonen in ihre Straßen kämen.

Natalie zerrte Kyra in das Auto und knallte die Tür so fest zu, dass die Windschutzscheibe klirrte. Kyra sah nicht zu Eds Haus oder zu den Neugierigen, hielt den Blick gesenkt. Sie schwieg.

Natalie murmelte etwas, als sie knirschend den Rückwärtsgang einlegte, wendete, hart schaltete und dann vorwärtsschoss, wobei Kyra scharf gegen den Sitzgurt und zurück gedrückt wurde. Einmal hatte Ed ihr ein Spiel beigebracht, bei dem man die Augen schloss und eine Farbe nannte und dann in Gedanken ganz, ganz fest versuchte, diese Farbe und nichts anderes zu sehen. Nur Rosa. Nur Grün. Nichts anderes. »Selbst an den Rändern«, hatte Ed gesagt. »Schwarz«, dachte Kyra jetzt und drückte die Augen fest zu, bis sie nur noch Schwarz sehen konnte. Sie schaffte das. Sie hatte es gelernt. Aber für ein paar Sekunden versuchte sie rasch, Ed zu sehen, bevor sich das Schwarz herabsenkte.

»Ed«, sagte sie zu sich. Aber da war keine Ed, selbst an den Rändern nicht.

Sie blieben eine Stunde weg, und als sie zurückkamen, war da ein weiteres Auto, schwarz, parkte vor ihrer Tür. Die Neugierigen behielten es im Auge, während sie gleichzeitig die Aktivitäten der weißen Anzüge beobachteten, und drehten sich um, sobald Natalies Auto um die Ecke kam.

»Da ist jemand an unserem Haus. Da ist ein schwarzes Auto.«

»Ich hab selbst Augen im Kopf, Kyra.«

»Was macht es da?«

»Steig aus.« Natalie zog die Handbremse an und zeigte den Neugierigen beim Aussteigen den Stinkefinger.

»Was hast du denn angestellt, Nat?«

»Verpisst euch.« Sie stieß Kyra so fest durch die Haustür, dass sie hinfiel. Natalie zerrte sie am Arm hoch. »Pass gefälligst auf, wo du hintrittst.«

Die Tür knallte zu.

In dem schwarzen Auto hatten zwei Personen gesessen, das hatten sie beide gesehen. Jetzt sah Natalie ihre Umrisse auf der anderen Seite der verglasten Haustür.

»Geh nach oben, Kyra.«

»Ich will …«

»*Kyra* …«

Kyra floh.

Natalie drehte sich um und wartete auf das Klingeln.

»DS Nathan Coates, DC Dawn Lavalle. Mrs Combs?«

»Nein. Ms.«

»Entschuldigung … Ms Natalie Combs?«

»Das wissen Sie doch, verdammt.« Sie hielt ihnen die Tür auf. Im Wohnzimmer gab es keinen Stuhl, auf dem nicht etwas lag. Natalie schob einfach ein paar Sachen auf den Boden. »Es geht ja wohl um nebenan. Möchten Sie Kaffee?«

»Danke, das wäre nett. In diesem Job kann man glatt verdursten.«

»Ach nee.« Natalie ging in die Küche. Dabei schaute sie die Treppe hinauf. »Kyra, was hab ich gesagt?«

Ein kleines, schlurfendes Geräusch war zu hören, dann das Schließen von Kyras Tür.

Als sie zurückkam, blickte der Hässliche aus dem Fenster nach nebenan.

Die Polizistin betrachtete ein Foto von Kyra in einem burgunderfarbenen Taftkleid als Brautjungfer bei der Hochzeit von Natalies Schwester. »Wie alt war sie da, Natalie?«

»Von Natalie hab ich nichts gesagt.«

»Entschuldigung ... Ms Combs.«

»Vier. Sooo hübsch.«

»Sehr. Sie müssen stolz auf sie sein.«

Natalie warf ihr einen Blick zu. »Also, machen Sie schon. Es geht um nebenan – man muss ja kein Genie sein, um darauf zu kommen.«

»Stimmt. Wir haben ein paar Fragen an Sie, aber dann müssen wir auch noch mit Kyra reden.«

»O nein, das lass ich nicht zu, sie ist ein Kind.«

»Und sie war ziemlich regelmäßig drüben bei Miss Sleightholme, hab ich gehört?«

»Ich würde nicht sagen, regelmäßig. Das hab ich nicht erlaubt.«

»Warum nicht?«

»Tja, man weiß ja nie, oder? Jemand, der allein lebt, die ganze Zeit ein kleines Kind um sich hat ... nicht sehr normal, oder?«

»Fanden Sie, dass an Edwina etwas nicht sehr normal war?«

»Gott, wie komisch ... Hab nie gewusst, dass sie so heißt. Ed wurde sie genannt. Nie anders als Ed.«

»Und wie kam sie Ihnen vor – Ed?«

Natalie zuckte mit den Schultern.

»Aber Sie haben Kyra allein zu ihr gehen lassen?«

Natalie zuckte erneut mit den Schultern.

»Wie oft, würden Sie sagen. Einmal pro Woche? Dreimal pro Woche?«

»Ich hab doch gesagt, nur ... manchmal.«

»Einmal im Monat?«

»Was glauben Sie denn, dass ich's im Kalender angestrichen hab, oder was, verdammt?«

»Ist sie dann einfach rübergegangen, oder hat Ed sie eingeladen?«

Natalie seufzte und zündete sich eine Zigarette an. Was hätte sie nur getan, wenn sie damit nicht wieder angefangen hätte?

»Kyra hat dauernd gequengelt, rübergehen zu dürfen, und meistens hab ich's nicht erlaubt.«

»Warum?«

»Na ja, weil's lästig ist, wenn einen ständig ein Kind von nebenan nervt, muss so sein ...«

»Ist sie jemals hingegangen, ohne Sie zu fragen?«

»Sie ist listig, die Kyra, hat es geschafft, rauszuschlüpfen ... hat mich wütend gemacht.«

»Warum?«

»Weil ich's nicht leiden kann, wenn sie ungehorsam ist, deswegen.«

»Kein anderer Grund ... der mit Ed zu tun hat?«

»Also, wenn ich es gewusst hätte, zum Teufel, wäre sie doch nicht mal in die Nähe gekommen. Für was für eine Art Mutter halten Sie mich?«

»Aber Sie wussten es nicht. Oder?«

»Natürlich wusste ich es nicht, verflucht!«

»Gut, ist ja in Ordnung, Natalie. Worauf ich hinauswill ... War da irgendwas an Eds Verhalten, das Sie beunruhigt hat ... oder hat Kyra jemals etwas gesagt ... vielleicht nur angedeutet?«

»Nein.«

»Überhaupt nichts, an das Sie sich erinnern können?«

»*Nein*. Ich hab *nein* gesagt. War's das jetzt?«

Sie standen auf. »Wenn Ihnen noch irgendwas einfällt ...«
Der Rotschopf.

»Wird es nicht.«

»Na gut, vielen Dank für Ihre Zeit.«

»Wir werden auch mit Kyra reden müssen. Jemand wird anrufen, um einen Termin zu vereinbaren. Ich werde eine Kollegin vom Kinder- und Jugendschutz mitbringen ...«

»Sie wird Ihnen nichts zu erzählen haben. Es gibt nichts zu erzählen. Zumindest hoffe ich das.«

»Kinder schnappen oft Dinge auf, mehr nicht ... Und alles, was sie uns darüber sagen kann, was sie dort gemacht hat, worüber sie geredet haben ... könnte uns helfen.«

»Aber sie ist doch festgenommen, nicht wahr? Sie kommt auf keinen Fall hierher zurück? Sie haben sie geschnappt.«

Sie gingen zur Tür.

»Sie wurde verhaftet, ja. Doch wir brauchen noch viel mehr Informationen. Deshalb möchten wir mit Kyra sprechen.«

Natalie schloss die Haustür und blieb stehen. Ein weiteres leises Geräusch war zu hören.

»Kyra ... komm hier runter.«

Kyra gehorchte.

## 23

Ich bin weg«, sagte Simon Serrailler. Er warf eine Akte auf die anderen neben seinem Schreibtisch und schaltete den Laptop aus. »Rufen Sie mich nicht an, und erwarten Sie nicht, dass ich Sie anrufe.«

»Geht klar, Chef.« Nathan Coates folgte dem DCI aus dessen Büro. »Nicht mal, wenn ...«

Simon blickte ihn an. »Schicken Sie bloß eine Nachricht«, sagte er. »Und nur, wenn es was Neues gibt. Nichts Altes.«

»Verstanden. Wollen Sie ins Ausland?«

»Nein. London.«

»Um sich eine Show anzusehen oder so?«

Simon lächelte. »Könnte man so sagen.« Schnell lief er die Treppe hinunter. »Ja.« Er winkte und flitzte hinaus zum Auto, bevor ihn noch jemand aufhalten konnte.

Er hatte genug. Es war erfrischend gewesen, interessant, auch anstrengend, und er hätte die letzten beiden Wochen nicht missen mögen, aber er musste weg, vom Revier, von der Polizeiarbeit, von Lafferton. Er hatte es immer genossen, sich von allem abzuwenden und in ein anderes Leben zu schlüpfen, und als er zum Kathedralenhof fuhr, um seine Sachen zu holen, bevor er sich auf die Autobahn begab, war er richtiggehend ausgelassen. Er würde drei Tage in der Galerie verbringen, um den Aufbau seiner Ausstellung zu überwachen, die mit einer Vernissage eröffnet werden würde. Dann würde er mal sehen. Theater, Oper, gutes Essen, Spaziergänge durch London. Es war ihm egal, er hatte keine genauen Pläne gemacht. So entspannte er sich am liebsten, ließ sich jeden Tag überraschen.

Er hatte sein übliches, angenehmes Zimmer in einem Hotel mit Blick auf die ruhigen Gärten von Chelsea gebucht. Es war schnörkellos und glich so wenig einem Hotel, wie er es sich nur wünschen konnte. Außerdem war es teuer. Wenn Simon ins Ausland fuhr, reiste er mit leichtem Gepäck und verbrauchte wenig; er war zufrieden mit Ernestos bescheidener Wohnung in einem abgelegenen Teil Venedigs oder einer provinziellen Frühstückspension, einem billigen Parador. In London genoss er den Komfort und gab Geld aus.

Als er auf die Autobahn bog und beschleunigte, spürte er die übliche Veränderung, als sei ein Schalter in ihm umgelegt worden. Er ließ Ed Sleightholme, ermordete Kinder und als Geiseln festgehaltene Frauen hinter sich, vertrieb sie alle aus seinen Gedanken. Er war nicht mehr DCI Serrailler, er war Simon Osler, mit einer Einzelausstellung seiner Zeichnungen in einer Galerie in Mayfair. Viele Besucher, die zum Schauen und Kaufen kommen würden, hatten keine Ahnung, dass er Kriminalbeamter war, und so wollte er es haben. Wenn er mit Verbrechern zu tun hatte, die ein Doppelleben führten, verstand er sie meist und konnte das nachvollziehen. Für sich genommen war ein Doppelleben kein Verbrechen; es hing davon ab, was man daraus machte. Wenn man ihn gezwungen hätte, zwischen den beiden zu wählen, wäre es ihm schwergefallen. Sie glichen sich gegenseitig aus; keines der beiden Leben genügte ihm allein.

Zweimal hörte er sein Handy in der Jackentasche auf dem Rücksitz klingeln. Er würde nachsehen, wenn er das nächste Mal anhielt. Er hatte nicht sämtliche Verbindungen zu den laufenden Fällen gekappt.

Dennis Vindon von der Spurensicherung erhob sich aus der Hocke und trat ans Fenster. Draußen war es ruhig. Den Leuten war es langweilig geworden. Es gab nichts zu sehen außer den weißen Anzügen, die von Zeit zu Zeit zum Wagen hinausgingen, dort Sachen verstauten, wieder zurückstapften und die Haustür hinter sich schlossen. Die Sachen waren eingepackt, und niemand konnte erahnen, was es war. Dennis wusste es. Teppichstücke. Kissen. Linoleumteile. Abgekratztes aus den Küchenschränken. Bettlaken. Alles eingetütet, verschnürt und etikettiert.

Niemand sprach mit den weißen Anzügen, und die weißen Anzüge sagten ebenfalls nichts und schauten auch nicht zu den Frauen, die am Tor herumstanden. Immer sind es Frauen, dachte Dennis und blickte hinunter auf die sonnenhelle Straße. Männer – selbst arbeitslose Männer – schienen nicht dieses makabre Interesse an Tatorten zu haben. Wenn es ein Tatort war. Er war an vielen gewesen und hatte nie ein aufgeräumteres, saubereres, ordentlicheres Haus gesehen. Und es war kein Haus, das eilig geputzt worden war, um Spuren zu verwischen, es war ein Haus, das immer aufgeräumt, sauber und ordentlich war. Eigentlich ein hübsches Haus. Das musste man sagen. Ein paar Bücher. Schönes Porzellan, das viktorianisch aussah. Bunte Kissen. Es war ein Haus, das jemand mit Liebe eingerichtet hatte. Er hatte ein Gefühl dafür, wenn er ein Haus auseinandernahm, und bei diesem sagte ihm sein Gefühl, dass hier kein Verbrechen begangen worden war; niemand war hier gefoltert oder umgebracht worden. Keines der vermissten Kinder war in einen Schrank unter der Treppe gestoßen, keine Kleidung war draußen im Garten verbrannt worden. Wenn Sleightholme die Entführerin der vermissten Kinder war, dann hatte sie nichts davon zu Hause gemacht und auch nichts mit hergebracht.

Jo Caper kam pfeifend ins Zimmer.

Sie standen jetzt beide am Fenster und sahen hinaus.

»Da wird auch nichts sein«, sagte Dennis schließlich. Der Garten war ordentlich und gut gepflegt. Ein rechteckiges Rasenstück, Blumenbeete zu beiden Seiten mit Rosenbüschen, weiter hinten ein Sommerflieder. Ein vorgefertigter Gartenschuppen, der bereits durchsucht worden war. Ein Tisch mit zwei umgekehrt darauf ruhenden Plastikstühlen. »Wie schade.«

Denn gegen Ende der Woche würden sie den Garten umgraben müssen. Zeitverschwendung, Energieverschwendung, vor allem in der Sonne; im Garten würde nichts vergraben sein. Er wusste es.

»Und bei dir?«

Jo schüttelte den Kopf. »Nichts. Bin gerade damit fertig geworden, ihre Kleider einzutüten. Damit sind wir im Schlafzimmer durch.«

»Irgendwas Neues wegen des Autos?«

»Ich hab Luke sagen hören, dass da etwas sein könnte. Morgen vielleicht.«

»Dort wird etwas sein. Wenn es überhaupt was gibt. Es ist immer das Auto.«

»Nein, ist es nicht.«

»Ja, ja, aber diesmal weiß ich es einfach.«

»Ah ja, hast du deine Wünschelrute ausgepackt?«

»Sind schon merkwürdigere Sachen passiert.«

»Ich hab davon gehört.«

Dennis hatte nur ein einziges Mal einen Garten umgegraben und unter einer neu angelegten Terrasse einen Brunnenschacht gefunden und eine Leiche plus eine Menge Wasser.

»Genau. Zurück ans Werk.«

»Willst du 'ne Cola?«

»Nee, ist bestimmt lauwarm.«

»Nein, ich hab sie unten in den Kühlschrank gestellt.«

»Das hättest du nicht tun sollen.«

»Vermutlich nicht.« Jo segelte hinaus.

In ihrem Haus saß Kyra vor einem *Mein-kleines-Pony*-Video hinter zugezogenen Vorhängen. Hin und wieder stand sie auf und schob einen zurück, um zu Eds Haus zu schauen, doch da gab es nie was zu sehen.

*Mein kleines Pony* hatte süßliche Stimmen und Klimpermusik, und Kyra konnte es nicht leiden, aber sie wagte nicht, den Videorekorder auszuschalten, damit ihre Mutter es nicht merkte und hereinkam. Natalie telefonierte mit Donna Campbell, ihrer besten Freundin.

Kyra lehnte sich auf dem Sofa zurück und schloss die Augen, nur versuchte sie diesmal nicht, einen Farbblock oder schwarzen Samt zu sehen; in Gedanken trat sie durch Eds Haustür und ging nacheinander in jedes Zimmer, überprüfte alles – die Möbel, die Bücher, die mit Blumen geschmückten Tassen und Untertassen, die zwei Clownspuppen, die am Regal baumelten. Sie versuchte sich an alles zu erinnern. Dann würde sie wissen, was die weißen Anzüge mitgenommen oder verstellt hatten. Sie hatte vor, irgendwie in Eds Haus zu gelangen – sie musste dorthin. Sie fühlte, dass Ed sich das von ihr wünschte, ihr und niemand anderem vertrauen würde, nach dem Rechten zu sehen.

Ihre Mutter weckte sie auf, zog die Vorhänge zurück und brüllte. Der Fernseher war ausgeschaltet worden.

»Steh auf, du musst mit.«

»Wohin wollen wir?«

»Jemanden besuchen. Komm schon, Kyra, beweg dich, dein Haar muss gebürstet werden, und du musst ein sauberes T-Shirt anziehen, ich will nicht, dass die Leute denken, ich kümmere mich nicht um dich.«

»Wen besuchen wir denn?«

»Das wirst du sehen, wenn wir da sind.«

»Wo?«

»Ach, verflixt noch mal, Kyra, du bist ein einziges verdammtes Fragezeichen.«

Natalie war wütend. Donna und sie hatten beschlossen gehabt, mit den Kindern in den Supermarkt zu fahren, wo es einen beaufsichtigten Kinderbereich gab. Sie könnten ein bisschen einkaufen, Kaffee trinken, reden und würden nicht den ganzen Nachmittag von Kyra und Donnas Kind genervt werden. Die Tatsache, dass Kyra gesagt hatte, sie hasse Danny Campbell, war für Natalie irrelevant. Als sie Kyra gefragt hatte, warum sie ihn hasse, hatte Kyra geantwortet, er würde sie beißen, wenn niemand hinschaute. Aber die Stellen an Kyras Arm sahen nicht wie Bisse aus. Mehr wie Kneifstellen, und welches Kind wurde nicht hin und wieder gekniffen?

»Kneif ihn zurück«, hatte Natalie gesagt, »damit er's kapiert. Sei kein solcher Jammerlappen, Kyra, das bringt dich in der Welt nicht weiter.«

Doch als Natalie nach der Verabredung aufgelegt hatte, klingelte das Telefon erneut, und es war die Polizei, die sie gebeten hatte, gleich mit Kyra aufs Revier zu kommen, die Beamten würden auf sie warten, um mit ihr zu reden. Nein, der Termin ließe sich nicht verschieben. Es müsse jetzt sein.

Natalie zerrte Kyras Kopf herum, um ihren Pferdeschwanz neu zu richten. »Halt still, verdammt noch mal.«

»Wo fahren wir hin?«

Natalie schüttelte nur den Kopf, hatte ein rosa Haargummi zwischen den Lippen.

Als sie hinausgingen, stiegen zwei der weißen Anzüge in den Transporter, und als Natalie das Auto anließ, kam ein weiterer aus Eds Haustür, schloss sie ab und steckte den Schlüssel in die Tasche des weißen Anzugs. Kyra blickte die Frau ganz genau an, versuchte sich alles zu merken, damit sie es Ed erzählen konnte.

# 24

Ein Dutzend Menschen knieten in der Kapelle von Christus unserem Heiler. Cat Deerborn schlüpfte in eine der hinteren Bänke. Golden schien die Abendsonne durch die Fenster am Seitengang. Cat kam so oft wie möglich zu den Heilungsgottesdiensten, und heute nahmen zwei ihrer Patienten in den vorderen Bänken daran teil.

Schritte kamen durch die Kapelle, und als sich Cat umschaute, erkannte sie Jane Fitzroy. In der Lokalzeitung war ein kurzer Artikel über die Tortur erschienen, die sie durch Max Jameson hatte erleiden müssen, und Cats Mutter Meriel Serrailler hatte erwähnt, dass Jane für ein paar Tage beim Kantor und seiner Familie untergekommen war. Cat musterte Jane, als sie vorbeiging, konnte ihrem Gesichtsausdruck aber nichts entnehmen, wenn Jane auch kurz zu zögern schien, bevor sie die Stufen zum Altar erklomm.

»Im Namen des Vaters und des Sohnes und des Heiligen Geistes.«

»Amen.«

»Jesus Christus, der Du die Menschen heiltest, die krank an Körper und Geist zu Dir gebracht wurden, erhöre unsere Gebete an diesem Abend für die hier Anwesenden und alle anderen, die gläubig vor Dich treten. Gib uns die Kraft, den Trost und die Zuversicht Deiner Gegenwart beim Handauflegen und blicke gnädig auf alle, die ... auf ...«

Janes Stimme stockte. Einen Augenblick lang verstummte

sie und schien sich zu sammeln, um weiterzusprechen. Dann sackte ihr Körper ohne Vorwarnung zusammen, und sie sank ohnmächtig zu Boden.

Ein Murmeln erhob sich. Cat stand auf und ging rasch nach vorne. Sie kniete sich neben sie.

»Jane? Können Sie mich hören? Ich bin Dr. Deerborn.«

Sie griff nach dem Handgelenk. Der Puls war schwach, und Janes Gesicht war kalkweiß, doch ihre Augenlider flatterten, und sie versuchte, den Arm zu bewegen. »Alles in Ordnung, Sie sind bloß ohnmächtig geworden. Setzen Sie sich noch nicht auf.«

Cat drehte sich um und schaute in die besorgten Gesichter vor sich. »Keine Bange. Sie ist ohnmächtig geworden. Ich weiß nicht warum, aber mehr ist es nicht.«

Jane versuchte sich aufzusetzen, und ihre Wangen bekamen wieder etwas Farbe. Sie wirkte verstört und verlegen.

Eine halbe Stunde später saßen sie beide im Wohnzimmer des Kantors. Die Terrassentüren waren zum Garten geöffnet, und der Duft der Levkojen wehte herein.

»Ich komme mir vor wie ein totaler Idiot.«

»Ja, ist ja gut.« Rhona Dow schenkte Tee ein. »Ich *hab's* ihr gesagt, Cat.«

»Das glaube ich Ihnen.« Cat und Jane wechselten einen raschen Blick.

»Sie hat einen furchtbaren Schock erlitten und sollte nicht in Windeseile einfach wieder zur Normalität übergehen ... *und* auch noch in derselben Kapelle, wo dieser Mann ... Ehrlich, Jane.«

»Ich dachte, mir ginge es gut. Ich kann nicht ewig hier rumsitzen und Kreuzworträtsel lösen. Ich bin keine Rekonvaleszentin, mit mir ist alles in Ordnung.«

»Und warum sind Sie dann ohnmächtig geworden?«, fragte Rhona triumphierend. »Warum, Cat?«

»Keine Ahnung. Aber ich bin nicht ernsthaft beunruhigt. Kommen Sie trotzdem in die Praxis«, sagte sie zu Jane. »Wir werden eine Blutprobe entnehmen, für alle Fälle. Ich bin überzeugt, dass die Werte völlig normal sein werden, doch wir sollten lieber auf Nummer sicher gehen.«

»Und *ich* werde den Termin vereinbaren«, sagte Rhona Dow entschieden.

Ein Telefon klingelte.

Als sie hinausrauschte, um den Anruf entgegenzunehmen, wagten Cat und Jane nicht sich anzusehen.

»Wie auch immer«, sagte Cat und lächelte in ihren Tee. »Kommen Sie zu mir in die Praxis. Ich führe bei neuen Patienten in jedem Fall gerne eine Erstuntersuchung durch.«

»Ich habe mich schon in der Woche meiner Ankunft bei Ihnen angemeldet, weil …«

»… Rhona Sie dazu aufgefordert hat?«

»Hm.«

»Fühlen Sie sich kräftig genug, ein wenig im Garten spazieren zu gehen? Es ist der schönste im Kathedralenhof.«

»Ich weiß. Ich wohne am Ende dieses Gartens, falls Sie sich erinnern.«

Cat hatte das nicht vergessen. Sie wollte sehen, ob Jane ihren Bungalow mied, um zu ermessen, welche bleibende Wirkung das Erlebnis mit Max auf sie haben könnte.

Rhonas Stimme dröhnte immer noch im Flur hinter ihnen.

»Sie war ein Schatz«, sagte Jane jetzt, »so freundlich, so gut … genau wie Joseph. Sie haben mich behandelt, als hätte ich schon immer hier gelebt.«

»Aber allmählich finden Sie das alles ein wenig erdrückend.«

»Ist das nicht undankbar?«

Sie schlenderten über den Rasen.

»Verständlich, würde ich sagen. Ich ertrage Rhona auch nur in kleinen Dosen.«

»Ich bin so froh, dass Sie in der Kapelle waren. Danke. Ich weiß nicht, was die anderen dachten, die armen Seelen.«

»Sie haben sich Sorgen um Sie gemacht.«

»Die letzten ein, zwei Wochen hatten es wirklich in sich. Meine Mutter wurde überfallen und zusammengeschlagen, ich hatte gerade erst angefangen, mir meinen Weg durch Lafferton zu ertasten – eine gewaltige Aufgabe für mich –, dann Max.«

»Kein Wunder, dass Sie ohnmächtig geworden sind. Mir ist aufgefallen, dass Sie direkt in Imogen House angefangen haben.«

»Ja. Und ich habe viele Termine im Kreiskrankenhaus Bevham, um mich einzuarbeiten.«

»Wir mussten uns begegnen – nur nicht auf diese Weise.«

Sie traten durch das Spalier, das den Garten teilte, und bogen nach rechts auf einen Weg zwischen den Obstbäumen. Die Ecke von Janes Bungalow kam in Sicht. Cat spürte, wie Jane sich anspannte, dann stehen blieb.

»Alles in Ordnung?«

Jane atmete tief durch. »Würden Sie mitkommen? Sobald ich drin gewesen bin, wird alles gut sein.« Ein erneutes, minimales Zögern, dann setzte sie sich resolut in Bewegung, ging um die Büsche herum direkt zu ihrer Haustür.

»Ach. Das Schloss ist natürlich ausgewechselt worden, das hat man mir gesagt. Ich glaube, jemand drüben im Haus hat die neuen Schlüssel.«

»Egal. Gehen Sie ans Fenster.«

Jane warf ihr einen Blick zu, trat dann an die Scheibe, legte die Hände um ihre Augen und schaute hinein.

»In Ordnung?«

»Ja. Sieht aus wie das Haus von jemand anderem. Ich habe überhaupt nicht das Gefühl, hier gewohnt zu haben. Wie seltsam. Mir ist, als sollte ich nicht hineinschauen.«

»Aber beängstigt es Sie?«

»Nein.« Jane drehte sich um. »Ich fühle mich eher distanziert.«

»Gut. Sie machen das prima. Demnächst holen Sie sich die Schlüssel und gehen hinein. Früher oder später werden Sie das sowieso tun müssen, und dann lieber früher. Ich glaube, Sie werden sich wieder zu Hause fühlen.«

»Vielleicht. Ich bin mir nicht sicher, ob ich mich hier überhaupt zu Hause gefühlt habe, auch ohne die Sache mit Max. Bin mir nicht sicher, ob ich mich in Lafferton zu Hause fühle.«

Cat schwieg. Jane mochte sich ihr anvertrauen wollen, aber jetzt war nicht der richtige Zeitpunkt, und kurz darauf gingen sie durch den Garten zurück, genossen den ersten schwachen Hauch der Abendkühle.

Die Terrasse war leer, und aus dem Haus war nichts zu hören.

»Darf ich Sie etwas fragen?« Jane bedeutete Cat, sich mit ihr auf die Bank an der Wand zu setzen. Die Sonne berührte die Kronen der Obstbäume vor ihnen, doch die Bank lag im Schatten.

»Ich habe das Gefühl, ich sollte Max aufsuchen. Was halten Sie davon?«

»Warum empfinden Sie so?«

»Er ist in Schwierigkeiten. Der Tod seiner Frau hat ihn sehr schwer getroffen. Er wollte mir nichts antun – mir als Person –, er explodierte vor Kummer und Wut, und ich kam ihm in den Weg. Ich glaube, er braucht Hilfe. Na ja, das ist ja offensichtlich.«

»Sie könnten durchaus recht haben, aber sind Sie die richtige Person, sie ihm zu geben?«

»Weil ich Priesterin bin?«

»Nein, wegen dem, was er getan hat – das kann man nicht außer Acht lassen, nicht wahr? Sie haben ihn nicht angezeigt, doch sein Verhalten war schon extrem, und Sie standen deswegen unter Schock, um es milde auszudrücken. Vielleicht sollten Sie sich ein wenig zurückhalten? Max ist mein Patient – lassen Sie mich das machen.«

»Das ist aber nur ärztliche Hilfe ... Vielleicht braucht er die ja auch, nur möchte ich ihm sagen, dass alles gut ist.«

»Und dass Sie ihm vergeben?«

»Genau. Sie denken sicher, dass es scheinheilig klingt.«

»Nicht im Geringsten. Wie wär's, wenn Sie ihm schreiben, falls Sie meinen, ihm das sagen zu müssen?«

»Oh, das könnte ich nicht, das wäre so kalt.«

Und du, dachte Cat und betrachtete sie, bist genau das Gegenteil – und vielleicht mehr, als dir guttut. Sie betrachtete Jane Fitzroys Profil, umgeben von dem vollen, krausen Tizian-Haar. Sie war nicht nur schön, sondern hatte auch ein charaktervolles Gesicht – ein ungewöhnliches, nachdenkliches, intelligentes Gesicht. Ihre Haut war beneidenswert, wie cremefarbene Gardenien, ihre Augen waren von einem grünfleckigen Haselnussbraun, groß und mit direktem Blick. Sie würde nicht so leicht in den Hintergrund treten, hatte aber unter der oberflächlichen Beklemmung und Anspannung eine Ruhe und eine Tiefe in sich.

»Ich muss nach Hause.« Cat erhob sich. »Hören Sie, tun Sie, was Sie für nötig halten, aber seien Sie vorsichtig. Gott, wie bevormundend, natürlich werden Sie das sein. Und machen Sie einen Termin in meiner Praxis aus. Hier spricht Ihre Ärztin.«

Zwei Stunden später, nach dem Abendessen, machte sich Jane auf die Suche nach Rhona Dow. Rhona schnitt auf einem langen Tisch ein Kleid zu, in dem ehemaligen Spielzimmer im obersten Stock des Hauses; die Dows hatten drei Söhne, die alle nicht mehr zu Hause lebten, einer studierte noch, die anderen beiden waren Priester, beide im Ausland. Jane vermutete, dass Rhona ihr unter anderem deshalb so bereitwillig Unterkunft gewährt hatte, weil sie sich nach Gesellschaft sehnte und die Leere des großen Hauses füllen wollte. Sie war dankbar. Aber sie wusste auch, dass sie ausziehen musste.

»Setzen Sie sich, meine Liebe, nehmen Sie einfach das Zeug von dem Stuhl. Wenn ich beim Nähen bin, lasse ich das Zimmer regelrecht verwahrlosen, das scheint zu helfen.«

»So ein schöner Stoff – was wird das?«

»Hier.« Rhona schob ihr das Schnittmuster zu. »Ich brauche etwas Schickeres – bei all den Gartenpartys und Festen und Hochzeiten und Teegesellschaften mit dem Bischof von jetzt bis September, und alles aus meinem Schrank ist über die Jahre schon viel zu oft getragen worden.«

»Ich kann nicht mal eine Nadel einfädeln.«

»Tja, dafür können Sie andere Dinge. Nehmen Sie ein Stück Schokolade.«

Eine große Tafel Galaxy lag offen neben der Nähmaschine. Rhona Dow war eine korpulente Frau, und nach vierundzwanzig Stunden unter ihrer Obhut wusste Jane, warum.

»Ich wollte Ihnen sagen, dass ich heute Abend ins Gartenhaus zurückkehre. Sie waren wunderbar, und es hat mir sehr geholfen, hier zu sein, aber ich muss zurück, Rhona. Ich weiß, dass Sie es verstehen werden.«

Über Rhonas Gesicht huschte ein Ausdruck, den Jane nur allzu leicht entziffern konnte. Wenn sie ging, würde das Haus wieder leer sein. Rhona beschäftigte sich, so gut sie konnte, aber Joseph war viel unterwegs, und es war offensichtlich, dass sie einsam war.

»Ich werde nicht versuchen, Sie davon abzuhalten, meine Liebe. Nur müssen Sie mir versprechen, dass Sie wieder hierherkommen, wenn Sie nach dieser Geschichte dort unten nicht glücklich sind. Selbst mitten in der Nacht. Das würde uns überhaupt nichts ausmachen.«

»Ich verspreche es Ihnen. Vielen Dank.«

»Dann lassen Sie mich Ihnen wenigstens ein paar Sachen zusammenpacken. Sie werden Brot brauchen und Milch und ...«

»Nein, ich fahre hinüber in den Supermarkt. Ehrlich. Ich muss wieder zur Normalität zurückkehren, Rhona.«

Rhona Dow seufzte und brach ein weiteres Stück Schokolade ab.

Der auch nachts geöffnete Supermarkt an der Bevham Road war nichts, was Jane je als Zufluchtsort bezeichnet hätte, aber als sie auf den Parkplatz bog und die vielen bunten Lichter und farbenfrohen Reklametafeln sah, hob sich ihre Stimmung. Drinnen war es warm und angenehm. Sie schob den Einkaufswagen durch die Gänge, wechselte einige Worte mit anderen Kunden, wählte Produkte aus, die sie normalerweise nicht kaufen würde, wie auch die langweiligeren Dinge für den täglichen Bedarf, ließ sich dabei viel Zeit. Solange sie von dem fröhlichen Gesumm umgeben war, trat alles andere in den Hintergrund und beunruhigte sie nicht.

Nach dem Bezahlen ging sie in das angeschlossene Café. Sie war hungrig, merkte sie, als sie für ihren Kaffee anstand, und fügte einen Teller mit Speck, Eiern und Toast auf ihrem Tablett hinzu. Sie kaufte sich auch eine Zeitung.

Supermärkte waren gute Zufluchtsorte, gut für die Einsamen mit einem unausgefüllten Leben, die eine Pause brauchten und ein wenig Gesellschaft von der Art, die einen zu nicht mehr als ein paar Worten verpflichtete, zum Preis einer Tasse Tee. Menschen, die behaupteten, Supermärkte wären seelenlos und kleine Geschäfte wären viel besser, hatten nie so empfunden wie Jane und waren nicht, zumindest vorübergehend, durch die breiten Gänge und das Stimmengewirr und fröhliche Treiben wiederhergestellt worden. In einem kleinen Geschäft konnte man nicht herumtrödeln, Wärme und Gesellschaft ausnutzen, solange man wollte, und

Jane hatte in London viele mit barschem und abweisendem Personal gekannt.

Gott, dachte sie, der Gott, den ich kenne, der Gott, an den ich glaube, der Gott der Liebe und des Trostes, der Gott, der Kraft gibt, ist hier heute Abend so greifbar wie in der St.-Michael-Kathedrale.

Der Speck und die Eier waren heiß und überraschend köstlich, die Lokalzeitung ein Karussell aus Klatsch und Informationsbrocken und mit der Art Fotos von Amateur-theateraufführungen, Schulsportveranstaltungen und Hoch-zeiten, die sie begeisterten.

Als sie das Café verließ, trat ein Paar auf sie zu, das sie erkannt hatte und sie bitten wollte, ihre vier Kinder gemein-sam zu taufen.


Auf den Straßen war es ruhig, als sie zurückfuhr. Der Mond stand als silberne Sichel über dem Hügel.

Sie lenkte das Auto zu dem ihr zugewiesenen Parkplatz auf dem Kopfsteinpflaster neben dem Haus des Kantors, in dem es dunkel war. Josephs Auto war da. Sie überlegte, wie Rhona wohl mit ihrer Näharbeit vorangekommen war und wie sie es geschafft hatte, keine Schokoladenflecken auf den Stoff zu machen. Jetzt musste Jane nur noch drei Tragetaschen durch den Garten zum Bungalow schleppen, aufschließen und alle Lichter anknipsen, um die dunklen Schatten und Erinnerun-gen in die Wände zurückweichen zu lassen.

Die Taschenlampe, die an ihrem Schlüsselring hing und normalerweise einen dünnen, scharfen Strahl aussandte, funktionierte beim Draufdrücken nicht, aber Jane kannte den Weg über den Gartenpfad inzwischen. Die Büsche raunten, als sie daran vorbeistreifte, und weiter hinten un-ter den Obstbäumen hörte sie ein kleines Tier rascheln. In einem der anderen Gärten jaulte eine Katze und erschreckte Jane. Sie tastete sich die Verandastufen hinauf und legte ihre Hand an die Mauer, um sich zu orientieren. Über ihr wölbten sich die Sternbilder am Himmel. Schlüssel. Er glitt leicht in das neue Schloss. Sie stieß die Tür auf. Das Haus roch nach Angst, ihrer Angst, als sie zum letzten Mal hier gewesen war, in der Falle, festgehalten, klaustrophobisch gefangen zusammen mit Max Jameson. Sie spürte seinen Arm um ihre Kehle und die kalte Schneide des Messers und begann zu frösteln. Ihre Hand zitterte, als sie an der Wand nach dem Lichtschalter tastete, und nachdem das Licht anging, kam ihr im ersten Moment alles äußerst fremd vor, sodass sie sich desorientiert fühlte und sich fast fragte, ob sie das Haus verwechselt hatte.

Sie machte einen raschen Rundgang, knipste jede Lampe in Küche, Wohnzimmer, Arbeitszimmer, Schlafzimmer an. Sie holte ihre Tragetaschen mit den Einkäufen herein, verschloss und verriegelte die Haustür, zog die Küchenjalousie und die Vorhänge in allen Zimmern zu. Erst nachdem sie das getan hatte, atmete sie tief durch, um sich zu beruhigen. Es dauerte eine Weile, bis ihr Herz zu hämmern aufhörte.

Sie zwang sich, sich langsam umzusehen. Alles war so, wie es vorher gewesen war. Stühle, Tisch, Schreibtisch, Fernseher, Bücher, alles an seinem Platz, alles vertraut. Ein leichter Schimmelgeruch hing in der Luft. Das Gartenhaus war feucht, trotz aller Anstrengungen des Wartungspersonals.

Sie trat an das Wohnzimmerfenster. Erstarrte, hörte etwas. Irgendein Knacken oder Kratzen draußen, ein angestoßener Stein, ein lockerer Ziegel?

Natürlich konnte sie nicht bei offenem Fenster schlafen.

Es war nach Mitternacht. Sie packte ihre Einkäufe aus und räumte sie weg, setzte Milch auf, nahm einen Becher und die Dose mit Kakaopulver heraus, einen Löffel. Legte alles auf den Tisch. Das kleinste Geräusch klang unheimlich, laut und hohl, und wenn es verstummte, war die Stille vollständig, eine nervöse, gespannte, unfreundliche Stille.

Resolut trug sie das heiße Getränk ins Arbeitszimmer und nahm ihr Gebetbuch vom Schreibtisch.

»O Herr, stehe uns während der Tage dieses beschwerlichen Lebens bei. Bis die Schatten länger werden und der Abend kommt.«

Sie verbrachte einige Zeit im Gebet, las dann die Abendandacht und danach in ihrer Bibel, sodass es weit nach ein Uhr war, als sie zu Bett ging. Aber die Stille hatte eine andere Qualität angenommen, war zu einer Ruhe geworden, angenehm und besänftigend, statt eine angsterfüllte Stille zu sein. Eine halbe Stunde lang las sie in Antonia Byatts *Besessen* und knipste dann das Licht aus. Sie spürte eine tiefe Erschöpfung, die ihr Gehirn dämpfte und ihre Glieder schwer machte. Schlaf würde ein Segen sein.

Sie erwachte aus einem Albtraum schleimiger Dunkelheit, in der sie an einer ekelhaften Masse gewürgt hatte und ihre Lunge von Klingen durchstoßen worden war, und schoss voller Angst schweißgebadet hoch. Beim Griff nach der Lampe stieß sie sie krachend zu Boden. Jane schrie auf, schüttelte sich, stieg auf der anderen Seite, weg von dem zerbrochenen Lampenfuß, aus dem Bett und tastete sich zum Schalter an der Tür vor. Währenddessen hörte sie ein Geräusch im Garten.

Nein, sagte sie sich, im Garten ist nichts, bis auf Katzen und Füchse, vielleicht eine Eule. Nichts. Niemand.

Sie suchte nach Handfeger und Schaufel, kehrte die Scherben auf und warf sie in den Küchenmülleimer. Aus dem Arbeitszimmer holte sie eine andere Lampe, stellte sie auf, knipste sie an und las zwanzig Minuten weiter.

»O Herr, erleuchte die Finsternis dieser Nacht mit Deinem himmlischen Strahlen. Und bewahre die Kinder des Lichts vor den Untaten der Finsternis. Durch Jesus Christus, unseren Herrn.«

Das Geräusch von draußen war ein gedämpfter Rums, als wäre jemand gestürzt.

Es gab Verschiedenes, was sie tun konnte: die Polizei anrufen; die Dows anrufen; aus dem Fenster schauen; hinausgehen … Und sie konnte nichts davon tun, war gelähmt vor Angst, ihr Mund zusammengezogen und trocken.

In ihrem Kopf lief ein Film ab, den sie nicht anhalten konnte, von Max Jameson, der sie zu Boden warf, sie an den Armen festhielt, ihr ins Gesicht starrte, das Messer hielt, lachte, triumphierend aufschrie, ihr gegenübersaß, sie mit Furcht peinigte und redete, redete, in einem leisen, eigentümlichen Flüstern, das in ihren Ohren summte.

Sie zwang sich aufzustehen, zog Pantoffeln und Morgenrock an und schob dann den Vorhang zurück. Sie hatte die Hand am Fenstergriff, wollte das Fenster öffnen, als sie in den nächtlichen Garten schaute.

Max Jamesons Gesicht grinste sie an. Sein Körper war im Schatten, selbst sein Hals schien umwickelt zu sein, sodass sein Gesicht mit dem wirren Haar und dem zerzausten Bart ein paar Meter vor ihr allein zu schweben schien. Jane hätte schreien, das Fenster auf- und zuknallen, ihn wegscheuchen sollen, aber sie tat nichts, erstarrte nur in Angst am Fenster, blickte hinaus wie er hereinblickte.

Der Anblick der Polizeitaschenlampen, die im Garten aufblitzten, die Dunkelheit nach allem Versteckten absuchten, war eine unbeschreibliche Erleichterung. Die Beamten waren kaum fünf Minuten nach ihrem Anruf eingetroffen. Der Streifenwagen war in der Gegend gewesen, und die beiden jungen Polizisten waren groß, schwerfüßig und beruhigend, während sie unter Büsche und hinter Bäume schauten, auf allen Seitenwegen und im Schuppen. Inzwischen war das Licht im Haus der Dows angegangen, und im Garten waren andere Stimmen zu hören.

Jane saß im Sessel, trank einen Becher Tee. Es war halb vier. In einer Stunde würde der Tag anbrechen. Sie wusste nicht, was sie gesehen hatte, konnte jetzt nicht mehr sagen, ob das Gesicht von Max Jameson wirklich oder eine Vorspiegelung ihrer verängstigten Phantasie gewesen war. Aber wenn sie die Augen schloss, war es da, deutlich und leibhaftig, kein Phantom, kein Geist. Max Jameson, der sie aus der Finsternis anstarrte.

Sie begann zu zittern, und der Tee schwappte über. Sie wollte den Becher auf den Tisch neben sich stellen, aber ihre Hand gehorchte ihr nicht, und der Becher krachte zu Boden, der heiße Tee spritzte heraus und verbrühte ihre nackten Füße.

Als Rhona Dow den Raum betrat, in einem riesigen rosa Samtmorgenmantel, mit abstehendem Haar, brach Jane in Tränen aus.

# 25

Ds Nathan Coates saß auf dem Fahrersitz des Streifenwagens, versteckt hinter einem zerbrochenen Bretterzaun, und beobachtete ein Lagerhaus für Obst und Gemüse. Er und DC Brian Jennings hielten das Lagerhaus schon seit zwei Tagen unter Beobachtung, in denen eine ganze Menge hätte passieren sollen und nichts passiert war.

Nathan biss krachend in einen Apfel.

Jennings zuckte zusammen. »Könntest du den nicht noch ein bisschen lauter essen, Sarge?«

»Ist das 'ne Frage oder 'ne Aufforderung?«

»Bloß …«

»Bloß muss ich mir alle halbe Stunde das Geknacke deiner Chips anhören. Täte dir viel besser, wenn du mal so was hier isst.« Nathan ließ die Scheibe herunter und warf den Apfelbutzen hinaus.

»Hier könnte man Wurzeln schlagen.«

»Hast du doch schon.«

»Ich glaube, das ist nur ein Lagerhaus für Obst und Gemüse. Ich kann mir nicht vorstellen, dass da was anderes drin ist als Obst und Gemüse. Nichts wird da reingekarrt außer Obst und Gemüse, nichts kommt raus außer …«

»Das reicht, du wiederholst dich.«

»Ich schätze, der DI hat da einen zweifelhaften Informanten.«

»Wir wären nicht hier …«

»Ein Sergeant, ein DC … und jede Menge Bananen.«

»Warte …«

»Oh, schau mal, Sarge, ein Obst- und Gemüselaster!«

Nathan hob sein Fernglas und stellte es auf die Rolltüren des Lagerhauses scharf. Der Laster hatte gewendet und fuhr langsam rückwärts, während sich die Türen öffneten.

»Den hab ich schon mal gesehen … diesen Fahrer.«

»Ja, beim Fahren von Obst und …«

»Halt die Klappe. Schreib das Kennzeichen auf, ich will ein Foto von ihm machen.«

Nathan beugte sich nach hinten, um an seinen Fotoapparat zu kommen, und richtete ihn auf das Fahrerhaus des Lasters. »Hab ihn. Das ist Piggy Planter. Den habe ich vor zwei Jahren wegen Einbruchs im Gewerbegebiet festgenommen, nur hatte er einen cleveren Anwalt, hat Bewährung gekriegt, behauptete, sein Bruder hätte ihn dazu gezwungen. Sieh an, sieh an, Piggy Planter. Was macht der denn hier – und sag nicht, dass er einen Obst- und Gemüselaster fährt. Hast du das Kennzeichen …«

Der DC hatte.

Der Mann, den Nathan Coates vor der Linse hatte, war inzwischen aus dem Fahrerhaus gesprungen und sprach in sein Handy. Hinten im Lagerhaus öffneten ein paar schattenhafte Gestalten den Laster. Ein dunkelblauer BMW kam um die Ecke und rollte daneben. Ein Mann in einer cremefarbenen Leinenjacke stieg aus der einen Tür, ein ungepflegterer, gewichtigerer aus der anderen.

»Donnerschlag, Frankie Nixon und sein Leibwächter. Hier geht's *nicht* um Bananen.« Nathan drückte immer wieder auf den Auslöser und ließ dann die Kamera sinken. »Wir brauchen eine Überwachung rund um die Uhr. Hier wird über kurz oder lang was passieren.«

Sein Handy klingelte.

»DS Coates …«

»Jenny McCreedy von der Spurensicherung. Ich habe versucht, DCI Serrailler zu erreichen, aber mir wurde gesagt, er habe diese Woche Urlaub und ich solle mich an Sie wenden.«

Nathan richtete sich auf, behielt nach wie vor den BMW im Blick. Frankie Nixon war wieder eingestiegen. Sein Leibwächter sah sich um, bevor er auf den Beifahrersitz schlüpfte. Das Auto rauschte mit einer einzigen, schwungvollen Beschleunigung vom Hof. Der Laster rollte langsam weiter in das dunkle Maul des Lagerhauses, und die Rolltür begann sich zu schließen. Aber die Szene wirkte seltsam distanziert wie aus einem Film. Nathans Kopf war über sein Handy gebeugt.

»Haben Sie etwas? Sagen Sie mir, dass es einen Gott gibt.«

»Wir haben etwas.«

»Aus Sleightholmes Haus?«

»Nein, das Haus ist sauber. Aber im Auto haben wir zwei Haare und ein Stück von einem Fingernagel gefunden. Beide Haare stammten von demselben Kopf, und die DNA stimmt mit der von David Angus überein. Das Fingernagelstück nicht, da gibt es keine Übereinstimmung. Noch nicht.«

»Stammt es von dem anderen Jungen?«

»Nein. Auch nicht von dem kleinen Mädchen, das lebend im Kofferraum gefunden wurde.«

»Wollen Sie damit sagen, dass es *noch* ein Kind gab?«

»Sieht so aus.«

»Großer Gott … Ist das alles?«

»Nein. Die sind mit dem Auto noch nicht fertig. Aber es gibt eine definitive Übereinstimmung mit Ihrem Fall. Wann kommt Ihr DCI zurück?«

»Keine Bange, ich hab seine Nummer, auf diese Nachricht wird er nicht warten wollen. Tausend Dank.« Nathan boxte in die Luft.

Der Laster war vom Lagerhaus geschluckt worden, und die Tür war geschlossen. Niemand war mehr zu sehen. Die

Nachmittagssonne ließ das Ödland um sie herum staubig aussehen. Ein Fink hockte auf einer Distel ein paar Meter entfernt.

»Verschwinden wir von hier.«

»Worum ging es, Sarge?«

»David Angus.«

»Haben sie ihn gefunden?«

»So was in der Art.« Nathan ließ den Motor an und setzte so hart zurück, dass die Reifen durchdrehten.

Der DC lehnte sich zurück. »Erzähl mal, was es mit diesem Frankie Nixon auf sich hat.«

»Frankie Nixon«, erwiderte Nathan scharf, »ist mir im Moment scheißegal.«

## 26

Sie sehen nicht glücklich aus, Simon.«
»Ich glaube, diese Bildgruppe ist zu groß … Können
wir die zwei aus der Kirche davon trennen? Dann hätten wir
fünf und zwei … Vielleicht hier drüben?«

Simon trat in der Galerie einen Schritt zurück und betrachtete die Aufteilung erneut. Die Bilder waren fast perfekt gehängt, bis auf diese Zeichnungen aus Venedig. Bei einigen lagen die Gesichter der alten Frauen und Männer, die er in den Kirchen um die Zattere hatte beten sehen, im Dunkel; nebeneinander gehängt hatten sie sich gegenseitig aufgehoben, getrennt voneinander wurde die Wirkung abgeschwächt. So war es immer – die meisten fanden beinahe von selbst ihren Platz, doch bei den letzten paar dauerte es ewig, sie richtig zu hängen.

Die Galerie war klein und hatte eine niedrige Decke. Die Größenverhältnisse waren genau richtig, die Lage in Mayfair erstklassig. Er wusste, welches Glück er hatte.

Jetzt lehnte er sich an die Wand und sah aus dem Fenster.

Diana blickte ihm von der sonnigen Straße direkt ins Gesicht. Er fluchte leise. Es wollte nicht, dass seine Vergangenheit vor ihm auftauchte, vor allem eine Vergangenheit, die er konsequent aus dem Gedächtnis verbannt hatte.

Aber als er sie noch einmal ansah, änderte sich etwas in ihm. Er war beglückt darüber, zu sein, wo er war, hier seine Ausstellung zu haben, jetzt, war aufgeregt, stolz, überdreht –

und plötzlich erfreute ihn der Anblick Dianas. Er war froh, sie zu sehen. Sie sah, wie stets, schön, elegant, glücklich aus.

Ihm fiel ein, wie es immer gewesen war – eine ideale Beziehung, ohne Verpflichtung, sie hatten zueinander gepasst, sich miteinander wohlgefühlt, hatten beide ihre eigene Welt und einen Beruf gehabt, der sie ausfüllte, keiner hatte den anderen festnageln wollen. Das war gut gewesen, hatte Spaß gemacht. Er hatte beglückende Tage, Abende, Nächte in Dianas Gesellschaft verbracht. Ihre Verzweiflung, mit der sie ihn im vergangenen Jahr verfolgt hatte, schien lange her. Das musste sich längst gelegt haben. Warum konnte es nicht wieder so sein, wie es immer gewesen war? Simon sah nichts, was dagegen sprach.

Er trat aus der Galerie, um sie zu begrüßen.

Bei ihrem letzten Zusammensein in London hatten sie *Eugen Onegin* in Covent Garden gesehen, aber heute Abend gab es eine Ballettaufführung, wofür Simon nichts übrig hatte. Stattdessen sahen sie sich ein neues Theaterstück an, das so schlecht war und noch dazu so miserabel von einem Hollywoodstar gespielt wurde, dass es schon fast komisch war. Vor dem Ende brachen sie auf.

Es war ein warmer Abend und noch hell, auf den Straßen war viel los. Simon griff nach Dianas Arm, führte sie über die Straße zu einer Bar, die er kannte. Die Tische draußen waren besetzt, aber oben gab es eine runde Veranda. Er fühlte sich unbeschwert, wie so oft in London, war ein anderer Mensch, weniger gehemmt, spontaner.

»Champagnercocktail«, sagte er und lenkte Diana zu einem freien Tisch.

»Genau das Richtige.«

Ja, dachte er. Das ist gut. Nur das. Nichts mehr. Nichts Schwereres. Das ist genau richtig.

Diana trug ein hellgrünes Seidenkleid. Sie war die bestgekleidete Frau im Raum und die schönste. Er berührte ihre Schulter.

»Wo würdest du gerne essen?«

»Entscheide du. Aber ich möchte mit dir reden ... reden und reden. Wie lange ist es her, seit wir das getan haben, Simon?«

»Zu lange. Du zuerst. Du hast die Restaurantkette verkauft?«

»Schon vor Monaten. Und ich habe noch nicht entschieden, was ich als Nächstes machen will, um deiner Frage zuvorzukommen. Kein weiteres Geschäft, das mein Leben auffrisst, so viel ist sicher. Ich habe ein kleines Haus in Chelsea gekauft und den Rest des Geldes aufs Sparbuch gelegt.«

»Aber du brauchst die Herausforderung. Dabei blühst du auf.«

»Nein.« Sie sah ihm direkt ins Gesicht. Sie hatte winzige Falten an den Augenwinkeln, sichtbarere am Hals. Sie war zehn Jahre älter als er, und manchmal sah man ihr diese Jahre an. Es hatte ihn nie im Geringsten gestört. »Ich möchte etwas Ausfüllendes und ganz und gar Friedvolles. Ich hatte fünfzehn Jahre lang ein Leben auf der Überholspur. Das reicht. Vielleicht eröffne ich eine Galerie?«

Er lachte und begann, über die Ausstellung zu reden. Wie immer fand er es unmöglich, etwas über seine Zeichnungen zu sagen; es fiel ihm leichter, von dem Raum zu erzählen, dem Hängen, den Käufern, der Vernissage, den Rahmen, den Preisen, anderen Ausstellungen in London. Klatsch. Unbedrohlich.

»Und Lafferton?«

Er schüttelte den Kopf. Auch darüber mochte er nicht reden, und seine Polizeiarbeit erwähnte er nie.

Sie tranken noch einen Cocktail, verließen dann die Bar und spazierten durch die Londoner Abenddämmerung in Richtung Piccadilly.

»In wenigen Tagen wird die Vernissage sein, und du wirst alle Zeichnungen verkaufen«, sagte Diana. »Ich hoffe, ich bekomme eine Einladung.«

»Natürlich.«

Bei Fortnum's blieben sie stehen. »Du hast die Wahl«, sagte Simon. »Restaurant? Mein Hotel?«

»Oder zu mir nach Hause.«

Doch sie spürte sein Zögern.

»Na gut«, sagte Diana leichthin, »ich bin hungrig. Ich habe heute Mittag nur ein Tomatensandwich gegessen und gerade zwei Champagnercocktails getrunken. Gut möglich, dass ich ohnmächtig werde.«

Simon griff nach ihrem Arm, lachte und führte sie die Duke Street entlang zu Green's.

## 27

Natalie erwachte, hörte ein Geräusch und zog sich das Kissen über den Kopf. Aber das Geräusch war immer noch zu hören, also stand sie schließlich auf.

»Was soll denn das? Zum Kuckuck, Kyra, es ist zwei Uhr nachts, was ist los mit dir?«

Kyra stand am Fenster. Der Vorhang war zurückgezogen, und sie sah hinüber zum Nachbarhaus.

»Ich hab dir doch gesagt, du sollst das lassen. Komm jetzt, ab ins Bett. Mit wem hast du geredet?«

Kyra presste die Lippen zusammen, ließ sich aber zum Bett führen und schlüpfte unter die Decke.

»Du machst mir Sorgen, Kyra. Redest mit dir selbst und machst diese Geräusche.«

Natalie setzte sich auf den Bettrand zu ihrer Tochter. Das blonde Haar war zerzaust, und sie glättete es mit den Fingerspitzen. Komisch, wie anders Kinder bei Nacht waren, wie viel stärker man sie lieben konnte, weil sie kleiner zu sein schienen. Komisch.

»Willst du mir jetzt was erzählen?«

Sie hatten Natalie nicht mit hineinkommen lassen, als sie mit Kyra sprachen. Sie waren zu zweit gewesen, beides Frauen, eine junge Ärztin, die angeblich Psychologin war, nur sah sie dazu nicht alt genug aus, und eine Beamtin vom Kinder- und Jugendschutz.

Es hatte über eine Stunde gedauert. Am Ende war Natalie unruhig geworden. Sie war wütend, und ihr war schlecht. In den Zeitungen und in der Glotze hatte es alle möglichen Berichte gegeben. Überall hatten Plakate gehangen, als der kleine Junge vermisst worden war, und die Leute hatten darüber geredet, alle hatten das getan, und sie hatte dazugehört, wie alle anderen aus der Brimpton Lane. Natalie hatte letzte Woche mit ein paar Nachbarn gesprochen, und sie hatten alle dasselbe gesagt, wie anders sie sich jetzt fühlten. Ihre Häuser, ihre Straße, ihre Nachbarschaft, alles … ihr tägliches Leben. Sie fühlten sich anders, und das würde nie wieder aufhören. Sie fühlten sich beschmutzt und gezeichnet, als müssten sie sich waschen. Einige meinten, sie würden am liebsten wegziehen. Jemand hatte gesagt, sie sollten einen Antrag beim Stadtrat stellen, die Brimpton Lane umzubenennen, wenn alles vorbei war, doch was würde es nützen, den Namen zu ändern, welchen Unterschied würde das machen? Die anderen lebten hier, Ed hatte hier gelebt, das Haus war da. Nur, wer würde es jetzt noch haben wollen? Wer würde es jemals kaufen und durch ihre Zimmer gehen und dort schlafen und essen und den Rasen mähen und die Fenster putzen? Und zu wissen …

Es war schlimm genug, nebenan zu sein. Schlimm genug, immer wieder darüber nachzudenken, sich zu erinnern. Schlimm genug, von Ärzten und der Polizei das eigene Kind über eine Stunde lang befragen zu lassen.

»Was hast du ihnen erzählt?«, hatte sie Kyra gefragt, kaum dass sie im Auto saßen. Aber Kyras Mund hatte sich fest geschlossen, wie es ihre Art war, und sie hatte nichts gesagt. Überhaupt nichts, nicht ein einziges Wort, bis nach dem Fernsehen und dem Abendessen und ihrem Bad, und dann war es um Ferien gegangen, die sie machen wollte. In einem Wohnwagen.

»Wer hat dir denn was von Wohnwagen erzählt?«

Aber Kyra hatte nicht geantwortet.

»Hast du ihnen gesagt, was bei Ed passiert ist?«

Nichts.

»Über das Kuchenbacken und so?«

Nach einer langen Weile hatte Kyra genickt.

»Haben die gesagt, es wäre in Ordnung? Kuchen zu backen und so?«

Nichts.

»Was hast du ihnen noch erzählt? Darüber, wie es nebenan war? Was haben sie dich gefragt? Was haben sie gesagt?«

Nichts.

»Himmel noch mal, Kyra, ich versuche doch nur, alles gut zu machen, ich will nicht, dass sie dich durcheinanderbringen, ich will bloß sichergehen, dass alles in Ordnung war.«

»Es war in Ordnung.«

Natalie hatte aufgegeben.

Jetzt streichelte sie Kyras dünnes blondes Haar, fein wie Löwenzahnflaum über den Ohren. Kyras Lider senkten sich, schnappten dann wieder auf.

»Du würdest es mir doch erzählen, oder?«

»Was?«

»Alles. Alles, was passiert ist.«

Kyra runzelte die Stirn.

»Hat Ed ...?«

Kyra schloss schnell die Augen.

Natalie wartete. Nichts.

Kyras Augen blieben geschlossen.

Natalie ging nach unten, stellte den Kessel auf, zündete sich eine Zigarette an und setzte sich an den Frühstückstresen. Es war warm. Auf der Straße bellte ein Hund. Sie wollte irgendwo anders sein. Vielleicht ging das ja. Sie konnte in einem Callcenter einer anderen Stadt arbeiten, zu ihrer Familie zurückkehren, es sogar in London versuchen. Wenn sie jetzt morgens aufwachte, fühlte sie sich schlecht, verbittert. Alt. Und sie war erst sechsundzwanzig. Sie hatte es nicht verdient, in einem Haus neben dem einer Kindermörderin zu landen. Niemand verdiente das.

Einen Moment dachte sie, von oben ein Geräusch gehört zu haben, aber als sie auf den Flur trat, war alles ruhig. Um Gesellschaft zu haben, stellte Natalie das Radio an und hörte eine halbe Stunde lang den Gesprächen zu, traurige Menschen, die anriefen, um mit Fremden darüber zu plaudern, dass sie traurige Menschen waren, um drei Uhr morgens.

Als Kyra die leisen Stimmen aus dem Radio hörte, ging sie zurück zu ihrem Posten am Fenster. Eds Haus wurde von der Straßenlampe beschienen. Es sah traurig aus.

Sie hatten sie gefragt, was sie von Eds Haus hielt. Als sie ihnen erzählte, dass es ihr besser gefiel als ihr eigenes und sie lieber mit Ed zusammen war als mit ihrer Mutter, hatten sie sie seltsam angeschaut. Sie fragten, warum und ob sie sich sicher sei, dass sie es so meinte, und ob Ed sie je gedrängt hätte, das zu behaupten, was Kyra wie die allerdämlichste Frage vorgekommen war. Sie hatten sie gebeten, ihnen zu erzählen, was Ed gesagt hatte und ob Ed sie jemals im Auto zum Schwimmen oder zum Einkaufen oder aufs Land mitgenommen hatte, und ob jemals Kyras Freunde mit im Haus gewesen waren, zum Kochen und Spielen, wenn Kyra da war oder wenn sie nicht da war.

Fragen. Alle über Ed. Merkwürdige Fragen, grobe Fragen, dämliche Fragen, aber als Kyra ihnen Fragen stellte, hatten sie nicht geantwortet, nicht richtig. Kyra hatte wissen wollen, wo Ed war und ob sie von den Leuten wusste, die ständig in ihrem Haus ein und aus gingen, und wann sie zurückkommen würde, und ob Kyra sie besuchen könnte, und sie hatten keine einzige dieser Fragen beantwortet. Nicht eine.

## 28

Warum haben Sie geweint, Edwina?«

»Ed. Wie oft muss ich das noch sagen?«

»Ed. Haben Sie eine Ahnung, woran das lag?«

Sag nichts. Genau wie bei der Polizei. Sag nichts.

»Sie kommen mir einfach nicht wie jemand vor, der leicht weint.«

Nichts.

»Erinnern Sie sich daran, als Kind viel geweint zu haben?«

Es ging also los. Sie wusste, was kommen würde. Kommen musste. Die Kindheit. Das war alles, worüber sie einen ausfragten, worauf sie alles schoben, worin sie wühlen würden. Na gut, in Ordnung. Gibt nichts zu erzählen. Und selbst wenn, sag nichts.

Der Raum war klein. Mit dunkelrotem Tweed bezogener Sessel. Recht bequem. Die Psychotante saß auch auf einem, Klemmbrett auf dem Schoß. Ed hätte erwartet, dass ein Arzt hinter einem Schreibtisch saß. Wäre ihr irgendwie richtiger erschienen. Und außerdem war es eine Frau. Ärzte waren Männer. Sollten Männer sein. Genau wie Krankenschwestern Frauen waren. Nur jetzt nicht mehr. Die hier war eine Frau. Jung. Zu jung. Wie konnte sie so jung sein? Kurzes dunkles, glänzendes Haar. Designerbrille. Ovales Gestell. Blaues T-Shirt. Dunkelblauer Jeansrock. Flache hellblaue Schuhe. Ehering. Ein weiterer Ring mit einer geflochtenen Verzierung und einem Diamantsplitter, der das Licht auffing.

Halskette mit großen Perlen. Lächelte. Sah ihr direkt ins Gesicht. Und lächelte.

Sag nichts. Du sagst nichts, nicht zur Polizei, nicht zu den Gefängniswärtern, nicht zu der Psychotante. Nichts.

»Warum weinen Menschen überhaupt?«

Sie schien es wirklich wissen zu wollen. Ernsthaft zu fragen. Warum weinen Menschen?

Ed dachte darüber nach. Warum tun sie das? Dein Hund stirbt. Deine Katze wird überfahren. Du klemmst dir den Finger in der Autotür. Sie zuckte zusammen, erinnerte sich an den Schmerz, bei dem ihr schwummrig und übel geworden war.

»Was ist? Etwas, an das Sie sich erinnern?«

»Ja, als ich mir den Finger in der Autotür geklemmt habe. Verdammte Scheiße.«

»O ja, das ist mir auch mal passiert. Tut eklig weh. Schlimmer als Wehen.«

»Da kenn ich mich nicht aus.«

»Das, und wenn einem der Hockeyschläger auf die Nase knallt.«

»Aua …«

»Wie mir.«

Ed stellte es sich vor. Ihre Augen wurden feucht.

»Das ist also das eine.«

»Was?«

»Ein Grund zum Weinen. Schmerz.«

Scheiße. Sie unterhielten sich wie normale Menschen, wie Menschen reden, und sie hatte was gesagt.

Sag nichts.

Auf dem Fensterbrett standen zwei Pflanzen, die vernachlässigt aussahen. Staubig. Die unteren Blätter waren gelb, und niemand hatte sich die Mühe gemacht, sie abzuzupfen. Eine der Pflanzen musste zurückgeschnitten werden. So etwas konnte sie nicht ausstehen. Warum keine Plastikpflanzen, wenn man keine Lust hatte, sich um echte zu kümmern?

Die Handtasche der Seelenklempnerin stand auf dem Boden neben einem schlichten schwarzen Aktenkoffer. Vorne auf der Handtasche war ein Foto. Scarlett und Rhett aus dem Film. Den hatte sie sich immer wieder angeschaut. Scarlett trug eine Kette aus aufgeklebten Glitzersteinen, und auf Rhetts Hemdbrust waren ebenfalls Glitzersteine verstreut. Es wollte Ed einfach nicht in den Kopf, wie eine Psychotante so eine Handtasche haben konnte. Ed musste sie ständig wieder anschauen. Scarlett und Rhett.

Ed benutzte keine Handtaschen, sie benutzte ihre Hosen- oder Jackentaschen und Beutel, wenn sie etwas Größeres zu tragen hatte.

»Ich glaube, Sie haben geweint, weil Sie sich an etwas erinnert haben.«

»Nein.«

»Na gut.«

Ed wartete. Die Psychotante würde jetzt ihre Liste durchgehen. Sie haben geweint, weil Sie sich an etwas aus Ihrer Kindheit erinnert haben. An Ihre Mutter. Oder Ihren Dad. An jemand, der Sie geschlagen hat, jemand, der Sie angeschrien hat, jemand, der Sie in einen dunklen Keller geschubst und die Tür abgeschlossen hat, jemand, der Ihnen gesagt hat, dass Sie stinken. Oder wegen etwas anderem.

Sie wartete.

Doch Dr. Gorley saß schweigend da, schaute Ed an. Dann wieder auf ihren Notizblock. Dann zurück zu Ed, aber nicht in Eile, nicht gereizt. Gar nichts. Nur geduldig. Entspannt. Wartend.

Sag nichts.

Sie wusste, warum sie geweint hatte, und war sauwütend auf sich, doch sie hatte es nicht verhindern können. Die Tränen waren einfach gelaufen. Der Polizist mit dem blonden

Haar hatte sie angeschaut, seine Fragen gestellt, geschaut, dies gesagt, das gesagt. Und dann war das Bild in ihrem Kopf aufgetaucht und damit die sofortige Erkenntnis, was geschehen würde. Und was nie geschehen würde.

Sie hatte sich im Wohnwagen mit Kyra gesehen. Sie waren auf die Stufen getreten, hatten die Tür sorgfältig hinter sich abgeschlossen und waren über den Platz bis dorthin gegangen, wo man das Meer sehen konnte. Auf den Strand zu, wo sie den Tag verbringen würden. Kyra trug einen Eimer und eine Schaufel, Ed einen Ball und den Beutel mit ihrem Picknick darin. Unten würden sie sich dann etwas zu trinken und Eis kaufen. Es war warm. Sie hörten die Stimmen anderer Kinder, Leute, die am Strand kreischten und riefen und lachten. Kyra hüpfte neben ihr, hielt Eds Hand, schaute hin und wieder aufgeregt zu ihr hoch. Diese Woche, dieser Urlaub, würde der allerbeste werden, der beste für Kyra, der beste für Ed. Er bildete eine kleine, durchsichtige Blase in Eds Kopf, und die Blase war vollkommen getrennt von allem anderen. Allem.

Und jetzt war die Blase ohne Vorwarnung zerplatzt. Ed hatte sich im Vernehmungsraum umgeschaut. Die Polizisten angeschaut. Auf ihre Hände geblickt. Und die Blase war zerplatzt, und Ed hatte die Wahrheit erkannt, hatte begriffen, dass es diesen Urlaub nie geben und dass sie Kyra nie wiedersehen würde. Ganz gleich, was sie, Ed, sagte oder nicht sagte, ganz gleich, was sonst passieren mochte. Die Blase war zerplatzt.

Ihre Augen füllten sich mit Tränen.

»Was ist los?«, fragte Dr. Gorley. Ihre Stimme war sanft, eine nette, angenehme Stimme. Sie wollte es wissen, weil sie Ed mochte und weil sie helfen wollte und weil sie eine Freundin war, nicht weil sie eine Psychotante war, nicht weil sie bohren und schnüffeln und berichten wollte, nicht …

»Verdammt.«

Die Tränen liefen über Eds Wangen.

## 29

Dougie Meelup war ein freundlicher Mensch. Die Sache mit diesem Wochenende war ein Beispiel dafür. Am Donnerstag war er mit den Zugfahrkarten und der Hotelreservierung nach Hause gekommen, alles gebucht, ein Geschenk für sie. Es war weder ihr noch sein Geburtstag, auch nicht ihr Hochzeitstag.

»Dir würde so ein kleiner Ausflug sicher guttun«, hatte er gesagt, »und du magst Devon.«

Und nun waren sie hier, gingen an einem strahlenden, windigen Tag die Strandpromenade entlang zu einer der Bänke in der Sonne. Sie hätte am Nachmittag sowieso frei gehabt, und Dougie hatte einen Urlaubstag genommen; der Zug war um halb zwei gefahren, und jetzt war es halb sechs, und vor ihnen lagen noch zwei ganze Tage.

»Wenn wir uns hierhinsetzen, kann ich uns eine Tasse Tee von dem Stand da holen. Mach es dir schon mal bequem.«

Eileen hatte gemerkt, dass er ein netter Mensch war, von dem Abend an, als sie ihn kennenlernte, als Noreen und Ken Kavanagh sie mit in den Bouleklub genommen hatten. Boule war etwas für alte Leute, die Frauen trugen weiße Hüte, hatte sie gemeint, das wäre ganz bestimmt nichts für sie. Aber sie hatten sich nicht abwimmeln lassen. Das Auto war vorgefahren, Ken war an die Haustür gekommen, und so hatte sie sich fügen müssen.

Mit dem Boule hatte sie recht behalten. Es mochte ja ganz nett sein, da mitzuspielen, aber zuzuschauen war, als würde man Farbe beim Trocknen zusehen, und sie hatte sich nicht vorstellen können, das noch einmal zu machen. Dougie war derjenige, der es erträglich gemacht hatte.

Eileen war seit vier Jahren Witwe gewesen, und als Cliff Sleightholme gestorben war, hatten sie sich schon lange nichts mehr zu sagen gehabt, so würde das Alter aussehen, hatte sie angenommen. Sie hatte sich nie ein Leben ohne ihn vorgestellt und war erschüttert darüber, wie leer das Haus wirkte, für wie selbstverständlich sie seine Anwesenheit und Gesellschaft gehalten hatte. Sie mochten sich zwar nicht mehr viel zu sagen gehabt haben, aber es hatte keine Einsamkeit gegeben. Nach drei Monaten hatte sie eine Arbeit als Kassiererin angenommen, teils, weil das ihr verbliebene Geld weniger war, als sie erwartet hatte, teils, weil sie es nicht ertragen konnte, Tag und Nacht allein in ihrem Haus zu sein. So kam sie raus und hatte sich mit Noreen und zwei von den anderen angefreundet, doch wenn sie nach Hause ging, war sie immer noch allein.

Dougie Meelup war freundlich. Sie kannte niemanden im Bouleklub außer Noreen und Ken, und Dougie hatte ihr eine Tasse Tee geholt und ihr auf der Bank vor dem Klubhaus Platz gemacht. Er hatte ihr freundliche Fragen gestellt, und als sie zu erzählen begann, hatte er zugehört, richtig zugehört, wie freundliche Menschen eben zuhören. Seine Frau hatte ihn im Jahr zuvor wegen eines anderen verlassen. »Hat mir das Herz gebrochen«, hatte er gesagt, »und ich habe es überhaupt nicht kommen sehen.«

Aber er hatte die Jungs. Beide waren verheiratet, hatten jeweils zwei Kinder, wohnten in der Stadt.

»Campbell und Marie laden mich jeden zweiten Sonntag zum Lunch ein«, hatte er gesagt, nach ein paar Wochen, in denen sie sich mehrfach getroffen hatten, Essen gegangen waren, nachmittags aufs Land hinausfuhren. »Willst du nächstes Mal mitkommen?«

»Red doch keinen Unsinn.«

»Wie bitte?«

Sie hatte ihn verletzt. Eileen bekam ein schlechtes Gewissen.

»Ich meine, sie wollen *dich* sehen. Sie kennen mich nicht, warum würden sie wollen, dass ich mitkomme? Natürlich wollen sie das nicht.«

»Doch. Marie hat am Telefon gesagt, ich soll meine Freundin mitbringen. Von allein käme sie nicht darauf, sie hat mit Campbell darüber gesprochen.«

»Woher wissen sie von mir?«

»Na, weil ich es ihnen erzählt habe, was denkst du denn?«

Sie war mitgegangen. Es war ihr schwergefallen, bis Marie lächelnd die Haustür geöffnet hatte, und danach war alles gut gewesen. Besser als gut. Am nächsten Sonntag waren es Keith und seine philippinische Frau Leah gewesen, die zum Sonntagslunch einluden, diesmal ein Barbecue, das Ken in die Hand genommen hatte, weil er Koch war und davon überzeugt, Frauen könnten Fleisch nicht ordentlich zubereiten.

Dougie zu heiraten hatte bedeutet, seine Familie zu heiraten. Bei ihrer Hochzeit waren nur sie dabei gewesen, die Jungs, die Schwiegertöchter, die Enkelkinder, das ganze Standesamtsbüro voll von ihnen.

Eileen hatte vor Glück geweint und wegen Dougies Freundlichkeit, weil sie aus der Einsamkeit in eine große Familie gekommen war. Und weil weder Jan noch Weeny dabei gewesen waren.

»Was soll das heißen, du heiratest wieder, wovon sprichst du, Mutter?«, hatte Jan mit bebender Stimme gesagt. »Was denkst du dir dabei? Was ist mit uns? Du kannst doch nicht irgendeinen fremden Mann heiraten.«

Eileen hatte ihr alles in einem fünfseitigen Brief erklärt, hatte denselben Brief auch an Weeny geschrieben und Fotos geschickt, jede Menge, von Dougie, den Jungen, den Kindern, den Hunden, Campbells und Maries Wohnwagen.

»Er ist kein fremder Mann. Ich hab dir alles über ihn erzählt.«

»Ich weiß nicht, was du dir dabei denkst, in deinem Alter noch mal zu heiraten.«

»Ich habe mir jemanden gesucht, der sich um mich kümmert und mir im Alter Gesellschaft leistet«, hatte sie geantwortet, »damit du das nicht tun musst.«

Das hatte Jan den Mund gestopft. Aber sie war nicht zur Hochzeit gekommen.

»Es ist einfach zu weit.«

»Es gibt Züge. Du kannst sogar von Aberdeen aus fliegen. Ich bezahle dir den Flug.«

Sie dachte, das hätte funktioniert. Jan hatte zugestimmt. Eileen hatte ihr das Geld geschickt. Nur war angeblich in letzter Minute eines der Kinder krank geworden, und Jan konnte es nicht allein lassen.

»Ich glaube ihr nicht«, hatte sie zu Dougie gesagt. »Ich glaube nicht, dass sich Mark irgendwas eingefangen hat. Sie will nur nicht kommen. Sie hatte nie vor zu kommen.«

Das Geld hatte Jan allerdings behalten.

Wenn sie gehofft hatte, dass eine ihrer Töchter zur Hochzeit kommen würde, dann nicht Weeny, das war ihr klar. Nicht nach der Nachricht.

Auf der Karte waren Primeln gewesen, und Weenys Schrift war sehr ordentlich. Sie schrieb, sie müsse für ihren Job als »Vertreterin« zu viel »reisen«. Eileen hatte keine Ahnung, worum es bei Weenys Job ging. Sie fragte sich, was sie falsch gemacht hatte – nicht jetzt, durch die Heirat mit Dougie, sondern damals, als ihre Töchter noch klein waren. Ihr fiel nichts ein. Cliff war stolz auf Weeny gewesen. Er hatte ihr beigebracht, hart im Nehmen zu sein, aber die Schwestern hatten seit Weenys Geburt ständig gestritten, bis Jan ausgezogen war, um mit Neil zusammenzuleben. Sie hatten um Aufmerksamkeit, Zuneigung, Taschengeld, das größte Zimmer, das erste Stück Kuchen und das letzte Bonbon aus der Tüte gekämpft. Das Haus war zweiundzwanzig Jahre lang ein Schlachtfeld gewesen, und als sie beide innerhalb weniger Monate auszogen, hatte Eileen das Gefühl gehabt, ein langer, langer Krieg sei zu Ende. Aber Cliff hatte es schwer getroffen. Cliff hatte von dem Moment an, als Weeny das Haus verließ, nichts mehr zu sagen gewusst.

Eileen saß in der Sonne, den Mantelkragen gegen den Wind hochgeschlagen, und schaute hinaus auf das glitzernde Meer, das in kleinen Schaumwellen auf den Strand rollte. Ein Gedicht aus ihrer Schulzeit kam ihr in den Sinn. *Sie leben von knusprigen Pfannkuchen, aus gelbem Gezeitenschaum.*

Die Möwen schaukelten auf dem sonnenhellen Wasser.

»Hier, Liebes, heiß und süß.«

Niemand außer Dougie Meelup hätte dem Standbesitzer ein Tablett abschwätzen können, der Tee nicht in Plastikbechern, sondern in Porzellantassen mit Untertassen, und dazu zwei Stücke selbst gemachter Fruchtkuchen auf einem Teller.

Eileen sah zu ihm hoch. Er stellte alles vorsichtig neben sie auf die Bank.

»Womit habe ich dich nur verdient?«, fragte sie und meinte das ernst.

»Hör auf.« Mit einem Seufzer lehnte er sich auf der Bank zurück. »Wunderschön«, sagte er, schaute hinaus aufs Meer. »Ist das nicht schön? Bist du froh, dass wir hergekommen sind?«

Gemeinsam mit ihm blickte sie zu den Möwen, die auf dem Wasser schaukelten. Jahre, dachte sie, Jahre und Jahre und Jahre lang denkt man, das ist es, so sind die Karten nun mal verteilt, man muss halt das Beste daraus machen. Aber dann wird alles neu gemischt, und womit hat man das verdient? Sie verdiente Dougie nicht.

»Ich wünschte mir nur …«

Er senkte die Teetasse. Am Klang ihrer Stimme erkannte er, um was es ihr ging.

»Das braucht Zeit«, sagte er, wie er es immer tat.

»Aber wie viel Zeit? Wenn sie sich die Mühe machten, dich kennenzulernen, wäre alles in Ordnung.«

Er musste es satthaben, sie ständig zu beruhigen, sie immer wieder aufzufordern, es aus der Sicht der Mädchen zu betrachten, es positiv zu sehen, ihnen Zeit zu geben.

»Was möchtest du morgen machen? Einen Ausflug?«

»Du …«

»Nein«, unterbrach Eileen. »Du. Du lässt mir immer die Wahl, jetzt bist du dran.«

Er wandte den Kopf ab und sah hinaus auf die Bucht. Schließlich erwiderte er, wie ein kleiner Junge, der sich etwas wünscht und befürchtet, es nicht zu bekommen: »Dann sag ich dir was.«

»Na los.«

»Ich würde viel dafür geben, mit einem Boot rauszufahren.«

## 30

Ein Vogel machte ein irritierendes Geräusch direkt vor dem Fenster, kein Gesang, ein regelmäßiges hohes Geräusch, das keinem Vogel glich, den Serrailler kannte.

Mit einem Ruck wurde er wach, fand zu seinem Schreck jemanden neben sich im Bett liegen, und sein Handy piepte. Der Radiowecker des Hotels zeigte zwanzig nach sieben. »Serrailler.«

»Chef? Ich war mir nicht sicher, um welche Zeit ich Sie wecken könnte …«

Simon setzte sich auf. Diana bewegte sich und drehte sich um.

»Ist schon gut. Was gibt's, Nathan?«

»Ich weiß, dass Sie Urlaub haben, nur wir haben sie. Jetzt ist sie dran.«

Simon pfiff. »Die Spurensicherung?«

»Ja. Kam gestern spätabends durch, ich hab versucht, Sie zu erreichen …«

»Was haben wir?«

»David Angus.«

»O Gott.«

»Zwei Haare.«

»In dem Haus?«

»Nein, im Auto. Kofferraum.«

Simon verdrängte das Bild, das ihm vor Augen kam. »Ist das alles?«

»Nein. Da ist noch was ... Fingernagel ... nicht von David, nicht von Scott, nicht von dem kleinen Mädchen ... Sie haben noch keine Übereinstimmung.«

»Also noch ein *anderes* Kind?«

»Sieht so aus.«

»Himmel. O lieber Himmel. War schon jemand bei Marilyn Angus?«

»Bisher nicht.«

»Dann lassen Sie's. Das ist meine Sache.«

»Geht klar, Chef.«

»Ich bin in zwei Stunden da. Niemand sonst soll das in die Hand nehmen, klar?«

»Verstanden.«

Simon beugte sich vor, Knie angewinkelt, Kopf gesenkt. Das war die beste Nachricht. Genau das, was sie wollten. Wofür sie alle gearbeitet und worum sie gebetet hatten. Damit war Ed Sleightholme dran. Der Rest würde folgen, das wäre nur eine Frage der Zeit. Wie viele da auch sein mochten.

Aber damit erlosch auch der letzte Hoffnungsfunke. Für Marilyn Angus, für andere Eltern, Gott allein wusste, für wie viele, für jeden im Land, der gewacht und gebetet hatte, hoffnungslos und doch immer voller Hoffnung, dass irgendwie, irgendwo David Angus und das andere Kind, oder die anderen Kinder, lebend gefunden werden würden.

Simons Kehle wurde trocken.

»Liebling?« Diana streckte die Hand aus und streichelte seine Schulter.

Er reagierte nicht und schlug nach ein paar Sekunden die Decke zurück. »Ich muss nach Lafferton.«

»Warum? Du hast doch eine Woche Urlaub.«

»Das war mein Sergeant.« Er ging ins Bad, schloss die Tür ab und drehte den Duschstrahl auf hart.

Zehn Minuten später war er angekleidet, hatte das Haar

grob trocken gerubbelt und packte seine Sachen in die Reisetasche.

Diana saß am Bettrand. »Kommst du heute Abend nach London zurück?«

»Das glaube ich eher nicht.«

»Morgen? Wie lange wird es dauern?«

Er zuckte die Schultern, steckte den Fotoapparat in die Seitentasche.

»Kann ich mitkommen?«

»Nein … tut mir leid, das geht nicht, es kann sein, dass ich gleich wieder los muss.«

»Dann …«

»Muss ich möglicherweise wieder nach Yorkshire hoch.«

»Geht es um die Frau aus der Zeitung? Die mit dem kleinen Mädchen im Kofferraum ihres Wagens?«

»Du brauchst dich nicht zu beeilen, bestell dir Frühstück, lass dir Zeit.«

»Wann sehe ich dich wieder?«

Er wollte sie nicht anschauen, weil er sich schämte und wütend, wütend auf sie war. Wütend. Ihre Hand streckte sich nach ihm aus. Er betrachtete die Hand, berührte sie aber nicht.

»Verstehe«, sagte Diana.

»So ist es nun mal. Das solltest du inzwischen wissen.«

Sie antwortete nicht.

»So ist das Polizistenleben.«

»Nein. So bist *du*.«

Er griff nach der Reisetasche und ging.

Erst auf der Autobahn, als er London hinter sich gelassen hatte, erlaubte er sich, darüber nachzudenken, was passiert war. Was hatte er sich nur dabei gedacht? Warum war er mit Diana Essen gegangen? Und vor allem, warum hatte er so träge der Versuchung nachgegeben, sie mit ins Hotel und in sein Bett zu nehmen? So hatten sie es früher immer gehandhabt, und er hatte sich so mühsam davon freigekämpft. Er verwünschte sich und fluchte weiter, fuhr immer schneller. Dann verdrängte er Diana und alles, was in London passiert war, aus seinem Kopf und dachte an Ed Sleightholme.

Nach einer Stunde Fahrt musste er tanken und kaufte in der Tankstelle Zeitungen und Kaffee. Er bezahlte gerade, als sein Handy klingelte.

»Liebling?«

»Entschuldige, kann ich dich zurückrufen?«

»Ich wollte nur deine Stimme hören. Ich wünschte, du hättest bleiben können.«

Während er sich mit seiner Tasse durch den engen Spalt zwischen den Tischen hindurchmanövrierte, fiel Simon das Handy aus der Hand und schlitterte über den Boden. Bis er es wiedergefunden hatte und sich setzte, war die Leitung tot.

Er rief auf dem Revier an, überprüfte, ob Nathan weitere Neuigkeiten hatte, und teilte ihm mit, er werde das Handy bis zu seiner Ankunft ausschalten.

»In Ordnung, Chef, denn eigentlich haben Sie ja Urlaub.«

»Ich möchte nachdenken. Es wird ja nichts geben, das nicht warten kann.«

In den Zeitungen stand nichts Neues. Das passte ihm gut. Er überflog die restlichen Nachrichten und trank seinen Kaffee aus. Vom Auto rief er bei der Kripo von Yorkshire an, aber Jim Chapman war nicht im Haus.

Simons Gedanken kreisten um den Fall. Sie hatten eine Lösung. Sie hatten die Mörderin und die Beweise, um sie in mindestens zwei Fällen anzuklagen. Er hätte erfreut sein sollen, empfand aber keinerlei Freude, nur eine grimmige Befriedigung darüber, dass die kleine dunkelhaarige Frau, die er über den Klippenpfad verfolgt und mit der er auf dem schmalen Felsvorsprung über dem Meer gehockt hatte, lebenslang ins Gefängnis gehen würde. Aber da musste noch mehr sein. Er musste das Warum begreifen. Was für eine

Art Mensch war sie, was war ihr Leben lang in ihr vorgegangen? Sie würde als verrückt abgestempelt werden, doch so hatte Ed Sleightholme nicht auf ihn gewirkt. Simon war Verrückten begegnet und hatte sie bedauert, wobei es ihm nicht gelungen war, auf irgendeiner Ebene, die sie begriffen, mit einem von ihnen Verbindung aufzunehmen. »Verrückt« war eine einfache Erklärung, und es war die falsche. Aber was war an einer Frau wie Ed *geistig gesund*?

Er versuchte das Rätsel zu lösen, wälzte es auf dem größten Teil der Heimfahrt im Kopf hin und her. Konzentrierte sich darauf. Auf diese Weise vermied er, an Diana zu denken.

Die Einsatzzentrale summte, als er hereinkam, um nach Nathan zu suchen. Die Atmosphäre hatte sich verändert. Erleichterung lag in der Luft. Sie hatten ein Ergebnis.

»Ist Nathan nicht da?«

»Nein, Chef, der DI wollte ihn bei einem Einsatz in Starly haben … Irgend so ein Irrer, der Drohungen aufhängt.«

»Aufhängt?«

»Ja, an Anschlagtafeln, Schaufenstern … ziemlich ätzend. Übrigens, haben Sie diese Woche nicht Urlaub, Chef?«

»Sie haben mich nicht gesehen.«

Er ging in sein Büro. Das Team schien mit neuen Fällen beschäftigt zu sein, war zu anderem übergegangen. Was hatte er erwartet? Warum war er überhaupt zurückgekommen?

Er setzte sich an seinen Schreibtisch, las den Bericht der Spurensicherung und blickte dann mehrere Minuten lang aus dem Fenster. Die Gesichter der ermordeten Kinder, wie sie überall auf Plakaten zu sehen gewesen waren, brannten sich in sein Hirn. Kleine Körper, kleine Leben, ausgelöscht, um den Drang einer Frau zu befriedigen, die völlig normal aussah, wie jede andere sprach, in keiner Menschenmenge auffallen würde, eine Frau, die in einem ordentlichen Haus lebte und Nachbarn hatte, einschließlich eines kleinen Mädchens, das sie gerne besuchen kam. Er war oft genug psycho-pathischen Mördern begegnet und wusste, dass sie irgendwo in sich selbst keine Verbindung hatten zu anderen mensch-lichen Wesen, für andere Menschen nicht erkennbar waren, in der Art ihrer Begierde und ohne Hemmung, diese zu be-friedigen, in ihrer Konzentration und Egozentrik, ihrer Ge-rissenheit und Hinterhältigkeit, ihrem Mangel an Gewissen, Emotion, Mitgefühl, Vorstellungskraft. Aber die Ed Sleight-holmes dieser Welt waren nicht verrückt, nicht in dem Sinne, dass sie nicht zurechtkamen, keinen Beruf ausüben und es-sen und schlafen und Auto fahren und mit den Leuten in Geschäften und Bussen reden konnten. Sie hörten keine Stimmen, die sie bedrängten, oder hatten Anfälle rasender Besessenheit, bei denen sie sich so verhielten, wie man es von Irren erwartete, nackt mitten auf der Straße ausrasteten, irr-witzig herumtanzten und sangen, die Augen verdreht, das Hirn ein Kaleidoskop wirbelnder, zufälliger Ängste.

Kalt, berechnend, gefühllos. All das und mehr war Ed Sleightholme, aber sie war, nach Ansicht des DCIs, nicht geis-tesgestört und schuldunfähig. Er wusste, dass eine psycho-logische Einschätzung vorgenommen wurde, und er war sich ziemlich sicher, dass sich der zuständige Gutachter nicht zum Narren halten lassen würde, welche Tricks Sleight-holme auch immer anzuwenden versuchte.

Er drehte sich mit seinem Stuhl um. Er musste zu Ma-rilyn Angus. Das musste er jetzt tun, damit Davids Mutter die Nachricht von ihm erhielt, persönlich, von Angesicht zu Angesicht. Sein Telefon klingelte. Er beachtete es nicht. Auf dem Weg zum Auto klingelte auch das Handy. Er nahm es nicht aus der Tasche.

Über eine Stunde später fuhr er aus Lafferton heraus und aufs Land. Er war bei Marilyn Angus gewesen, hatte erwar-tet, wieder ihren nackten Kummer und die qualvollen Tränen zu erleben, wie während der Tage und Wochen nach Davids Verschwinden und dem Selbstmord ihres Mannes. Stattdessen war sie beherrscht und ruhig geblieben, ihre Stimmung neutral, als würde sie, als Anwältin, Neuigkeiten von einem ihrer Mandanten erfahren. Sie war ordentlich gekleidet und geschminkt, am Ende hatte er sogar das Gefühl gehabt, sie würde eher ihn zu trösten versuchen als umgekehrt. Sie hatte sich bei ihm bedankt, hatte gesagt, wie leid es ihr täte, dass er ihr die Nachricht überbringen müsse, dass sie weniger verstört sei, als er vielleicht erwartet hatte, weil sie sich im Herzen damit abgefunden hätte, dass David schon vor langer Zeit gestorben sei. »Ich wusste, dass es etwas geben würde«, hatte sie gesagt, »eine Art von Bestätigung. Aber ich brauchte sie nicht. Die Justiz braucht sie. Das ist alles.«

Es hatte sich keine Verbindung zwischen ihnen eingestellt. Marilyn Angus hatte eine unsichtbare, undurchdringliche Hülle um sich, eine Art Lackschicht. Simon glaubte, dass sie für den Rest ihres Lebens bestehen bleiben würde. Vielleicht erlaubte sie ihrer Tochter Lucy, hindurchzudringen. Vielleicht auch nicht.

In gewisser Weise hatte sie ihm den Besuch leichter gemacht, viel leichter als in der Zeit kurz nach Davids Verschwinden, als sie keine Anstalten gemacht hatte, die wütenden, tobenden Ausbrüche ihres Kummers zu verbergen. Er fragte sich, was sie jetzt tun würde, ob sie in Lafferton bliebe, im selben Haus, in derselben Kanzlei, oder ob sie alles ändern, ins Ausland gehen, ein anderer Mensch werden würde.

Eine Zeile von Shakespeare kam ihm in den Sinn. *Oh, rufe Gestern wieder, lass die Zeit umkehren.*

Die Leute machen sich ein falsches Bild von Polizisten, dachte er, stellen sich vor, dass sie ihren Beruf nicht an sich herankommen lassen, sich von dem, was sie sehen und hören und tun müssen, nicht zu tief berühren und es sich nicht unter die Haut gehen lassen dürfen. Meist mochte das zutreffen, aber nur, wenn die Arbeit Routine war. Doch dann passiert so eine Sache wie mit David Angus, und wie erfahren, wie professionell man auch sein mag, alles geht dadurch zu Bruch, und die Sprünge werden nur schlecht gekittet. Er wusste, wie heftig sein Team das alles empfunden hatte, und dass die Freude über die Verhaftung immer noch von Schmerz getrübt war. Wenn alles vorbei war, in einem Jahr vielleicht, würde der Schmerz nach wie vor in ihre Psyche eingebettet sein, nie der Triumph über den dingfest gemachten Mörder.

Er hielt vor dem Bauernhaus seiner Schwester. Cat arbeitete noch nicht wieder ganztags, und er hatte gehofft, sie anzutreffen, sie vielleicht zum Lunch in ein Pub einzuladen. Doch in der Einfahrt standen keine Autos, die Fenster waren zu, die Türen verschlossen. Er ging über den Rasen zum Koppelzaun. Das graue Pony schaute kurz vom Grasen auf, kam aber nicht näher. Hühner pickten im Gras unter den Hufen. Es war sehr ruhig. Eine trostlose, deprimierte Stimmung bedrohte ihn wie eine Wolke, die am Rand eines strahlenden Himmels dräut. Er hatte Urlaub. Im Revier lief alles bestens ohne ihn. Genau wie in seiner Familie. Er hatte sich Diana gegenüber dumm verhalten. Die Aussicht, sie bei der Vernissage wiederzusehen, war bedrückend.

Simon verstand, was Menschen dazu brachte, zu verschwinden, ein Flugzeug oder eine Fähre zu nehmen und einfach abzuhauen, ohne eine Spur zu hinterlassen. Er konnte das jetzt tun. Afrika. Er hatte schon immer nach Afrika fahren wollen.

Er schüttelte den Kopf. Seine Verantwortung war ihm deutlich bewusst, und sein Gewissen war besser entwickelt, als seine Schwester glauben mochte.

Er verließ das Pony und die rotbraunen pickenden Hennen und schlug die Straße nach Hallam House zu seinen Eltern ein. Wenn jemand einen guten Pub-Lunch und seine Gesellschaft begrüßen würde, dann war das wohl seine Mutter.

Eine halbe Stunde später war er wieder auf der Autobahn nach London. Auch in Hallam House war niemand zu Hause gewesen. Simon suchte im Radio nach Musik oder Unterhaltung oder zumindest ein paar guten Nachrichten.

## 31

Um halb acht packte Lynsey Williams ihre Sachen in eine Sporttasche, deckte den Lachssalat mit Frischhaltefolie ab, schrieb *Matt, Essen im Kühlschrank, xxxx* auf einen Zettel und verließ das Haus. Matt war auf dem Sportplatz mit den Jungs, die er nach Schulschluss trainierte.

Während sie die St. Luke's Road hinabging, dachte sie darüber nach, warum manche Paare es schwierig zu finden schienen, zusammenzuleben und sich gebunden zu fühlen, aber trotzdem ein eigenes Leben zu haben. Matt und sie sahen kein Problem darin. Was auch immer die Leute sagten, Schulferien waren ziemlich lang, und sie teilte ihre freie Zeit entsprechend ein, sodass sie beide mindestens dreimal im Jahr Skifahren, Tauchen und Klettern gehen konnten und ihnen eine Woche blieb, in der sie nur faul an einem heißen Strand lagen. Außerhalb der Ferien unterrichtete er von früh bis spät und arbeitete zusätzlich als Trainer, reiste zu Spielen und Trainings im ganzen Land. Lynsey packte ihre gesamte Arbeit in diese Zeit. Sie war dankbar dafür, dass ihr das möglich war. Vor fünf Jahren hatte sie ihr erstes halb verfallenes Anwesen gekauft und es renoviert, mit ein wenig Hilfe von Matt und ihrem Bruder. Jetzt war sie bei ihrem zwölften Haus, hatte einige rasch verkauft, andere vermietet. Sie hatte den richtigen Zeitpunkt erwischt, der Markt boomte. Es lief gut.

Das einzige Problem war die Frage, ob sie sich vergrößern

sollte. Um ihre Umsätze zu verdoppeln, müsste sie Personal einstellen. Seit Monaten jonglierte sie mit Zahlen herum, aber es war nicht das Geld, das ihr Sorgen machte, eher der große Schritt, den es bedeuten würde, nicht mehr klein zu sein und alles selbst zu machen. Es gefiel ihr, die Arbeit zu leisten und die Entscheidungen selbst zu fällen. Vergrößerung? Was dachte sie sich bloß? Aber sie wusste, dass sie weiter darüber grübeln würde, während sie im Becken des Sportzentrums ihre Bahnen zog, vierzig insgesamt, und dass es sinnlos war, mit Matt darüber zu reden. »Weiß nicht«, war seine übliche Antwort.

Sie bog um die Ecke. Jemand rief ihren Namen. Sie sah sich um. Der Mann winkte und rief erneut, rannte auf sie zu. Lynsey zögerte. Sie erkannte ihn nicht, und er war immer noch ein Stück entfernt, aber als sie ihn ihren Namen noch einmal so dringlich rufen hörte, wartete sie. Vielleicht hatte er sich eines ihrer Häuser angeschaut, vielleicht war er einer der Mieter, obwohl alle Vermietungen durch eine Agentur abgewickelt wurden.

»Lynsey ...« War es das, was er gerufen hatte?

Er war jetzt näher bei ihr, und sein Gesichtsausdruck war seltsam, als sei er erstaunt, sie zu sehen, und aufgeregt und irgendwie ... das einzige Wort, das ihr einfiel, war ... wild.

»Lizzie ...«

Er blieb abrupt stehen, ein oder zwei Meter von ihr entfernt.

»Hallo«, sagte Lynsey. »Entschuldigung, meinen Sie mich?«

Er starrte sie an, sein Gesicht verzerrt von etwas wie Wut, wie Verwirrung – wieder konnte sie es nicht benennen. Aber nun wurde sie nervös und begann, während sie sprach, umzudrehen und rasch auf die Hauptstraße zuzugehen, zu vorbeifahrenden Autos und offenen Läden und anderen Menschen.

»Nein ... geh nicht, nein. Bleib stehen. Bitte. Bleib stehen. *Bleib stehen.*«

Sie blieb stehen. Er kam langsam näher.

»Wer bist du?«, fragte er.

»Lynsey ...«, brachte sie heraus.

»Nein. Nein, du bist Lizzie. Dreh dich um. Lass mich dein Haar sehen.«

Sie erstarrte.

»Du bist Lizzie. Du musst es sein.«

»Ich bin Lynsey. Tut mir leid, ich muss los, jemand ... jemand wartet dort drüben auf mich.«

Er bewegte sich nicht, starrte sie an, ließ den Blick verzweifelt über ihr Gesicht schweifen. »Dreh dich um.« Ihr Haar war lang, mit einem Haargummi zusammengehalten. »Bitte mach dein Haar auf ... Ich möchte dein Haar sehen. Ich muss, bitte ...«

Er kam nicht näher, aber seine Stimme war so drängend, sein Ausdruck nach wie vor so merkwürdig, dass sie ihre Sporttasche abstellte und gehorchte, das Gummi herunterzog und ihren Kopf schüttelte, bis ihr Haar locker herabfiel.

»Lizzie?«

»Nein. Wie ich sagte. Ich bin Lynsey ... Lynsey Williams. Hören Sie, Sie haben mich sicherlich mit jemandem verwechselt ... Bitte lassen Sie mich gehen, ich bin spät dran und muss mich mit jemandem treffen, wie ich sagte.«

»Dein Haar hat die falsche Farbe. Das ist nicht Lizzies Haar.«

»Nein«, sagte Lynsey. »Tut mir leid. Nein.«

Vor dem Haus neben ihnen war eine niedrige Mauer, und der Mann griff plötzlich danach, als wäre ihm schwindelig, und ließ sich dann schwer darauf fallen. Lynsey stand immer noch da, beobachtete, wollte sein Zeichen, dass sie gehen konnte, rennen, schnell um die Ecke und aus seiner Sichtweite.

Dann sah sie, dass er weinte, offen, tonlos, die Hand ans Gesicht hob, um sich die Augen zu wischen, die sich gleich wieder füllten und überliefen. Sie war peinlich berührt und betreten, wusste nicht, was sie sagen sollte, wollte so schnell wie möglich weg. Und da er keine Notiz mehr von ihr nahm, nur sitzen blieb, in sich und seinen Kummer versunken, drehte sie sich schließlich um und ging weg, wenn auch langsam. Als sie die Ecke erreicht hatte, blickte sie zurück, verstört von dem, was sie sah, wünschte sich, sie könnte ihm helfen – nur wusste sie nicht, was passiert war oder was er brauchte und warum.

Erst als sie ein Dutzend Längen geschwommen war, wurde sie ruhiger, sah jedoch immer noch den Mann vor sich und konnte das Bild nicht vertreiben.

Sie schlug einen anderen, längeren Heimweg ein und ging mit schnellen Schritten, schaute sich immer wieder um und lauschte, falls jemand ihren Namen rief.

Was niemand tat.

Matt war in der Küche, der Lachssalat aufgegessen und Geschirr und Besteck abgewaschen und weggeräumt. Matt war traumhaft im Zusammenleben, reinlich und ordentlich bei allem, sauber, organisiert, pünktlich. Er saß am Küchentisch und versuchte, ein schwieriges Kreuzworträtsel zu lösen.

»Hi, Babe. Schön geschwommen?«

Lynsey ließ ihre Tasche fallen.

»Lyns?«

»Mir ist was Merkwürdiges passiert.«

Er blickte über die Schulter. »Was denn? Alles in Ordnung mit dir?«

»Ich glaub schon. Ja. Ja. Es war nur ... ein bisschen merkwürdig, mehr nicht.«

Sie nahm eine Flasche Wasser aus dem Kühlschrank, ging damit zum Tisch, zur Spüle, zurück zum Kühlschrank. Der

Mann war immer noch in ihrem Kopf, saß weinend auf der Mauer an der Straße.

Matt hörte aufmerksam zu. »Und er hat nichts gemacht, hat dich nicht angefasst?«

»Nein. Ich glaube ... als ich nicht diejenige war, die er erwartete – diese Lizzie, nicht Lynsey –, brach er einfach zusammen, weißt du? Er schien mich nicht mehr wahrzunehmen.«

»Na ja, Leute irren sich, man sieht jemanden von hinten, derjenige dreht sich um, ist ein ganz anderer ... Aber man bittet sie nicht, das Band aus dem Haar zu nehmen. Das ist verrückt. Das ist der Teil, der mir nicht gefällt.«

»Nein.«

»Was willst du machen?«

»Wie meinst du das?«

»Zur Polizei gehen? Jetzt? Morgen?«

»Wozu sollte ich zur Polizei gehen? Red doch keinen Quatsch.«

»Er hätte alles Mögliche im Sinn haben können. Du warst allein in einer ruhigen Straße, er hat dir hinterhergerufen ... hätte ein Vergewaltiger sein können.«

»War er nicht. Ich weiß nicht, worum es ging, aber er wollte mich nicht angreifen ... so war es nicht.«

»Das kannst du nicht wissen. Wir hatten hier vor nicht allzu langer Zeit einen Serienmörder, vergiss das nicht.«

»Wie könnte ich. Keiner kann das. Nur, wie gesagt, das war ... anders. Ich wünschte jetzt, ich hätte es dir nicht erzählt.«

»Okay.« Matt wandte sich wieder seinem Kreuzworträtsel zu.

So war er eben. Es war sinnlos, sich mit ihm zu streiten, weil er nie darauf einging, einfach das Thema fallenließ, es vergaß, mit etwas anderem weitermachte. Manchmal machte sie das verrückt, aber es garantierte ein ruhiges Leben.

Sie ging nach oben und ließ sich ein Bad ein. Der Mann war immer noch da, in ihrem Kopf, saß immer noch weinend auf der Mauer. Sie hörte seine Stimme, die sie über dem Geräusch des aus dem Hahn strömenden Wassers rief, ihren Namen rief, der nicht ihr Name war.

Sie war nicht verängstigt. Aber es beunruhigte sie.

## 32

Früher hatten sie in kleinen Frühstückspensionen übernachtet, aber diesmal hatte Dougie ein Hotel für sie gebucht, Sandybank, mit Blick auf die Bucht. Im Foyer hing eine Werbung für Wochenendtrips in der Vorweihnachtszeit, die im Oktober beginnen sollten ... Dougie deutete mit einem Kopfnicken darauf. »Das würde dir gefallen, oder?«

»Du machst wohl Witze, Dougie Meelup! Weihnachten ist ja sehr nett, und ich freue mich auch jedes Jahr darauf, aber es findet erst in der letzten Dezemberwoche statt. Manche Leute können auch noch was anderes mit ihrem Leben anfangen.«

Er lachte. Dougie lachte viel. Das war eines der Dinge, die ihr schon gleich zu Anfang an ihm gefallen hatten, sein Lachen und wie es sein Gesicht geformt hatte, sodass er manchmal selbst im Schlaf zu lächeln schien.

Ihr Zimmer ging nach vorne zum Meer hinaus, doch inzwischen war die Sonne verschwunden, und das Meer schäumte aufgewühlt unter einem bedrohlichen Himmel.

»Was würdest du gerne machen? Hier etwas an der Bar trinken oder noch ein bisschen herumbummeln und ein hübsches Lokal für dein Glas Wein finden?«

»Ich finde, hier sieht es sehr nett aus.«

Das Hotel war hell und sauber und nicht zu groß, man hatte sie begrüßt, als seien sie willkommen, nicht nur irgendwelche Gäste, und sie wäre glücklich, hier zu sitzen und auf die Bucht und das Leben auf der Uferpromenade zu schauen. Glücklich.

Sie war glücklich.

In der Bar saßen nur eine Handvoll Leute, in einem kleinen Nebenraum lief ein Fernseher.

»Das gefällt mir«, sagte Eileen und griff nach ihrem Weinglas.

»Ich mag es nicht, wenn einen überall Fernseher anplärren, ob man es will oder nicht.« Sie blickte hinter sich durchs Fenster. Die meisten Menschen hatten den Strand und die Bänke auf der Promenade verlassen, nachdem die Sonne gesunken war. Es war ruhig. Die Ebbe hatte eingesetzt.

»Ich könnte hier leben«, sagte sie.

Dougie hob sein Bierglas, um ihr zuzuprosten. Doch dann ließ er es wieder sinken. »Meinst du das ernst?«

»Hier leben? Ja. Am Meer. Würde mir gut gefallen.«

»Tja, es gibt nichts, was uns davon abhält. In achtzehn Monaten bin ich ein freier Mann, und ich könnte hier immer noch eine Nebenbeschäftigung finden. Einen Teilzeitjob. Genau wie du, wenn man es recht bedenkt.«

Sie trank einen Schluck Wein und versuchte es sich vorzustellen.

»Ach, ich weiß nicht. Das wäre ein ziemlicher Umbruch.«

»Warum denn kein Umbruch? Hält einen jung.«

Aber sie wusste, sie würde die Idee langsam im Kopf herumwälzen, sie wie einen Penny in ihrer Tasche immer wieder umdrehen, von allen Seiten betrachten, die Probleme und Nachteile erwägen müssen. Jetzt war ihr das alles zu viel auf einmal. Es würde Wochen dauern. Erfreuliche Wochen, allerdings. Wie auch immer sie sich entschied, das Nachdenken darüber würde erfreulich sein.

»Ich geh nur mal eben rüber und schau mir die Nachrichten an«, sagte sie. Es war zu aufregend, das war es; sie erkannte, dass sie im selben Moment, als Dougie es vorschlug, sofort hatte zustimmen, Ja, Ja sagen und einziehen wollen, in ein Haus wie dieses, mit Blick aufs Meer, und das war ein Traum, und mit Träumen musste man vorsichtig sein. Sehr vorsichtig. Ihr waren zu viele Träume zerplatzt, was sie wachsam gemacht hatte.

Sie musste sich beruhigen und mit etwas anderem beschäftigen. Für den Moment. Nur für den Moment.

Der kleine Fernsehraum ging auf einen Garten mit blauen Hortensienbüschen und einem Vogelhäuschen an einer Eberesche hinaus. So eine Art Garten könnten sie auch haben, mit Büschen und Bäumen und nicht zu viel Unkrautzupfen. Wenn sie nur von dort aus das Meer sehen konnten.

Dougie blieb in der Bar. Er entfaltete die Abendzeitung und bestellte ein zweites Glas Bier. Zärtlich schaute sie durch die offene Tür zu ihm hinüber. Er sah wie alle anderen aus, war weder sehr groß noch zu klein, weder dick noch dünn, würde bei seinem jugendlichen Haarschopf auch nicht so bald kahl werden. Niemand würde sich zweimal nach ihm umdrehen oder ihn im Gedächtnis behalten, niemand würde ihn anstarren, niemand würde sie beneiden oder bedauern, wenn man sie zusammen sah. Niemand konnte seine Güte, seine Freundlichkeit ermessen und die Art, in der er ihr ein neues Leben gegeben hatte.

Die Nachrichten wurden durch die Musik angekündigt, die Eileen immer als zornig empfand, aber Katie Derham trug ein außerordentlich hübsches marineblaues Kostüm mit weißen Biesen.

»Guten Abend.«

Dougie Meelup las die lokale Abendzeitung sehr gründlich, da er stets der Meinung gewesen war, dass man auf diese Art mehr über das Leben erfuhr als aus den überregionalen Medien. Es war ihm ernst mit seinem Vorschlag gewesen, in einen Ort wie diesen zu ziehen, direkt am Meer, und nachdem er die Nachrichten und den Sportteil gelesen hatte, ging er zu den Immobilienseiten über, um einen Eindruck von den Häuserpreisen zu bekommen. Sie erschreckten ihn. Alles mit Meerblick oder selbst mit einer ziemlich fernen Aussicht lag meilenweit jenseits ihrer finanziellen Möglichkeiten, obwohl es einige hübsche neue Häuser nicht weit entfernt von der Promenade gab. Würde Eileen jedoch die Aussicht gefallen? Er hatte gesehen, wie sie über die Bucht schaute, von der Bank und von ihrem Zimmerfenster. Er überlegte, wie viel Geld er zusammenkratzen konnte und ob einer der Jungs vielleicht sogar daran interessiert wäre, mit ihnen zu kommen.

Er zog einen Kuli heraus, den er vor Jahren bei einem Wettbewerb gewonnen hatte und der seitdem sein einziger Stift war, und notierte Zahlen am Seitenrand der *Gazette*. Er vertiefte sich darin, versuchte mit ihnen zu jonglieren und sie umzustellen, damit sie vielversprechender aussahen, als er spürte, dass Eileen in der Nähe war.

Dougie blickte auf. Sie war im Durchgang zwischen dem Fernsehraum und der Bar stehen geblieben. Ihr Gesicht war seltsam, verzerrt, mit einem Ausdruck, den er noch nie gesehen hatte und nicht interpretieren konnte. Einen Augenblick lang meinte er, sie hätte einen Schlaganfall erlitten. Sie war sehr bleich, hatte aber zwei hochrote Flecken auf den Wangenknochen, und ihr Mund war ganz schief.

Er legte den Stift zur Seite. »Alles in Ordnung, Liebes?« Doch inzwischen hatte sogar die junge Frau hinter der Bar erkannt, dass dem nicht so war, schaute ihn an und fragte, ob sie irgendwie helfen könne.

Eileen bewegte sich nicht. Ihr Mund öffnete und schloss sich, doch sie bewegte sich nicht. Dougie ging zu ihr. Eileens Augen waren weit aufgerissen. Er spürte, dass sie zitterte. Aber dann, auf eine schreckliche surrealistische Art, begann sie zu lachen, ein verrücktes, kicherndes Lachen, nicht laut.

Ein anderes Paar war in die Bar gekommen, blickte verblüfft, wirkte unsicher, ob es sich jetzt noch setzen wollte.

Dougie und der jungen Bedienung gelang es, Eileen zum Tisch zu führen und sie auf einen Stuhl zu drücken.

»Soll ich einen Brandy holen?«, flüsterte die junge Frau.

»Vielleicht ein Glas Wasser.« Er nahm Eileens Hand zwischen seine Hände und rieb sie. »Eileen ...« Ihr Gesichtsausdruck war immer noch seltsam. Es ängstigte ihn.

Sie fummelte in ihrer Handtasche nach einem Taschentuch und wischte sich die Augen und dann den Mund, planlos, fahrig, schaute ihn an, dann wieder weg, richtete ein- oder zweimal den Blick auf die Tür zum Fernsehraum, als wollte sie etwas überprüfen.

»Fühlst du dich krank? Soll ich einen Arzt rufen? Kannst du mir nicht wenigstens sagen, was passiert ist?«

Sie lächelte schief, versuchte das Wasserglas zu heben, aber ihre Hand zitterte, also hielt Dougie es ihr an den Mund, während sie ein paar Schlucke trank und es dann wegschob.

»Das ist alles so dumm, es ist nicht wahr, ich meine, es ist nicht die Richtige, es ist Blödsinn, aber ich habe einen furchtbaren Schock bekommen. Was ja auch kein Wunder ist.«

»Wovon hast du einen Schock bekommen? Wann?«

»Als sie ihren Namen sagten.«

»Wessen Namen?«

Wieder blickte sie zur Tür. Dann stieß sie einen tiefen, zitternden Seufzer aus. »Es ist ja nicht gerade ein verbreiteter Name, nicht wahr? Weenys Name. Edwina.«

»Nicht sehr verbreitet, nein. Nein, ich könnte nicht sagen, dass ich noch jemanden mit dem Namen kenne.«

»Nur haben sie genau den genannt. Edwina Sleightholme. Natürlich ist sie das nicht, meine Edwina, meine Weeny, natürlich kann sie das nicht sein, aber du verstehst, warum ich einen Schock erlitten habe, als sie ihn im Fernsehen nannten. Der ganze Raum hat sich gedreht.«

Es dauerte mehrere Minuten, bis er ihr die ganze Geschichte entlockt hatte.

Eine junge Frau mit demselben Namen wie Eileens jüngere Tochter, genauso alt, war wegen Entführung und Ermordung von zwei Kindern sowie der Entführung und geplanten Ermordung eines dritten Kindes angeklagt worden.

»Es kommt einem unglaublich vor, das«, sagte Dougie. »Einfach unglaublich. Kein Wunder, dass du so einen Schock erlitten hast. Ging es um den kleinen Jungen, der letztes Jahr verschwunden ist?«

»Ja. Und ein weiterer kleiner Junge und ein kleines Mädchen. Entsetzlich.«

»Natürlich ist es das. Ich nehme an, wenn sie jemanden verhaftet haben ... ist es ... Nein, es ist entsetzlich.«

Aber irgendetwas stimmte nicht. Konnte nicht stimmen.

»Wo war das?«

»In den Nachrichten. Katie Derham.«

»Nein, ich meine, wo war die ... die mit demselben Namen wie deine Weeny? Wo war sie?«

»Das war das Komische daran.«

»Was war komisch, Eileen?«

»Das Komische war, es war nicht nur ihr Name und ihr Alter, sondern sogar da, wo sie wohnte. Sie wohnte dort. Genau wie unsere Weeny. Sie wohnte sogar in derselben Stadt!«

Wieder stieß sie dieses schreckliche, kichernde Lachen aus, aber ihr Blick war auf sein Gesicht gerichtet und wollte sich nicht abwenden, ihr Blick flehte ihn an, mit ihr zu lachen, zu begreifen, wie komisch das war, dass es zwei Frauen mit demselben Namen und Alter geben sollte, zwei Edwina Sleightholmes, die in derselben Stadt wohnten, zwei ...

Dougie Meelups Herz begann so stark zu pochen, dass er einen Druck in der Brust spürte, in seinen Ohren, in seinem Kopf, einen furchtbaren, pulsierenden Druck.

## 33

I ch bin's.«

»Hallo, du. Wie ist es gelaufen?«

»Gut. Toll.«

»Viele Besucher?«

»Knallvoll.«

»Was verkauft?«

»Ungefähr die Hälfte, vom Fleck weg. Mindestens die Hälfte, ich hab nicht richtig gezählt.«

Simon saß in seinem Auto in einer ruhigen Seitenstraße hinter der Galerie. Es war kurz nach neun, und er hatte sich vor allen anderen von der Vernissage weggeschlichen, bevor Martin Lovat, der Galeriebesitzer, ihn zu fassen kriegte, um mit ihm essen zu gehen, und, vor allem, bevor Diana bemerkte, dass er verschwunden war.

»Das freut mich wirklich sehr für dich, Si. Ich wünschte, ich hätte dabei sein können. Sind die Eltern aufgetaucht?«

»Nein. Ma hat mir ein liebevolles Briefchen geschickt.«

»Ach, ehrlich.«

»Du weißt, dass sich Dad nicht einmal tot in einer Kunstgalerie sehen lassen würde, und Ma würde nicht ohne ihn kommen. Haben sie noch nie getan.«

»Bleib dran, Si ... Ich dachte, ich hätte Felix gehört. Warte.«

Ein paar Sekunden intensiver, lauschender Stille, dann sagte Cat: »Nein, falscher Alarm. Gehst du jetzt feiern? Irgendwo im schicken Mayfair?«

»Nein. Ich fahre zurück. Ich dachte, ich könnte vielleicht noch auf einen Sprung vorbeikommen.«

»Was, heute Abend? Du würdest erst nach elf hier sein.«

»Entschuldige, war keine gute Idee.«

»Ehrlich nicht. Seine Lordschaft weckt mich momentan zwei- bis dreimal pro Nacht, und Sam kriecht immer wieder in unser Bett. Ich wollte gerade hinaufgehen, als du angerufen hast.«

»Na gut.«

»Du klingst traurig. Was ist los?«

»Nichts. Hast du die Nachrichten gesehen?«

»Ja, in denen um sechs haben sie groß darüber berichtet. Horden von kreischenden Frauen, die hinter dem Polizeibus herrannten, als sie vom Gericht abtransportiert wurde. Gruselig.«

»Ed Sleightholme ist gruselig.«

»Willst du morgen kommen? Ich werde gegen vier zu Hause sein. Abendessen und Übernachtung.«

»Nur wenn du es ernst meinst.«

»Ach, hör doch auf, Simon«, sagte Cat fröhlich und beendete das Gespräch.

Durch den Rückspiegel sah er eine Traube von Menschen aus der Galerie die Straßen entlangkommen. Er gab Gas und fuhr in hohem Tempo davon.

Der Erfolg der Vernissage hätte ihn in Hochstimmung versetzen sollen. Er hatte mit ein paar Kunstkritikern von der überregionalen Presse gesprochen, hatte gesehen, wie die roten Punkte auf die Rahmen seiner Zeichnungen geklebt wurden, hatte das interessierte Stimmengemurmel um sich herum wahrgenommen. Aber er hatte sich emotional unbeteiligt gefühlt, als hätten die Zeichnungen nichts mit ihm zu tun, war sich jedoch in manchen Augenblicken, wenn sein Blick auf eine fiel, äußerst bewusst, wie nahe sie ihm waren und wie sehr es ihm missfiel, dass alle sie ansehen, kommentieren, beurteilen konnten. Was er liebte, war die Arbeit daran, das eigentliche Zeichnen, in Ruhe und Abgeschiedenheit. Alles andere war ihm ziemlich gleich, und einiges konnte er nicht ausstehen. Reumütig schüttelte er den Kopf über seine eigenen Gedanken.

Die Berichte über Edwina Sleightholmes Anhörung vor Gericht beherrschten sämtliche Radionachrichten. Sie hatte sich in allen Fällen als nicht schuldig bekannt, und es war kein Antrag auf Kaution gestellt worden. Simon überlegte, wie sie wohl auf der Anklagebank gewirkt haben mochte, stellte sie sich vor, klein, schlank, dunkelhaarig, unbewegt. Sie hatte weder ihm noch anderen Beamten gegenüber etwas preisgegeben, und er schätzte, dass auch niemand anderes, nicht einmal die Psychologin, etwas aus ihr herausbekommen würde. Er hatte andere Mörder gekannt. Abgesehen von denen, die in einem blinden Augenblick der Verzweiflung gemordet hatten, oder in von Alkohol und Drogen aufgeputschter Wut, hatten sie dieselbe Undurchsichtigkeit wie Sleightholme gezeigt, die erbitternde, fast arrogante Weigerung, an einem normalen Austausch zwischen menschlichen Wesen teilzunehmen. Er dachte daran, wie sie neben ihm auf dem Felsvorsprung gekauert hatte, verängstigt und aus diesem Grund wütend auf sich. Trotzig. Verschlossen. Würde man je dahinterkommen, warum sie Gott weiß wie vielen Kindern diese unaussprechlichen Dinge angetan hatte? Konnte es überhaupt so etwas wie einen Grund dafür geben? Ihr Gesicht ging ihm nicht aus dem Kopf, bis ihm klar wurde, dass er sie zeichnen, diesen Ausdruck einfangen, die ordentliche Kappe dunklen Haars und die undurchdringlichen Augen für immer auf Papier bannen wollte. Er arbeitete nicht oft nach dem Gedächtnis, fragte sich aber, ob er es diesmal versuchen sollte. Wenn er ihr Gesicht analysierte, Zug um Zug, ihr in die Augen schaute, wie er sie in Erinnerung hatte, die Form ihres Mundes und ihres Kopfes studierte, den gesamten Ausdruck einfing, könnte er vielleicht einen Weg in ihren Kopf und zu ihrem Motiv finden. Vielleicht.

»Eine achtunddreißigjährige Frau namens Edwina Sleightholme wurde heute dem Gericht in …«

Er schaltete das Radio aus und beschleunigte, wollte so schnell wie möglich Abstand von London gewinnen. Er hatte sich den ganzen Abend von Diana ferngehalten, bis auf eine rasche Begrüßung. Das war ihm leichtgefallen, der Raum war voll, Besucher hatten mit ihm sprechen wollen. Ein- oder zweimal hatte er gemerkt, dass sie Blickkontakt mit ihm suchte, einmal war er ausgewichen, als sie sich durch die Menge drängte, um ihn zu erreichen.

Ein Auto bog plötzlich vor ihm auf die Überholspur, ließ ihm nur einen Sekundenbruchteil Zeit, auf die Bremse zu treten und die Kollision um Zentimeter zu vermeiden. Simon drückte auf die Lichthupe, wütend auf sich, schaltete dann die Freisprechanlage ein und drückte auf einen Knopf.

»Polizei Lafferton.«

Simon las das Kennzeichen von dem Auto vor ihm ab. »Würden Sie bitte die Autobahnpolizei benachrichtigen? Wir nähern uns Ausfahrt 7, und ich will, dass er angehalten wird.«

Er ließ sich etwas zurückfallen. Sollte der Blödmann doch auf hundertfünfzig oder hundertsechzig beschleunigen, bevor sie ihn abfingen.

## 34

Dad?«
»Hallo?«

»Bist du das?«

»Ich versuche, leise zu sprechen, Junge, Eileen ist gerade eingeschlafen.«

»Großer Gott, Dad, stimmt das oder was?«

»Es stimmt.«

»Leah hat es in den Nachrichten gesehen und gesagt, da wäre ein Name gewesen, den sie zu kennen glaubt, und als ich dann dazukam ... Gott im Himmel. Worum geht's da?«

»Ich weiß es nicht, Keith, ich weiß es einfach nicht. Ich weiß nur, wie es hier war. Sie hat es auch im Fernsehen gesehen, verstehst du, und sie sagte, wär das nicht komisch, jemand mit demselben Namen, im selben Alter ...«

»Aber es ist dieselbe verdammte Stadt. Sie muss es sein.«

»Ja, muss sie wohl. Muss sie einfach. Natürlich. Das war nur der Schock.«

»Eileen hat also nichts gewusst?«

»Natürlich nicht, woher hätte sie das wissen sollen, was glaubst du denn?«

»Entschuldige, Dad, ich meinte, hatte sie denn nichts von Edwina gehört oder ... na ja, ich weiß nicht, von der Polizei oder so?«

»Edwina ... Weeny ... sie hat nichts mit uns zu tun, das

weißt du doch. Nicht seit wir geheiratet haben. Weder sie noch Janet, obwohl Weeny Weihnachtskarten schickt. Ich hab mir immer gedacht, dass ich etwas tun sollte, weißt du, sie besuchen sollte, beide, um alles in Ordnung zu bringen. Ich will nicht, dass Eileen wegen mir leidet, wegen mir ihre Familie verliert, bloß jetzt …«

»Bloß jetzt, damit hast du verdammt recht. Hör zu, ich komme morgen und hole euch ab. Ihr wollt da bestimmt nicht länger rumwarten, und ihr wollt ganz sicher nicht mit dem Zug zurückfahren. Ich werde gegen Abend dort sein.«

»Nein, nein …«

»Dougie?«

»Warte mal … Keith, sie wacht auf … Wir telefonieren später. Danke, Junge, vielen Dank.«

»Dougie?«

»Alles in Ordnung, Liebes, das war bloß Keith.«

Eileen setzte sich mit gerötetem Gesicht auf. »Wieso? Ist was mit ihm, ist was mit den Kindern? Was wollte er?« Sie blickte sich um.

»Er sagte, er würde uns morgen abholen.«

Langsam schob sie die Beine vom Bett und stand vorsichtig auf, als sei sie unsicher, ob sie sich auf den Füßen halten könne.

»Warum will er das tun?«

»Er sagt, du … wir würden vielleicht nicht mit dem Zug zurückfahren wollen. Mit den anderen Passagieren.«

»Ich versteh nicht.«

Dougie seufzte. Er wusste nicht, wie er sich verhalten sollte, wie er etwas sagen oder tun konnte, das nicht hoffnungslos falsch war.

»Es ist nur ein Missverständnis, das geklärt werden wird, Dougie. Ich werde es klären. Glaubst du, ich sollte jetzt anrufen?«

»Wen anrufen, Eileen?«

»Die Polizei ... den Fernsehsender. Nein, an dem wird's nicht liegen.«

»Du könntest vielleicht morgen anrufen. Wenn wir zu Hause sind.«

»Das muss aber gleich geklärt werden. Wenn es einer deiner Jungs wäre, würdest du der Sache nicht sofort auf den Grund gehen wollen?«

»Nur, die Sache, es, es war ihr Name, ihre ... wo sie wohnt ... du hast gesagt ...«

»Oh, ich weiß, dass sie es war, ich weiß, es war unsere Weeny, nicht jemand anders, das weiß ich jetzt, natürlich weiß ich das, es kann nicht zwei Frauen mit demselben Namen, demselben Alter geben, die in derselben Stadt wohnen, es geht ja nicht um einen Namen wie Ann Smith, oder?«

»Nein.«

»Nein, ich meine, das muss geklärt werden, weil sie so etwas selbstverständlich nicht hätte tun können, wie hätte sie? Das fängt schon damit an, dass es Männer sind, Männer tun so was, es sind immer Männer.«

Rose West, dachte Dougie. Myra Hindley.

»Es ist schrecklich, wenn bei so etwas Fehler passieren, schrecklich. Ich muss da hinfahren, Dougie.«

Sie sah hinaus auf das dunkle Meer und die Lichterketten an der Promenade. Auf der Straße war es still. Schließlich stand er auf und trat zu ihr. Nach kurzem Zögern legte er ihr den Arm um die Schultern.

»Dann ruf ich also Keith an«, sagte er.

»Ja. Wenn er uns abholen könnte, würde ich mich besser fühlen, glaube ich, weil wir dann schneller heimkommen. Dann kann ich anfangen, alles zu klären.«

»Ich ruf ihn gleich an.«

»Was sollen wir wegen des Essens machen, Dougie?«

Essen. Er wusste es nicht. Das Wort hatte keine Bedeutung für ihn.

»Die wissen doch nichts, oder? Hier. Es ist ein Missverständnis, aber trotzdem, es wäre mir lieber, wenn es so bliebe, wenn sie nichts erführen. Meelup hat nichts mit Sleightholme zu tun, nicht wahr?«

Er spürte, wie ihm heiße Tränen in die Augen schossen.

»Vielleicht könnten wir einen Spaziergang machen.«

»Ja«, stimmte Dougie zu. »Wenn es das ist, was du möchtest.«

»Ich weiß nicht, was ich möchte«, sagte Eileen Meelup und wandte sich wieder dem dunklen Meer zu.

Als sie das Hotel verließen und sich von den goldenen Lichtern und warmen Stimmen entfernten, fassten sie sich instinktiv an der Hand. Sie gingen unsicher, ohne zu reden, langsam die Promenade entlang. Ein paar Menschen führten ihre Hunde aus oder gingen nur spazieren, waren auf dem Weg zu den Pubs. Die Luft roch nach Tang und gebranntem Zucker vom Zuckerwatte-Stand. Am Ende der Promenade, wo die Straße vom Ufer wegführte, war ein kleiner Park mit Kiespfaden zwischen den Büschen. Eileen blieb neben einer Bank stehen.

Er schlug nicht vor, sich zu setzen oder weiterzugehen, er wartete einfach. Er hatte kein rechtes Gefühl dafür, wo er war oder warum, und wusste, dass es ihr genauso ging. In ihren Köpfen war kein Platz für etwas anderes als das, was Eileen gehört und auf dem Fernsehschirm gesehen hatte und was sich Dougie seither ebenfalls vorzustellen versuchte. Es war unmöglich zu verstehen. Er wollte sich so sicher sein, wie Eileen sicher war, dass es eine Verwechslung und ein Missverständnis sein musste, eine widerrechtliche Verhaftung, ein Wirrwarr. Was konnte man denn sonst noch glauben, das nicht zum reinen Horror wurde? Er wusste kaum etwas über die beiden Mädchen und war nur unglücklich gewesen, dass sie ihre Mutter so gedankenlos behandelten. Sie war verletzt und gekränkt gewesen. Er war verletzt und ärgerlich gewesen. Aber das war so in Familien, würde sich schon wieder einrenken. Das hatte er immer und immer wieder gesagt, voller Zuversicht. Jetzt trat er Wasser und konnte jeden Augenblick ertrinken.

Er spürte, wie Eileens Hand seinen Arm umklammerte, als würde auch sie ertrinken und er wäre ihr letzter Halt.

Erst nach einiger Zeit machten sie sich auf den Rückweg. Sie wanderten durch die Stadt, blickten in erleuchtete Schaufenster geschlossener Läden, auf Schuhe und Bonbongläser und Badeanzüge und Ketten an kopflosen Samthälsen. Und in jedem Schaufenster, in das sie blickten, spiegelten sich ihre eigenen Gesichter, und ihre Gesichter waren starr und ernst und unvertraut.

Schließlich, in stillschweigendem Übereinkommen, drehten sie um und kehrten zum Hotel, in das Stimmengewirr, den Rauchgeruch aus der Bar zurück. Am Eingang blieb Eileen zögernd stehen.

»Wär 'ne gute Idee«, sagte Dougie. »Vielleicht ein Brandy? Ich nehm einen Whisky. Damit wir zur Ruhe kommen.«

Brüllendes Gelächter stieg aus einer Gruppe auf, und das Gelächter flutete auf sie zu und brach sich über ihren Köpfen wie eine Welle. Jemand drehte sich um und sah sie zögernd im Türrahmen stehen. Die Frau schaute weg.

Das reichte. Damit stand es außer Frage, in die Bar zu gehen, zwischen den anderen noch etwas zu trinken, als wären sie normale Menschen wie sie, als wäre nichts geschehen, als hätte der Fernseher nicht gesprochen und als würde sich der Tag zurückdrehen und von Neuem beginnen.

Beide schliefen sie nicht.

## 35

Ich kann es nicht *fassen*, was du mir da gerade erzählt hast. Was du getan hast, ist unglaublich.«

»Okay, erspar mir den Sermon.«

»Warum? Warum zum Teufel sollte ich? Wird Zeit, dass dir jemand eine Predigt hält, wird Zeit, dass dir mal jemand die Leviten liest.«

»Und wer, wenn nicht du?«

»Da hast du verdammt recht.«

Cat setzte Felix in seinen Laufstall unter dem Sonnenschirm und baute sich vor ihrem Bruder auf, der mit einem Glas Bier im Liegestuhl lag. Es war heiß. Die Luft war dick und dampfig, Mücken sirrten in kleinen Wolken über dem Garten.

»Hör mal, können wir Waffenstillstand schließen? Es ist nicht das richtige Wetter zum Streiten.«

»Oh, einen Streit wird es nicht geben, Si, überhaupt nicht, weil ich nicht streiten werde, sondern du wirst mir gefälligst zuhören. Du bist mein Bruder, und ich bete dich an, und du bist ein absoluter und totaler Scheißkerl. Du bist ein psychisches Wrack und eine Bedrohung. Was für Probleme du auch hast, du musst sie lösen, weil du kein Teenager mehr bist, du bist fast vierzig. Es gibt keine Entschuldigung dafür, Frauen so zu behandeln, wie du Diana behandelt hast. Schlimm genug, dass du sie hingehalten hast, alles genossen hast, was sie zu bieten hatte, ohne dich je zu verpflichten. Nun gut, sie hat sich anscheinend genauso verhalten. Dann aber hat sie sich in dich verliebt, was, seien wir ehrlich, abzusehen war, und du hast dich eilends zurückgezogen. Ich fand's nicht gut, wie du das gemacht hast, hatte aber akzeptiert, dass inzwischen Freya Graffham auf den Plan getreten war und du dir eingebildet hast, Gefühle für sie zu haben.«

»Hör mal …«

»Ja. Einbildung ist das richtige Wort. Für dich wurde es erst real, als sie wirklich und wahrhaftig tot war, und unterbrich mich nicht, um mir zu sagen, dass es beschissen ist, so was zu behaupten, denn beschissen oder nicht, es ist wahr. Du warst völlig durcheinander und hast Diana auf die unfreundlichste und taktloseste und verletzendste Weise fallen lassen. Sie hat immer noch Gefühle für dich, glaubt immer noch, dass es Hoffnung gibt, tja, das ist traurig, und das Einzige, wirklich das *Einzige,* was du tun konntest, Simon, war höflich, aber distanziert zu bleiben. ›Tut mir leid, es hat sich nichts geändert.‹ Sie ist kein Dummkopf. Sie wird es kapieren.«

»Ja.«

»Ja. Doch was tust du? Führst sie nicht nur zum Essen aus, was dumm und gedankenlos war, aber nicht vollkommen daneben …«

»… sondern schläfst auch noch mit ihr. Ich weiß. Verdammt, Cat, ich weiß, ich *weiß.*«

»Was hast du dir dabei gedacht? Du absoluter und totaler Drecksack. Du gedankenloser, selbstsüchtiger, eigennütziger, egoistischer, hirnloser Scheißkerl.«

Felix sah bei der plötzlich laut gewordenen Stimme seiner Mutter auf, und sein Gesichtchen verzog sich. »Jetzt sieh nur, was du angerichtet hast.« Cat hob ihren Sohn hoch und nahm ihn auf die Knie. Er war klebrig und strahlte Hitze aus. Cat verbarg ihr Gesicht in seinem feuchten Haar. Sie zitterte.

Simon saß schweigend da. Cat hatte recht, und er wusste es und war wütend auf sie. Die einzige Person auf der Welt, von der er sich immer bedingungslos geliebt gefühlt hatte, die einzige Person, der er vertraute und der er immer alles hatte erzählen können, war herumgewirbelt und hatte ihn voll ins Gesicht geschlagen.

»Es tut mir nicht leid«, sagte Cat schwach. Aber sie sah ihn nicht an.

»Das merke ich.«

»Ich weiß nicht, warum ich weine, denn ich habe recht, und ich bin froh, dass ich es gesagt habe, es musste mal gesagt werden, du bist derjenige, der weinen sollte.«

»Lass es gut sein.«

»Natürlich können wir es nicht gut sein lassen.«

Die Luft war gewitterschwül. Sie saßen schweigend da, Felix, an Cats Schulter geschmiegt, trat sie mit den Füßen, war reizbar wegen der Hitze. Simon drehte das Bierglas zwischen den Fingern. Er überlegte, ob er besser gehen sollte, gleich, damit sich die Luft zwischen ihnen ein paar Tage lang klären konnte, statt zum Essen zu bleiben und ihnen allen den Abend zu verderben. Cat stellte den widerstrebenden Felix ins Gras. »Komm, geben wir den Hühnern ihre Körner.«

Mit dem neben ihr watschelnden Felix an der Hand ging sie langsam zur Koppel. Sie blickte sich nicht um. Simon blieb unglücklich sitzen. Nach seinem letzten Streit mit Cat hatten sie sich erst durch den Tod und die Beerdigung ihrer Schwester wieder versöhnt.

Er erhob sich. Felix stand auf dem Koppelzaun und winkte den Hühnern gebieterisch zu, während Cat fest seine Taille umfasste. Simon stellte sich neben die beiden.

»Warum?«, fragte er schließlich. »Ich muss verstehen, warum, und ich verstehe es nicht. Ich kann es nicht.«

»Warum ich dir eine Strafpredigt halte? Warum du dich Frauen gegenüber so mies verhältst?«

»Warum bin ich so?«

»O Gott.«

»Große Frage.«

»Für einen heißen Nachmittag.«

»Ich bin ja nicht unglücklich. Fühle mich wohl in meiner Haut.«

»Wie schön für dich.«

»Cat …«

»Entschuldige. Aber hör dir doch an, was du gerade gesagt hast.«

»Na gut, ich bin ein egoistischer Dreckskerl.«

»Unter anderem. Unter einer Menge sehr viel besserer Dinge.«

»Danke.«

»Hör zu, ich bin nicht deine Psychiaterin, ich bin deine Schwester. Das Einzige, was du meiner Meinung nach verdammt schnell entscheiden musst, ist, was du wegen Diana unternehmen willst. Denn das bist du ihr schuldig. Und sag nicht, du weißt es nicht.«

»Ich weiß es nicht.«

»Bist du in sie verliebt?«

»Absolut nicht.«

»Magst du sie?«

»Ich genieße ihre Gesellschaft.«

»Würde dir das reichen?«

»Himmel, Cat, ich will sie doch nicht *heiraten*.«

Sie blickte ihn an. »Hier, nimm ihn.«

Simon setzte sich seinen Neffen auf die Schultern, während sie zum Schuppen gingen, um Hühnerfutter zu holen. Felix trommelte mit seinen kleinen Füßen auf Simons Brust, quietschte vor Vergnügen. Der Schuppen war kühl und roch nach süßem Schrot und trockenen Körnern, die in den verzinkten Tonnen an der Wand aufbewahrt wurden. Cat hob einen Deckel und schöpfte einiges davon in einen Eimer, und der Staub hob sich wie eine bleichgoldene Wolke.

»Also gut«, sagte Simon, »was soll ich tun?«

»Es ist nicht an mir, dir das zu sagen.«

»Das wäre ja mal ganz was Neues.«

»Nein, ich meine es ernst, Simon. Das musst du wirklich selbst herausfinden. Was du willst, wen, wo, wann? Ich tu ja vieles für dich, aber das kann ich nicht.«

Sie streute die Körner auf die trockene Erde um den Auslauf, und die Hühner kamen angeflattert, pickten eifrig. Felix trommelte wieder mit den Hacken.

»Vielleicht sollte ich einfach verschwinden, Cat? Und sag mir nicht, dass nur ich das entscheiden kann.«

Seine Schwester hakte sich bei ihm unter. »Gut, sag das noch mal, aber ersetze diesmal das Wort ›verschwinden‹ durch ›wegrennen‹. Denk darüber nach, während ich Seine Lordschaft hinlege und dir ein neues Bier hole.«

## 36

Lynsey kam gerade aus der Dusche, als um zehn nach acht das Telefon klingelte.

»Hi, hier ist Mel von Towers Rogers.«

»Hallo. Sie sind ja früh dran.«

»Ich weiß, aber es wird Ihnen gefallen. Kennen Sie den Angelladen?«

»Hinter der Gas Street?«

»Genau ... Da sind das Lagerhaus und der Laden, der eigentlich das alte Schleusenwärterhaus ist.«

»Würde man nie drauf kommen. Ziemliche Bruchbude.«

»Jemand – ich kann nicht sagen, wer – hat Pläne eingereicht, alles abzureißen und durch einen Wohnblock zu ersetzen, ist aber pleitegegangen. Inzwischen sind die Bestimmungen verschärft worden, wie Sie wissen, und man ist jetzt eher der Ansicht, dass nicht so viel abgerissen und neu gebaut werden soll. Der Stadtrat will, dass das ganze Gelände instand gesetzt wird, zum Teil für Wohnungen, zum Teil für kleine Werkstätten.«

Lynsey setzte sich an den Küchentisch. »Sie haben mein Interesse geweckt.«

»Dachte ich mir. Morgen wird es ausgeschrieben. Sie haben vierundzwanzig Stunden, die Sache auszubaldowern und sich zu entscheiden.«

»Das ist nicht viel Zeit.«

»Ich sollte Ihnen nicht mal die geben. Wenn jemand davon erfährt, sitzen wir beide in der Scheiße.«

»Von welchem Schätzwert können wir ausgehen?«

»Es kommt mit einem Richtpreis von neunzig zur Auktion, als Lockangebot, sollte aber mindestens hundertdreißig bringen, vielleicht auch eine ganze Menge mehr.«

»Und wenn ich interessiert wäre, könnte ich mit einem Vorkaufsangebot von was einsteigen?«

»Ich habe Ihnen die Zahlen genannt, Lyns. Jetzt liegt's an Ihnen. Muss Schluss machen.«

Vierzig Minuten später parkte Lynsey ihr Auto in einer der Seitenstraßen, die zum Kanal führten. Sie hatte einen Stadtplan von Lafferton auf dem Beifahrersitz liegen und wusste in etwa, wo sie hinwollte, aber nicht, wie zugänglich das Gelände war und ob sie hier überhaupt sein durfte.

Während der Fahrt hatte sie sich Zahlen durch den Kopf gehen lassen. Ob sie nun ein Vorkaufsangebot einreichte oder riskierte, an der Auktion teilzunehmen, sie würde jedenfalls eine Menge Geld auftreiben müssen. Es wäre das größte Projekt, das sie je in Angriff genommen hatte, aber Mel wusste, dass sie seit über einem Jahr nach so etwas gesucht hatte. Eines der letzten verbliebenen Gebäude einfühlsam zu renovieren, ihm seinen früheren Glanz zurückzugeben und es trotzdem für die heutige Welt nutzbar zu machen, war ein Traum, den sie sich erhalten hatte. Alles, was sie an Renovierungen bisher durchgeführt hatte, war relativ unspektakulär gewesen. Sie hatte keinen Zweifel an ihren Fähigkeiten, wusste, auf wen sie sich verlassen konnte, vertraute ihrem Geschmack und Blick fürs Detail, ihrem Gefühl für die Epoche. Sie war davon überzeugt, sie würde das zu einem großen Erfolg machen. Ob es ihr aber gelang – ob sie es wagte –, so viel Geld aufzutreiben, war eine andere Frage.

Sie stieg aus, faltete den Stadtplan zusammen und steckte ihn in die Tasche. Die Straße war still und schattig. Laut

Wettervorhersage würde es ein weiterer heißer Tag werden. Sie sah den Treidelpfad und das Flimmern des Kanals.

»Lizzie! O Gott, Lizzie, bitte …«

Sie blieb stehen.

»Lizzie, warte.«

Er war ein paar Meter von ihr entfernt, neben dem Eingang zur alten Bortenfabrik. Er wirkte noch verwahrloster und wilder, als sie ihn in Erinnerung hatte.

Lynsey griff vorsichtshalber nach ihrem Handy in der Tasche.

»Warte.« Er kam auf sie zu.

»Ich bin nicht Lizzie«, sagte sie nachdrücklich. »Wer immer Lizzie ist, ich bin es nicht. Sie haben mich schon mal mit ihr verwechselt. Tut mir leid. Ich muss jetzt gehen, ich treffe mich mit jemandem und bin schon spät dran.«

»Warum tun Sie mir das an?« Er streckte die Hand aus. Lynsey wich zurück. »Warum kommen Sie hierher? In diese Straße?«

»Wie ich Ihnen sagte. Ich habe eine Verabredung.«

»Sie machen das absichtlich. Weil Sie ihr ähnlich sehen.«

»Ich kenne Sie nicht. Wenn Sie mich jetzt nicht in Ruhe lassen und mich gehen lassen, ohne mir zu folgen oder mir noch mal nachzurufen, muss ich die Polizei holen.«

»Von hinten könnten Sie Lizzie sein. Ganz genau. Nicht, wenn Sie sich umdrehen, nicht, wenn Sie sprechen, aber von hinten sind Sie Lizzie.«

»Nein«, sagte Lynsey sanft, »ich bin nicht Lizzie. Und das wissen Sie.«

Sie begann sich davonzustehlen, wandte ihm nicht vollkommen den Rücken zu, behielt die Hand in der Tasche, um das Handy gelegt. Sie wünschte, jemand würde aus einem der Häuser kommen, aber niemand tauchte auf. Sie überlegte, wie lange es dauern würde, wegzurennen, wie lange, bis die Polizei eintraf, ob er ihr zum Kanal folgen würde.

Vielleicht wäre es besser, umzukehren. Jede Minute könnte jemand die Straße entlangfahren, doch sobald sie bei den alten Gebäuden war, könnte, falls er ihr nachkam, alles Mögliche passieren.

Aber er folgte ihr nicht. Am Ende der Straße warf sie einen Blick zurück. Er stand da, starrte ihr nach, mit einem unergründlichen Ausdruck im Gesicht. Sie bog um die Ecke, ging den Treidelpfad in Richtung der halb verfallenen Gebäude und Schuppen neben dem Schleusenwärterhaus.

Eine Frau mit einem Terrier an der Leine kam ihr entgegen. Als der Hund Lynsey sah, begann er zu bellen, und irgendwie fand sie durch das Bellen ihre Ruhe wieder.

Sie blieb stehen und holte das Handy heraus, zögerte jedoch. Sie wollte weiter, musste sich die Gebäude vor allen anderen ansehen, und außerdem, was könnte sie sagen? Er hatte ihr nichts getan. Es war das zweite Mal, und sie fühlte sich bedroht, aber, wenn man es genau bedachte, hatte er nichts Bedrohliches geäußert. Die Polizei würde vermutlich nur lachen.

Die alten Lagerhäuser waren in schlechtem Zustand, jedoch längst nicht so schlimm, wie sie befürchtet hatte. Lynsey fand sie aufregend. Sie ging umher, fotografierte, rechnete im Kopf. In dem großen Hauptgebäude war es kühl und dämmrig, Staubflocken tanzten in den Sonnenstrahlen, die durch die vernagelten Fenster und die Löcher im Dach drangen. Dieser Teil könnte vielleicht in vier Apartments umgewandelt werden. Das Schleusenwärterhaus sollte in seinen Ursprungszustand versetzt werden, als frei stehendes Haus, doch es war sehr verfallen. Die Schuppen und Außengebäude waren das Einfachste. Daraus ließen sich rasch und zu geringen Kosten kleine Werkstätten herstellen.

Die Auktionsschätzung war viel geringer, als das Gesamte bringen würde. Sie würde mit ihrem Bankdirektor sprechen müssen, um zu erfahren, ob sie genug Geld für den Kauf und die Arbeiten aufnehmen konnte. Im Kopf war ihr klar, wie unwahrscheinlich das war, doch ihr Kopf war auch ein geschäftsmäßiger, und sie hatte keinen Zweifel, dass, falls sie den nächsten großen Schritt auf der Erfolgsleiter machen wollte, die Sprosse direkt vor ihr lag. Wenn sie die verpasste, würde es lange dauern, bis sich ihr erneut eine solche Gelegenheit bot.

Das Geräusch ließ sie von der alten Werkbank aufspringen, auf die sie sich zum Nachdenken gesetzt hatte. Jemand schlug gegen die Seitenwand des Gebäudes, und sie hatte kein Recht, hier zu sein, sie war unerlaubt eingedrungen und konnte sich nicht auf Mel berufen. Sie steckte die Kamera in die Tasche, als die Seitentür nachgab.

Er stand da, blinzelte in das Dämmerlicht, die Sonne hinter seinem Kopf verlieh ihm eine Art Strahlenkranz. Lynseys Haut prickelte. Er hatte sie weder angefasst noch bedroht, doch sie war sich absolut sicher, dass er das jetzt tun würde, und hier unten würde niemand vorbeifahren oder zu Fuß vorbeikommen. Die Chance, einen weiteren Hundebesitzer auf dem Treidelpfad zu treffen, war gering.

Er kam langsam herein, und sie merkte, dass er sie noch gar nicht gesehen hatte, dass sich seine Augen an das Dämmerlicht gewöhnen mussten.

»Lizzie? Wo bist du? Ich habe dich hier reingehen sehen, ich bin dir gefolgt. Warum bist du nicht nach Hause gekommen? Warum bist du hierhergegangen? Lizzie.«

Lynsey blieb erstarrt stehen, überlegte, was sie tun sollte. Sie war durchtrainiert und eine schnelle Läuferin, sie hatte den Vorteil, ihn und den Ausgang hinter ihm sehen zu können. Sie konnte warten und hoffen, dass er weiter in das Gebäude hineinkam, weg von der offenen Tür, damit der Weg nach draußen besser zu erreichen war, oder sie konnte jetzt lossprinten und riskieren, dass er sie packte, während sie an ihm vorbei floh.

Sie meinte, er müsse ihr laut klopfendes Herz hören. Es schien in dem leeren Raum des gesamten Gebäudes widerzuhallen.

»Lizzie?«

Ihr fiel ein, dass er beim ersten Mal, als er ihr gefolgt war, zu weinen begonnen hatte. Jetzt war wieder das Schluchzen in seiner Stimme, hysterisch, verzweifelt.

Sie wartete. Es dauerte lange, doch schließlich bewegte er sich, aber nicht weg von ihr zur anderen Seite des Lagerhauses, sondern auf sie zu. Im nächsten Moment würde er sie entdecken. Sie trug eine weiße Bluse. Er konnte sie nicht übersehen.

»Lizzie«, sagte er jetzt ganz leise. »Wie ist das?«

Lynsey öffnete den Mund zu einer Antwort, biss sich dann hart auf die Lippe.

»Tot zu sein«, sagte er. »Erzähl's mir. Wie ist das? Ich muss es wissen. Ich muss dich mir vorstellen können. Als Tote.«

Mit einer einzigen Bewegung stieß sich Lynsey von der Werkbank ab und rannte quer durch das Lagerhaus zu dem hellen Lichtstreifen. Sie war schnell wie der Blitz, und als sie das Sonnenlicht erreichte, rutschte sie auf etwas Lockerem aus und krachte zu Boden.

Im Fallen schrie sie, lauter, als sie es je für möglich gehalten hatte.

## 37

Wenn es schlimm war, blieben einem nur die Gedanken als Hilfe. Gedanken konnten einen überall hinführen.

Es war heiß. Ihre Kleidung klebte am Körper, und ihr Hals und das Haar fühlten sich ständig verschwitzt an. Die Hitze ließ alle überkochen. Sie hörte den Lärm, das Brüllen, Fluchen, Hämmern, Schreien, ohne Unterlass bis in die Nacht. Es war wie ein Deckel auf einem kochenden Topf. Sehen konnte sie nichts davon. Sie hielten sie von den anderen getrennt, selbst beim Hofgang, doch wenn sie hinausgeführt wurde, wussten es die anderen und fingen mit dem Hämmern an. Das war nicht nett. Es ängstigte sie.

Sie aß ihr Essen allein, las, sah fern, wurde hinausgeführt, kam zurück, ging durch die Flure zu den Sitzungen mit der Psychologin, kam zurück, und die Hitze war überall gleich, man roch sie und atmete sie.

Aber wenn sie angestrengt genug nachdachte, konnte sie dem allen entfliehen, für eine Weile.

Das Meer. Fahren auf der Autobahn. Ihr Garten. Kyra. Das waren die besten Gedanken. Wenn es jedoch schlimm wurde, gab es immer noch den anderen Ort. Sie gestand sich nicht ein, dass sie manchmal dorthin ging. Das hielt sie von sich fern. Aber sie ging hin. Für gewöhnlich bei Nacht, wenn das Hämmern anfing und direkt in ihren Kopf zu dringen schien, als schlüge jemand Nägel ein. Es war eine heimliche, verstohlene Reise, und sie brauchte lange dafür. Doch so war es immer gewesen. Sobald sie dort war, machte sie die Tür hinter sich zu und schloss sie ab. Dann wusste sie nicht, dass sie dort war.

Aber sie waren dort, manchmal alle zusammen, manchmal einer für sich. Sie ging alles wieder durch, Schritt für Schritt, von dem Moment an, als sie sie zum ersten Mal gesehen hatte. Damals war alles in großer Hast geschehen; jetzt gab es das nicht. Sie hatte alles aufgezeichnet, ihr Gedächtnis war eine Kamera. Sie sah alles. Sie hörte alles. Sie hatte Fotos von ihren Gesichtern, in Großaufnahme. Sie hatte Aufzeichnungen ihrer Stimmen. Jedes Wort, das sie gesagt hatten. Der Junge im Blazer. Der Junge mit der Sporttasche. Das Mädchen auf dem Fahrrad. Das Mädchen mit der Einkaufstüte. Der Junge mit dem Roller. Die mit dem Eis. Jedes Gesicht. Jedes Wort. Jede Einzelheit. Jeder Kilometer auf jeder Fahrt, jeder Zwischenstopp. Jedes kleinste bisschen. Manchmal blieb sie nur kurz, machte eine Stippvisite und kam schnell wieder raus, verschloss die Tür erneut und hatte keine Ahnung, dass sie weg gewesen war, ganz zu schweigen davon, wo. Zu anderen Zeiten, wenn sie sich sicher fühlte oder wenn es am schlimmsten war, blieb sie sehr lange dort.

Aber die Psychologin fand es nie heraus. Manchmal fragte sie, doch Ed erzählte es ihr nicht.

Das Gefängnis war wie ein Ofen. Das Hämmern ging weiter. Wenn das Essen kam und heiß war, musste sie es abkühlen lassen, bevor sie es essen konnte. Das Gleiche galt für Kaffee und Tee. Eis kam, aber es war eine eklige gelbe Pfütze. Salat kam, und die Salatblätter waren welk und die Tomaten lauwarm.

Einmal warf sie das Essen an die Wand. Sie nahmen ihr den Fernseher weg.

Aber das machte ihr kaum etwas aus. Sie konnte nachdenken. Sie hatte immer ihre eigenen Gedanken und Bilder gehabt. Besser als die von denen. Viel, viel besser.

## 38

G ut.« Dougie Meelup erhob sich und schob seinen Stuhl vom Tisch. »Ich mach mal die Türen auf. Wofür hat man denn einen Garten?«

Eileen beobachtete ihn.

»Ich stelle den Liegestuhl raus, hol du dein Buch.«

»Nein, ich bleib lieber hier.«

»Eileen, da draußen scheint herrlich die Sonne, ich habe den Schirm aufgespannt, du kannst im Schatten sitzen.«

»Ich kann nicht draußen sitzen.«

»Niemand wird dich sehen. Die Nachbarn sind nicht da.«

»Ich kann nicht.«

»Und keiner weiß etwas.«

»Natürlich wissen sie es. Sie kennen meinen anderen Namen, und der lautet nicht Smith, sie haben alle ferngesehen, die Zeitungen gelesen. Sie wissen, dass ich zwei Töchter habe.«

»Und wenn schon? Wer auch immer ›sie‹ sein mögen? Und wenn sie es wissen?«

»Ich werfe dir nicht vor, dass du die Geduld mit mir verlierst.«

»Tu ich nicht. Ich möchte nur, dass du deinen Kopf mal wieder hoch trägst. Du kannst ihn nicht für immer hängen lassen, Eileen.«

»Meinen Kopf hoch tragen? Oh, das kann ich sehr wohl. Das kann ich tun, wenn ich weiß, dass es eine Verwechslung ist und sie die falsche Person angeklagt haben und selbst verklagt werden sollen. Verklagt werden. Wenn das alles geklärt ist. Nur bis es so weit ist, könnte jemand es glauben. Jemand, den wir kennen. Jemand, der mich sehen könnte.«

Jemand hatte das bereits, nur hatte Dougie ihr das nicht erzählt. Als er auf ihrer Arbeitsstelle angerufen und sie krankgemeldet hatte, war zuerst Schweigen gewesen, dann:

»Ja, ja. Schon gut.« In einem Ton, der nicht misszuverstehen war.


Es kam in Wellen. Aber die Wellen schlugen jetzt dichter zusammen und höher. Eines Tages, dachte Eileen, würde eine Welle so hoch sein und so schnell heranbranden, dass sie über ihrem Kopf brach und sie ertränkte und mit wegriss, und darum betete sie. Nie wieder aufzuwachen. Bilder flackerten auf einem Schirm hinter ihren Augen. Weeny, als sie drei war. Weeny an ihrem ersten Schultag. Janet und Weeny Hand in Hand vor dem Eingang.

In einem Karton auf dem Regal im Wohnzimmer lagen die echten Fotos. Sie würde sie bald auspacken, weil die Fotos die Wahrheit darüber erzählen würden, wie glücklich sie alle gewesen waren und was für hübsche kleine Mädchen, wie nahe sie sich als Familie gestanden hatten. Die Wahrheit war auf den Fotos. Sie wusste es.

»Das andere ist«, sagte Dougie, »dass ich anrufen und diesen Besuch vereinbaren werde.«

Sie spielte mit dem Löffel auf ihrer Untertasse.

»Ich bring dich hin, wir fahren beide da rauf.«

Das Gefängnis hieß Gedley Vale. Der Name war in den Nachrichten genannt worden. Dougie hatte auf der Karte nachgeschaut. Es war hundertvierzig Kilometer entfernt.

»Ich muss alles aufschreiben, was ich ihr sagen will. Ich muss es in Ordnung bringen. Sie muss erfahren, dass ich alles zusammenstelle. Vielleicht sollte ich rausfinden, welche Anwälte sie hat, und auch mit denen reden. Was meinst du?«

»Ich weiß nicht, was man dir erlauben wird.«

»Wie meinst du das?«

»Na ja, wegen der Anwälte und so. Ich habe noch nie mit so was zu tun gehabt.«

Sie funkelte ihn an. »Glaubst du, ich?«

Dougie schüttelte den Kopf.

Auf der Rückfahrt in Keiths Auto hatte sie die ganze Zeit laut gekämpft, mit der Polizei und den Zeitungen und dem Fernsehen, für ihre Tochter und gegen die monströse Ungerechtigkeit des Ganzen. Auch den kleinsten Zweifel hatte sie niedergekämpft. Es war ein Versehen, ein Missverständnis. Wie ein Missverständnis so schlimm werden, ein solches Ausmaß annehmen konnte, begriff sie nicht, aber es war so, und sie musste dem auf der Stelle Einhalt gebieten. Weeny war dafür angeklagt worden, Dinge getan zu haben, die zu schrecklich waren, um auch nur daran zu denken, Dinge, die nur die bösesten, verderbtesten Menschen tun konnten, und auch von denen nicht viele. So ein Mensch war Weeny nicht. Niemals. Wie konnte das jemand annehmen? Wie konnte das passiert sein?

Janet hatte zweimal angerufen, kreischend und weinend, sodass Dougie schließlich Eileen den Hörer wegnehmen und dem Mädchen sagen musste, es solle sich beruhigen.

»Ich habe Kinder«, hatte Jan immer wieder gesagt. »Ich habe Kinder, weißt du.«

»Aber sie hat nichts davon getan, Jan, sie hat es nicht getan.«

»Was spielt das für eine Rolle? Ihr Name ist in allen Sendungen, überall, Fotos in den Zeitungen, alle schauen mich an.«

»Keiner schaut dich an, sie wissen ja nicht, dass sie deine Schwester ist.«

»Natürlich wissen sie das, und was sie nicht wissen, werden sie bald herausfinden. Ich will wissen, was mit uns passieren wird, du musst etwas dagegen unternehmen.«

Eileen erhob sich und ging zur Spüle, drehte beide Hähne auf, beobachtete das Wasser, wie es in den Ausguss wirbelte. Töpfe standen zum Abwaschen da, aber sie wusch sie nicht ab.

»Du musst zurück zur Arbeit«, sagte sie.

Dougie hatte sich zwei Tage freigenommen und danach gebeten, in den Mittagspausen heimgehen zu dürfen, hatte angegeben, sie sei krank und man könne sie nicht zu lange allein lassen. Sie hatten ihm natürlich nicht geglaubt, doch er meinte, sie hätten mitleidig geklungen.

»Niemand hat eine Ahnung«, versicherte er ihr.

Doch die hatten sie. Es war schwierig. Jemand hatte ihn direkt gefragt, und er hatte sich umgedreht und war davongegangen. Mehr brauchten sie nicht. Er hatte sich verflucht.

Die Jungs hatten es aufgenommen und waren sehr still geworden. Keith hatte auf der Heimfahrt nichts gesagt, doch er hatte Eileen geküsst und sie kurz umarmt und gemeint, er sei für sie da, Leah sei für sie da. Es sei ein furchtbarer Albtraum und ein Schlamassel, aber es würde sich aufklären. Natürlich würde es das. Danach war es still geworden. Das Telefon hatte nicht geklingelt.

Dougie überlegte, später bei Keith vorbeizuschauen, allein. Sobald sie den Besuch im Gefängnis geregelt hatten.

»Dann gehe ich jetzt«, sagte er. »Nimm du dein Buch und setz dich nach draußen. Genieß die Sonne. Du brauchst weder ans Telefon zu gehen noch auf die Klingel zu achten, und lass die Haustür abgeschlossen. Setz dich einfach in die Sonne. Ich bring auf dem Heimweg Eier und ein bisschen Salat mit. Brauchen wir sonst noch was?«

Sie betrachtete nach wie vor das Wasser, das aus den Hähnen in die Spüle lief.

Dougie trat zu ihr und drehte das Wasser ab. Für einen Moment ließ er seine Hand auf ihrer Schulter ruhen.

»Ich weiß nicht, wo ich anfangen soll«, sagte Eileen.

»Du brauchst überhaupt nichts zu tun. Überlass es lieber denen, deren Beruf es ist. Sie wissen Bescheid, wissen, wie das alles funktioniert.«

»Glaubst du? Bisher haben sie aber keine gute Arbeit geleistet.«

»Ich weiß. So sieht es aus, doch sie sind die Experten, nicht wahr?«

»Nein. Das bin ich. Ich bin ihre Mutter. Was sollten sie besser über sie wissen als ich?«

Er fragte sich, ob das stimmte, hatte jedoch keine Antwort darauf.

Er wünschte, er könnte selbst dahin fahren, eine Besuchserlaubnis bekommen, vor ihr stehen und sie fragen. Es aus ihr herausholen. Sie dazu bringen, ihm zu sagen, wie es so weit gekommen war. Die Wahrheit aus ihr herauspressen, und er würde wissen, was die Wahrheit war, und wenn das geschehen war, wenn das alles ein unglaubliches Missverständnis war, würde er sich wie kein anderer hinter sie stellen. Aber er musste es selbst herausfinden.

Und wenn es kein Missverständnis war? Oh, das würde er auch wissen. Und dann würde er ihr sagen, wie es ihrer Mutter ging, was sie ihr antat und für den Rest ihres Lebens antun würde, wie sie immer mehr zerbrechen würde, langsam, erbarmungslos, in immer kleinere Stücke, die man unmöglich wieder zusammensetzen konnte. Wenn es stimmte, würde er in Edwinas Kopf eindringen, ihren Schädel spalten und hineinsehen wollen, um an die Wurzel all dessen zu kommen, irgendetwas, eine Erklärung, einen Grund zu finden oder sonst einen Makel, eine Krankheit, eine Geistesstörung.

Wenn das alles stimmte, müsste man das Verfaulte darin herausholen und zerstören.

Verfault. Er stellte es sich vor, einen verfaulten, schuppigen, eiternden Teil, und dann stellte er sich eine Rasierklinge vor und sich selbst beim Herausschneiden des Bösen. Er sah das Loch, das bleiben würde, die saubere, klaffende offene Wunde.

Ihm wurde bewusst, was er da dachte.

Er blickte auf Eileens Haar, Braun mit viel Grau, kraus und trocken. Auf ihrem Schädel entdeckte er ein Stück schuppige Haut.

Er nahm seine Hand weg und ging hinaus, brauchte Luft und Sonne und die normale Welt. Wollte allein sein, fort von dem allen, für lange Zeit.

## 39

Sie scheinen entschlossen zu sein, alles allein zu machen. Sie wollen von niemandem Hilfe annehmen. Sie wollen keinen Besuch bekommen. Ich habe mich gefragt, woran das wohl liegen mag.«

»Ich bin nicht dazu verpflichtet.«

»Nein, sind Sie nicht.«

Die Psychotante trug ein hellblaues T-Shirt mit einem glitzernden Kreis in der Mitte und schicke schwarze Jeans. Schick, aber es wirkte falsch. Sie war beruflich hier, sie war Ärztin, sie war im Dienst. Da trug man keine Jeans, das gehörte sich nicht.

Ed saß auf untergeschlagenen Beinen in dem niedrigen Sessel. Ein Ventilator in der Ecke sog die warme Luft ein, wirbelte sie herum und spuckte sie wieder aus.

»Ihre Mutter?«

»Was ist mit ihr?«

»Ich frage mich, warum Sie sagen, Sie hätten keine Angehörigen. Sie haben eine Mutter, eine Schwester, Neffen.«

»Na und, verdammt? Sie haben nichts mit mir zu tun und gehen Sie nichts an.«

»Warum denken Sie das? Sie sind Ihre Familie, also haben sie etwas mit Ihnen zu tun. Das ist eine simple Tatsache. Nicht wahr?«

Ed zuckte die Schultern. »Aber mehr auch nicht.«

»Ich frage mich, warum Sie ihnen gegenüber so empfinden.«

»Ach ja?«

Ed wollte sie schlagen. Sie war nie aus der Fassung zu bringen, sah nie wütend oder bestürzt oder gekränkt aus. Sie wirkte immer völlig entspannt und recht ... freundlich, nahm Ed an. Ja. Freundlich. Ihr Gesicht war freundlich. Ihr Ausdruck war freundlich. Höflich. Freundlich.

Sie saß auf ihren Beinen und wartete. Sie wusste, was kommen würde. Wie sind Sie mit Ihrer Mutter ausgekommen? Wie war sie zu Ihnen? Was ist mit Ihrer Kindheit, Ihrer Schwester, Ihrem Dad, dem Tod Ihres Dads, was ist Ihre früheste Erinnerung, waren Menschen unfreundlich zu Ihnen, wurden Sie missbraucht, hat, hat nicht, war, war nicht, warum, wann, wie, warum, warum, warum.

»Haben Sie je daran gedacht, wie es sich für ein Kind anfühlt? In Sicherheit zu sein und glücklich, alles normal, und dann von einer Fremden in ein Auto gezerrt und aus dieser sicheren, vertrauten Welt weggebracht zu werden. Haben Sie sich diese Gefühle jemals vorgestellt?«

Das waren die falschen Fragen. So sollte es nicht laufen.

Ed war wütend.

»Haben Sie sich je vorgestellt, wie sich die Eltern fühlen, wenn ihr Kind entführt wird? Oder eine Schwester oder ein Bruder? Nachbarn und Freunde? Großeltern? Nehmen Sie sich eine Minute Zeit, sich das vorzustellen.«

Sie wollte sich die Finger in die Ohren stopfen und schreien. Sie wollte aus dem Zimmer rennen. Sie wollte sich auf die junge Frau in dem hellblauen T-Shirt mit dem glitzernden Kreis und den schwarzen Jeans stürzen, ihr das Gesicht und die Augen zerkratzen, ihr die Kehle zudrücken.

Der Ventilator summte.

Das Gesicht blieb dasselbe. Freundlich. Sie wartete. Sie schrieb nicht und schaute auch nicht auf ihren Notizblock. Sie sah sie an und wartete. Freundlich.

»Denken Sie darüber nach?«

»Nein.«

»Finden Sie nicht, dass Sie es tun sollten?«

»Nein.«

»Glauben Sie, dass Sie es können? Oder wäre das zu schwierig, zu anstrengend? Wäre es sehr bedrohlich?«

»Ich weiß nicht, wovon Sie reden.«

»Haben Sie sich jemals bedroht gefühlt?«

»Was?«

»Nicht körperlich. Oder vielleicht, ja, vielleicht doch. Aber ich meinte eigentlich, haben Sie eine Bedrohung gespürt, für Ed, für diejenige, die Sie innerlich tatsächlich sind?«

»Bla, bla, bla.«

»Ich möchte Ihnen ein Wort mitgeben, über das Sie bis zum nächsten Mal nachdenken sollten. Ich werde Sie bitten, es in sich aufzunehmen und wirklich zu betrachten ... von allen Seiten. Denken Sie darüber nach, was das Wort bedeuten kann. Für Sie. Für andere Menschen. Für Ihre Familie, vielleicht. Für ein Kind. Schreiben Sie Ihre Gedanken auf, wenn es Ihnen hilft. Konzentrieren Sie sich darauf. Natürlich nicht die ganze Zeit. Erlauben Sie sich hier und da ein paar Minuten, um sich darauf zu konzentrieren, es einsinken zu lassen. In Ordnung?«

Ed zuckte mit den Schultern.

»Gut. Ed, hier ist das Wort also. ›Liebe‹.«

## 40

Die Hitze waberte über dem Boden. Cat Deerborn fuhr die Gas Street entlang und suchte vergeblich nach einem Parkplatz im Schatten, doch die schattige Seite war zugeparkt.

Ein Streifenwagen kam angekrochen, als sie in die Hitze eines türkischen Bades ausstieg, zu der die Welt außerhalb eines Autos mit Klimaanlage geworden war. Sie hatte Simon zweimal angerufen, hatte eine Nachricht auf seinem Handy hinterlassen. Er hatte nicht reagiert. Ein Teil von ihr beschloss, er solle erst einmal die Wahrheiten verdauen, die sie ihm an den Kopf geworfen hatte. Größtenteils schämte sie sich jedoch. Es war fast sechs Uhr. Sie war unterwegs zu ihrem letzten Hausbesuch des Tages. Danach würde sie zurückfahren und nachsehen, ob ihr Bruder zu Hause war.

Nummer acht der alten Bortenfabrik lag einen Stock über Max Jamesons Wohnung. Cat stieg die drei Treppen hoch und musste sich an das Eisengeländer lehnen, um wieder zu Atem zu kommen, wobei sie sich fragte, wieso drei Kinder und ein Beruf, ein Pony und eine Koppel voller Hühner sie nicht fit gehalten hatten.

Der Patient, ein Junge mit Blinddarmentzündung, war rasch versorgt und der Krankenwagen gerufen. Fertig. Jetzt zu Si. Sie ging die Treppe wieder hinunter.

Max Jameson, zerzaust und wie benommen, kam zwischen zwei Polizisten aus seiner Wohnungstür.

»Max?«

Er drehte rasch den Kopf nach ihr um.

»Tag, Doc.« Der PC nickte ihr zu.

»Es geht um Lizzie«, sagte Max.

»Lizzie?«

Cat schaute von ihm zu dem Polizisten, der zögerte.

»Max ...«

»Ich hab Lizzie gesehen, und sie ist vor mir weggelaufen. Das ist alles. Ich bin ihr gefolgt.«

»Okay, das reicht, tut mir leid, Doc.« Sie schoben ihn zwischen sich die Treppe hinunter.

Cat sah ihnen besorgt nach, lief dann zu ihrem Auto.

Jetzt hatte sie einen noch dringlicheren Grund, Simon aufzusuchen.

Der Stoßverkehr hatte nachgelassen, und sie hatte freie Fahrt durch die Stadt bis zum Kathedralenhof. Hier konnte sie im Schatten parken, unter den breiten, ausladenden Bäumen. Die Chorknaben bewegten sich im Gänsemarsch vom Probenraum zur Seitentür und zur Abendandacht, in dunkelroten Soutanen unter weißen Chorhemden. Sie hoffte, dass Felix ein Chorknabe werden würde. Sam hatte sich der Idee nachdrücklich widersetzt. Chris war ebenfalls dagegen. Das Probenpensum wäre aufreibend, sagte er, Frühgottesdienste, alle Sonntage zerstückelt, dazu noch Abendproben, die Ferien oft unterbrochen von Auftritten in anderen Kirchen im In- und Ausland. Trotzdem, zu hören, wie Felix seine Stimme in melodischer Nachahmung hob, wenn sie vor den Chorproben der St.-Michael-Sänger hier und da mal einen Takt sang, ermutigte Cats heimliche Ambitionen.

Sie sah die Jungen durch die Tür verschwinden, überlegte, ob sie auch hineingehen und sich die Abendandacht anhören sollte, statt sich ihren Bruder vorzuknöpfen, doch während sie noch schwankte, kam Simons Auto durch den Torbogen und fuhr auf die Gebäude am Ende des Hofes zu. Sie ging hinter ihm her.

Simon stieg aus.

»Hi.«

Er drehte sich um. »Aha. Bist du gekommen, um mit mir die Friedenspfeife zu rauchen? Bin mir nicht sicher, ob ich dazu schon bereit bin.«

»Nein. Ich kam gerade von einem Patienten in der alten Bortenfabrik und habe mitbekommen, wie Max Jameson von zwei Polizisten abgeführt wurde.«

»Davon weiß ich nichts, tut mir leid.«

»Ich muss wissen, was passiert ist, Si. Deine Kollegen wollten mir natürlich nichts sagen, aber er ist in schlechter Verfassung, und ich mache mir große Sorgen um ihn.«

»Sie werden sich schon darum kümmern. Der Sergeant wird den Polizeiarzt holen, und der wird den Psychologen vom Dienst anfordern, wenn er es für nötig hält. Du weißt, wie das läuft.«

»Ich müsste selbst zu ihm.«

Simon schüttelte den Kopf. »Ich werde mich morgen darum kümmern.«

Sie standen im Schatten des Gebäudes, und in der schalen Hitze des Tages standen nach wie vor Anspannung und Verärgerung zwischen ihnen. Streit mit Simon verstörte Cat mehr als alles andere, vielleicht mehr als die wenigen Auseinandersetzungen, die sie je mit Chris gehabt hatte, weil Chris aufbrauste und es dann vergaß, Chris war vernünftig, offen, freimütig. Simon war nichts davon.

»Er hat ein ziemlich ernstes Vergehen begangen, als er die junge Geistliche gefangen hielt.«

»Sie hat keine Anzeige erstattet.«

»Nein, aber was uns betrifft, ist es vermerkt worden.«

»Er stand völlig neben sich. Er sagte, er hätte seine tote Frau gesehen.«

»Es liegt nicht in deinen Händen. Überlass es einfach uns.«

»Was ist nur *los* mit dir? Das klingt nicht nach dem Bruder, den ich kenne.«

Er wandte sich ab. »Was vielleicht daran liegt, dass du deinen Bruder nicht kennst.«

Cat sah, wie er seine Haustür öffnete, hineinging und sie hinter sich zufallen ließ. Er bat sie nicht mit hinauf. Er blickte sich nicht um. In Tränen aufgelöst, ging sie langsam zu ihrem Auto und rief zu Hause an.

»Cat?«

»Ich bin unterwegs. Wurde aufgehalten.«

»Was ist los?«

»Ach, nichts, musste nur bei Simon vorbeifahren, um was zu überprüfen.«

»Und was hat dein verdammter Bruder gesagt? Ich bin's leid, dass er dir so zusetzt.«

»Er setzt mir nicht zu.«

»Wenn du das sagst.«

»Du weißt doch, wie er ist.«

»Allerdings weiß ich das! Komm nach Hause. Wir lieben dich.«

»Ich mache mir Sorgen um Max Jameson.«

»Und du hast dienstfrei. Vergiss es. Hannah hat einen goldenen Stern für Ordentlichkeit bekommen.«

»Na, so was!«

»Ich hab den Lachs gebraten. Hannah hilft mir beim Kartoffelsalat.«

»Wo ist Felix?«

»Schaut sich Wimbledon an.«

»Chris, du weißt doch, dass du ihn nicht vor den Fernseher setzen sollst.«

»Hab ich auch nicht, das war Sam. Sie sind beide in Miss Scharapowa verliebt.«

Cat lachte.

»Gut. Jetzt komm zu uns nach Hause.«

Sie machte einen Umweg über die Gas Street und hielt am oberen Ende an. Die Straße lag friedlich da. Max würde in Gewahrsam sein. Vielleicht würde man ihn später am Abend wieder gehen lassen. »Ich hab Lizzie gesehen, und sie ist vor mir weggelaufen. Ich bin ihr gefolgt.« Man tat sich leicht, seinem Geisteszustand ein Etikett anzuhängen. Wahnvorstellungen. Halluzinationen. Die menschlichere Bezeichnung war Leiden. Wie viele medizinische Probleme waren in erster Linie menschliche Probleme?

Aber es war Simon, an den sie während der restlichen Heimfahrt dachte. Sie konnte es nicht ausstehen, wie er sich manchmal benahm, diese kalte Seite, der Teil von ihm, der jeden abwies. Der Simon, der arrogant war. Sie erinnerte sich, wie sie ihm eine Flasche Kölnischwasser über den Kopf gekippt hatte, als sie sechzehn waren und er sie wütend gemacht hatte. Er hatte tagelang nach dem billigen Zeug gestunken.

Sie lächelte vor sich hin. Vielleicht sollte Diana Mason etwas Ähnliches machen.

## 41

Eileen Meelup hatte in Erinnerung, dass in der Abteilung für Nachschlagewerke der Stadtbücherei Zeitungen an Stäben befestigt an der Wand gehangen hatten, Zeitschriften auf einem Ständer lagen und Lexika und Enzyklopädien in Regalen standen. Es hatte schwere Holztische und Stühle gegeben, und die Schuhe hatten auf dem gebohnerten Boden gequietscht, worauf alle aufschauten. Eine besondere Stille hatte geherrscht, und die Luft war von einem leichten Schimmelgeruch erfüllt gewesen. Wie in einer Kirche.

Sie trat ein und blieb verblüfft stehen. Alles war anders. Der Raum war weiß gestrichen worden. Die großen Bücher, die Zeitungen und Zeitschriften, die Holztische und Stühle waren durch eine Reihe kleiner Tische ersetzt worden, auf denen Computer standen, mit drehbaren Bürostühlen davor. Die Bildschirme leuchteten, und das leise Klicken von Tastaturen war zu hören.

Sie drehte sich um und ging zur Ausleihe zurück. Zeitungen? Das Mädchen murmelte etwas davon, dass es um die Ecke einen Zeitungskiosk gäbe.

Eileen ging. Neben dem Zeitungskiosk gab es noch eine Sandwichbar mit ein paar hohen Hockern an einem Fenstertresen. Eileen bestellte sich einen Milchkaffee und schwang sich auf einen Hocker.

Nachdem es keine Zeitungen mehr gab, musste sie neu überlegen. Früher waren Ausgaben des gesamten vergangenen Jahres aufgehoben worden, in einem getrennten Archiv. Man hatte angeben können, welche man haben wollte, und hatte sie entweder sofort bekommen oder später abholen können. Sie hatte sich darauf verlassen, hatte sich ausgemalt, wie sie die Zeitungen nach Datum sortiert durchsehen würde, von hinten nach vorne. Darüber hatte sie die ganze Woche nachgedacht und sich daran festgehalten. In den Zeitungen würde alles stehen, was sie brauchte, alle Berichte, die Aufrufe der Polizei, die Fotos, alles. Jeder Fall wäre da zu finden gewesen. Sie hätte sie langsam durchgehen können, um sicher zu sein, dass sie alles erfuhr. Und in einer davon, irgendwo, hätte sie das gefunden, wonach sie suchte, welches verborgene, winzige Detail auch immer, der Beweis, dass Weeny nichts mit all dem zu tun hatte, dass es ein grober Fehler gewesen war, ein ganzer Katalog von Fehlern.

»Ein Justizirrtum.« Dazu hätte es nur Zeit gebraucht, und die hatte sie jetzt genügend. Sie hatte ihre Stelle gekündigt, um den ganzen Tag und jeden Tag dafür zur Verfügung zu haben. Nun fühlte sie sich, als wäre sie an einem Ort ausgesetzt worden, den sie zu kennen meinte, der sich aber als ihr vollkommen fremd erwies. Sie kannte sich nicht aus, wusste nicht, welchen Weg sie einschlagen sollte.

Von Weeny hatte sie nichts gehört. Dougie hatte fast eine ganze Stunde am Telefon verbracht, um zu erfahren, ob es möglich war, dass ihre Mutter sie im Gefängnis besuchte. Aber es war kein Termin festgelegt worden.

Weeny war immer auf eine seltsame Art bestrebt gewesen, alles allein machen zu wollen. Das hatte Cliff ihr beigebracht. Für sich selbst einzutreten, niemanden zu brauchen. Doch jetzt, angesichts all dessen, würde sie doch bestimmt schreiben, bestimmt. Eileen kratzte den Kaffeeschaum mit dem Löffel aus der leeren Tasse. Wie konnte man in einen solchen Schlamassel geraten, wie konnte man mit all dem, was da schieflief, fertigwerden, ohne seine Familie um sich zu haben? Das konnte selbst Weeny nicht.

Als sie klein waren, hatte Janet ständig geweint, wegen allem und jedem. Weeny nie. Sie war immer gefasst gewesen, immer dieselbe, hatte wenig gelacht, nicht geweint, nicht herumgeplappert wie Jan. Eileen hatte sie dafür geliebt, ihre ruhige Selbstbeherrschung geliebt, sie gerne bei sich gehabt, während Weeny las oder sich mit ihren Alben beschäftigte. Weeny hatte nicht das Theater gemacht und die Aufmerksamkeit verlangt wie Jan. Jan war Dads kleines Mädchen gewesen, Weeny ihres.

Und doch war sie gegangen. War volljährig geworden, hatte das Haus verlassen und sich danach kaum mehr gemeldet, brauchte immer noch niemanden, war immer noch vollkommen eigenständig.

Abgesehen von einer schrecklichen, tödlichen Krankheit konnte es nichts Schlimmeres geben als das, was jetzt geschah. Aber trotzdem hatte Weeny ihnen nichts erzählt, nichts mitgeteilt, hatte es den Fernsehnachrichten überlassen, sie zu informieren.

Wie musste das wohl sein? Zu wissen, wegen Dingen angeklagt zu werden, die so abscheulich waren, dass man sie sich nicht einmal vorstellen mochte, zu wissen, dass man für etwas bestraft wurde, das jemand anderer getan hatte, zu wissen, dass das alles falsch war, es aber trotzdem durchstehen zu müssen – es war unvorstellbar. Was immer Eileen tun konnte, würde sie tun, mit wem immer sie reden musste, was immer sie sagen musste, um es zu beweisen – sie würde es tun. Dougie ebenfalls. Dougie wusste, dass es ein furchtbarer Fehler war, ein entsetzlicher Irrtum, genau wie sie selbst. Sie müssten bei Weeny sein. Weeny musste ihnen bei Gott erlauben, dort zu sein.

Sie bezahlte für den Kaffee und ging zurück zur Bücherei. Das Mädchen mit den silbern lackierten Fingernägeln war fort, und eine rundliche Frau saß am Schalter. Eileen wartete, bis drei Leute ihre Bücher zurückgegeben hatten.

»Guten Morgen.«

»Ich war vorhin schon mal da. Ich wollte wissen, wie ich Zeitungen bekommen kann.«

»Wir ...«

»Ich weiß, das hat sie mir gesagt. Sie haben keine Zeitungen mehr, daher haben Sie wohl auch die alten nicht mehr im Archiv, wie früher?«

»Leider nicht, die sind vor einiger Zeit aussortiert worden. Suchen Sie nach alten Zeitungsartikeln?«

»Nicht besonders alt. Nur einiges aus diesem Jahr.«

»Haben Sie es online versucht?«

Eileen sah sie verständnislos an.

»Zeitungen haben Online-Archive. Sie können sich registrieren und eine Suchanfrage eingeben.« Sie lächelte. »Ich nehme an, Sie haben sich noch nicht viel mit Computern beschäftigt?«

»Hab noch nie einen angefasst. Nein.«

»Es ist ganz leicht. Sie können einen für eine halbe Stunde buchen, und Sie können auch ein Lernprogramm buchen.«

»O nein, ich glaube nicht, dass ich damit zurechtkommen würde.«

»Natürlich werden Sie das. Wenn Sie nur ein paar alte Nachrichten durchschauen möchten, brauchen Sie nicht mehr als ein halbes Dutzend Schritte zu lernen. Warum buchen Sie nicht jetzt gleich das Lernprogramm?«

Dougie setzte eine neue Dichtung in den Hahn der Küchenspüle ein. Die Einzelteile lagen über das ganze Ablaufbrett verteilt.

»Warum willst du dich denn jetzt mit all dem beschäftigen?«

»Ich muss es herausfinden, und das ist die einzige Möglichkeit, ich muss das alles lernen, ich muss ihr helfen, ich bin ihre Mutter.«

»Ich weiß. Aber Keith könnte das doch für dich machen, oder?«

»Was hat das mit Keith zu tun?«

Dougie schaute gekränkt.

»So habe ich das nicht gemeint.«

»Ich meinte, auf seinem Computer. Erspart es dir.« Er begann den Hahn mit der Zange zu drehen. »Außer du willst es. Dich damit beschäftigen. Mit Computern.«

»Ich könnte ihn nicht darum bitten.«

»Warum nicht? Er gehört zur Familie.«

»Ich muss es selbst machen, Dougie.«

»Wie du willst. Gut, das wär geschafft, ich stell das Wasser wieder an.«

Sie trat ans Fenster. Draußen zog ein Gewitter auf, der Himmel war bleigrau. Sie wollte Dougie nicht verärgern. Aber sie konnte Keith nicht darum bitten. Irgendwo, wie Blitze am fernen Horizont, war sie sich bewusst, dass etwas in ihrem Kopf aufflackerte, etwas, das sie nicht zugeben wollte, das aber trotzdem ausreichte, um ihr die Gewissheit zu verleihen, niemand anderem, auch wenn er zur Familie gehörte, die Suche, das Herausfinden, das Fragen überlassen zu können. Das war eine Privatangelegenheit. Sehr privat.

Sie drehte sich um, wollte den Kessel auffüllen, und das Wasser spritzte seitlich heraus und durchnässte ihren Ärmel.

»Verflixt.« Dougie war verärgert.

Später, nachdem er den Hahn erneut auseinandergenommen und wieder zusammengeschraubt und überprüft hatte, ob er jetzt funktionierte, ging er ins Vorderzimmer. Das Donnergrollen war näher gekommen, und der Regen platschte mit einzelnen großen Tropfen gegen das Fenster. Dougie schaltete das Licht nicht an, stellte nur den Tee ab und ließ sich auf seinem Sessel nieder. Nach einer Weile, durch den platschenden Regen, sagte er: »Vielleicht solltest du es besser lassen, Liebes.«

»Wie meinst du das, es lassen?«

»Ich möchte nur nicht, dass es dir zusetzt und du dir Sorgen machst, um hinter Dinge zu kommen, die für dich zu hoch sind. Das möchte ich nicht.«

»Wie kannst du so etwas sagen? Sie ist meine Tochter, ich kann mich nicht zurücklehnen und zuschauen, ich muss das regeln, natürlich muss ich das. Wenn ich das nicht für sie tun kann … Wie kannst du so etwas sagen?«

Er ging nicht darauf ein, sondern trank seinen Tee, beobachtete, wie das Gewitter vollends losbrach und der Regen gegen die Panoramascheiben prasselte.

## 42

Die Sprechstundenhilfe steckte den Kopf durch die Tür. »Schaffen Sie noch eine?«

Cat stöhnte. Sie hatte den Computer heruntergefahren und ging einige Notizen durch. Die Vormittagssprechstunde schien fünf Jahre gedauert zu haben.

»Wie viele Hausbesuche muss ich machen?«

»Sieht gar nicht so schlimm aus … Mr Wilkins ist ins Krankenhaus gebracht worden, und Mrs Fabiani ist heute Morgen gestorben.«

»Also gut, aber das ist die Letzte, Cathy.«

»Ich hab schon gesagt, dass es knapp würde. Sie hat bloß schon seit über einer Stunde gewartet.«

Mit der neuen Sprechstundenhilfe ließ sich hervorragend arbeiten, sie war tüchtig, mitfühlend, freundlich und gut organisiert. Ihr einziges Problem war, dass sie zu den Patienten nicht Nein sagen konnte.

Cat blickte auf, als sich die Tür für Jane Fitzroy öffnete.

»Es tut mir wirklich leid, ich weiß, dass Sie einen langen Vormittag hatten.«

»Nehmen Sie Platz. Ich meine mich zu erinnern, dass ich Sie gebeten hatte, schon früher zu mir zu kommen?«

Jane verzog das Gesicht. »Ich fand nicht, dass es nötig wäre, und Sie wissen ja, wie das ist …«

»Hm.«

»Ich bin wirklich überrascht, ich hatte nicht erwartet, dass es mich so mitnehmen würde, es ist vorbei und erledigt. Ich hätte es hinter mir lassen müssen.«

»Sie hatten ein beängstigendes – nein, ein schockierendes Erlebnis. Diese Dinge zu verarbeiten dauert länger, als man annehmen würde. Erzählen Sie.«

»Ich brauche nur etwas, das mir beim Einschlafen hilft. Wenn Sie mir da etwas geben könnten, das mich ein paar Nächte richtig schlafen lässt, ist alles wieder gut.«

»Mal sehen. Zuerst möchte ich Sie aber kurz untersuchen.«

»Nein, ehrlich, verschwenden Sie nicht Ihre Zeit, gesundheitlich ist mit mir alles in Ordnung. Nur mit der Schlaflosigkeit kann ich nicht umgehen.«

»Haben Sie Flashbacks?«

»Manchmal. Ja, wenn ich am Ende des Tages nach Hause komme … Vor allem, wenn es spät ist. Ja. Das ist wirklich blöd, ich weiß.«

»Überhaupt nicht. Völlig normal und verständlich. Panikattacken?«

Jane zögerte. »Ich bin … ich bekomme … Ich weiß es nicht.«

»Sie wissen aber, welche Form die annehmen? Furcht und Panik überkommt Sie plötzlich, aus dem Nichts heraus … Sie wollen weglaufen. Ihr Herz hämmert … manchmal hyperventilieren Sie, manchmal beginnen Sie zu zittern. Manchen wird übel, manche wollen auf die Toilette rennen … Manchen wird schwindlig, oder sie fühlen sich einer Ohnmacht nahe. Die Symptome variieren, aber das überwiegende Gefühl ist eines der Angst. Ein Gefühl drohenden Verhängnisses.«

»Ja.«

»Wie oft?«

»Ach, nur zweimal. Oder so.«

»Oder so?«

»Ein paarmal.«

»Dafür müssen Sie sich nicht schämen, Jane. Wenn ich Sie

bitten würde, mir die Beichte abzunehmen, würde ich erwarten, *alles* gestehen zu müssen. Sehen Sie, und ich bin Ihre Ärztin.«

Jane lächelte. »Na gut. Es wird schlimmer. Ich scheine diese Attacken öfter zu bekommen. Sollten es inzwischen nicht weniger werden? Ich werde nicht gut damit fertig, oder? Neulich musste ich den Elf-Uhr-Gottesdienst verlassen ... Es ging nicht, ich bin richtiggehend erstarrt. Ich musste raus. Alle dachten, ich sei krank oder so.«

»Das waren Sie.«

»Aber wie schwach kann man denn werden, um alles in der Welt?«

»Das hat nichts mit Schwachsein zu tun. Der korrekte medizinische Ausdruck dafür ist posttraumatische Belastungsstörung. Das könnte Ihnen helfen zu verstehen, dass es nicht um etwas Moralisches geht, und es hat nichts mit mangelnder Stärke zu tun, Jane. Aber Sie haben recht mit der Annahme, dass mangelnder Schlaf die Sache nicht besser macht. Ich werde Ihnen ein paar Schlaftabletten verschreiben.«

»Oh, vielen Dank, ich ...« Jane stand auf.

»Das ist jedoch nicht alles.«

»Ich möchte nichts anderes nehmen – Beruhigungsmittel oder so was.«

»Die werde ich Ihnen auch nicht verschreiben. Aber ich glaube, ein paar Sitzungen bei einem Psychologen würden Ihnen guttun. Im Kreiskrankenhaus Bevham gibt es zwei hervorragende.

Sie könnten über alles reden und ein paar praktische Tipps bekommen, wie Sie mit Panikattacken fertig werden und so weiter. Das würde Ihnen wirklich helfen.«

»Da bin ich mir nicht so sicher.«

»Wirklich? Warum, weil Sie Priesterin sind und das nicht nötig haben sollten?«

Jane errötete.

»Das ist Blödsinn, und das wissen Sie auch. Hören Sie, es wird nicht von allein verschwinden und wird allmählich Ihre Fähigkeit behindern, Ihre Arbeit zu tun – die stressig genug ist. Sie sind es sich und Ihrer Arbeit schuldig, das auf die Reihe zu bringen.«

»Ich dachte nicht, dass Sie jemand sind, der einem so ins Gewissen redet.«

»Darin bin ich sehr, sehr gut. Und Sie können das vertragen.«

Cat zog den Rezeptblock zu sich heran. »Holen Sie sich die. Und denken Sie einen Tag lang darüber nach.«

»Vielen Dank.«

»Lektion beendet.« Cat stand auf. »Sie waren meine letzte Patientin. Jetzt auf zu den Hausbesuchen. Aber hören Sie, ich muss mit Ihnen über Imogen House reden. Da hat es ein oder zwei Dinge gegeben ... Die dürften Ihnen inzwischen auch schon bekannt sein.«

»Ah ja, Schwester Dorothy.«

»Ganz genau. Chris ist heute Abend unterwegs.«

Sie gingen hinaus ins leere Wartezimmer.

»Dr. Deerborn, würden Sie kurz mit der Onkologie sprechen?«

Cathy beugte sich über den Empfangstresen.

»Ja. Jane – mögen Sie heute Abend zu uns zum Essen kommen? Irgendwas Zusammengeschustertes, doch bei diesem Wetter wird es wohl wieder ein Salat sein.«

Jane lächelte. Sie ist nicht schön, dachte Cat, dazu fehlt ein wenig, aber sie hat ein Gesicht, das man immer wieder anschauen muss. Und ihr Lächeln ist etwas Besonderes.

»Sehr gerne. Ich bin in letzter Zeit nicht viel rausgekommen. Das ist genau das, was ich brauche.«

»Hier ...« Cat schrieb es auf. »Wir sind leicht zu finden. Eine Viertelstunde von der Kathedrale, sobald der Stoßverkehr abgeebbt ist. Irgendwann nach sieben.«

»Dr. Deerborn, die warten auf Sie ...«

»Ich komme.«

Sie winkte Jane zu, als sie ans Telefon ging, und freute sich. Ein Abend mit Praxispapierkram, nachdem die Kinder im Bett waren, war gerade zu einer Essensverabredung mit einer neuen Freundin geworden.

# 43

»Nathan, haben Sie 'ne Minute?«

»Bin schon unterwegs, Chef.« Simon drehte seinen Stuhl herum und schaute hinaus auf den Hitzeschimmer über dem Teer auf dem Hof des Reviers. Der Ventilator auf seinem Schreibtisch wirbelte die heiße Luft herum und hob die Ecken der Papiere an. Doch Simon war froh, wieder hier zu sein. Sein einwöchiger Urlaub war nicht der beste gewesen, und er verdrängte die Erkenntnis, dass es hauptsächlich seine Schuld war. Nathan Coates kam pfeifend herein.

»Sie sind ja gut gelaunt.«

»Morgen, Chef. Ja, stimmt, hab gestern gute Nachrichten bekommen.«

»Es werden Drillinge.«

»Lieber Gott, erspar mir das ... Wär ja, als würde man in einem Horrorfilm leben.«

»Oh, ich bin sicher, da würden Ihnen meine Eltern zustimmen.«

Nathan wurde knallrot. »Äh, Chef ...«

»Ist schon gut, ich nehm Sie bloß auf den Arm. Warum sollten Sie sich daran erinnern, dass ich ein Drilling bin? Also, was haben Sie erfahren?«

»Hat tatsächlich was mit dem Baby zu tun ... Emily und ich waren gestern beim Ultraschall, und es ist ein Junge.«

»Wenn es das ist, was Sie beide wollen, dann ist es toll.«

»Ja, also, mir wär's egal, ehrlich, aber Em hat sich ganz auf einen Jungen eingestellt, sie freut sich riesig. Und was gibt's Neues heute?«

»Wir bekommen eine Vertretung für Gary Jones. Einen DC namens Joe Carmody. Kommt aus Exwood.«

DC Gary Jones war am vergangenen Wochenende in einen Unfall mit Fahrerflucht verwickelt gewesen, bei dem das flüchtende Auto ihn voll gerammt hatte. Er konnte von Glück sagen, noch am Leben zu sein.

»Diese Drogendelikte gehen mir zunehmend auf den Senkel. Die Dulcie-Siedlung gerät außer Kontrolle. Nächste Woche nehme ich an einer überregionalen Drogen-Konferenz teil. Ich möchte, dass Sie den Neuen hier einweisen. Da ist etwas, das Sie überprüfen sollten.« Serrailler stand auf und trat zu dem Stadtplan an seiner Bürowand. »Hier ... Nelson Road, Inkerman Street, Balaclava Street.«

»Battle Corner ... für gewöhnlich 'ne nette und ruhige Gegend.«

»Es hat einigen Ärger gegeben ... beleidigende Graffiti, rassistische Flugblätter und Plakate, allgemeine Widerwärtigkeiten.«

»Bisschen überraschend.«

Battle Corner war das Viertel der wenigen Asiaten in Lafferton, doch sie lebten dort bereits in zweiter Generation und waren schon seit Jahren ohne Schwierigkeiten in der Gemeinde integriert.

»Das gilt nicht nur den Asiaten, es ist zudem noch antisemitisch. Da steht die Synagoge, wie Sie wissen, aber es hat auch zwei, drei hässliche Vorfälle um den Sorrel Drive und die Wayland Avenue gegeben. Einem jüdischen Anwalt und zwei Geschäftsleuten sind die Autos beschädigt worden, und ihnen wurde Zeug in die Briefkästen gestopft. Wir haben Streifenwagen hingeschickt, aber natürlich passiert nie was, während die in der Gegend sind. Mir ist das Ganze etwas rätselhaft, um ehrlich zu sein. Also geht's darum, an Türen zu klopfen und mit den Betroffenen zu reden ... allgemein ein wenig rumzuschnüffeln. Wenn DC Carmody eintrifft, möchte ich, dass Sie sich für ein paar Tage damit beschäftigen, mal schauen, ob Sie was rausfinden können.«

»Okay. Irgendwelche Hinweise?«

»Eigentlich nicht. Sieht organisiert aus. Ich glaube nicht, dass es Kids waren.«

»Kommt von außerhalb Laffertons, schätzen Sie?«

»Könnte gut sein.«

Nathan ging zur Tür. »Irgendwas Neues über die Kindermörderin?«

»Ach ja, hätt ich fast vergessen – hab's erst heute Morgen erfahren. Die Psychiaterin sagt, Sleightholme sei nicht geisteskrank. Ist also schuldfähig.«

Nathan boxte in die Luft.

»Das habe ich nie bezweifelt.«

»Ja, schon, aber Sie wissen ja, wie das ist, die sind so gerissen, führen die Seelenklempner hinters Licht.«

»Diesmal nicht. Ed Sleightholme ist geistig so gesund wie Sie und ich.«

»Da schüttelt's mich, Chef. Verdorben bis ins Mark, aber nicht irr. Macht mir Gänsehaut und lässt mir das Blut in den Adern gefrieren. Trotzdem, das bringt ihr lebenslang ein, ohne Probleme.«

Er segelte hinaus. Simon ging seine E-Mails durch, war mit den Gedanken jedoch bei Ed. Er machte sich Sorgen, weil die Spurensicherung zwar nachgewiesen hatte, dass David Angus in Sleightholmes Kofferraum gewesen war, nur bewies das nicht, dass David tot war oder dass Sleightholme ihn ermordet hatte. Sie brauchten eine Leiche. Bis sie die nicht hatten, konnten sie nur mit Sicherheit beweisen, dass die kleine Amy Sudden entführt worden war. Doch Amy Sudden war lebend gefunden worden.

Ohne etwas wesentlich Beweiskräftigeres konnte jeder

anständige Verteidiger eine Mordanklage vom Tisch fegen, ganz zu schweigen von mehrfacher Entführung und Mord. Nathans Überzeugung, dass Ed Sleightholme lebenslänglich kriegen würde, stand ganz und gar nicht fest.

Es wurde ein Schreibtischtag. Simon bestellte sich beim Zyprer ein Sandwich und einen Kaffee, machte einen Spaziergang und kehrte zu seinem Papierkram zurück. Der nahm ihn nicht genug in Anspruch, um den gelegentlichen beunruhigenden Gedanken an seine Schwester oder Diana auszulöschen. Er hatte wegen beiden ein schlechtes Gewissen, war aber nur Cats wegen besorgt.

Das Telefon vertrieb sie beide.

»Simon? Jim Chapman.«

»Neuigkeiten?«

»Über Sleightholme? Nein. Es geht um was anderes. Kennen Sie zufällig Colin Alumbo?«

»Den Chief Constable von Northumbria? Nur dem Namen nach.«

»Der erste schwarze Polizeipräsident in unserer Gegend. Ziemlich jung. Sehr gut. Als Chief könnte man sich was Schlechteres vorstellen.«

»Mit meiner Chefin bin ich durchaus zufrieden, aber fahren Sie fort.«

»Hab neulich was mit ihm getrunken, vor einem langen Abend mit Bürgermeistern. Er sucht jemanden für die Leitung einer neuen Sondereinheit. Einen Detective Chief Superintendent.«

»Welches Gebiet?«

»Das Reich der Toten. Cold Cases.«

»Ahm …«

»Ich weiß, was Sie denken. Das denken alle. Eiskalt, Sackgasse. Muss nicht so sein. Ich hab ihm gesagt, er bräuchte jemanden wie Sie.«

»Ich hab gerne Action, Jim. Davon bekomme ich jetzt schon nicht genug.«

»Mit den Fingernägeln an einer Klippenwand hängen, ja, ich weiß. Kein Grund, warum Sie die nicht bekommen sollten.«

»Klingt nach einer Menge Herumwühlen in alten Akten und noch mehr Zeit vor dem Bildschirm.«

»Ich wollt's Ihnen jedenfalls sagen. Liegt ganz an Ihnen. Ist nett da oben.«

»Ist auch nett hier unten.«

»Dachte, Sie hätten Hummeln im Hintern?«

»Möglich.«

»Wollen Sie, dass ich meine Nase da rauslasse und die Klappe halte?«

Simon lachte. »Es ehrt mich, auf Ihrer Liste zu stehen, Jim. Wischen Sie meinen Namen noch nicht von der Tafel.«

Doch als er auflegte, wusste er, dass Cold Cases das letzte Gebiet waren, auf dem er arbeiten wollte. Und über ein echtes Jobangebot nachzudenken, brachte ihn in die Realität zurück. Wenn er bei der Polizei bleiben und ernsthafte Karrierefortschritte machen wollte, müsste er aus Lafferton wegziehen. Aber er war nicht bereit, sich zu einer falschen Entscheidung drängen zu lassen.

Er stand auf und ging den Flur entlang zum Getränkeautomaten. Drei Kollegen warteten davor, um sich eiskalte Dosen zu ziehen. Die Hitze setzte allen zu.

»Kommen Sie morgen Abend zum Training, Chef? Wir waren letzten Sonntag ziemlich schwach beim Batting. Haben denen die ersten drei Wickets geschenkt. Nicht genug regelmäßiges Training.« Steve Philipot von der Verkehrspolizei jonglierte beim Reden mit drei Dosen Cola.

»Ich versuch's.«

»Kommen Sie einfach.«

Ja, dachte er auf dem Rückweg zum Büro, er würde da

sein. Ein wenig Konzentration darauf, wie er Yorker parierte, würde ihn von allem anderen ablenken. Aber statt sich wieder die Akte vorzunehmen, rief er die Website der Polizei auf und scrollte bis zu den Stellenangeboten, um ein Gespür dafür zu bekommen, was es so gab. Es war nur das Übliche, von dem ihn nichts ansprach.

Er dachte an seine Wohnung im Kathedralenhof. Wo würde er etwas Vergleichbares finden? Wo hätte er sonst seine Familie um sich? Was außer Lafferton könnte er jemals als Zuhause bezeichnen?

## 44

Man hatte ihn am Eingang stehen lassen. Max Jameson stand da und spürte, wie die Hitze vom Pflaster aufstieg und von den Ziegelwänden der alten Bortenfabrik zurückgestrahlt wurde. Er war desorientiert, und sein Kopf tat ihm weh. Sein Anwalt hatte die Kaution für ihn gestellt und ihn nach Hause gefahren. Jetzt musste er nur noch hineingehen und …

Er hatte keine Ahnung, was als Nächstes kam. Er hatte das merkwürdige Gefühl, dass ein Teil seines Gehirns abgebrochen und weggeschwommen war, wie ein Stück von einem Eisberg. Er wusste, wer und wo er war, er wusste, wo er gewesen war und warum. Aber er konnte den Tag, und seine Anwesenheit darin, in keinerlei Kontext oder Reihenfolge bringen. Er fühlte sich schmuddelig und klebrig, und er musste sich dringend umziehen.

Eine Taube flatterte herab und pickte im Staub und Abfall des Rinnsteins. Max beobachtete sie. Lizzie hatte Tauben gehasst. Sie hatte alle Vögel gehasst, die größer als ein Spatz waren, hatte manchmal Albträume von großen Vögeln gehabt. Sie wusste nicht, wieso – wahrscheinlich irgendwas Albernes aus ihrer Kindheit.

Er überlegte, ob er die Taube für sie töten sollte. Eine Taube weniger auf der Welt, die ihr Angst machen konnte. Ein großer Vogel weniger. Er konnte den Gedanken nicht ertragen, dass etwas sie verstörte, sie verängstigte. Er war

bereit, die Taube zu töten, wusste aber, dass sie sofort auf-
fliegen würde, wenn er sich bewegte, und außerdem, womit
sollte er sie töten?

Er betrachtete sie. Die Federn auf ihrem Rücken waren
perlmuttfarben, wunderschön und kunstvoll gefaltet.

»Davor braucht man sich doch nicht zu fürchten«, sagte er.
»Sie ist nicht einmal besonders groß.«

Der Vogel hüpfte ein paar Schritte weiter die Straße hinunter. Max merkte, dass er laut gesprochen hatte. Aber da
war nur die Taube, die ihn hören konnte.

Er ging hinein. Die Dunkelheit des Treppenhauses machte
ihn nach dem strahlenden Sonnenlicht einen Moment lang
blind, er musste stehen bleiben und warten, bis sich seine
Augen daran gewöhnt hatten.

Ist er hell?, dachte er plötzlich. Der Ort, an den man geht,
wenn man gestorben ist, wie die Leute glauben. Ist er hell?
Ihm fielen Bilder aus Märchenbüchern ein, von einem Himmel, erfüllt mit den Strahlen der untergehenden Sonne und
leuchtenden Gesichtern. Er glaubte nicht an so etwas, und er
glaubte nicht an den Ort, dessen Existenz sich andere Leute
vorstellten. Wo? Irgendwo anders. Er wartet auf dich.

Es musste jemanden geben, der das für ihn klären konnte.
Er hätte die junge Geistliche fragen sollen, als er die Möglichkeit dazu hatte. Sie hätte es ihm vielleicht gesagt. Er verfluchte
sich dafür, sie nicht nach allem gefragt zu haben, was er so verzweifelt wissen wollte. Er hatte die Zeit verschwendet, die sie
zusammen verbracht hatten. Er hätte Antworten auf die Fragen bekommen können, die in seinem Kopf herumrumpelten
wie Steinchen in einer Trommel. Er steckte den Schlüssel ins
Schloss und öffnete die Tür zu dem langen, hellen Raum.

»Lizzie?«

Sie war da, am anderen Ende, war immer da, ihr Haar zu-
rückgenommen, ihr Blick von ihm abgewandt, ihr Gesicht
ernst.

Er setzte sich an den Tisch. Die Stille erfüllte seine Ohren und drückte von innen wie Erde auf seinen Schädel. Er wollte jemandem erzählen, was passiert war, und dann erklären, wie es sich anfühlte. Lizzie war gestorben. Lizzie war tot. Er wusste das. Er hatte gesehen, wie sie starb. Er hatte ihre Leiche gesehen, und er hatte gesehen, wie ihr Sarg durch den Samtvorhang in den Verbrennungsofen dahinter glitt. Lizzie war tot. Aber er hatte sie gesehen, hatte sie oft gesehen, auf der Straße, in dem alten Lagerhaus, wie sie auf ihn zukam, am Fußende des Bettes stand, wenn er aufwachte. Er fürchtete sich nicht vor dem, was er sah, doch er war verwirrt. Das war keine Geister-Lizzie, keine Lizzie in seinem Kopf, das war Lizzie in Fleisch und Blut, die echte Lizzie.

Lizzie war tot.

Der einzige Mensch, der ihm helfen konnte, war Jane Fitzroy. Mit ihr konnte er reden. Zwischen ihnen gab es eine Verbindung, obwohl er nicht genau sagen konnte, warum oder wie das passiert war.

Er ging an den Küchenschrank, nahm die Whiskyflasche heraus, goss sich ein halbes Glas voll ein und fügte ein wenig Wasser aus dem Hahn hinzu. Wenn er das getrunken hatte, würde er den Mut haben, sie aufzusuchen. Es schmeckte nach Feuer und Salz und Rauch. Zuerst nippte er daran, dann schüttete er den Rest hinunter, und das Feuer schlängelte sich durch seine Brust und fiel in seinen Bauch, bevor die Flammen durch seine Adern in den Kopf hinaufkrochen. Er atmete tief durch.

Falls er Lizzie auf der Straße sah, würde er sie mitnehmen, damit Jane ihm glaubte. Wenn Jane sie beide zusammen kommen sah, würde sie ihm glauben müssen. Kurz fiel ihm ein, dass man ihn ermahnt hatte, nicht mit Lizzie zu sprechen, sich ihr nicht zu nähern, ihre Existenz nicht wahrzunehmen, und dass er dem allen zugestimmt und mit seinem Namen unterschrieben hatte. Aber er würde ihr kein Leid antun. Er fragte sich, wie sie darauf hatten kommen können, wo Lizzie doch seine Frau war und er sie liebte. Er war ihr gefolgt, hatte sie angesprochen, ihren Namen gerufen, versucht, sie zu einer Antwort zu bewegen, wollte, dass sie zu ihm kam, mit ihm nach Hause ging, damit alles wieder normal war, aber er würde ihr niemals wehtun. Als sie gestolpert und gestürzt war und geschrien hatte, wollte er ihr unbedingt helfen, sie mitnehmen und sie hier pflegen. Er hatte versucht, ihnen das zu sagen. Sie hatten anscheinend zugehört, aber dann hatten sie ihn abgeführt wie einen Hund, der knurrt und einem in die Hand beißt, wenn man ihn aus Freundlichkeit streichelt.

Er schenkte sich noch ein Glas Whisky ein und hielt sich diesmal nicht mit Wasser auf. Das Wasser verdünnte das Feuer, das in ihm lodern und sich in sein Gehirn brennen musste.

Als er ausgetrunken hatte, ging er.

## 45

Nathan Coates schob die Tür zur Einsatzzentrale auf und blickte sich um. Ein halbes Dutzend Kollegen saßen an ihren Schreibtischen.

»Weiß jemand, ob der neue DC schon da ist?«

»Carmody? Ja, ist aufs Klo gegangen. Sollst du dich um ihn kümmern?«

»Irgendwelches rassistische Zeug drüben in Battle Corner. Der DCI will, dass ich ihn mitnehme, sobald ich ihn hier vorgestellt habe.«

Jenny Osbrook verzog das Gesicht. »Das hat er wohl bereits selbst erledigt.«

»Was ist los?«

»Wirst du schon merken.« Mit einem Kopfnicken deutete sie zur Tür. »Macht's gut, Jungs, ich muss ins Gericht.«

Nathan musterte den Mann, der gerade hereingekommen war und die Tür in dem Moment losließ, als Jenny danach griff. Wenn er nicht in der Einsatzzentrale gewesen wäre, hätte er in den Arrestzellen auch nicht fehl am Platz gewirkt. Er war kein besonders großer Mann, nicht mehr als eins dreiundsechzig oder eins fünfundsechzig, war aber muskelbepackt und stämmig und hatte einen völlig glatten, schimmernden Kahlkopf. Auf dem Hinterkopf sprossen merkwürdige Haarbüschel, die über seinen Nacken ragten. Er trug ein marineblaues T-Shirt und keine Krawatte.

Nathan ging zu ihm. »Hallo, ich bin Nathan Coates.«

Carmody musterte ihn. »Hab von Ihnen gehört«, sagte er. »Der Wunderknabe.«

Nathan merkte, wie er rot wurde, und war wütend darüber. »So jung bin ich auch nicht.«

»Sieht für mich aber so aus, Sonnenschein.«

Er hätte sich zur Wehr setzen sollen, ihn verbessern, von ihm verlangen müssen, ihn mit »Sarge« anzusprechen. Es ging nicht. Seit sehr langer Zeit hatte er sich nicht mehr so klein und dumm gefühlt.


Carmody schwang sich in den Honda, zog ein flach gedrücktes Kaugummipäckchen aus der Hosentasche und wickelte den letzten Streifen aus. Er knautschte das Papier zusammen und steckte es in die Seitenablage.

»He, seien Sie so gut und nehmen Sie das da raus, mein Auto ist kein Mülleimer.«

Carmody verdrehte die Augen, holte das Papier mit übertriebener Sorgfalt heraus und hielt es zwischen zwei Fingern. »Was soll ich dann damit machen?«

»Provozieren Sie mich nicht.«

Der DC streckte seine Beine im Fußraum aus und verschränkte die Arme. »Wecken Sie mich, wenn wir da sind.«

»Bleiben Sie lieber wach, ich muss Sie ein paar Dinge fragen.«

Carmody seufzte.

»Wie lange waren Sie in Exwood?«

»Viel zu lange.«

»Was bedeutet …?«

»Zwölf Jahre, Sonnenschein.«

»Und hören Sie auf, mich Sonnenschein zu nennen.«

Der DC lachte. »Zwölf Jahre, sieben Monate und vier Tage. Wie gesagt, viel zu lange.«

»Auch bei der Bereitschaft?«

»Nee.«

»Wo dann?«

»Weiter im Süden.«

»Warum zur Kripo?«

»Warum nicht?«

Nathan gab auf.

Der Verkehr um den Bahnhof war ins Stocken geraten, wie jeden Dienstag, wenn östlich davon der Viehmarkt abgehalten wurde, neben dem Fußballstadion von Lafferton.

»Was ist das denn hier, die örtlichen Bauerntrampel?«

»Ist schon sehr alt, der Viehmarkt. Gibt es seit Jahrhunderten.«

»Dann wird's Zeit, dass er verschwindet. Kann ja nicht grade hygienisch sein.«

»Sie wollen mich wohl verarschen.«

»Wer, ich? Denken Sie doch mal, wie viele Häuser da stehen könnten. Verlegen Sie den Markt in die Pampa, und Sie sind die Verkehrsprobleme und die Wohnungsprobleme los.«

»Ich frag mich, wozu Sie hergekommen sind.«

»Für ein paar Tage Frieden.«

»Oh, ha ha.«

»Sie haben an dem Serienmörderfall mitgearbeitet, oder?«

Nathan benutzte das plötzliche Nachlassen des Verkehrs, um einer Antwort auszuweichen. Er dachte nicht daran, mit jemandem wie Joe Carmody darüber zu reden, was passiert war, wie es gewesen war. Es war immer noch da, immer noch schmerzhaft, und würde nie wirklich vergehen, das wusste er, das wusste Em. Das Leben muss weitergehen, sagten die Leute. Tja, aber man konnte es nicht einfach hinter sich lassen. Es blieb einem erhalten. Wo immer man hinging.

»Hässliche Sache. Hätte nichts dagegen gehabt, selbst dabei zu sein.«

»Jetzt verarschen Sie mich wirklich.«

»Besser als all das.«

»Alles was?«

»Dieses dämliche Zeug wegen politischer Korrektheit. Ich wette, wenn's mein Briefkasten wäre, in den sie Scheiße gestopft hätten, und meine verschmierte Garagentür, hätt's die Kripo nicht so eilig.«

»Haben Sie ein Problem mit dem Einsatz?«

»Überhaupt kein Problem, Sonnenschein.«

»Nennen Sie …«

»Tschuldigung, Nathe.«

»Sarge«, knurrte Nathan, bevor er sich zurückhalten konnte.

Carmody lachte. »Sie kommen gut mit Ihrem DCI aus, was?«

»Bestens, ja. Toller Mann.«

»Hab viel von ihm gehört.«

»Tja, wenn's nicht ausschließlich Gutes ist, will ich es nicht wissen.«

»Keine Bange, Nathe, ich hab kein Problem mit Schwulen. Solange sie's für sich behalten.«

»Der DCI ist nicht schwul. Wie kommen Sie denn darauf?«

»Ich bitte Sie.«

»Ich sagte, wie kommen Sie darauf?«

»Schon gut, schon gut, was soll die Aufregung?«

»Weil er's nicht ist.«

»Wenn Sie das sagen.«

Nathan lenkte das Auto zum Bordstein, um dem Gespräch ein Ende zu setzen. »Also gut, das hier ist die Inkerman Street. Von hier aus gehen wir zu Fuß. Eckladen, zwei weitere Häuser. Klopfen an ein paar Türen. Alles klar?«

Carmody zuckte die Schultern. Sie gingen schweigend. Die Straßen lagen ruhig in der Morgensonne. Eine Frau schob einen Kinderwagen mit einem Kleinkind auf einem Zusatzsitz. Ein älterer Mann mit Turban schlurfte den Bürgersteig entlang, einen weißen Blindenstock vor sich. Die Reihenhäuser sahen alle gleich aus, mit Erkerfenstern oben und unten und Türen, die direkt auf die Straße führten. Der Laden befand sich an der Ecke der Trafalgar Street. Sie betraten den üblichen eng bepackten Minimarkt mitsamt Videoverleih, der nach muffigen Gewürzen und blumigem Luftreiniger roch.

»Mr Patel? Ich bin DS Coates, das ist DC Carmody, von der Kriminalpolizei Lafferton. Wie ich gehört habe, hatten Sie ein wenig Ärger?«

Die übliche Frage, die übliche Geschichte: ans Fenster und an die Wände gesprühte Graffiti; beleidigende, primitive, rassistische Beschimpfungen; Exkremente in mehrere Briefkästen gestopft. Flugblätter. Nathan bat, eines sehen zu dürfen. Joe Carmody wanderte durch den Laden, musterte Regale und Gefrierschränke.

Das DIN-A5-Flugblatt war gedruckt. Es enthielt dumpfe Verunglimpfungen von »Immigranten und Asylsuchenden«, behauptete, für die »Vereinigung wahrer und reinrassiger Briten« zu sprechen. Ein Absatz in kleinerer Schrift schwadronierte gegen »ausländische Parasiten«, mit einer Nebenbemerkung über Muslime und Juden.

»Sehr übel«, sagte Nathan. »Waren sie alle gleich?«

Sie waren. Mehrere Hundert waren im ganzen Viertel verteilt worden. Außerdem waren Hakenkreuze an die Wände der Synagoge gesprüht worden, auf ein paar Eingangstüren und mehrere Bürgersteige, zusammen mit einer Spur roter Farbkleckse.

Der Ladenbesitzer wirkte relativ unbesorgt, schrieb das alles ein paar »Rowdys und Vandalen« zu. Sie hatten noch nie irgendwelchen Ärger gehabt, waren nie belästigt worden. Das würde sich wieder legen. Aber zwei Leute hatten sich beschwert, weil einige ältere Anwohner Angst bekommen hatten und die Kinder anfingen, Fragen zu stellen.

»Sie haben das Richtige getan. So etwas können wir nicht

zulassen. Wir werden hart dagegen vorgehen, dem ein Ende bereiten, bevor es überhandnimmt. Vielen Dank für Ihre Hilfe.«

Draußen in der Sonne wickelte Joe Carmody ein weiteres Kaugummi aus und ließ das Papier auf den Bürgersteig fallen. Nathan fauchte ihn an.

»Was soll das? Wollen Sie, dass man so was vor Ihre Türschwelle wirft?«

Carmody verdrehte die Augen.

»Heben Sie das auf und müllen Sie mich nicht mehr zu.«

Der DC kickte das Papier in den Rinnstein und schob es weiter bis zum Gully, wo er es mit der Fußspitze durch eine der Rillen beförderte. Nathan beobachtete ihn. Er war verärgert, wusste aber auch nicht so recht, wie er mit dem Mann umgehen sollte. Am einfachsten schien es, zumindest für den Augenblick, alles zu ignorieren und mit der Befragung weiterzumachen.

»Okay, übernehmen Sie diese beiden Häuser – vierzehn und sechzehn, ich nehme einundzwanzig und dreiundzwanzig.«

»Wozu?«

»Wir erkundigen uns, ob sie Flugblätter bekommen haben, ob Zeug in ihre Briefkästen gestopft wurde, und wir wollen wissen, ob sie irgendwas gesehen, irgendwas gehört haben … das Übliche.«

»Werden sie nicht, wenn sie gescheit sind.«

»Was soll das heißen?«

»Gut, vierzehn und sechzehn. Hoffentlich sprechen die Englisch.«

Carmody überquerte die Straße. Nathan sah ihm nach, wollte ihm nicht den Rücken zukehren. Wobei der DC natürlich recht hatte. Keiner würde irgendetwas gesehen haben, und wenn doch, würden sie es nicht sagen. Das konnte man ihnen nicht vorwerfen. Hier hatten sie es nicht mit einer

Handvoll kleiner Pisser aus der Dulcie-Siedlung zu tun, die die Schule schwänzten und Ärger machten. Kleine Pisser ließen keine Flugblätter drucken.

Carmody bewegte sich von Nummer vierzehn weg, gab mit einer Geste zu verstehen, dass niemand geöffnet hatte. Er hämmerte gegen die nächste Tür.

Sie bekamen nicht viel heraus. Eine Frau zeigte ihnen ein Flugblatt. Der alte Mann hatte sein Haus erreicht und stand davor, als sie näher kamen. Bei ihren Fragen schüttelte er den Kopf.

»Hab ich doch gesagt«, meinte Carmody. »Was soll man machen?«

»Weiter fragen.«

Die Synagoge war geschlossen, aber der Hausmeister wohnte nebenan und war zu Hause. Und er war gesprächig. Er hatte Digitalaufnahmen von den Graffiti gemacht, hatte so viele Flugblätter gesammelt, wie er finden konnte, hatte die Straße beobachtet, hatte seine eigene ausgeprägte Meinung dazu, wer für das alles verantwortlich war.

Neonazis. Schlägertypen aus Bevham, ein örtlicher Ableger einer nationalen Organisation, gut trainiert, durchtrieben, gut im Planen. Ein weltweites Problem, ein weltweiter Hass auf Juden, eine international organisierte Vereinigung aus antisemitischen und rassistischen Kräften.

»Mensch Meier«, sagte Carmody, als sie zum Auto zurückgingen. »Dachte schon, wir kämen da vor dem Abendessen nicht mehr raus. Der hat doch 'nen Hau.«

»Hätten Sie den nicht?«

»Die sind bestimmt sehr stolz auf Sie, Sarge.«

»Ich weiß nicht, wovon Sie reden. Ich brauch einen Kaffee.«

»Sie spuren so richtig, was? Ein echter Tugendbold. Sie werden's noch weit bringen, Nathe, sehr weit. Sie wissen, auf welcher Seite Ihr Brot gebuttert ist. Ich? Ich komm zur

Arbeit, mach meinen Job, bring ein paar Kriminelle hinter Gitter, lass ein paar Leute nachts ruhiger schlafen, und der Rest ist mir scheißegal. Nennen Sie mich altmodisch.«

»Ich nenn Sie gar nichts. Steigen Sie ein.«

»Totale Zeitverschwendung, dieser Vormittag.«

»Nein. Wir haben 'ne Menge, wovon wir ausgehen können.«

»Dieser Hausmeister hat recht. Die ganze Sache – das ist international. Lafferton ist nichts. Ein Fliegenschiss auf der Karte. Sie sind schon meilenweit fort.« Er rutschte wieder auf dem Beifahrersitz nach unten und verschränkte die Arme. »Ihr DCI«, sagte er.

»Lassen Sie ihn da raus.«

»Warum? Sie haben wohl 'ne Schwäche für ihn, was?«

Nathan spürte, wie es ihn in der Hand juckte. Aber er schlug damit nur auf das Steuerrad.

Joe Carmody lachte. »Sie fallen drauf rein«, sagte er, »jedes Mal. Macht richtig Spaß.« Er griff hinüber und kniff Nathan in die Wange. »Sarge.«

## 46

E r glaubte nicht, dass er sie kannte. Sie war vielleicht dreißig, vielleicht auch ein bisschen darüber oder darunter,
er konnte junge Frauen nur schwer einschätzen. Sie hatte
schönes Haar, glatt und braun und auf beiden Seiten zurück-
gesteckt, sodass man ihr Gesicht sehen konnte. Nettes Gesicht. Herzförmig. Schöne Augen. Dunkelblau. Sie lächelte.
Nettes Lächeln. Etwas – schüchtern? Nervös? Das machte
sie ihm sympathisch. Über der Schulter trug sie eine große
Handtasche. Grün. Hellgrün. Komisch. Handtaschen pfleg-
ten braun oder schwarz oder blau zu sein, und jetzt waren
sie rosa mit Glitzersteinchen drauf. Oder hellgrün.

Das alles in dem Sekundenbruchteil, nachdem er die Tür
geöffnet hatte. Sie wollte ihm nichts verkaufen, das merkte
er gleich. Dazu war sie viel zu nett.

»Hallo. Tut mir leid, Sie zu stören, aber ich bin auf der
Suche nach Mrs Meelup – Mrs Eileen Meelup. Ich habe rum-
gefragt, und jemand sagte, es wäre dieses Haus? Wenn nicht,
tut es mir wirklich sehr leid, Sie belästigt zu haben.«

Er lächelte. Sie brachte einen Hauch frische Luft mit sich,
und was auch immer sie wollte, dafür war er dankbar. Frische Luft. Ein Sonnenstrahl. Davon hatte es in der letzten
Zeit wenig gegeben. »Überhaupt nicht, meine Liebe. Hier
sind Sie richtig.«

»Na, Gott sei Dank. Ich kann es nicht leiden, irgendwo
hereinzuplatzen, wenn die Leute beschäftigt sind und extra

die Treppe herunterkommen, und dann ist es doch das falsche Haus ...«

Sie wirkte erleichtert und besorgt und erfreut und nervös, alles auf einmal. Er mochte sie.

»Keine Bange. Sie wollen also zu meiner Frau? Eileen? Ich bin Dougie Meelup.«

Sie streckte die Hand aus, versuchte die hellgrüne Tasche daran zu hindern, von ihrer Schulter zu rutschen, lachte nervös, und dann löste sich ihr Haar an einer Seite aus der Spange.

»Kommen Sie lieber herein, bevor alles runterfällt. Kommen Sie, kommen Sie herein.«

Sie zögerte. Schien nicht aufdringlich sein zu wollen. Wieder wirkte sie nervös. Ein wenig besorgt.

»Kommen Sie, junge Frau. Eileen ist hinten.«

»Also, wenn ... danke, vielen herzlichen Dank. Ich möchte nur kurz mit ihr sprechen, aber wenn es nicht passt, wenn sie beschäftigt ist, kann ich später wiederkommen, das macht mir wirklich nichts aus.«

»Sie tippt nur irgendwas in den Computer. Um die Wahrheit zu sagen ...«, er zog sie ein wenig zu sich und senkte die Stimme, »ich bin froh um jede Ausrede, sie davon wegzubringen. Wenn Besuch kommt, wird sie aufhören. Er ist neu, verstehen Sie, und ein bisschen kompliziert. Ich schätze mal, Sie wissen alles darüber, wie die Jugend heutzutage, meine Söhne und ihre Jungs, nur für Eileen ist es etwas zu viel, das alles zu begreifen. Doch sie bemüht sich, sagt, sie müsste das tun ... Na, wie auch immer. Kommen Sie mit.«

Der Computer stand auf einem Tischchen am Fenster. Keith hatte ihn ihr besorgt und angeschlossen; die Kabel hingen im Weg, der Bildschirm war zu groß, und das ganze Ding, ein altes Modell, war schwerfällig, aber es funktionierte, reichte für ihren Bedarf, wie Keith gesagt hatte, und Eileen hatte zugeschaut und es kaum erwarten können, loszulegen und mit diesem Ding alles herauszufinden, was sie über diese Kinder wissen musste, wo, wann, was, damit sie den Fehler, den Irrtum fand, den sie an Weeny begangen hatten.

Zwei Lektionen in der Stadtbücherei hatten ihr genug gezeigt. Sie hatte gesagt, sie wolle über ihre Familie forschen. Stammbäume. »Oh, alle haben es jetzt mit Genealogie«, hatte die Frau gesagt, »unsere Computer werden ständig dafür benutzt. Allerdings kann das nicht die Nachforschungen im Staatsarchiv, in Kirchenarchiven und all das ersetzen. Sie werden im Internet nicht alles finden, und meiner Ansicht nach ist es nicht halb so aufregend. Die Detektivarbeit wird am besten zu Fuß erledigt, wissen Sie.« Aber sie hatte gesagt, es sei ein Anfang. Darauf hatten sie sich geeinigt. Wie man den Anfang machte. Es war einfacher, als sie erwartet hatte.

Sie klickte gerade auf die Maus, als sie hereinkamen.

»Hier ist Besuch für dich, Liebes. Kannst du dich mal für eine Minute losreißen? Es ist …«

Die junge Frau stellte sich rasch selbst vor.

»Lucy«, sagte sie. »Lucy Groves.«

»Lucy Groves«, wiederholte Dougie. Er wirkte verwirrt. Hatte er sie an der Tür nicht nach ihrem Namen gefragt? Jetzt sagte er: »Ich stelle Wasser auf.«

Eileen hatte einen Zeitungsartikel über eines der entführten Kinder gefunden, und er war mitten auf dem Bildschirm. Sie drehte sich mit ihrem Stuhl herum und wieder zurück, wollte den Artikel verschwinden lassen und wusste nicht, wie.

»Mrs Meelup?«

Eine nett aussehende junge Frau. Hübsch. Schönes Haar. Lächelnd. Sie streckte die Hand aus. Eileen zögerte. Sie hatte keine Ahnung, wer die junge Frau war oder warum sie hier war, und Dougie hatte ihnen den Rücken zugewandt, war mit dem Wasserkessel beschäftigt. Eileen schaute wieder auf den Bildschirm, hoffte, das Bild sei von allein verschwunden, aber es war noch da. Die Überschrift bohrte sich in ihr Gehirn. »Einen Moment … Ich muss das hier nur noch fertig machen. Wenn Sie eine Minute warten würden …«

Sie drehte ihren Stuhl wieder herum. Es war ein alter Bürostuhl. Keith hatte ihr auch den besorgt, von einem Freund, dessen Büro aufgelöst worden war. Der Bildschirm war voller Zeilen, und sie wollte nicht, dass jemand anderer die sah. Sie fummelte mit der Maus unter ihrer Hand herum, klickte hierhin und dorthin. Die Schrift bewegte sich seitwärts und wieder zurück, aber das war alles.

»Kann ich Ihnen helfen?«

Die junge Frau war an ihrer Schulter, blickte auf den Bildschirm.

»Am Anfang ist es ein Albtraum, nicht wahr? Ihr Mann sagte, Sie würden es gerade lernen. Sie werden in kürzester Zeit zur Expertin werden, bestimmt, aber wenn ich irgendwas tun soll …«

Eileen merkte, wie ihr Nacken kribbelte. Die junge Frau stand zu nahe und schien gleichzeitig auf den Bildschirm und auf sie zu schauen, in merkwürdiger Weise. Sie roch nach etwas wie süßen Äpfeln.

»Nein.« Eileen drückte auf den Knopf am Bildschirm, und das Bild schrumpfte zu einem Lichtpunkt zusammen und verschwand.

»Äh … ich weiß nicht, ob man Ihnen das gesagt hat, aber es ist vermutlich keine gute Idee, es so zu machen. Es ist wirklich besser, ihn erst runterzufahren – wenn man ihn einfach ausstellt, können die Daten verloren gehen.«

Eileen rückte ein Stück ab und stand auf. »Das ist egal.«

»Tut mir leid, Sie müssen sich fragen, was um alles in der Welt los ist, irgendeine völlig Fremde kommt hier herein und will Ihnen beibringen, wie Ihr Computer funktioniert. Ich entschuldige mich.«

Eileen schwieg. Die junge Frau stellte ihre Tasche auf das Sofa. Hellgrün. Groß. Eine große Tasche.

»Ich bin Lucy Groves.«

»Das sagten Sie schon.«

»Tut mir leid, hier so reinzuplatzen ...« Sie wirkte durcheinander. Wurde ein bisschen rot. Zog die Spange auf der einen Seite aus ihrem Haar, fummelte daran herum und machte sie wieder fest. Eileen empfand plötzlich Mitleid mit ihr. »Ich wollte mit Ihnen reden, wenn das möglich ist. Ich werde Sie nicht lange belästigen, aber es ist ziemlich wichtig.«

Dougie goss den Tee auf.

Sie war von der Polizei. Das war offensichtlich. Eine Beamtin in Zivil. Das war das Einzige, was sie sein konnte, und das war in Ordnung. Eileen verspürte ein starkes Gefühl der Erleichterung, dass jemand gekommen war, der davon wusste, sodass sie sich nicht davor drücken und nichts vorspielen musste. Es würde guttun, mit ihr zu reden. Einer netten jungen Frau. Ihre Augen waren von einem wunderschönen, tiefen Blau. Eileen hatte noch nie ein so tiefes, aber strahlendes Blau in jemandes Augen gesehen.

»Setzen Sie sich doch«, sagte sie, »bitte. Dougie wird uns eine Tasse Tee machen.« Sie sprang auf und ging an den Küchenschrank mit der Keksdose. Leer. Sie war nachlässig geworden, hatte sich um nichts gekümmert, keine Vorräte aufgefüllt. Sie sah alles auf einmal, als hätte die junge Frau es ihr vor Augen geführt. Wie sie alles vernachlässigt hatte.

»Dougie ...« Sie winkte ihn aus dem Raum in den Flur. Die junge Frau blieb sitzen und fummelte wieder an ihrer Haarspange. »Kannst du rasch zu Mitchell's gehen, einen von ihren Honigkuchen holen und noch was ... eine Biskuitrolle oder einen Battenberg, was immer sie haben?«

»Aber der Tee ist aufgegossen.«

»Spielt keine Rolle, wir können eine neue Kanne machen,

es kommt mir nur so unhöflich vor, ich habe nichts anzu-
bieten, dafür schäme ich mich.«

»Du brauchst nicht ...«

»Doch.«

Er suchte nach seiner Jacke.

»Polizei«, flüsterte Eileen.

»Was ist?«

Sie zuckte mit dem Daumen. »Das merkt man.«

»Oh.« Er hatte es nicht gemerkt.

»In Zivil. Sie wird mir helfen, sie wird mir eine bessere
Vorstellung davon geben, was zu tun ist, wie sich das alles
regeln lässt. Hast du genug Geld?«

»Natürlich hab ich genug Geld.«

An der Tür blickte er zurück. Ja. Polizistin. Nachdem Eileen
es gesagt hatte, war es offensichtlich, natürlich war es das.
Und es würde immer eine Polizistin sein. Er ging zum Auto.

»Was für ein netter Mann«, sagte die junge Frau, Lucy
Groves. Lächelnd beugte sie sich etwas vor. Ihre Hand lag
auf der hellgrünen Tasche. »Doch vielleicht fühlen Sie sich
etwas wohler, mit mir zu reden, nachdem wir unter uns
sind.«

»Dougie und ich haben keine Geheimnisse voreinander.«

»Nein, nein, die haben Sie sicher nicht. Aber ist es nicht
wahr, dass es einem manchmal schwerfällt, sehr persönliche
Dinge auszusprechen?«

Eileen schwieg.

»Mrs Meelup, Sie fragen sich wahrscheinlich, wer um alles
in der Welt ich bin und warum ich hier bin. Ich sollte alles
sehr sorgfältig erklären. Es gibt nichts, was Sie beunruhigen
sollte ... überhaupt nichts. Ganz im Gegenteil. Ich bin hier,
um Sie zu beschützen und nichts anderes. Sie können mit
mir reden. Ich kann Sie beruhigen. Ich weiß, dass Sie reden

wollen, Menschen in Ihrer Situation wollen das immer. Sie müssen reden, und ich verstehe, dass es oft nicht leicht ist, mit denjenigen zu reden, die einem am nächsten stehen. Sie wollen Ihre engste Familie beschützen … Das ist ganz natürlich. Das ist vollkommen in Ordnung.«

Sie sprach recht leise, aber so schnell, dass Eileen sich vorbeugen musste, um alles mitzubekommen, und die junge Frau beugte sich ebenfalls vor, sodass sie fast ihre Köpfe zusammenzustecken schienen, eine Intimität erzeugten, die beinahe keinen Raum mehr zwischen ihnen ließ.

»Ich weiß nicht, welche Bezeichnungen Sie verwenden«, sagte Eileen. »Ich meine, sind Sie ein Constable oder ein weiblicher Detective oder was? Kommt mir komisch vor, nicht zu wissen, was üblich ist.«

Lucy Groves lächelte, zog sich aber etwas zurück, vergrößerte den Raum zwischen ihnen wieder. Sie hob die Hand, nahm ihre Haarspange heraus, fummelte daran und steckte sie zurück. »Bitte, machen Sie sich keine Sorgen, bitte. Ich kann verstehen, wie beängstigend das ist.«

»Nicht beängstigend. Sie haben es mir nur nicht gesagt.«

»Es ist alarmierend, wenn die Polizei auftaucht, Sie fühlen sich bedroht, nicht wahr, fragen sich, was Sie sagen oder zu äußern wagen sollten, zu welcher Art von Geständnis man Sie bringen könnte?«

»Geständnis?«

»Das ist normal. Das ist ganz natürlich. Menschen empfinden das so. Nichts von dem Geschehenen ist Ihre Schuld, überhaupt nichts, und doch werden Sie so empfinden. Du meine Güte, das ist nur zu verständlich.«

»Ich kann Ihnen nicht folgen.«

»Vielleicht wäre es das Beste, wenn Sie mir erst mal erzählen, wie Sie sich tatsächlich fühlen. Ich möchte Ihnen keine Worte in den Mund legen. Ich möchte, dass Sie mir die Geschichte erzählen, wie Sie sie sehen. Wie es sich auf Sie auswirkt. Wie Sie sich jetzt fühlen, ob Sie bestürzt oder wütend oder beschämt sind. Haben Sie Edwina schon besucht?«

Irgendetwas war hier verquer, wie ein Bild, das nicht ganz gerade hing, oder eine Stimme, die merkwürdig klang. Eileen grübelte darüber nach, versuchte herauszufinden, was es war. Haben Sie Edwina schon besucht? »Ich dachte, solche Dinge würden Sie wissen. Ich dachte, es würde alles …«

Die junge Frau beugte sich wieder vor. »Mrs Meelup, darf ich Sie fragen, ob Sie mir erlauben …?« Sie hatte die Hand auf der hellgrünen Handtasche. Eileen sah hin. Rauchen. Sie wollte fragen, ob sie rauchen dürfte, was Eileen überraschte. Sie hatte geglaubt, die Polizei würde das im Dienst nicht tun. Wie trinken. Vielleicht war es anders, wenn sie keine Uniform trugen. Nur mochte sie es nicht, wenn in ihrem Haus geraucht wurde.

»Ich verstehe natürlich, wenn Sie Nein sagen, und es bleibt ganz Ihnen überlassen, vollkommen. Es würde es nur leichter für mich machen. Mich zu erinnern.«

»Erinnern?«

»Ich möchte sichergehen, dass alles, was Sie sagen, jedes Wort, Ihr eigenes ist. Ich bin hier, um Ihnen zu helfen, die Wahrheit zu erzählen, Ihre Sicht der Dinge, Ihre Geschichte. Ich bin nicht darauf aus, Ihnen Worte in den Mund zu legen, wissen Sie. Verstehen Sie?«

Sie verstand nicht. Sie verstand immer weniger, je mehr die junge Frau redete.

»Also, wäre es in Ordnung?« Sie griff in die hellgrüne Tasche und zog ein schmales silbriges Kästchen heraus. Sie hielt es hoch. »Das hier zu benutzen?«

»Ich dachte, Sie wollten fragen, ob Sie eine Zigarette rauchen dürfen«, sagte Eileen.

Lucy Groves lachte, ein lautes, hohes, kleines Lachen. »Oh, Hilfe! Nein. Gott, nein, ich rauche nicht, hab seit zehn Jahren nicht mehr geraucht, nicht, seit wir auf dem Heimweg von der Schule geraucht haben, wissen Sie. Gott, wie komisch.«

»Was ist das?«

Sie blickten beide auf das schmale silbrige Kästchen, das Lucy Groves auf den Tisch gelegt hatte.

»Das Neueste vom Neuen. Versprochen. Kein Surren, kein Klicken, keine Unterbrechungen, Sie werden in zehn Sekunden vergessen haben, dass es da ist.«

»*Was ist das?*«

»Ein Rekorder.«

»Kassettenrekorder?«

»Ja. Digital. Alles, was Sie sagen, alles, was Sie flüstern, wird kristallklar wiedergegeben. Dem entgeht nichts.«

»Ich wusste nicht, dass Sie Kassettenrekorder benutzen.«

Lucy Groves lächelte. »Ich versprech's. Es macht alles selbsttätig. Keine Bange.«

»Ich habe …«

Die Haustür öffnete sich.

»Hier kommt die Stärkung«, rief Dougie Meelup.


»Dougie?«

Irgendetwas stimmte nicht. Das verriet ihm Eileens Stimme, aber er konnte ihr nicht entnehmen, wie schlimm es war. Die junge Frau schreckte zusammen, und er bemerkte, dass die Schüchternheit verschwunden war, dass sie jetzt eine leicht veränderte Person war, nicht an ihrer Haarspange fummelte, nicht in den Schoß blickte.

»Mrs Meelup, ich möchte Sie bitten, Folgendes sehr sorgfältig zu bedenken. Andere werden kommen. Wenn wir Sie finden konnten, dann können die anderen das auch, und nicht alle werden sich fair verhalten, ich warne Sie. Nun, ich habe Ihnen ein sehr, sehr gutes Angebot zu machen. Nicht alle werden Ihnen überhaupt etwas anbieten. Ich bin froh, dass ich als Erste hier war, denn wir geben uns nicht damit ab, Leute zu hintergehen und zu betrügen. Sie haben eine Geschichte zu erzählen, wir brauchen Ihre Geschichte. Ihrer Tochter Edwina Sleightholme werden einige sehr ernste Verbrechen zur Last gelegt. Wie auch immer es im Einzelnen aussieht, das sind die Fakten, die allgemein bekannt sind und über die geredet wird. Es wird darüber geredet, dessen können Sie sich sicher sein ... Natürlich wird darüber geredet. Wie könnte es auch anders sein? Nun, was wir wollen, ist, das alles von Ihnen zu hören ... über Edwinas Kindheit, ihr Aufwachsen, Schule, Freunde und all das, wie sie mit Ihnen ausgekommen ist, mit ihrer Schwester, ihrem Vater ... die ganze Geschichte. Wenn es interessant ist, würden wir es mindestens über zwei Wochen bringen, vielleicht länger, und es könnte sogar ein Buch daraus werden, wodurch Sie dann noch mehr bekämen. Aber unser erstes Angebot betrifft nur die Geschichte. Exklusiv für uns. Nun kann natürlich nichts gedruckt werden, bis der Prozess vorüber ist, das ist alles *sub judice,* aber in dem Moment, wo es vorbei ist, werden wir es bringen ... Niemand sonst hätte es, und Sie können die Wahrheit sagen, die ganze Wahrheit ...« Sie lachte, ein kurzes, kleines Lachen.

Eileen starrte sie an. Dougie erkannte die Verwirrung auf dem Gesicht seiner Frau, den Schock und die Bestürzung, die Unsicherheit darüber, was sie sagen sollte und wie. Er trat einen Schritt vor, sodass er vor Lucy Groves stand.

»Ich denke, ich werde jetzt etwas sagen, wenn es Ihnen nichts ausmacht.«

»Oh, Mr Meelup, der Mann mit dem Kuchen! Aber das Problem ist, verstehen Sie, dass Sie mit der ganzen Sache nichts zu tun haben, nicht wahr? Es ist die Geschichte Ihrer Frau, die Geschichte von Mrs Sleightholme, nicht von Mrs Meelup. Wenn ...«

»Ich sagte, ich werde jetzt sprechen, und ich wäre Ihnen verbunden, wenn Sie mich das tun ließen.«

Sie klimperte in gespielter Überraschung mit den Augendeckeln. »Tja, bitte sehr.«

»Vielen Dank. Nun, junge Frau, als Sie kamen, habe ich Sie dummerweise nicht nach Ihrer Tätigkeit gefragt. Sie haben sich hier eingeschleimt, und meine Frau hielt Sie für eine Polizistin, was ganz verständlich ist. Stattdessen stellt sich heraus, dass Sie eine Journalistin sind. *Eine Journalistin.* Tja, ich danke Ihnen, aber wir wollen Sie nicht. Ich muss Sie bitten, Ihre Sachen zusammenzupacken und zu gehen, und ich muss Sie bitten, nicht wiederzukommen und sich auch nirgends in der Gegend mehr blicken zu lassen.«

Er zitterte. Lucy Groves zögerte. Er merkte, wie sie darüber nachdachte, sich überlegte, wie sie an ihm vorbei- oder um ihn herum- oder durch ihn an Eileen herankam, aber es gab keine Möglichkeit. Er bewegte sich nicht. Und dann fand Eileen ihre Stimme wieder.

»Sie haben vorgegeben, von der Polizei zu sein«, sagte sie leise.

»Ich habe nichts Derartiges getan, Mrs Meelup.«

»Sie haben in meinem Haus gesessen und mein Vertrauen missbraucht.«

»Es tut mir sehr leid, dass Sie es so sehen. Ich bin hier, weil ich versuche, mich um Sie zu kümmern. Denn glauben Sie mir, Sie werden es brauchen. Sie werden alle Hilfe brauchen, die Sie bekommen können. Das ist nur eine Frage der Zeit. Und Sie werden, wenn Sie darüber nachdenken, erkennen, dass ich die Polizei nicht erwähnt habe.«

»Was meinen Sie damit, dass ich Hilfe brauche?«

»Ich würde meinen, das ist ziemlich offensichtlich. Mrs Meelup, hören Sie mir zu ... Ich versuche, Ihnen zu helfen. Gut, ja, auch für uns fällt dabei etwas ab, natürlich tut es das, aber nur, wenn Sie sich mit uns einigen und uns vertrauen. Dann können wir uns um Sie kümmern, wenn es hart auf hart kommt. Was passieren wird, wenn die Leute herausfinden, wer Sie sind ... jene, die es nicht bereits wissen. Ehrlich gesagt, bin ich überrascht, dass Ihnen bisher noch nichts Hässliches passiert ist.«

»Ich finde, Sie sollten jetzt besser gehen«, sagte Dougie.

Sie beachtete ihn nicht. »Sie wissen, was ich meine, nicht wahr, Mrs Meelup?«

»Sie haben mich reingelegt.«

Lucy Groves schüttelte den Kopf. Sie steckte den Rekorder ein.

»Die Sache ist, das alles ist ein großer Fehler. Ein gewaltiger Irrtum. Sie hat nichts getan, überhaupt nichts Falsches, und schon gar nicht diese schrecklichen Dinge, nicht in einer Million Jahre. Natürlich hat sie das nicht, man muss sie bloß kennen. Natürlich hat sie das nicht.« Eileen erhob sich, bot all ihre Reserven an Würde und Kraft auf. »Ich kenne die Wahrheit. Die Wahrheit ist, dass da ein furchtbares Unrecht geschieht. Jemand, der kleine Kinder entführt und ihnen Schaden zugefügt und sie getötet hat, läuft da draußen frei herum und wartet darauf, es wieder zu tun, während Wee ..., während meine Tochter zu Unrecht gefangen gehalten wird. Das ist die Wahrheit, und wenn das alles geregelt ist, werde ich vielleicht darüber sprechen. Nur nicht mit Ihnen. Nicht mit Ihnen.«

Sie wandte sich ab, als ihr Mut sie verließ, und ihr Gesicht schien zusammenzufallen. Dougie griff nach der großen, hellgrünen Tasche und hielt sie Lucy Groves hin, und schließlich nahm sie sie, ohne ein weiteres Wort zu sagen, stand auf und ging aus dem Zimmer, mit Dougie an ihren Fersen. Er glaubte, wenn er seine Arme nicht verschränkt hätte, dann hätte er sie möglicherweise aus der Tür gestoßen.

## 47

Im Haus war es immer schattig. Nur die Küche lag den größten Teil des Tages in der Sonne. Das Arbeitszimmer war der kühlste Raum im Haus, daher hatte Magda dort die heißen Tage verbracht. Sie hatte zu arbeiten versucht, aber nicht viel geschafft. Ihre für gewöhnlich klaren, prägnanten Gedanken schienen durch den Reißwolf gedreht worden zu sein, und sie war entsetzt über die Unzulänglichkeit dessen, was sie geschrieben hatte.

Jetzt lag sie halb lesend, halb dösend auf der Couch. Das Fenster war zu ihrem kleinen Garten hin geöffnet, und eine Amsel hüpfte auf den moosigen Pflastersteinen herum. Durch die hohe Mauer lag der Garten im Schatten, bis auf einen hellen Keil am hinteren Ende.

Sie schloss die Augen. Sie fühlte sich schwach und war morgens beim Aufwachen weinerlich gewesen. Im Krankenhaus hatte sie sich sicher gefühlt und Gesellschaft gehabt, nicht unbedingt zum Reden, aber zum Beobachten und darüber Nachdenken. Sie war auch beköstigt und versorgt worden und erkannte inzwischen, dass sie davon abhängig geworden war und aus diesem Grund den Tränen nah gewesen war. Das tägliche Leben war zu einem langsamen und ermüdenden Kampf geworden. In einer halben Stunde würde sie gern eine Tasse Tee trinken, aber die Anstrengung, in die Küche zu gehen und ihn sich aufzugießen, würde vermutlich über ihre Kräfte gehen.

So bin ich nicht, dachte sie. Ich bin mir fremd geworden, und das beängstigt mich.

Sie war ihr Leben lang beherrscht gewesen, ein Erfolgsmensch, eine starke, tatkräftige Frau, unabhängig in Geist und Körper. Nun lag jemand anderes auf ihrer Couch und döste und war einsam und fürchtete sich vor der Dunkelheit.

Die Amsel kam näher. Magda hatte Vögel nie wahrgenommen. Der Garten war ein abgeschiedener grüner Ort, doch sie hatte sich nie etwas aus Blumen oder Pflanzen gemacht. Tiere nehmen von einem und geben nichts zurück, hatte sie immer gesagt. Als Kind hatte Jane Hamster und Kaninchen haben wollen, eine Katze, einen Hund. »Tiere sind keine gleichwertigen Gefährten für intelligente menschliche Wesen.«

Jetzt beobachtete sie die Amsel fasziniert. Deren ganzes Leben war eine Suche nach Futter, ohne Garantie dafür, dass dieses Futter gefunden werden würde. Vielleicht hatte der Vogel hier einen beruhigenden Vorrat gefunden. Sie hatte keine Ahnung, was Amseln fraßen. Andere Leute stellten Brotkrümel und Nüsse für die Vögel hinaus, etwas, das ihr nie eingefallen wäre. Aber sie verspürte eine plötzliche Woge von Gefühlen für die Amsel. Magda hatte ein paar Vorräte in Speisekammer und Kühlschrank und war nie sehr hungrig, doch wenn die Vorräte zur Neige gingen, würde sie irgendwie Nachschub besorgen müssen. Lieferten Lebensmittelläden nach wie vor aus? Wen konnte sie anrufen und bitten, für sie einzukaufen? Was ihr immer selbstverständlich erschienen war, erwies sich jetzt als komplexe Herausforderung. Alles war eine Herausforderung, von einem Zimmer ins andere zu gehen, sich anzuziehen, auszuziehen, zu waschen, zu baden, saubere Sachen herauszusuchen. Sie war eine jämmerliche alte Frau, und das ärgerte sie.

Aber der tiefe grüne Schatten des Gartens war besänftigend anzuschauen. Sie schloss die Augen und öffnete sie bei einem leisen Geräusch wieder. Die Amsel war verschwunden.

Die Bewegung im Zimmer war rasch und leise, und bis ihr klar wurde, was passiert war, stand er bereits neben der Couch. Magda veränderte ihre Haltung, wollte sich aufsetzen.

»Hallo, Miss«, sagte er ruhig. »Ich hoffe, Sie erinnern sich an mich.«

Sie starrte ihn an, versuchte ihn unterzubringen. Er war hoch aufgeschossen und trug Jeans und ein T-Shirt mit einem Aufdruck der Olympischen Spiele 1996 in Atlanta, der kaum mehr zu erkennen war. Irgendetwas an ihm, irgendetwas … Es gelang ihr, sich aufzusetzen. Sie kam nicht weiter.

»Kommen Sie, kommen Sie, Miss, Sie müssen sich doch erinnern.« Seine Stimme war gleichzeitig bedrohlich und flehend.

»Es nützt nichts, wenn Sie mir sagen, Sie hätten mich vergessen, Miss.«

»Wie sind Sie hereingekommen?«

»Ah, das ist unser Geheimnis. Aber wenn Sie sich nicht an mich erinnern, was traurig ist, dann erinnern Sie sich vielleicht an meinen Kumpel Jiggy, der vor Kurzem hier war, Miss.«

»Derjenige, der eingebrochen ist und Sachen mitgenommen und mich geschlagen hat, ist das Ihr Kumpel Jiggy?«

»Klingt, als würden Sie sich an ihn erinnern, also versuchen Sie, sich auch an mich zu erinnern. Ich glaube, ich setze mich hier mal ein bisschen hin.« Er setzte sich auf einen Sessel ihr gegenüber, zog ihn aber erst durch das Zimmer, um ihr näher zu sein.

»Schauen Sie mir ins Gesicht, Miss, und sagen Sie mir, dass Sie sich an mich erinnern. Das wär schon was.«

Sie merkte, dass sie ihm ins Gesicht sehen musste. Sie konnte nichts anderes tun.

»Erinnern Sie sich jetzt, Miss, machen Sie schon.«

»Warum nennen Sie mich Miss? Ich erinnere mich nicht an Sie, überhaupt nicht.«

»Na gut, na gut, dann eben Doktor. Doktor. Doktor. Doktor. Jetzt werden Sie sich an mich erinnern.«

Sie legte die Hand über die Augen und schloss sie, löschte ihn aus. Er hatte große Zähne, mit Lücken dazwischen, einer davon seitlich abgebrochen. Riesige Hände.

»Doktor.«

»Wenn Sie gekommen sind, um etwas zu stehlen, nehmen Sie ... was immer Jiggy übrig gelassen hat. Nehmen Sie und gehen Sie.«

»Nein, nein, nein. Ich will nichts stehlen. Nein, nein.« Er lachte. Er hatte die Knie gespreizt, und seine riesigen Hände ruhten darauf. »Das hab ich nicht vor. Nein.«

»Was haben Sie dann vor? Was machen Sie hier? Bitte verschwinden Sie. Ich möchte, dass Sie verschwinden. Mir geht es nicht gut, und ich muss schlafen. Bitte verschwinden Sie da hinaus.«

»Ich kenne den Weg. Den Weg herein, den Weg hinaus. Mir ist aber danach, hierzubleiben. Bis Sie sich an mich erinnern, was Sie sollten, was Sie besser sollten.«

»Warum sollte ich mich an Sie erinnern? Ich habe Sie noch nie gesehen.«

»O doch, o doch, Miss Doktor, Miss Doktor, Sie haben mich gesehen, Sie haben mich ein Dutzend Mal gesehen, vielleicht öfter, in Ihrem Zimmer, in Ihrem Büro, wo Sie eine Brille trugen. Keine Brille heute. Keine Brille.« Er lachte.

Sie blickte in die winzigen Pupillen seiner eiweißfarbenen Augen. »Sie waren ein Patient? Sie waren bei mir in der Klinik?«

»Hey, ja, na, sehen Sie? Hey. Gut. Jetzt kommen wir der Sache schon näher. Okay.«

»Ich kann mich nicht an Sie erinnern.«

Sein Gesicht verspannte sich, und er schlug sich plötzlich mit der Faust aufs Knie. »Das sollten Sie aber.«

»Das muss Jahre her sein.«

»Viele, viele Jahre. Viele Jahre. Ich war sechs oder sieben ... oder vielleicht acht Jahre alt. Sehen Sie, jetzt erinnere ich mich nicht. Sich zu erinnern ist schwer, nicht wahr, Miss Doktor? Ich war nur ein kleiner Junge. Aber ich erinnere mich an alles andere. Ich erinnere mich, dass Sie geredet und geredet und geredet haben, und ich erinnere mich, dass Sie geschrieben und geschrieben und geschrieben haben und dass Sie gefragt und gefragt und gefragt haben. Ich erinnere mich. Ich wusste die Antworten nicht immer, ich habe nur die Fragen und das Reden gehört und das Schreiben gesehen. Dann wurde ich weggeschickt. Fällt es Ihnen jetzt vielleicht wieder ein?«

»Weggeschickt?«

»Niemand vergisst es, wenn er weggeschickt wird.«

»Aber ich habe Sie nicht weggeschickt.«

»Doch, haben Sie. Sie haben Fragen gestellt und Zeug aufgeschrieben und Zeug aufgeschrieben, und ich musste immer wieder in Ihr Zimmer, und dann bin ich auf einmal weggeschickt worden. Das vergesse ich nicht.«

»Wie heißen Sie?«

»Sie wollen so tun, als könnten Sie sich nicht daran erinnern?«

»Nein, ich erinnere mich nicht. Wie heißen Sie?«

»Mikey.«

»Ich habe Sie nicht weggeschickt. Das konnte ich gar nicht. Ich war nicht berechtigt, Kinder wegzuschicken.«

»Vielleicht haben Sie's jemand anderem gesagt. Vielleicht das. Ich weiß nur, was passiert ist. Daran erinnere ich mich genau ... deswegen.«

»Weswegen?«

Er stand auf und beugte sich so bedrohlich über sie, dass sie zurückwich. Er roch nach etwas Süßem, aber es war nichts Süßes, das sie erkannte.

»Wegen dem, wo ich hinkam, Miss, an das erinnere ich

mich. Ich erinnere mich an alles. Sie erinnern sich an nichts. Das ist sehr schade. Ich weiß, woran *ich* mich erinnere und wer das veranlasst hat, und das waren Sie, Miss, Sie, Doktor, Doktor, und ich hab drauf gewartet, dass ich herkommen und Ihnen helfen kann, sich zu erinnern, und hier bin ich.«

Er sprach immer schneller, die Worte gingen ineinander über. Ein- oder zweimal landete seine Spucke auf ihrer Hand und dann auf ihrer Wange.

Und plötzlich sah sie ihn, einen spindeldürren Jungen mit riesigen Händen und Schorf auf dem Kopf, blauen Flecken am Hals und an den Armen. Er saß auf einem geradlehnigen Stuhl in ihrem Sprechzimmer und blickte zu Boden, berührte hin und wieder sein Ohr oder sein Bein mit einer Geste, die mehr als zufällig war, eher, als ob jemand einen Talisman berührte. Er verharrte in einem erstarrten Schweigen, war unterernährt, voll von wirrer, verletzter, aufgestauter Wut, zu verängstigt, um auch nur ein Flüstern darüber herauszulassen. Er kam über einen langen Zeitraum zu ihr, und nur einmal, ein einziges Mal, hörte sie ihn sprechen, aber sie verstand nicht, was er sagte. Ein Wort, das sie nicht verstand.

»Ich erinnere mich«, sagte Magda. »Mikey.« Sein Lächeln war triumphierend, breit, zahnlückig, ein lächelnder Mund, der sich zu einem Brüllen öffnete, das sie für ein begeistertes Lachen hielt, eine Sekunde lang, bevor sie es als Wut erkannte.

In der Sekunde hob sie die Arme, um ihr Gesicht zu schützen, ehe er sich wütend auf sie stürzte, immer noch brüllend, während das Licht hinter ihren Augen zu einem winzigen Punkt wurde und dann verlosch.

## 48

Er hatte gedacht, er würde bis zur Dunkelheit warten, litt aber unter der Frustration des Wartens, der Hitze, nichts tun zu können, und dem Druck all dessen in seinem Kopf. Er hielt den Kopf unter den Kaltwasserhahn in der Küche und verließ die Wohnung kurz vor sieben. Die Bürgersteige strahlten die Hitze des Tages aus, und an den Straßenrändern schmolz der Asphalt. Er machte kehrt, um am Kanal entlangzugehen. Das war ein Umweg, aber schattig, angenehmer. Niemand war zu sehen, bis auf einen alten Mann auf einer zerbrochenen Bank, der vor sich hin flüsterte.

Sie waren hier manchmal spazieren gegangen, im Winter, im Frühling. Lizzie wollte so gerne einen Eisvogel sehen, und jemand hatte ihr erzählt, dass Eisvögel gelegentlich wie ein blauer Blitz von Kanalufer zu Kanalufer schossen und unter den Weiden nisteten, aber sie war gestorben, und der Eisvogel blieb ungesehen. Jetzt starrte er hinüber zu den Weiden, immer noch in der Frühabendhitze. Nichts.

Er kam am Schleusenwärterhaus und den Lagerhäusern vorbei. Hier war Lizzie zu ihm gekommen, aber als er die Hand nach ihr ausstreckte, war sie weggerannt, gestolpert, gefallen, hatte geschrien und die Polizei gerufen. Es war eine Verwechslung und ein Missverständnis gewesen, doch er hatte es nicht angemessen erklären können, dazu waren sie anscheinend zu beschränkt. Aber er war schon immer der Meinung gewesen, dass Polizisten beschränkt waren, übertrainiert und ungebildet, ohne Subtilität oder ausreichende Intelligenz.

Die Kathedralenuhr schlug die volle Stunde.

An Lizzies Tod trug jemand die Schuld. Derjenige, der ihr das verdorbene Fleisch zu essen gegeben hatte. Ärzte, die ihre Krankheit zu spät erkannt hatten, Ärzte, die sie nicht richtig behandelt hatten. Ärzte, die zugeschaut hatten, während die Symptome in Lizzies Gehirn gekrochen und es aufgefressen hatten. Schwestern im Hospiz. Menschen, deren Gebete nutzlos waren. Gott. Gott. Gott und die Priester Gottes.

Er überquerte den Kanal auf der schmalen Eisenbrücke zur Stadt. Hier lagen die Rückseiten der Reihenhäuser zum Wasser hin; die Bewohner konnten aus ihren Schlafzimmern auf die grünschwarze Wasseroberfläche schauen, auf den Pappkarton, der gegen den Brückenpfeiler prallte, auf den im Gestrüpp halb verborgenen Einkaufswagen, auf die pissenden Hunde und die schmalen Boote und die Weiden und die heimlichtuerischen Eisvögel.

Er bahnte sich den Weg durch Nesseln und Dornen, durch ein kaputtes Tor und einen schmalen Garten ohne Gras hinauf. Niemand sah ihn. Niemand kam. Irgendwo bellte ein Hund.

Er schwitzte. Er roch nach Schweiß.

Das Haus war heruntergekommen, eine Wabe aus Mietzimmern mit dreckigen Vorhängen. Das Haus links daneben war genauso, aber rechts hatte jemand einen Garten angelegt. Er ging hinüber und schaute durch die zerbrochenen Zaunlatten. Ringelblumen. Ein Rosenbogen aus Holz, an dem sich pfirsichfarbene Blüten hochrankten. Ein Pfad mit Fliesen wie Hüpfsteine. Ein Gemüsebeet – Zwiebelspitzen, Kartoffeln, Bohnenstangen. Zwei Futterhäuschen hingen an einem Goldregenstrauch. Es gab einen winzigen Teich. Weiter hinten konnte er einen Vogelkäfig an der Ziegelmauer erkennen und ein Aufblitzen von Kanariengelb. Er versuchte sich durch den Zaun zu quetschen, aber der gab nicht nach. Er wollte in dem Garten sein, neben dem winzigen Teich, bei den Vögeln, zwischen dem Kartoffelgrün und den Ringelblumen.

Abrupt begann Max zu weinen, lehnte seinen Kopf an den kaputten Zaun, und aus seinem Weinen wurde ein Sturzbach von Wut, der ihn dazu brachte, gewaltsam an den Zaunlatten zu rütteln, bis jemand aus dem Haus brüllte. Niemand kam. Nur das Brüllen, dann wieder Stille.

An seiner Hand war Blut von einem Stück abgebrochenem Holz, das sich in den Daumenballen gebohrt hatte.

Und dann sah er sie. Sie saß mit dem Rücken zu ihm auf einer Bank nahe dem Rosenbogen. Ihr Haar war heller, als wäre sie lange in der Sonne gewesen. Er zerrte an den Zaunlatten, und diesmal brach eine der halb verfaulten ab, und als er dagegen trat, wurde die Lücke groß genug, dass er sich hindurchzwängen konnte. Er blieb stehen, erstaunt darüber, im Garten zu sein, einen Atemhauch von Lizzie entfernt. Sie war da. Sie hatte sich weder bewegt noch umgedreht. Sie wartete vielleicht, obwohl er sich wunderte, wieso es hier sein sollte, wo er sie doch nur durch Zufall gefunden hatte.

Er wischte sich mit dem feuchten Handrücken über das Gesicht. Der Schnitt schmerzte nicht mehr, blutete aber immer noch. Sie würde wissen, was zu tun war.

»Lizzie«, sagte er.

Es war sehr still. Er wartete.

»Lizzie.« Sie bewegte sich nicht, daher trat er einen oder zwei Schritte vor, streckte die Hand nach ihr aus, um ihr etwas blonderes Haar zu berühren.

»Lizzie.«

Da drehte sie sich um und schrie, und die Schreie waren wie Messer, die durch sein Gehirn fuhren und hinabfielen, und er stürzte vor, wollte sie unbedingt erreichen und aufhalten, wollte ihr zeigen, wer er war und dass sie nicht zu schreien brauchte, aber als er ihren Körper spürte und in ihr Gesicht und den offenen, schreienden Mund blickte, war Lizzie verschwunden. Es war nicht Lizzie, und sein Gehirn fing Feuer.

# 49

Die kleinen Hände waren etwas feucht. Wie eine klamme Seeanemone auf ihrem Arm.

»Verdammt noch mal, Kyra!«

Natalie wurde vollkommen wach und beugte sich über Kyra, um die Lampe anzuknipsen.

»Was hast du gemacht?« Sie klang genervt. Sie war genervt. Es war die vierte Nacht innerhalb von zwei Wochen. »Hast du wieder ins Bett gepinkelt, oder was?«

Die kleinen Hände wurden weggezogen.

»Du hast es tatsächlich getan. Guter Gott, Kyra, wie alt bist du? Ins Bett pinkeln ist das, was Babys machen, kleine Kinder, du bist sechs Jahre alt, fast sieben. Also gut, morgen früh fahren wir als Erstes zum Arzt, und du gehst nicht zu Barbara, bis das geregelt ist.«

Kyra rollte sich auf der entferntesten Seite vom Bett ihrer Mutter zusammen. Es machte ihr nichts aus, nicht zu Barbara zu gehen. In den Ferien war sie von acht bis sechs dort. Nur die Sache mit dem Arzt machte ihr was aus.

»Sei still, ich bin diejenige, die weinen sollte. Steh auf, du brauchst ein sauberes Nachthemd, ich will nicht, dass du dieses Bett hier auch noch nass machst. Deins zieh ich morgen ab. Und wenn du hier bleibst, dann bist du still, verstanden?«

Es dauerte nur fünf Minuten, doch dann konnte sie natürlich nicht mehr einschlafen. Kyra schlief. Am Morgen würde sie sich kaum mehr daran erinnern.

Natalie lag auf dem Rücken, die Arme hinter dem Kopf verschränkt. Sie wusste, warum sie nicht schlafen konnte, und es lag nicht nur daran, dass Kyra sie immer wieder weckte, wenn nicht wegen der Bettnässerei, dann wegen schlechter Träume. Irgendetwas stimmte nicht, und Natalie wusste es, nur war Kyra wie eine verdammte Auster, fest verschlossen. Sie hatte in der Schule nichts gesagt, sie sagte nichts zu Barbara, und Natalie hatte es aufgegeben. Sie hatte sie in ihr Zimmer eingesperrt, hatte es mit Reden versucht, mit Fragen, Flehen, Brüllen, mit Süßigkeiten, mit Spielzeugentzug, Fernsehverbot, Spazierengehen, Hausarrest. Nichts. Kyra sagte nur: »Ich möchte Ed sehen.« Und manchmal: »Wo *ist* Ed?«

Aber Kyra wollte nicht über Ed reden, wiederholte nur das alte Zeug. Ich mag Ed. Ich bin gern in Eds Haus. Wir haben Brötchen gebacken. Wir haben Karamell gemacht. Wir haben Geschichten gelesen. Wir haben im Garten gearbeitet.

»Hat Ed dir je was getan?« Schweigen.

»Hat Ed dir je von anderen Kindern erzählt, die sie kannte?«

Schweigen.

»Hat Ed dir erzählt, wo sie arbeitet? Wollte Ed dich je in ihrem Auto mitnehmen? Hat Ed dich je ausgeschimpft?« Schweigen. Schweigen. Schweigen.

Natalie war besorgter, als sie es vor sich selbst zugeben mochte. Sie überlegte, was sie jetzt tun konnte. Sollte sie den Arzt fragen, ob sie mit Kyra noch zu jemand anderem gehen sollte? Oder vielleicht sollte sie mit ihr wegfahren, Urlaub machen, in Butlin's oder Center Parcs oder Camping in Frankreich wie ihre Kollegin Davina. Haha. Sie hatte kein Geld für Camping oder für Center Parcs und vermutlich nicht mal für Butlin's. Alles ging für die Miete und das tägliche Leben drauf, selbst das bisschen Urlaubsgeld, das sie kriegte. Das, und das verdammte Auto musste repariert werden. Und dann war da die Firma, die sie zu gründen hoffte.

Der Cateringservice, den sie im Kopf schon so lange plante, wie sie denken konnte. Träum weiter, Natalie.

Sie würde nicht weinen oder sich bei jemandem beklagen, weil das nicht ihre Art war. Sie war zäh. Sie war unabhängig, und sie erzog Kyra dazu, genauso zu sein. Nur manchmal, wie jetzt zum Beispiel, mitten in der Nacht, bekam die Zähigkeit Risse. Kyra nuschelte und murmelte, als hätte sie den Mund voll kleiner Steine. Natalie hatte sich angestrengt, Worte zu verstehen, irgendetwas, das einen Sinn ergab, aber es gelang ihr nie. Nur dieses komische Nuscheln.

Sie drehte sich auf die Seite und versuchte einzuschlafen, doch durch ihren Kopf schossen helle Lichter und knallige Bilder, und erst nach dem Morgengrauen döste sie ein. Kyra hatte sich nicht bewegt, lag zusammengerollt direkt am Bettrand.

Das Wartezimmer war übervoll, und einer der Ärzte war zu einem Notfall gerufen worden. Kyra saß mit baumelnden Beinen auf der Bank. Jedes Mal, wenn sie die Beine nach hinten schwang, knallten sie gegen die Wand, und die Frau ihr gegenüber funkelte sie böse an. Wenn die Frau das nicht getan hätte, dann hätte Natalie Kyra ermahnt, damit aufzuhören, aber wegen der Frau ließ sie es bleiben. Sie mussten fast eine Stunde über den vereinbaren Termin hinaus warten und waren dann nur drei Minuten im Sprechzimmer. Der Arzt blickte die ganze Zeit auf seinen Computer und nicht auf sie beide und fragte zweimal, wie alt Kyra war.

»Na gut«, sagte Natalie, »Sie halten das also für normal, dass sie plötzlich ihr Bett nass macht. Wenn Sie meinen.« Es hatte ja doch keinen Zweck. Er hatte nicht mal gefragt, ob Kyra in letzter Zeit etwas Verstörendes erlebt hatte; anscheinend hatte er keine Ahnung von irgendwas.

»Hör auf, so zu schlurfen, Kyra, ich muss wieder zur Arbeit.«

»Kann ich ein Eis haben?«

»Nein, verdammt.«

»Warum nicht?«

»Kein Geld, keine Zeit, und es ist schlecht für die Zähne.«

»Nicht mal ein kleines?«

»O Gott, na gut. Aber nur …« Natalie hielt inne. Sie packte Kyras Hand ganz fest. »Nur, wenn du es mir sagst.«

Kyra starrte auf den Boden.

»Kyra?«

»Was?«

»Was ist bei Ed passiert?«

Schweigen.

»Okay, dann nicht. Wenn du nicht redest, gibt's kein Eis. Komm schon. Und hör gefälligst auf, so zu schlurfen.«

»Wann kommt Ed in ihr Haus zurück?«

»Nie«, erwiderte Natalie mit plötzlicher Gehässigkeit.

Sie wartete darauf, dass Kyra zu weinen anfing, aber es kam nichts. Gar nichts. Nur Schweigen.

Sie hatte sich den Vormittag freigenommen, also würde sie ihn auch ausnützen. Kyra wurde zu Barbara gebracht. Natalie ging in den Top Shop und kaufte sich ein Paar Schuhe. Ihr blieb noch Zeit zum Herumschlendern und für einen Milchshake.

Und dann kam es ihr, wie eine Blase, die in ihrem Kopf platzte und eine Idee freisetzte. Sie blieb lange sitzen, dachte darüber nach, trank noch eine Cola nach dem Milchshake, was keine so gute Entscheidung war, weil beides zusammen den restlichen Tag über in ihrem Magen zu schäumen schien. Aber die Idee war gut. Am Ende des Nachmittags hatte sie alles sorgfältig durchdacht, wie viel sie möglicherweise bekommen könnte, wie sie es verwenden würde.

Sie ging nicht zur Arbeit zurück. Sie musste zu viel überlegen. Es war sehr heiß, und sie setzte sich mit ihren Überlegungen und drei verschiedenen Zeitungen in den Garten.

336

Eds Haus war seltsam, wie ein Geisterhaus, eine leere Hülle, die nebenan stand, nicht nur ein Haus, dessen Bewohner bei der Arbeit waren oder sogar im Urlaub. Anders.

Es ging ihr nicht nur ums Geld. Es ging darum, es jemandem zu erzählen. Sie nahm sich die Zeitungen vor. Oben über den Artikeln standen die Namen der Leute, die sie geschrieben hatten, und Natalie notierte sich einige, aber nur von Frauen. Sie hätte es nicht erklären können, doch sie wusste, dass es eine Frau sein musste.

Melanie Epstein. Anna Patterson. Selina Wynn Jones. Der Name gefiel ihr. Neben dem Artikel über sexsüchtige Frauen war ein briefmarkengroßes Foto. Selina Wynn Jones hatte glatte blonde Haare, die ihr bis unter die Ohren reichten, und eine recht große Nase, was irgendwie beruhigend war. Jemanden namens Selina Wynn Jones hätte sie gern zur Freundin. Freundin. Natalie blieb an dem Wort hängen, weil sie Ed wohl als Freundin bezeichnet hätte, wegen Kyra. Ed hatte Geduld mit Kyra gehabt, mehr als sie selbst für gewöhnlich. Die beiden hatten zusammen gekocht, hatten Tomaten in Töpfen gezogen und Sonnenblumensamen im Garten gesät. Ed hatte ihr Bücher vorgelesen, und wenn jemand gefragt hätte, dann hätte Natalie sie als Freundin vorgestellt. Sie hatte nicht viele. Sie war ein wenig wie Ed, zurückhaltend, nicht dauernd bei anderen Leuten zu Besuch, mischte sich nicht in das Leben anderer ein, was bedeutet hatte, dass sie als Nachbarinnen gut zusammenpassten. Sie erinnerte sich, die beiden über den Zaun hinweg gehört zu haben, Kyra plappernd mit ihrer kratzigen kleinen Stimme, Ed, die hin und wieder ein Wort einwarf, aber meist still war, Kyra reden ließ. Einmal war Ed auf eine Tasse Tee vorbeigekommen. Einmal hatte Natalie ihr falsch zugestellte Post gebracht. Sie hatten sich gegrüßt. Galt das als Freundschaft?

Herr im Himmel. Sie sprang auf, als hätte sie eine Wespe gestochen, als ihr einfiel, was passiert war, was Ed getan hatte. Wenn sie es gewesen war. Vielleicht war es ein Irrtum. Die Polizei beging Irrtümer, sogar große. Die Zeitungen waren voll davon, Menschen, die auf den Stufen des Gerichtsgebäudes standen, weinten, winkten, den Arm um ihre Mütter oder Schwestern oder Ehefrauen, nach zwanzig Jahren als unschuldig entlassen. Ed?

Natalie kehrte ins Haus zurück, nahm eine halb volle Flasche Lagerbier aus dem Kühlschrank, trank, warf die Flasche in den Mülleimer und ging ans Telefon. Die Nummer der Zeitung hatte sie innerhalb von zehn Sekunden und schrieb sie auf. Das war der einfache Teil. Dann ging sie nach oben.

Kyras Zimmer war ordentlich. Kyra war ordentlich. Manchmal sagte Natalie zu ihr, die Feen hätten sie gegen ein anderes Kind ausgetauscht, so ordentlich, wie sie war. Alles aufgeräumt. Die Bilderbücher standen Rücken an Rücken, und Kyras Plüschtiere waren im Regal nach der Größe aufgereiht. Verdammt noch mal. Es war wie in Eds Haus, als Natalie damals dort gewesen war, sauber, aufgeräumt, ordentlich. Wie kam das nur?

Sie schaute aus Kyras Zimmerfenster. Die Mauern waren da, das Dach, der Garten, das Tor, die Zaunlatten. Es war da. Dasselbe. Eds Haus. Sie fragte sich, was die Männer in den weißen Anzügen gefunden hatten, ob man Bescheid wusste, wenn man in einem der Zimmer stand. Es einfach wusste.

Rasch lief sie die Treppe hinunter und nahm das schnurlose Telefon mit in die Küche.

»Ich möchte mit Selina Wynn Jones sprechen.«

»Einen Augenblick.«

Das hatte sie nicht erwartet. Nur »einen Augenblick«, und dann die Musik aus der Konserve, Whitney Houston; Natalie wusste nicht, was sie erwartet hatte, und es hatte nur drei Sekunden gedauert.

»Selina Wynn Jones.«

Natalies Mund zog sich zusammen, als hätte sie eine Zitrone ausgelutscht. Sie meinte, nicht sprechen zu können.

»Hallo? Kann ich etwas für Sie tun?«

»Ja. Ich glaube ... Also, kann ich Sie etwas fragen? Darum geht's eigentlich.«

»Wer ist da?«

»Natalie ... Miss Natalie Combs.«

»Von?«

»Wie bitte?«

»Entschuldigen Sie, sind Sie von einer Agentur oder was?«

»Nein. Ich habe nur ... Ich habe Ihren Artikel in der Zeitung gelesen. Ich habe etwas zu sagen.«

»Worüber?«

»Meine Nachbarin ... und meine Tochter. Über Kyra.«

»Ich kann Ihnen nicht folgen.«

»Okay.« Natalie atmete langsam durch. »Gut. Tut mir leid. Mein Name ist Natalie Combs, und ich wohne neben einer Mörderin. Neben Ed Sleightholme? Die mit den vermissten Kindern – dem kleinen Jungen, der ermordet wurde, und so. Sie ist im Gefängnis, sie ist angeklagt worden. Ich wohne nebenan.«

»Ach so. Ich weiß, welchen Fall Sie meinen, aber ich bin mir nicht sicher, ob Sie mit der richtigen Person sprechen.«

»Oh.«

»Das ist nicht mein Ressort. Ich bin nicht in der Nachrichtenredaktion. Ich arbeite fürs Feuilleton.«

»Oh.«

»Sie sollten mit der Nachrichtenredaktion sprechen.«

»Wirklich?«

»Ich glaube schon.«

»Ich möchte mit jemandem reden ... meine Geschichte erzählen.«

»O ja, verstehe. Äh ... Moment ... können Sie mir Ihre

Telefonnummer geben? Lucy Groves arbeitet daran. Ja, Lucy Groves wird Sie zurückrufen.«

Was sie nie tun würde. Natalie war klar, dass man sie abgewimmelt hatte.

In zehn Minuten musste sie Kyra abholen. Sie schaute in den Kühlschrank, aber da hatte nur die eine Flasche Lager gestanden, und wieso trank sie mitten am Tag Bier? Sie mochte es nicht mal besonders.

Sie nahm ein Glas heraus, um sich Wasser einzugießen, und das Klingeln des Telefons ließ sie so zusammenschrecken, dass ihr das Glas entglitt und auf dem Boden zersprang.

## 50

Am frühen Abend ließ ein spektakuläres Gewitter die Blase des heißen, klaren Wetters platzen. Simon beobachtete, wie eine Windbö Müll aus dem Rinnstein hoch in die Luft vor seinem Bürofenster wirbelte, und dann rauschte der Regen herab. Um das Gebäude gingen die Lichter an.

»Chef? Kann ich kurz mit Ihnen sprechen?«

»Kommen Sie rein, Nathan. Sind Sie mit unseren Graffiti-Burschen weitergekommen?«

»Eigentlich nicht.«

»Ich weiß, dass so was für gewöhnlich in eine Sackgasse führt, aber es hat die Angewohnheit, sich wie Bärenklau auszubreiten, wenn man sich nicht gleich zu Anfang dahinterklemmt. Es werden Rowdys gewesen sein, doch Sie sollten es verfolgen.«

»Mir geht's nicht um den Einsatz ... Na ja, eigentlich schon, und auch wieder nicht.«

»Kommen Sie rein, setzen Sie sich, drücken Sie sich deutlicher aus.«

»Danke, Chef.«

Nathan setzte sich, fuhr sich mit der Hand durch sein struppiges Haar. Simon erkannte das Zeichen.

»Was ist los?«

»Dieser neue DC, Chef. Wir haben ein Problem.«

»Reden Sie weiter.«

Nathan zögerte. »Ich verpetz nicht gern jemanden, ich

bin niemand, der angerannt kommt, ich kann auf mich aufpassen ...«

»Nathan, ich sagte, reden Sie weiter.«

»Na gut, der ist ein faules Ei, Chef. Wissen Sie was über
ihn?«

»Nicht viel. Es war ein Fall von ›in der Not frisst der Teufel Fliegen‹ – uns fehlen zwei Leute, Exwood hat ihn uns für
zwei Wochen ausgeliehen ... worin besteht das Problem?«

Nathan erzählte es ihm. Carmody sei ein Rassist, ein Rüpel, ein Drückeberger, sehe schlampig aus, sei unhöflich und
kurz angebunden mit den Leuten. »Und er nennt mich dauernd Sonnenschein.«

Simon gab sich Mühe, seinem Gesicht nichts anmerken zu
lassen. »War das unter Ihnen oder in der Öffentlichkeit?«

»Bisschen von beidem. Verstehen Sie mich nicht falsch,
Chef, ich kann so was aushalten, bloß das andere Zeug nicht,
hässliche kleine Bemerkungen, wissen Sie, über die Synagoge, über den Asiaten im Laden ... einfach alles.«

»Er bleibt nicht hier, und er gehört nicht zu uns, also können wir kein schweres Geschütz auffahren. Sie sind sein Vor-
gesetzter, bringen Sie das mit ihm ins Reine.«

»Ich mag den Kerl nicht.«

»Ich mag auch nicht alle, mit denen ich hier arbeite.«

»Na gut.« Nathan trug stets sein Herz auf der Zunge. Jetzt
ging er niedergeschlagen zur Tür, den Kopf gebeugt.

»Nathan?«

Er blickte zurück.

»Lassen Sie's gut sein.«

»Geht klar, Chef.«

Der Regen hatte nachgelassen, aber es war immer noch
Donnergrummeln zu hören. Simon überlegte, in die Einsatzzentrale zu gehen und sich diesen DC Carmody genauer
anzuschauen, entschied sich dagegen und griff nach seinem
Jackett. Er verließ das Revier und ging den knappen Kilo-

meter zum Stadtzentrum durch das abziehende Gewitter. Der Blumenladen, in dem er Martha die letzten leuchtenden Blumen und den Luftballon gekauft hatte, machte gerade zu, die Zinkeimer auf dem Bürgersteig waren schon leer. Simon klopfte an die Tür.

»Hallo, Inspector. Ich hab eigentlich schon geschlossen, aber wenn Sie etwas sehen, das Ihnen gefällt, entscheiden Sie sich schnell.«

Er war seit Langem Kunde, kaufte alle Blumen für seine Mutter und Schwestern, zu Geburtstagen und Taufen hier.

»Ein Einfall in letzter Minute, nehme ich an?«

»Ein Friedensangebot, Molly. Könnten Sie mir was ganz Besonderes zusammenstellen?«

»Na gut. Kommen Sie in zehn Minuten wieder.«

Vom Blumenladen ging er in die Buchhandlung, suchte sechs Taschenbücher für Cats Kinder aus und kaufte dann noch eine Flasche Champagner. Er wusste genau, wie seine Schwester reagieren würde.

Die Blumen warteten.

»Besser ging's nicht. Hab ja gesagt, dass ich für heute Schluss machen wollte.« Dunkelblauer Rittersporn und weiße Schmucklilien, zu einem riesigen Strauß gebunden.

Der Regen setzte wieder ein, als Simon alles zum Auto trug. Bläuliche, rot geränderte Blitze zuckten, und der Himmel war schwefelgelb. Ihm fielen die tosenden Wellen unter ihm ein, während er mit Ed Sleightholme auf dem Felsvorsprung gestanden hatte. Aufregung. Es war aufregend gewesen. Er sehnte sich nach mehr davon. Cold Cases mochten ja manches sein, nur für Aufregung bestand wenig Hoffnung. Q.E.D.


»Onkel Simon, Onkel Simon, das ist Jane, sie hat uns zwei Bücher mitgebracht, ich hab einen neuen Lemony Snicket, und Sam hat …«

»Nein, hast du nicht, Lemony Snicket ist auch für mich, also …«

»Sam …«

»Ich hab Lemony Snicket als Erster gelesen, ich hab ihn gefunden, und jetzt tut Hannah so, als wär das ihr Lieblingsautor.«

»Und das andere Buch heißt *The Fantora Family Files*, kennst du das?«

Felix begann zu brüllen. Der Kater Mephisto sprang vom Küchensofa und floh zwischen Simons Beinen hindurch die Treppe rauf. Simon stand an der Tür, belagert von den Kindern, die Arme voller Geschenke. Cat saß am Tisch, griff jetzt jedoch nach unten, um den brüllenden Felix auf ihren Schoß zu setzen. Neben ihr saß die junge Geistliche, die Max Jameson in ihrem Haus gefangen gehalten hatte. Sie trug ein blassrosa T-Shirt und kein Kollar.

Cat warf nur einen scharfen Blick auf die ganzen Sachen. »Aha. Versöhnungsgeschenke.«

»Gott, ich wusste, dass du das sagen würdest.«

»Na, stimmt doch auch. Gut, dann gib mal her. Prima, köstlicher Schampus, oh, Si, und der wunderschöne Rittersporn.«

»Ich fürchte, eines der Bücher ist überflüssig.« Er nahm den Lemony-Snicket-Band aus der Papiertüte.

Sam kam zu ihm und hielt seine Hand auf. »Danke«, sagte er, »jetzt hat jeder einen. Ich kann meinen selbst lesen. Hannah muss sich ihren vorlesen lassen.«

»Sam …«

»Hören Sie, ich werde Sie zusammenstauchen müssen, DC Deerborn, so redet man nicht mit seinem DCI.«

»Entschuldigung, Chef.«

Simon stellte die Flasche auf den Tisch und ging zum Schrank, um eine Vase für die Blumen zu suchen, Hannah neben ihm, an seinen Arm geklammert, gefolgt von Sam, der versuchte, seine Schwester aus dem Weg zu schubsen.

»Jane und ich wollten uns einen ruhigen Mädchenabend machen.«

»Okay, gut, ich weiß, wo der Fish-and-Chips-Laden ist.«

»Das gibt es hier auch … Na ja, Schellfisch und einen Kartoffelauflauf mit Petersilie.«

»Klingt so viel verlockender.«

Er füllte die Vase mit Wasser, nahm das Papier ab und schnitt die Blumenstängel an. Jane Fitzroy beobachtete ihn.

»O ja, er ist recht geschickt«, sagte Cat, die wiederum Jane beobachtete.

»Onkel Simon, die Blitze waren ganz blau.«

»In Lafferton hatten sie einen roten Rand.«

»Gru-se-lig.«

»Blitze entstehen durch …«, setzte Sam an.

Ein Handy klingelte. Der Raum war ein Bild in einem Rahmen, die Kinder verstummt.

»Oje, das ist meins, tut mir leid, tut mir leid. Wo hab ich es nur?« Jane stand auf und blickte sich in der Küche um.

Eine Stofftasche hing an einem Stuhlknauf neben Simon. Er schaute hinein und sah ein blaues Licht am Handy blinken.

»Scheint hier zu sein.«

»Oje, oje … Entschuldigung, wie dumm. Ich hoffe, es ist nichts passiert, ich fühle mich hier gerade so wohl.«

»Das liegt an uns«, behauptete Sam Deerborn, ließ sich aufs Sofa plumpsen und schlug seinen Lemony Snicket auf.

Jane verließ die Küche, das Handy am Ohr, während sie sich immer noch entschuldigte.

»Tut mir leid«, sagte Simon zu Cat, den Blick auf Jane gerichtet.

»Schon gut. Danke für die Versöhnungsgaben.«

»Eigentlich wärst du damit dran gewesen.«

»*Was?*«

Er hob die Hände.

Cat gab nach. Felix streckte die Hand aus und grapschte nach der Pfeffermühle, die zu Boden krachte.

»Es macht mir nichts aus, wieder zu gehen. Wenn ihr was zu besprechen habt.«

»Mit dem Beruflichen sind wir fertig. Hospizpolitik.«

»Probleme?«

»Ja. Die willst du gar nicht wissen. Bleib.«

»Würde ich gerne.« Er schaute zur Tür, durch die Jane verschwunden war.

»Nein, Si«, sagte Cat. »Absolut nicht.«

»Ich hab es zuerst gar nicht bemerkt. Sie ist schön.«

»Ja, ist sie. Und nein!« Aber dann blickte Cat auf. »Jane? Was ist los?«

Janes Gesicht war so bleich wie eine Kerze.

»Jane?«

Es schien lange zu dauern, bis sie sprechen konnte. »Das war die Polizei. Wegen meiner Mutter.«

»Ist sie wieder zu Hause?«

»Ja. Anscheinend ist jemand eingebrochen.«

»O nein, Jane, nicht schon wieder ... Ist viel gestohlen worden?«

»Sie ... das hat er nicht gesagt. Ob irgendwas gestohlen wurde. Nur dass sie bewusstlos geschlagen wurde. Ihr geht es sehr schlecht.« Sie schaute sich um, als begreife sie nicht, wo sie war.

»Ich muss weg«, sagte sie. »Ich muss nach London.«

Simon stellte das Weinglas ab, das er in der Hand gehalten hatte. »Geben Sie mir Ihr Handy. Wegen der Nummer. Ich rufe dort an.«

»Ich muss weg.«

»Ich weiß.« Er streckte die Hand aus. Jane gab ihm das Handy.

»Machen Sie sich fertig«, sagte er und verließ die Küche, um draußen zu telefonieren. »Ich bringe Sie hin.«

Zehn Minuten später schloss Simon die Autotür, blickte zurück und sah, wie Cat ihm Zeichen machte. Er zögerte, winkte dann und lenkte das Auto zum Tor, ohne sich noch einmal umzusehen.

Fünf Minuten später klingelte sein Handy. Er drückte auf den Freisprechknopf.

»Chef?«

»Hi, Nathan, ist was? Ich bin auf dem Weg nach London.«

»Oh. Ach so. Nur, wir haben eine Leiche.«

»Bleiben Sie dran.« Er fuhr langsamer und warf Jane einen Blick zu. »Tut mir leid, ich muss den Anruf entgegennehmen.«

»Reden Sie doch keinen Blödsinn, das ist schließlich Ihr Beruf. Ist schon in Ordnung.«

»Wirklich?«

Sie lächelte. »Machen Sie schon.«

»Nathan?«

»Okay, Chef, junge Frau, Hayley Twiston, alleinerziehende Mutter, ein Junge, wohnen in zwei Zimmern an der Sanctus Road.«

»Hinter dem Kanal.«

»Genau ... Nachbarn hörten das Baby ziemlich lange schreien. Sind schließlich hingegangen. Baby lag allein in seinem Kinderbett, völlig verstört, anscheinend schon längere Zeit. Sie fanden die Mutter im Garten. Sie hatte Schläge auf den Kopf bekommen, vermutlich mit einem Ziegel oder einem Stein vom Gartenweg. Jemand hatte einen Teil des Zauns eingetreten. Am Zaun sind Blutspuren, derjenige, der da durchgekrochen ist, muss sich verletzt haben.«

»Die Frau?«

»Der Arzt sagt, sie ist an einem der beiden Schläge auf den Kopf gestorben.«

Jane atmete scharf ein.

»Ah ja. Die Spurensicherung ist da?«

»Klar.«

»Übernehmen Sie das jetzt, Nathan, finden Sie so viel wie möglich heraus, setzen Sie Leute auf die Nachbarn an und so weiter. Ich möchte, dass jeder in dem Gebiet befragt wird, jeder, der heute Nachmittag jemanden auf dem Treidelpfad gesehen haben könnte. Verwandte?«

»Ein Bruder in Bevham. Um den kümmert sich schon jemand.«

»Das Baby?«

»Ist beim Sozialdienst.«

»Gute Arbeit. Ich weiß nicht, wann ich zurück sein werde, ich fahre eine Freundin – ihre Mutter ist ins Krankenhaus gebracht worden. Halten Sie mich auf dem Laufenden.«

»Geht klar, Chef.«


»Sie sehen Lafferton jetzt sicher mit anderen Augen«, sagte Simon.

»Nein. Ich wollte nicht in einen Rentnerort.«

»Trotzdem. Sie wurden in Ihrem eigenen Haus gefangen gehalten. Nicht gut.«

»Sie wohnen am Kathedralenhof, nicht wahr?«

Er nickte.

»Das friedvolle Leben?«

»Am Ende eines Arbeitstages zwischen den Gewalttätigen und Unzufriedenen, ja.«

»Es hat nichts damit zu tun, wo ich wohne oder was passiert ist, warum ich mich frage, ob ich an den richtigen Ort gekommen bin.«

»Fragen Sie sich das?«

»Ja.«

Er beschleunigte in der Auffahrt zur Autobahn. Der Verkehr war dicht.

»Aber das alles hängt irgendwie zusammen, nehme ich an. Kaum war ich dort, wurde meine Mutter überfallen, und ich musste nach London zurück.«

»Waren Sie dort, bevor Sie nach Lafferton kamen?«

»Ja. Hilfspriesterin in einer großen Gemeinde in Nord-london. Davor war ich in Cambridge. Dort hab ich meine Ausbildung gemacht.«

»Warum sind Sie umgezogen?«

»Wegen der Kathedrale. Und die Stelle des Krankenhaus-seelsorgers wurde frei ... Daran war ich interessiert. So passiert es. Das ist den Leuten nicht immer klar.«

»Wie bei der Polizei. Man hält nach einer bestimmten Stelle Ausschau. Bewirbt sich. Zieht um.«

»Werden Sie das tun?«

»Umziehen?« Er zuckte die Schultern.

»Entschuldigung.«

Simon wechselte auf die Überholspur und beschleunigte. »Polizeifahrer«, sagte er, »gut festhalten.«

Sie sprach nicht mehr, bis sie von der ersten auf die zweite Autobahn gebogen waren, wo es ruhiger zuging, nachdem der Stoßverkehr nachgelassen hatte. Dann sagte sie: »Das arme Mädchen. Wo werden Sie nach dem Täter suchen?«

»Wird vermutlich recht einfach sein. Ist es für gewöhnlich. Eine Beziehungssache, der Freund, eine alte Rechnung zu begleichen. Könnte bereits gelöst sein, bis ich zurückkomme.«

»Einfach so.«

»Hm.«

»Nicht wie bei meiner Mutter.«

»Gibt es jemanden, der es auf sie abgesehen haben könnte?«

»Nur die Schläger vom letzten Mal.«

»Die Met ist sehr gut in solchen Dingen. Die kriegen den Täter.«

»Aber das wird ihr nicht helfen, nicht wahr? Sie kann dort nicht bleiben. Ich muss sie irgendwie nach Lafferton holen.«

»Haben Sie Platz?«

»Ich muss Platz finden.«

»Würde sie kommen wollen?«

»Um bei mir zu leben? Nein. Meine Mutter ist eine unabhängige Frau. Und sie findet es ziemlich peinlich, eine Priesterin zur Tochter zu haben.«

»Ah ja. Mein Vater findet es peinlich, einen Polizisten zum Sohn zu haben.«

»Warum um alles in der Welt …«

»Serraillers sind Ärzte. Ist Ihnen das noch nicht aufgefallen?«

»Wie die Fitzroys Juden sind. Meine Mutter ist Kinderpsychiaterin. Eine intellektuelle Atheistin aus Hampstead.«

»Sie streiten sich?«

»Ja. Aber es gibt keine andere Lösung.«

Simon hatte von Janes Handy aus mit der Londoner Polizei gesprochen, daher wusste er, dass der Zustand ihrer Mutter viel ernster war, als ihr bewusst war. Klopapier war ihr in den Mund gestopft worden, man hatte sie mit Draht an das Sofabein gefesselt und dann geschlagen.

Jetzt sagte er beruhigend: »Übereilen Sie nichts. Machen Sie einen Schritt nach dem anderen.«

»Für mich würde es einen Umzug sogar noch schwieriger machen.«

»Lafferton war demnach ein einziger großer Fehler?«

»Ich weiß es nicht, Simon. An manchen Tagen kommt es mir so vor … nichts läuft glatt. Ich mag den Bungalow nicht, aber liegt das daran, dass ich dort angegriffen wurde? Ich finde meine Kollegen aus der Kathedrale nicht gerade einfach, aber liegt das daran, dass ich so viel jünger bin als sie und die einzige Frau? Ich komme im Krankenhaus von Bevham nicht sonderlich gut klar, weil nur wenige Patienten nach einem Geistlichen verlangen, und viele davon sind Katholiken oder Muslime, wodurch ich mich oft überflüssig fühle. Ich bin gerne im Hospiz, aber auch da gibt es ein Problem … Darüber haben Cat und ich heute Abend gesprochen.«

»Also werden Sie weglaufen.«

Sie schwieg.

»Entschuldigung. Ich weiß nicht, wie ich das sagen konnte.«

»Vielleicht, weil Sie recht haben. Ich habe mir leidgetan. Menschen, die sich leidtun, laufen oft weg. Es waren ein paar turbulente Wochen. Ihre Schwester war mir eine große Hilfe.«

»So ist Cat.«

»Sie stehen sich nahe?«

»Für gewöhnlich.«

Das Handy klingelte.

»Nathan?«

»Ich bin im Krankenhaus, Chef. Hab gerade mit dem Bruder des Mädchens gesprochen. Ist hier, um sie zu identifizieren. Da gibt's anscheinend niemanden – der Vater des Kindes ist Grieche, Urlaubsliebschaft. War nie hier im Land. Kein anderer Freund, soweit er weiß. Sieht nicht nach einer schnellen Klärung aus. Von dem Blut wird eine DNA-Analyse gemacht. Niemand hat irgendwas gesehen oder gehört – in der Gegend ist nachmittags nie viel los. Sind Sie schon in London?«

»Vielleicht in einer halben Stunde.« Sie verabschiedeten sich, und Simon seufzte.

»Beunruhigend«, sagte Jane.

»DNA ist eine wunderbare Sache.«

»Vielleicht.«

»Die werden das Haus Ihrer Mutter danach absuchen, keine Bange. Heutzutage lässt sich eine Menge machen.«

»Wie kommen Sie damit zurecht? Sie müssen dafür doch eine Strategie haben, wie wir alle.«

»Ich schalte ab.«

»Wie?«

Er zögerte.

»Entschuldigung. Ich will Sie nicht aushorchen. Aber es ist interessant. Cat und ich hatten darüber geredet, seltsamerweise. Sie hat ihre Familie.«

»Sie haben Gott.«

»Und Sie?«

»Bin mir nicht sicher. Ich zeichne.«

»Zeichne?«

Simon bog in den Kreisverkehr von der Autobahn zur Schnellstraße, die nach London hineinführte. Inzwischen regnete es. Ein Strom abgeblendeter Scheinwerfer kreuzte sich mit ihren, unterwegs in die Gegenrichtung.

»Bleistiftzeichnungen«, sagte er. »Es stand fünfzig zu fünfzig zwischen dem Zeichnen und der Polizei. Steht es vielleicht immer noch.«

»Sie sind also gut?«

Er zuckte die Schultern.

»Für mich war es Schwimmen.«

»Also Wasser oder Gott?«

»Was sich nicht ausschließt.«

»Es gibt ein gutes Schwimmbad in Bevham.«

»Ich hab aufgehört. Beim Sport kommt man an einen Punkt, wo man sich entweder ganz darauf einlässt, an die Spitze kommt – oder aufhört. Ich wäre nicht an die Spitze gekommen. Und selbst wenn, war mir das Schwimmen letztlich nicht genug.«

»Warum nicht?«

»Ich bin kein Wettbewerbstyp. Und das muss man sein. Aggressiv ehrgeizig. Das bin ich nicht.«

»Lafferton dürfte gut zu Ihnen passen. Keine besonders wettbewerbs- oder leistungsorientierte Stadt. Genauso wenig wie die Kirche von England, nehme ich an.«

»Oh, Sie würden sich wundern. Aber ich bin nicht wegen eines ruhigen Lebens nach Lafferton gekommen.«

»Doch Sie haben es getan, um aus London fortzukommen.«

»Eigentlich nicht. Ich hab es getan, um von meiner Mutter fortzukommen.« Sie schlug die Hände vors Gesicht. »O Gott.«

»Ist schon gut«, sagte Simon leise.

Eine knappe Stunde später stand er vor dem Haupteingang des Krankenhauses und sprach mit DI Alex Goldman von der Met. Der Mann wirkte noch jünger als Nathan Coates.

»Es geht ihr sehr schlecht. Die Ärzte haben wenig Hoffnung.«

»Das war nicht das erste Mal.«

»Muss nicht unbedingt was miteinander zu tun haben. Diesmal wurde nichts gestohlen, nichts durcheinandergebracht. Die Spurensicherung nimmt sich alles vor. Wir kriegen ihn. Sind Sie mit ihr verwandt?«

»Nein.«

Der DI warf ihm einen scharfen Blick zu. »Ah ja?«

»Einfach nein.«

»Wir müssen irgendwann mit dem Reverend sprechen.«

Simons Handy klingelte.

»Nathan.«

»Nichts Neues, Chef. Ich geh jetzt nach Hause. Mach mich morgen früh sofort wieder dran. Bei Ihnen alles in Ordnung?«

Simon zögerte. Er wollte Nathan erzählen, wo er war und warum, und dieses Bedürfnis war ihm rätselhaft. »Geht schon. Ich helfe nur einer Freundin, etwas zu regeln. Wir sehen uns morgen.«

»Wiedersehen, Chef.«

Zwei Frauen, an die hundertfünfzig Kilometer voneinander entfernt, eine jung, in ihrem Garten totgeschlagen, eine alt, in ihrem Haus fast totgeschlagen. Keine eindeutigen Verdächtigen, keine eindeutigen Motive, kein Raub, keine Spur von irgendjemandem oder irgendetwas. Zwischen ihnen bestand keine Verbindung, und doch kamen sie Simon auf eine erschreckende, nicht greifbare Weise miteinander verbunden vor, Teil eines Musters, Teil einer Verbindung zu ihm und zu seiner Arbeit und seinem Leben. Er war wütend auf die scheinbar sinnlose, zufällige Gewalt, aber hinter beiden Vorfällen schien mehr zu stecken als zwei Raubüberfälle oder Einbrüche, die aus dem Ruder gelaufen waren.

Er steckte das Handy weg und ging auf die Eingangstüren zu, als er Jane Fitzroy langsam den Flur hinunterkommen sah. Er beobachtete sie. Sie sah klein, verstört, bleich aus. Verletzlich. Ihr Haar war wie gekräuselter Kupferdraht, schimmerte unter dem Kunstlicht. Er wollte ihr Bild einfrieren, bis er es mit Bleistift auf Papier festgehalten hatte.

Er ging durch die Tür auf sie zu.

»Sie ist nicht mehr zu Bewusstsein gekommen.« Sie zitterte. Simon griff nach ihrem Arm und führte sie zu einer Bank an der Wand.

»Sie wusste nicht, dass ich da war.«

»Aber Sie waren da. Und Sie wissen, dass man sich nie sicher sein kann … Menschen spüren oft, dass jemand bei ihnen ist.«

»Das hab ich selbst schon oft gesagt. Ich hab versucht, es den Menschen leichter zu machen. Aber sie hat es nicht gespürt, Simon. Sie war meilenweit weg und entfernte sich immer weiter … wie jemand, der aufs Meer hinaustreibt. Ich konnte sie nicht erreichen, und dann war sie fort. Sie sah … schrecklich aus. Nicht mehr wie sie selbst. Wer auch immer ihr das angetan hat …«

Sie verstummte. Aus dem Augenwinkel sah Simon DI Goldman und winkte ihn weg.

»Was soll ich machen?«

»Wollen Sie in ihr Haus?«

»Muss ich?«

354

»Absolut nicht. Heute Abend können Sie hier nichts mehr tun. Ich bringe Sie zurück.«

»Wohin?«

»Zurück nach Lafferton.«

»Ja. Ist das zu Hause? Ich nehme es an.«

»Ich rufe meine Schwester an. Sie sollten jetzt nicht allein sein, und ihr Gästezimmer steht immer bereit.«

»Das wird zu spät, ich kann doch nicht …«

»Jane. Es ist in Ordnung.«

»Ich fühle mich so hoffnungslos. So sollte ich nicht sein.«

»Ach? Und warum nicht?«

Sie lächelte schwach.

»Polizisten und Ärzte und das, was DI Goldman Reverends nennt, haben also übermenschlich zu sein – was auch immer.«

Er stand auf und streckte seine Hand aus, und nach einem Moment ergriff Jane sie. Als sie bei Simons Auto waren, begann sie zu weinen.

Er war nass. Er war in der Nähe von Wasser. Er berührte sein Haar, und es war nass. Sein Kopf tat ihm weh, und seine linke Hand brannte vor Schmerz. Der Himmel grollte. Lizzie. Er tastete sich durch die dunklen Höhlen seiner Erinnerung, um herauszufinden, was mit ihr passiert war. Lizzie. Sie hatte in einem Garten gesessen, mit dem Rücken zu ihm, und irgendetwas war falsch gewesen, anders.

Max merkte, dass er sich vorgebeugt hatte, als hätte er versucht, sich zu übergeben, aber es lag kein Erbrochenes auf dem Boden. Er setzte sich auf. Es war fast dunkel. Er erhob sich. Der Kanal roch nach verrotteter Vegetation, die das Gewitter hochgespült hatte. Niemand war in der Nähe. Lizzie nicht. Auch nicht …

Er stolperte den Pfad entlang, rutschte im Matsch aus. Irgendetwas stimmte nicht, irgendetwas summte in seinem Kopf wie eine Warnung, aber er hatte keine Ahnung, was es sein konnte. Er hatte Whisky getrunken, doch die Flasche war nicht mehr in seiner Tasche. Es war heiß und stickig gewesen, und er hatte Lizzie in einem Garten gesehen, doch irgendetwas war anders gewesen. Seine Hand tat weh.

Es kam ihm vor wie ein zerbrochener Teller, die Scherben auf dem Boden verstreut, bei dem ein großes, wichtiges Stück fehlte. Immer wieder schüttelte er den Kopf, während er den Treidelpfad zur Lücke und durch sie auf die Straße zurückging. Niemand war zu sehen, und er wollte, dass jemand da war, jemand, mit dem er sprechen konnte, jemand, der ihm versicherte, dass er immer noch ein Mensch war, der existierte, der einen Namen und ein Zuhause hatte, der … Aber da war niemand. Er brauchte Wärme und etwas zu trinken, trockene Kleidung. Lizzie. Irgendjemanden. Wenn er niemanden sah, könnte er jedes Gefühl für sich verlieren, sein Gespür dafür, wo er war und wer, könnte alles verlieren, was er noch hatte.

Langsam ging er die Treppe zu seiner Wohnung hinauf. Jemand könnte jetzt dort sein, Lizzie könnte vor ihm zurückgekommen sein. Er glaubte, sie riechen zu können, das leicht scharfe, zitronige Parfüm, das sie immer trug.

Natürlich war niemand da. Keine Lizzie. Niemand. Die Wohnung brachte Max immer zu sich selbst zurück.

Seine Kleidung schien zu trocknen. Er holte eine neue Flasche Whisky heraus, schenkte sich ein Glas voll ein und stellte das Radio neben der Spüle an.

Zehn Minuten später rannte er, der Whisky brannte in seinem Mund und in seiner Magengrube, die Wohnungstür offen, das Radio nach wie vor angeschaltet. Er rannte durch die Straßen wie ein verwirrtes Tier, gejagt von den Stimmen, rutschte auf dem nassen Pflaster aus und fiel fast hin, überquerte eine Straße und wurde beinahe von einem Motorrad angefahren, rannte durch eine Menschentraube, rannte an einem Paar vorbei, an einem Buswartehäuschen, bog falsch ab in eine Sackgasse und musste umkehren, rannte, rannte, rannte, und jetzt strömte der Regen wieder herunter, durchnässte ihn ein zweites Mal und half ihm irgendwie, machte ihm den Kopf klar und wusch alles aus ihm heraus und in den Rinnstein.

Er rannte, rannte, rannte, fort von den Stimmen und zu dem sicheren Ort.

Was auch immer ich gesagt haben mag, welchen Eindruck ich vermittelt haben mag, meine Kindheit war glücklich. Im Vergleich zu den meisten Menschen, mit denen ich täglich zu tun habe, ein Paradies. Das Gleiche trifft vermutlich auch auf Sie zu, also lassen wir die versaute Kindheit beiseite … Entschuldigen Sie den Ausdruck, Reverend.«

»Wenn Sie mich noch einmal Reverend nennen, geh ich.«

»Zu Fuß nach Hause?«

»Genau.«

Simon blickte sie über den Tisch hinweg an. »Ich wette, das würden Sie glatt machen.«

Er war von der Autobahn abgebogen, um zu tanken, etwas zu essen und Kaffee zu trinken. Die Raststätte war fast leer. Das Ganztagesfrühstück war erstaunlich gut, der Kaffee miserabel. Jane spießte ein Stück Speck auf die Gabel, schaute es an und legte es wieder ab.

»Essen Sie.«

»Hab ich doch.«

»Eine halbe Tomatenscheibe. Ts, ts, Reverend.«

Aber er merkte, dass der Witz nicht mehr zog. Kein Witz zog mehr. Es gab keinen Witz darüber, wo sie gewesen waren und warum.

»Sie haben natürlich recht. Meine Mutter war schwierig, aber mein Vater war wunderbar, wir hatten ein schönes Zuhause, ich mochte meine Schule, ich hatte das Schwimmen.

Nichts, worüber man jammern kann. Erwarten die, dass ich morgen noch mal zu ihnen komme?«

»Nein. Das hat noch ein paar Tage Zeit. Sie werden sich darauf konzentrieren, den oder die Täter zu finden.«

»Warum sind die wiedergekommen und haben nichts mitgenommen? Warum?«

»Fürs Protokoll, ich glaube nicht, dass sie es waren. Ich glaube, es war jemand anders.«

Jane schüttelte den Kopf.

»Ich rufe morgen früh dort an. Sie brauchen da gar nichts zu machen.«

»Ich bin den ganzen Tag im Krankenhaus Bevham. Das wird mich ablenken.«

»Sind Sie sicher? Sie können nicht einfach so tun, als wäre nichts gewesen. Ihre Mutter ist ermordet worden, Jane.«

»Vielen Dank. Ich weiß, was passiert ist.«

Als sie zur Tür gingen, fuhr ein Auto vor und entlud eine Gruppe junger Männer in verschiedenen Stadien der Trunkenheit. Zwei torkelten direkt ins Café, der Dritte kotzte heftig auf seine eigenen Schuhe. Ein Vierter schwankte auf Simon und Jane zu.

»Was starrst du mich so an, du Scheißtyp?«

»Das reicht«, sagte Simon ruhig.

»Ach ja? Reicht, reicht …« Er spuckte ihnen vor die Füße.

Simon schaute zurück ins Café. Er sah die Betrunkenen, die sich über den Tresen beugten, brüllten, sich Tabletts und Teller mit Essen schnappten. Hinter dem Tresen waren zwei Frauen, ein Mädchen im Teenageralter räumte Tische ab.

»Nehmen Sie die Schlüssel, schließen Sie sich im Auto ein. Ich rufe einen Streifenwagen. Los.«

Jane rannte. Zwei Männer waren noch auf dem Vorplatz. Simon zog sich zurück, damit er sie im Auge behalten konnte, während er telefonierte. Aber jetzt hatte der Fahrer das Auto geparkt und kam auf ihn zu.

»Bleiben Sie, wo Sie sind, ich bin Polizist. Bleiben Sie stehen.«

»Fick dich doch ins Knie, Blondschopf, wem sagst du, dass er stehen bleiben soll, ich hab nix getan, was soll ich denn getan haben, du Arschgesicht?«

»Sie sind betrunken Auto gefahren, um nur eines zu nennen. Ich sagte, bleiben Sie, wo Sie sind.«

Aus dem Café ertönte ein Schrei, dann noch einer. Simon wirbelte herum und stürmte hinein. Einer der Männer stand auf einem Tisch und hielt einen Stuhl hoch, der andere beugte sich über den Tresen und hatte die Servierkraft am Handgelenk gepackt. Simons einziger Vorteil war, dass sie betrunken und überall verstreut waren, während er nüchtern und konzentriert war, aber er war in der Minderzahl, und die anderen würden jeden Moment hereinkommen.

Wieder drückte er auf die Kurzwahltaste an seinem Handy und gab eine weitere dringende Anforderung durch, behielt dabei die beiden Männer im Auge und versperrte die Tür, so gut er konnte. Die Frauen kreischten, und in dem Sekundenbruchteil, den Simon brauchte, um nach dem festgehaltenen Mädchen zu schauen, sprang der Mann vom Tisch und schleuderte den Stuhl Richtung Simons Kopf. Er duckte sich, doch jetzt stürzte sich der Mann selbst auf Simon, die Fäuste gegen sein Gesicht gehoben und den Fuß bereit zum Zutreten.

Sonst war niemand im Café gewesen, aber als Simon den Hieb mit dem Arm abblockte, sah er eine Gestalt in Rugbymanier losstürmen, den Angreifer packen und ihn mit verdrehtem Arm zu Boden werfen, sodass dieser vor Schmerz jaulte.

Sekunden später war der Vorhof voll mit quietschenden Reifen und rotierenden Blaulichtern, und das Café war voll von Bereitschaftspolizisten.

Der Mann, der Simons Angreifer überwältigt hatte,

wischte sich die Mantelärmel ab. Er war Mitte fünfzig und gebaut wie ein Panzer.

»Kam aus dem Herrenklo und hörte das Schreien. Alles in Ordnung mit Ihnen?«

»Ich bin verdammt froh, dass Sie da waren. Danke. Sie werden als Zeuge gebraucht. Ich bin übrigens Polizist – nicht von dieser Einheit. Ich war zum Tanken hier, als das alles losging. Die Kollegen werden Ihre Aussage aufnehmen.«

Simon schüttelte dem Mann die Hand. Wie selten, dachte er, wie fast beispiellos für einen Mitbürger, sich einzumischen, statt das Weite zu suchen. Er verdient eine Belobigung. Anerkennung durch die Presse. Einen Orden.

Jane saß in seinem Auto, die Türen verriegelt, weiß wie Kalk. Sie ließ Simon ein.

»Ich glaube, mir reicht's«, sagte sie.

Die Straßen waren ruhig, und Simon fuhr schnell. Er hatte Cat angerufen, und das Gästezimmer war bereit. Jane schlief eine halbe Stunde lang. Das Telefon weckte sie.

»Serrailler.«

»Der Herr, der Ihren Angreifer aufgehalten hat, Sir – wissen Sie zufällig seinen Namen?«

»Nein. Hab ihn nicht danach gefragt. Ihre Leute trafen ein, daher hab ich es ihnen überlassen.«

»Ach so.«

»Was ist passiert?«

»Tja, gab anscheinend ein ziemliches Chaos, und der Kerl wollte nicht warten. Allerdings haben wir sein Auto auf der Überwachungskamera vom Vorhof entdeckt.«

»Tja, dann machen Sie ihn doch darüber ausfindig.«

»Haben wir. Das Auto ist auf einen Bischof Waterman zugelassen.«

»Sah aber nicht wie ein Bischof aus.«

»War er auch nicht, das ist es ja. Das Auto wurde von dem Bischof vor zwei Tagen als gestohlen gemeldet.«

»Kein Wunder, dass er mir seinen Namen nicht genannt hat.«

»Ein schöner Held!«

»Hören Sie, Sergeant, es ist mir egal, auch wenn er einen Bus gestohlen hätte. Alles, was mich interessiert, ist, dass er eine Faust aufgehalten hat, bevor sie mein Gesicht traf.«

»Wir brauchen eine Aussage.«

»Gute Nacht, Sergeant.«

»Als ich jünger war«, bemerkte Jane, »sagte meine Mutter immer, dass sich Freundlichkeit nicht auszahlt. Ich konnte es damals schon nicht leiden, und ich kann es immer noch nicht leiden – als ob man Freundlichkeit erweist, um dafür bezahlt zu werden. Das einzige Problem ist, und das ist sehr, sehr ärgerlich, dass es sich so oft als wahr erweist.«

»Tu eine gute Tat, und sie dreht sich um und beißt dich?«

»Manches tut das.«

»Genau. Wir nennen das Polizeiarbeit.«

»Sie fahren sehr schnell.«

»Entschuldigung.« Er nahm den Fuß ein wenig vom Gas.

»Ich nehme an, Sie besitzen automatisch Immunität.«

»Nein, wenn ich außer Dienst bin, nicht.«

»Bringen Sie mich nach Hause? Ich kann das Ihrer Schwester nicht zumuten.«

»Sie macht es gerne.«

»Ich habe das Gefühl, ich verliere mich in all dem.«

»Nein. Ihnen sind eine Reihe erschreckender Dinge passiert. Lassen Sie sich etwas abnehmen. Was ist daran falsch?«

»Ich allein muss das bewältigen. Ich sollte es zumindest.«

»Ach, um Gottes willen.«

»Ja.«

»Bei Gott bin ich mir nicht sicher. Das sollten Sie lieber wissen.«

»Warum?«

»Weiß ich nicht so genau. Cat war sich immer sicher – sie sagt, sonst könnte sie ihren Beruf nicht ausüben.«

»Nein, nicht: warum nicht Gott? Warum sollte ich das lieber wissen?«

Er antwortete nicht.

»Ich begegne mehr Menschen, die sich über Gott nicht sicher sind, als umgekehrt. Ich begegne ihnen meistens an dem Punkt, an dem sie die Frage zu stellen beginnen.«

»Ich stelle die Frage nicht.«

»Auch gut. Aber ich bin nicht Priesterin geworden, um den Bekehrten zu predigen, wobei ich das anscheinend die meiste Zeit tue.«

»Sie arbeiten lieber im Krankenhaus als in der Kathedrale?«

Jane lehnte erschöpft den Kopf zurück. »Ich weiß es nicht, Simon. Ich weiß ehrlich nicht, ob irgendwas davon funktioniert. Ich hatte daran gedacht, Nonne zu werden.«

»Allmächtiger Gott.«

»In der Tat.«

»Ich bin froh, dass Sie Ihre Meinung geändert haben.«

»Da bin ich mir nicht sicher.«

»Das ist doch wohl nicht Ihr Ernst?«

Sie waren auf der Umgehungsstraße von Lafferton und auf dem Weg zum Bauernhaus der Deerborns. Simon merkte, dass er zu lange gefahren war. Er würde dafür sorgen, dass Jane gut untergebracht war und sich dann zum Schlafen auf das Sofa in der Küche legen. Für eine weitere zwanzigminütige Fahrt zurück nach Lafferton war er zu müde.

»Zweimal im Jahr ziehe ich mich in ein Kloster zurück. Manchmal denke ich daran, dort zu bleiben.«

Darauf hatte er nichts zu sagen. Die Vorstellung stieß ihn ab, aber es war zu viel passiert, als dass er unbefangen nach dem Warum fragen konnte. Er bog in die Einfahrt zum Bauernhaus. Oben und unten brannte Licht. Es war nach zwei.

Chris war in der Küche, um Milch warm zu machen, und oben weinte Felix.

»Hi. Schlimme Nacht?«

»Schlimme Nacht«, bestätigte Simon.

»Sie sind Jane, ich bin Chris. Bin gerade nach Hause gekommen.«

Zehn Minuten später sprach Jane oben mit Cat, die Felix beruhigt hatte. Chris hatte ihnen beiden heiße Schokolade gebracht.

»Whisky«, sagte er, als er in die Küche zurückkam.

»Das ist ein Wort. Ich schlafe hier, wenn das in Ordnung ist, ich kann nicht mehr heimfahren.«

»Klar. Ihre Mutter ist gestorben?«

»Erstaunlich, dass sie es überhaupt bis ins Krankenhaus geschafft hat bei all ihren Verletzungen. Ich hab mit dem DI gesprochen, der den Fall bearbeitet.«

»Was ist bloß los, Si? Eine meiner Patientinnen wurde in ihrem Garten ermordet, und heute Abend wurde ich ins Hospiz gerufen, weil da eine Leiche lag. Der Kerl hatte sich die Pulsadern aufgeschnitten. Irgendeine arme Frau, deren Mann gerade gestorben war, ging in den Garten, um Luft zu schnappen, und fand ihn.« Chris ließ sich aufs Sofa fallen. »Mir steht's bis hier.«

»Nehmt das Wochenende frei. Ma kann sich um die Kinder kümmern.«

»Sie wird mit Felix nicht fertig. Bin mir nicht sicher, ob sie überhaupt noch mit den anderen fertigwird, um ehrlich zu sein. Wir haben uns ein wenig Sorgen um sie gemacht.«

»Ich sollte endlich mal wieder hinfahren. Hab immer so viel um die Ohren. Zu dumm. Was fehlt ihr?«

»Weiß nicht. Cat wollte, dass sie sich untersuchen lässt, aber das macht sie natürlich nicht. Ich würde am liebsten abhauen, Si.«

»Dachte, du wolltest wieder im Krankenhaus arbeiten. Dass du es bloß satt hättest, Allgemeinarzt zu sein.«

»Ich hab alles satt, Punkt.«

Da kam sie wieder, die Drohung, die Simon abzuwehren versuchte, dass der neue Anfang Australien bedeutete. Das und Jane Fitzroys Drohung ...

»Du könntest auf dem Campingbett in Sams Zimmer schlafen«, sagte Chris und stand auf. »Oder ich kann es dir in Cats Büro stellen.«

»Ich bin zu lang für das Campingbett, und Sam wacht um halb sechs auf.«

»Na dann, mach's gut.«

Simon holte sich eine Decke und ein Kissen aus dem Spielzimmer. Er mochte die Küche. Sie war warm und gab ein schwaches, tröstliches Summen ab. An der Spülmaschine leuchtete das rote Licht. Nach ein paar Minuten hörte er das Zuschlagen der Katzenklappe und spürte, wie Mephisto aufs Sofa sprang, sich in Simons Kreuz zusammenrollte und zu schnurren begann.

## 53

Der Lärm war das Schlimmste. Der Rest machte ihr nichts aus, nur der Lärm. Krachen, Rattern, Brüllen, Scheppern. Alles hier war aus Metall, alles machte Krach. Teller und Türen und Treppen und Flure und Schlüssel. Niemand ging, ohne dass einem die Schritte im Kopf nachklangen, niemand sprach, ohne dass die Stimmen durch die Metalltreppenhäuser hallten. Tagsüber war es schon schlimm, aber die Nächte waren noch schlimmer. Jemand begann zu brüllen, jemand brüllte zurück, jemand schrie, jemand hämmerte gegen eine Tür. Dann die Schritte und die Schlüssel und wieder das Brüllen. Ed hatte sich das Kissen über den Kopf gelegt, aber es half nicht. Sie hatte Klopapier zusammengerollt und sich in die Ohren gestopft, doch der Lärm war immer noch da, nur hohl, wie Geräusche, die man am Grund eines Brunnens hört. Aber trotzdem hört. Ihr Frühstück war gekommen. Sie hatte den Toast gegessen und den Tee getrunken. Alles andere war Dreck. Schleimig und dreckig und fettig. Doch der Toast war in Ordnung. Mehr oder weniger kalt, aber in Ordnung.

Dann die Schritte und der Schlüssel.

»Morgen, Ed.«

Das war auch so etwas. Sie war gefragt worden, wie sie genannt werden wollte, und sie hatte Ed gesagt, und das war's dann.

Die hier hieß Yvonne und war wie ein Spatz, kaum größer

als Ed. Ihr Haar hatte eine rote Strähne an der Seite, wo sie eine Farbe ausprobiert hatte, wie sie sagte, nur hatte sie es Gott sei Dank bei der einen Strähne belassen. »Was hab ich mir bloß dabei gedacht?«

»Wie geht's Ihnen?«

Ed zuckte die Schultern.

»Ihre Mutter hat eine Besuchserlaubnis beantragt.«

»Ich will sie nicht sehen. Ich muss das nicht.«

»Nein. Sie müssen das nicht, dazu haben Sie das Recht. Bloß – denken Sie mal darüber nach, Ed. Wie fühlt sie sich?«

»Keine Ahnung.«

»Kommen Sie nicht mit Ihrer Mutter aus?«

Wieder zuckte Ed die Schulter.

»Habt ihr euch zerstritten?«

»Nicht so richtig.«

»Trotzdem, sie ist Ihre Mutter, und Sie haben nur die eine. Sie wäre doch eine Stütze für Sie.«

»Ich brauch keine Stütze.«

»Sind Sie sich sicher?«

»Warum fragen Sie mich dauernd solche Sachen?«

»Weil die meisten Menschen in Ihrer Situation Unterstützung brauchen … Sie brauchen alle Unterstützung, die sie kriegen können, fragen Sie mich.«

»Sie hat nichts damit zu tun.«

»Sieht aber so aus, als wollte sie das.«

»Also, ich hab gesagt, dass ich sie nicht will. Ich will sie nicht sehen. Außerdem hat sie genug anderes zu tun.«

»Sie haben Schwestern und Brüder?«

»Geht Sie nichts an.«

Yvonne seufzte. »Gott, Sie machen einem das Leben schwer.«

Schweigen.

»Nicht mir, Ed, sondern sich selbst. Worauf sind Sie so stolz?«

»Die Würstchen waren ekelhaft. Sagen Sie ihnen das.«

»Okay. Ich meine, okay, Ihrer Mutter wird mitgeteilt werden, dass Sie keinen Kontakt wollen, und nicht, dass ich Ihre Beschwerde an die Küche weitergebe. Sie können von Glück sagen. Die Sache ist allerdings, Ed, dass sie Ihnen schreiben kann. Sie kann nicht ohne Ihre Zustimmung herkommen und Sie besuchen, aber wäre es nicht gut, einen Brief zu bekommen?«

»Nein.«

»Denken Sie an sie.«

»Das haben Sie schon mal gesagt.«

»Sie wird Ihnen Dinge sagen wollen. Vielleicht Fragen haben.«

»Sie wird keine Antwort bekommen. Wie gesagt, sie hat anderes … Sie hat wieder geheiratet. Das reicht jetzt.«

»Sie kommen also nicht mit Ihrem Stiefvater aus? Tja, das ist nicht ungewöhnlich. Ehrlich gesagt, mit meinem hab ich auch nicht viel am Hut, aber er hat meine Mum glücklich gemacht. Denken Sie darüber nach, Ed.«

»Kann ich in die Bücherei gehen?«

»Klar. Macht um zehn auf. Ich hol Sie ab.«

»Warum müssen Sie mich abholen? Lassen Sie mich doch alleine gehen, um alles in der Welt. Wieso brauche ich ständig ein Kindermädchen? Verdammt noch mal.«

Yvonne lehnte sich an die Wand und blickte Ed einige Momente lang schweigend ins Gesicht.

Sie ist okay, dachte Ed. Sie ist kein Weichei, sie ist nicht clever, aber sie ist okay. Ich hätte auch was Schlimmeres als Wärterin bekommen können.

Dreimal pro Woche wurden die Putzsachen gebracht, Mopp und Eimer, Besen, Staubtuch und Politur. Darauf freute sie sich. Sie putzte gerne, es gefiel ihr, die Zelle so gut herzurichten, wie sie konnte, wenn auch nie so gut wie ihr eigenes Haus.

Sie wollte nicht an ihr Haus denken, aber das Bild kam ihr sofort in den Kopf, und sie konnte es nicht wieder loswerden. Schließlich gab sie es auf, sich dagegen zu wehren, und ging durch das Haus, ein Zimmer nach dem anderen, betrachtete die Möbel, die Tapeten, die Küchenschränke, was in den Küchenschränken war, die Fenster, den Weg zur Haustür, den Garten hinter dem Haus, schaute und schaute, bis sie meinte, verrückt zu werden.

Sie würde natürlich dahin zurückkehren. Wenn sie entlassen wurde, was passieren würde, weil sie wusste und die anderen wussten und ihr Anwalt mehr oder weniger wusste, dass es keine Beweise gab. Nicht allzu viele Beweise, bis auf die Entführung des Mädchens. Aus der Sache kam sie nicht raus, und sie würde es auch nicht versuchen. Zwecklos. »Ich bekenne mich schuldig«, hatte sie bei der ersten Vernehmung dazu gesagt. Eine Entführung. Doch mehr hatten sie nicht. Nur ein paar Flecken im Auto. Aber keine Leichen, die damit in Verbindung gebracht werden konnten.

Ed schloss die Augen, damit sie ihr Haus deutlicher sehen konnte. Der Garten sah hübsch aus, doch der Rand des Rasens musste beschnitten werden. Sie besaß einen kleinen Rasentrimmer mit langem Griff. Damit wurde es sehr ordentlich. Kyra sah ihr gern dabei zu, obwohl sie Kyra das nie machen lassen würde. Zu gefährlich.

»Ich kann das, Ed, wirklich, lass mich das machen, ich hab dir so oft zugeschaut, ich kann das.«

Aber sie könnte sich den Zeh abschneiden oder so, es war zu gefährlich. Bei Kyra würde sie kein Risiko eingehen. Kyra war etwas Besonderes. Kostbar. Sie würde alles tun, um dafür zu sorgen, dass Kyra nichts passierte, dass ihr niemand wehtat. Niemand. Jemals.

Sie wollte niemanden sehen, ihre Mutter nicht, Jan nicht, niemanden. Aber wenn sie Kyra sehen könnte, würde sie sofort zugreifen. Würden sie erlauben, dass Kyra zusammen mit Natalie herkam? Warum eigentlich nicht? Andere Gefangene wurden von ihren Kindern besucht, Ed hatte sie oft genug an Besuchsnachmittagen gehört. Warum konnte sie nicht um einen Besuch von Kyra bitten? Natalie würde sie bringen müssen, das war der Grund, und Ed wollte Natalie nicht sehen. An Natalie war nichts falsch, außer dass sie eine schlampige Mutter war, nicht gut genug für Kyra. Natalie war nicht schlecht. Aber Ed wollte sie nicht sehen. Nur Kyra.

Sie öffnete die Augen.

Natürlich würden sie Kyra nicht herkommen lassen.

Der Lärm ging wieder los, Eimer wurden vor jede Tür gestellt, schepper, schepper, schepper, dann die Besen, gegen jede Tür, peng, peng, peng. Sie gingen erst auf der einen Seite des Flurs entlang, dann auf der anderen Seite zurück, bevor Eds Tür aufgeschlossen wurde und die dicke Frau Eimer und Mopp und Besen hineinschob, ohne in Eds Richtung zu schauen.

So eine Frechheit. Sie war in Untersuchungshaft, sie war niemand, den man so behandeln konnte, missachten und so tun konnte, als gäbe es sie nicht. Yvonne war nicht so. Yvonne wusste, was sich gehörte. Ed dachte daran, sich zu beschweren. Sie hatten mit ihr zu sprechen, hatten höflich zu sein. Sie war eine Untersuchungsgefangene, keine Verurteilte. Sie hatte das Recht darauf, dass mit ihr gesprochen wurde.

Später würde sie sich definitiv darüber beschweren. Definitiv.

## 54

Früher war der Kaffee mit Schaum drauf in flachen, durchsichtigen Tassen serviert worden und hatte nach nichts geschmeckt. Jetzt wurde er in einem hohen Glas mit einem langen Löffel serviert und schmeckte stark. Dougie Meelup saß an einem Tisch im hinteren Teil des Cafés, mit dem hohen Glas und den Zeitungen. Drei Zeitungen. Anderthalb davon hatte er von vorne bis hinten gelesen, bis auf die Wirtschaftsseiten, auch den gesamten Sport, bis auf Golf, und wenn er noch eine halbe Stunde blieb, hatte er sie alle durch. Dann würde er sich vielleicht eine weitere Zeitung holen und noch mal wiederkommen.

In den letzten beiden Wochen hatte er ebenso viel Zeit im Café verbracht wie zu Hause, zumindest tagsüber. Eileen hatte es kaum bemerkt. Er war besorgt deswegen, und es machte ihn verrückt, beides zusammen. Zuerst hatte sie die ganze Zeit am Computer verbracht, hatte gelernt, wie er funktionierte, und dann begonnen, alles nachzuschauen, jedes Wort, das geschrieben worden war, wie es schien, erst über Weenys Fall, dann über die vermissten Kinder. Sie hatte Keith dazu gebracht, ihr einen Drucker zu kaufen und anzuschließen, also hatte das Ausdrucken angefangen, den ganzen Tag und bis in die Nacht, surr surr, ratsch ratsch, bis die Küche ein weißes Papiermeer war und sich Kartons mit Ausdrucken aus dem Internet im Haus stapelten.

»Ich muss das tun, ich muss es herausfinden und ich muss

es verstehen, wenn ich das nicht tue, kann ich nicht dabei helfen, die Sache in Ordnung zu bringen, Dougie.«

Dann mussten die Papiere in die Aktenkästen sortiert werden, die sie in der Stadt gekauft hatte. Danach war es still geworden, während sie alles las, gewissenhaft, jeden einzelnen Computerausdruck, Dougie gelegentlich dazu brachte, ihr zuzuhören, wenn sie Stellen laut vorlas, und ihn fragte, was er davon hielt. Er fand es schwierig, darauf zu antworten.

»Ich weiß nicht, Eileen, das klingt so juristisch, ist alles Polizeisprache, ich weiß es nicht.«

»Man gewöhnt sich daran«, hatte sie gesagt, »an das Juristische und die Polizeisprache. Nach einer Weile schaut man dahinter.«

Dann hatte sie mit Namen und Adressen begonnen, seitenweise. Und dann mit den Briefen. Sie schrieb Briefe über Weeny an das halbe Land, dachte er, wandte sich an Lord X und Sir Y und Richter Z. Er hatte sich einige der Briefe angeschaut, wenn sie im Bad war. Sie waren alle gleich, baten um Hilfe bei diesem Fall, baten darum, dass Briefe geschrieben wurden, stellten die Frage, wie es hatte geschehen können, dass Weeny für furchtbare, entsetzliche Verbrechen verhaftet wurde, die sie nicht begangen haben konnte, baten um mehr Namen und Adressen, um mehr Menschen, die sich ihrer Kampagne anschließen würden, baten, baten, baten. Nach einer Weile waren die Antworten eingetroffen. Dann hatte Eileen begonnen, Leute, Zeitungen, Polizeireviere, Abgeordnete, Richter anzurufen. Das halbe Land. Die halbe Welt.

Er kochte sich sein Essen selbst. Sie aß eine Banane und eine Schachtel Kekse oder schnitt sich ein Stück Käse ab und machte Tee. Auf jedem Regal, jedem Fensterbrett standen Teebecher. Die Spüle war voll mit leeren Teebechern. Er wusch sie ab und stellte sie weg und räumte die Küche auf und ging in den Supermarkt und kochte und versuchte, Eileen zum Essen an den Tisch zu bekommen, und gab schließlich auf und aß alleine. Aber nach einer Weile hatte er sich angewöhnt, ins Café zu gehen und den schaumigen Kaffee aus den hohen Gläsern zu trinken, mit drei Löffeln Zucker, die er mit dem langen Löffel umrührte. Er las die Zeitungen, versuchte sich an den Kreuzworträtseln, verfolgte die Rennergebnisse, lernte, wie man Worträder machte, und erhöhte seine Bewertungen von mittelmäßig zu gut und einmal sogar sehr gut.

Sein Leben war auf den Kopf gestellt worden, und er fand keine Handhabe, was er dagegen unternehmen und wie er es wieder auf die Füße stellen, wie er helfen, wie er Eileen zur Vernunft bringen sollte. Wie. Wie. Eines wusste er. Er hätte es nie laut gesagt, nicht zu Eileen, zu niemandem. Aber er wusste es. Man verhaftete keinen Menschen für entsetzliche Dinge wie diese, ohne sich sicher zu sein. Da ging es nicht um Ladendiebstahl, sagen wir, oder um Taschenraub. Sie verhafteten keinen und machten es offiziell, wenn es Zweifel gab, wenn es nur eine Ähnlichkeit war, eine begründete Vermutung.

Er kannte Weeny nicht. Sie war einmal vorbeigekommen, hatte angerufen, von unterwegs, wie sie sagte, hatte einen dürftigen Blumenstrauß mitgebracht, eine Tasse Tee getrunken und einen Keks gegessen. Ein schmächtiges Ding, dunkle Haare, dunkle Jacke, dunkle Jeans. Als sie fort war, hatte er das merkwürdige Gefühl gehabt, dass niemand da gewesen war, niemand, den er festnageln oder an den er sich erinnern konnte, eine Art Nichts, ein kleiner, dunkler, flüchtiger Schatten. Sie hatte nicht viel zu ihm gesagt, aber es war alles sehr nett, sehr freundlich gewesen. Doch er konnte sich kaum daran erinnern. Es war, als wären selbst ihre Worte nicht da gewesen, hätten keine Spur hinterlassen, nur Atem, der verdunstet war und nichts in seinem Gedächtnis zurückließ.

Er schaute auf die Zeitung. Musselburgh 3:30. Es gab die Wahl zwischen *Empire Gold* und *Miljahh*. Nichts sprach mehr für das eine oder für das andere. Vielleicht sollte er auf beide setzen, je einen Fünfer. Das wären etwa sieben Pfund Gewinn für den jeweiligen Sieger. Lohnte es sich, deswegen zum Buchmacher zu gehen und Schlange zu stehen, für sieben Pfund Gewinn, immer vorausgesetzt, dass er recht hatte und eines der beiden gewann? Im Café war es ruhig. Die zum Hof führende Tür hinter dem Tresen war geöffnet, um Luft hereinzulassen und damit auch den Geruch der Mülleimer.

Beim Buchmacher würde es nach Schweiß und Rauch riechen. Eileen würde ausdrucken und auf die Tastatur hämmern, das Gesicht nahe am Bildschirm.

Er spürte, wie er in Verzweiflung versank. Er wollte jemanden fragen, was er tun, was er sagen, wie er helfen, wie er Eileen unterstützen und sie gleichzeitig aus ihrem Käfig befreien konnte, dem Käfig des Versuchs, etwas zu beweisen, was unbeweisbar war, nämlich, dass Weenys Verhaftung ein entsetzlicher Irrtum war. Es war kein Irrtum, und das konnte er niemals sagen. Sie hatte ihn immer wieder gefragt, was er dachte, ob er Briefe schreiben würde, und seine Zunge schien im Mund anzuschwellen, weil er nie antworten konnte, die richtigen Worte waren nicht da, und die Wahrheit konnte nicht ausgesprochen werden. Er wünschte, sie hätte ihre Stelle nicht aufgegeben. Sie hatte gesagt, sie würde all ihre Zeit für das brauchen, was sie inzwischen ihre Kampagne nannte. Aber er glaubte, dass sie auch Angst haben könnte, Angst davor, dass jemand Bescheid wusste, auf sie zeigte, flüsterte, darüber redete, es verbreitete. Er ging hinaus in die Sonne. In der Stadt war viel los. Er beschloss, zum Buchmacher zu gehen, seine Wette zu platzieren und dann etwas für Eileen zu kaufen, obwohl er nicht wusste, was und ob sie es überhaupt bemerken würde.

Die Quoten für *Miljahh* waren viel besser, als er erwartet hatte, hundert zu dreißig statt sieben zu vier, also setzte er zehn Pfund anstatt fünf und sah sie um eine Länge gewinnen, was ihn hätte freuen sollen, aber es irgendwie nicht tat. Er ging hinaus, setzte sich in der Sonne auf einen Poller und überlegte, was er Eileen kaufen sollte. Blumen. Schokolade, die sie immer gemocht hatte. Doch er wusste, dass sie die Blumen nicht beachten und die Schokolade ungeöffnet liegen lassen würde.

Er ging zurück zu seinem Auto, fuhr auf dem Kreisverkehr Richtung Zuhause, nahm aber dann die erste Ausfahrt, fast ohne zu wissen, dass er es tat.

Leah war im Garten, ordnete die kleinen Lampions neu, die sie neben dem Weg beim Steingarten in den Bäumen aufgehängt hatte. Dougie hatte manchmal überlegt, ob die Lampions etwas mit ihrer Religion zu tun hatten, aber er wollte nicht danach fragen. Sie kletterte von der Leiter, als sie das Tor hörte.

Dougie Meelup hätte nie von sich behauptet, ein Mensch mit Vorurteilen zu sein, hätte gemeint, Hautfarben nicht einmal wahrzunehmen. Mensch war Mensch, selbst wenn es nicht immer einfach war, mit allen auszukommen. Aber als Keith gesagt hatte, er würde eine Filipina heiraten, hatte sich Dougie Sorgen gemacht. Alles war anders, nicht wahr, nicht nur die Hautfarbe, alles, wie sie aufgewachsen war, ihre Erziehung, ihre Familie, ihre Religion, Essen, Wetter, Kleidung, Bräuche. Alles. »Wie wird ihr das gefallen? Das ist es, was mir Sorgen macht. Alles ist neu, alles ist anders, und dann auch noch ein Ehemann. Und wenn sie dann nicht glücklich ist? Du kannst es ihr nicht vorwerfen, aber was würdest du machen? Sie hat alle Brücken hinter sich abgebrochen, ist hergekommen, um hier zu leben, das ist ein großer Schritt, und wenn es schiefgeht, was machst du dann?«

Doch es war nicht schiefgegangen. Es war vom ersten Tag an glattgelaufen. Leah war noch nie aus ihrem Land herausgekommen, aber ihr Englisch würde ausreichen und bald besser werden, und alles andere schien keine Rolle zu spielen. Es war, als wäre sie geboren worden, um hierherzukommen, dachte Dougie, auch wenn sie hier philippinische Freunde hatte und sich sehr oft mit ihnen traf und inzwischen mit allen zu Hause in E-Mail-Kontakt stand. Er hatte Keith nicht gefragt, wie er Leah kennengelernt hatte, aber Keith war immer ein Wanderer gewesen, immer hier und dort mit dem Rucksack unterwegs, daher hatte Dougie angenommen, dass sie sich in einer Bar oder am Strand oder sogar im Flugzeug begegnet waren.

»Internet«, hatte Keith eines Tages gesagt und sich halb totgelacht. »Internetvermittlungsagentur für englische Burschen, um philippinische Mädchen zu finden.« Und hatte weiter gelacht über den Ausdruck auf Dougies Gesicht.

»Hallo, du hier, dass ist aber schön, Dougie, ich mach dir was Kaltes zu trinken, oder möchtest du lieber Tee, wie gewöhnlich?«

Immer dasselbe, dachte er, immer bietet sie etwas an, ein Getränk oder etwas zu essen und den besten Sessel, sobald jemand hereinkommt. Wie jetzt, sie sauste in den Schuppen, holte den Liegestuhl heraus, stellte ihn im Schatten auf, wischte ihn mit dem Rockzipfel ab.

»Ach, ist das schön, setz dich, Dougie, und sag mir, was du trinken möchtest.«

Es war richtig gewesen, herzukommen. An den richtigen Ort.

»Keith ist nicht da, was du natürlich weißt, du hast ja nicht erwartet, ihn um diese Tageszeit anzutreffen, aber es ist alles bestens, wenn du auch mit mir allein vorliebnimmst.«

Dougie setzte sich. Er musste sich setzen. Sonst hätte er sie beleidigt.

»Möchtest du etwas Kaltes oder doch lieber Tee?«

»Eine Tasse Tee wär genau das Richtige. Danke, Leah.«

»Kein Problem, dauert nur ein paar Minuten.«

Und fort war sie, schnell wie der Blitz, zurück in die Küche.

Der Garten war wie das Haus, strahlend und gepflegt. Leah hatte nie zuvor so etwas wie einen Garten gehabt und sich mit Verve darauf gestürzt, hatte die Beete und Hängekörbe und Blumenkästen mit Blumen in so vielen leuchtenden Farben gefüllt, wie sie konnte, und den Rest mit den kleinen Lampions. Jeden Abend vom Frühjahr bis zum Herbst, wenn es nicht regnete, ging sie durch den Garten und zündete die Kerzen in den Lampions an.

Dougie schloss die Augen. Er musste es aussprechen, alles, musste die ganze Geschichte erzählen und laut darüber nachdenken, was zu tun war, und Leah würde zuhören und nichts sagen, nichts verurteilen, nichts tadeln.

Der Tee kam auf einem Tablett mit den besten Tassen und einem frisch gebackenen Kuchen. Inzwischen hatte er gelernt, dass es besser war, ihr keine Hilfe anbieten zu wollen.

»Das ist sehr, sehr nett, weißt du?«, sagte sie lächelnd und reichte ihm den Tee. Aber in ihren Augen standen Fragen.

Dougie biss von dem Biskuitkuchen ab, aß ihn langsam, damit sie sah, dass er ihm schmeckte, trank von seinem Tee, bevor er die Tasse absetzte und sagte: »Es geht um Eileen. Irgendetwas Schreckliches passiert, Leah. Ich weiß nicht, was ich tun soll. Ich bin am Ende meiner Weisheit.«

## 55

H i.«
    Ed blickte nicht auf.

»Ich bin Kath. Ich werd Reddy genannt.«

Die Frau setzte sich neben sie auf die Bank.

Ein Badmintonspiel war im Gange. Ed hatte überlegt, zu fragen, ob sie mitspielen könnte, hatte aber keine Lust auf Ärger gehabt und schaute lieber von der Bank aus zu. Sie war zum zweiten Mal mit einigen von den anderen Insassen zusammen. Anscheinend hatte man entschieden, dass sie nicht Amok laufen würde.

»Ich weiß, wer du bist.«

Ed rutschte auf der Bank ein Stück weiter. Die Frau rutschte ihr nach.

»Wir können fernsehen, kriegen Zeitungen. Kein Problem. Edwina Sleightholme.«

»Ed«, sagte sie automatisch.

»Du bist Scheißhauspapier.«

Ed stand auf.

»Los, Linda, hau ihn ihr um die Ohren.«

Ed schob sich an der hinteren Wand der Sporthalle entlang. Sie hatte nicht mit den anderen zusammen sein wollen, das hatte sie gesagt, sie zog es vor, allein zu sein.

»Jaaa.« Ein Jubelruf ertönte.

Ed schob sich näher zur Tür. Sie würde in ihre Zelle zurückgehen und lesen.

Alle strömten zur Tür, als das Spiel beendet war. Die Frau namens Reddy war die Erste, direkt hinter Ed. »Abschaum.«

Ed spürte etwas Eisenhartes in ihrem Kreuz. Das Gedrängel zur Tür verstärkte sich, und der Druck wurde zu einem unerträglichen Schmerz, von dem ihr schwindelig wurde.

Das Schubsen ließ nach, als alle wie ein aus einer Flasche befreiter Korken auf den Flur stürmten.

»Schon gut, schon gut, hört auf zu drängeln und zu schubsen, was ist denn mit euch los? Habt ihr noch nie was von Schlangestehen gehört? Jetzt mal langsam und ordentlich, sonst wird noch jemand verletzt.«

Ed drehte sich um, aber alle zerstreuten sich. Sie konnte nicht mal mehr Reddys Rücken sehen. Sie schaffte es in all dem Getrappel halb die Eisentreppe hinauf, dann wurde sie ohnmächtig.

Ed war nie krank und würde jetzt auch nicht damit anfangen.

»Ich brauch nicht zum Arzt. Mir war nur heiß.«

»Wirklich? Schaffen Sie es zu Fuß dahin?«

»Ich brauch den verdammten Arzt nicht.«

»Ed, Ihnen bleibt keine andere Wahl. Sie waren ohnmächtig, Sie gehen zum Arzt. Das ist nicht wie draußen, das gehört zu den Vorschriften. Können Sie wirklich laufen?«

Sie sagte nicht Nein, verschwieg, dass der Schmerz in ihrem Rücken immer noch ein glühender Schürhaken war, der in ihr steckte. Beim Gehen verdrehte sich der Schürhaken. Sie ballte die Fäuste und zwang sich, aufrecht zu stehen.

Sie legte keinen Wert darauf, mit anderen zusammen zu sein. Sie blieb lieber für sich, aber sie wollte rausgehen können, in die Sporthalle und die Bücherei, nicht rund um die Uhr und sieben Tage die Woche in ihrer Zelle festsitzen müssen.

»Sind Sie sicher, dass alles in Ordnung ist?«

»Hab ich doch gesagt.«

Der Schürhaken verdrehte sich jetzt zur anderen Seite,

aber sie würde nichts sagen. Vorausgesetzt, der Arzt verlangte nicht, dass sie sich auszog und sich Zentimeter für Zentimeter untersuchen ließ, war alles gut, sie würde ein Schmerzmittel für erfundene Kopfschmerzen bekommen, das würde reichen.

Das Gehen entlang des letzten Flurs bis zum Ende war schlimmer als alles zuvor. Der Schürhaken wurde nach vorne gedrückt, hierhin und dorthin verdreht und wieder reingedrückt. Sie schaffte es, weil sie sich dazu zwang, aber nur so eben.

Die Ärztin trug die Art Brille, die Ed nicht leiden konnte, randlos und oval, und als sie aufblickte, lächelte sie nicht. Ed hätte sie am liebsten angeschrien. Ich bin in Untersuchungshaft, ich bin nicht verurteilt, lächel mich gefälligst an.

»Guten Abend.«

Ed antwortete nicht. Warum sollte sie?

»Wie ich höre, sind Sie vorhin ohnmächtig geworden.«

»So ähnlich.«

»Na ja, man musste Ihnen aufhelfen.«

»Es war heiß.«

»Nimmt Sie so was für gewöhnlich mit – Hitze?«

Ed zuckte mit den Schultern.

»Wann haben Sie zuletzt etwas gegessen?«

»Teezeit.«

»Wann waren Sie das letzte Mal bei Ihrem Hausarzt?«

»Nie. Ich werde nie krank.«

»Ah ja. Die Periode normal?«

»Ja.«

»Haben Sie im Moment Ihre Tage?«

»Nein.«

»Medizinisch war bei Ihrer Einlieferung alles in Ordnung, so wie es aussieht. Sie nehmen keine Medikamente. Gut, dann schauen wir uns das lieber mal an.«

»Ich hatte den ganzen Tag Kopfschmerzen. Dagegen brauch ich was, sonst nichts.«

»Ich werde Sie zuerst untersuchen. Starke Kopfschmerzen?«

Ed zuckte mit den Schultern.

»Haben Sie oft Kopfschmerzen?«

»Nein. Ich sagte doch, es war heiß.«

»In Ordnung. Gehen Sie hinter den Wandschirm und ziehen Sie sich bis auf BH und Unterhose aus, bitte.«

»Ich hab gesagt, dass mir nichts fehlt und ich nicht herzukommen brauche.«

»Weigern Sie sich, sich auszuziehen?«

»Ja.«

Die Frau seufzte. »Na gut, aber ich muss Ihren Blutdruck messen. Niedriger Blutdruck kann zu Ohnmachten führen. Wäre das für Sie akzeptabel? Wenn ja, müssten Sie bitte Ihren Ärmel hochkrempeln.«

Während sie die Manschette um Eds Arm aufpumpte, blickte die Ärztin aus dem Fenster.

»Alles in Ordnung. Völlig normal. Legen Sie den Kopf zurück, ich möchte in Ihre Augen schauen.« Das Licht blendete. Der Schmerz im Kreuz war gleichmäßig und anhaltend und glühend heiß. Aber zumindest verdrehte sich der Schürhaken jetzt nicht mehr.

Sie knipste die Taschenlampe aus. »Gut. Ich kann nichts Auffälliges finden.«

»Wie gesagt. Es war heiß.«

»Ja. Ich gebe Ihnen Paracetamol gegen die Kopfschmerzen. Trinken Sie viel Wasser. Dehydrierung nützt weder den Kopfschmerzen noch den Ohnmachtsgefühlen. Wenn es noch mal passiert, machen wir ein Blutbild.«

Sie drückte an ihrem Schreibtisch auf den Knopf für die Wärterin. Wenigstens hatte die draußen gewartet. Ed folgte ihr hinaus.

»Schönen Abend«, sagte die Ärztin. Es klang sarkastisch. Ed machte sich nicht die Mühe, darauf zu antworten.

Der Rückweg war ein erneuter Albtraum. Schon beim ersten Schritt verdrehte sich der Schürhaken und bohrte sich in sie hinein. Die Ärztin hatte ihr vier Paracetamoltabletten gegeben, zwei für jetzt, zwei in vier Stunden, wenn es nötig war. Vier verdammte Tabletten. Sie brauchte vierzig für einen Schmerz wie diesen.

»Wollen Sie sich den Film anschauen? Es gibt *Notting Hill*.«

»Nein.«

»Toller Film. Ich hab ihn schon dreimal gesehen.«

Wie kann man bloß so blöd sein, dachte Ed. Sie mochte solche Filme nicht.

Eine Erinnerung schlüpfte durch eine Seitentür in ihren Kopf, wie sie mit Kyra auf dem Sofa gesessen und sich *James und der Riesenpfirsich* angeschaut hatte. Den liebten sie beide. Kyra hatte ihn gleich noch mal sehen wollen, aber es war kein Video, daher war das natürlich nicht möglich gewesen. Alles war da, in allen Einzelheiten, in Farbe, das Zimmer, ihre Pflanzen auf der Fensterbank, der Wandschmuck, das Leder des Sofas, die Vorhänge, der Teppich, die Tapete. Kyra.

»Hier sind Ihre Tabletten, nehmen Sie zwei, trinken Sie Wasser dazu. Und legen Sie sich am besten ein wenig hin.«

Ed schluckte die weißen Pillen und trank zwei Becher Wasser. Sie schwitzte jetzt vor Schmerzen, und sobald sie die Tabletten geschluckt hatte, wurde ihr übel. Der Schmerz verstärkte sich. Selbst beim Hinlegen hatte sie das Gefühl, ohnmächtig zu werden. Nach einer halben Stunde ebbte er nur am Rande ab, also nahm sie die dritte Tablette und schlief danach ein, bis jemand um ein Uhr morgens zu hämmern begann, mit irgendetwas Hartem und Schwerem gegen eine Tür, was ihr durch den Schädel und die Wirbelsäule hinunter ins Kreuz drang und dort weiterhämmerte.

Sie nahm die vierte Tablette, aber zu jeder vollen Stunde wurde die Klappe geöffnet, um nach ihr zu schauen, wovon sie jedes Mal aufwachte. Erst in der Morgendämmerung ließ der Schmerz schließlich nach.

## 56

S am, hör auf damit. Wie oft hab ich dir gesagt … Lass sie in Ruhe. Du machst alles nur noch schlimmer, wenn du sie piesackst. Geh und schau nach, ob Eier da sind.«

»Hab ich schon, und da sind keine.«

»Geh und lies.«

»Ich hab schon alle meine Bücher gelesen.«

»Dann lies halt eins davon noch mal.«

Sam warf ihr einen mitleidigen Blick zu und schlenderte davon, schlurfte dabei mit den Füßen.

»Müssen sie so viel Krach machen? Ich versuche Zeitung zu lesen«, sagte Chris.

»Wie schön für dich.«

»Entschuldige, aber du warst nicht die halbe Nacht auf.«

»Von wegen. Ich *war* die halbe Nacht auf, mit Felix.«

»Das ist nicht dasselbe.«

»Tja, mach dir keine Sorgen, in Kürze wirst du nie mehr Nachtdienst machen müssen. Wenn das neue System eingeführt wird, kannst du schlafen – ich wollte sagen, wie ein Baby, bloß hab ich nie ein Baby gekannt, das schläft –, kannst du schlafen, und wenn du meinst, das sei prima, dann ist es prima.«

Chris senkte die Zeitung. »Ich möchte keinen langweiligen politischen Streit über Gesundheitspolitik. Es ist Samstagnachmittag, es ist warm und sonnig, und ich versuche alles zu vergessen, was mit Medizin, dem National Health Service,

Nachtdienst, Tagesdienst, Patienten, Sprechstunden und so weiter zu tun hat.«

»Glaubst du, dass ich mich über all das streiten will? Glaubst du, so stelle ich mir ein fröhliches Wochenende vor?«

»Mummy, Sam hat meine Rapunzel-Barbie in den Hühnerdreck geworfen.«

Cat schloss die Augen. »Du glaubst, ich verstehe dich nicht, aber ich tu's. Ganz ehrlich.«

»Ja, ja.«

»Gott, du bist so ein verdammter Macho. Hör zu, es liegt nicht an dir, es liegt am System. Du weißt, wie es mal war. Als Mum und Dad praktizierten, konnten Ärzte im Krankenhaus anfangen, eine Allgemeinpraxis aufmachen, dann als Konziliarärzte teilweise ins Krankenhaus zurückkehren – das machte sie zu besseren Ärzten. Auf jeden Fall zu Ärzten mit einem breiteren Spektrum. Doch das ist jetzt nicht mehr möglich. Oder es ist möglich, aber ...«

»Ich bin zu alt. Das ist mir in letzter Zeit ziemlich oft gesagt worden.«

»Wenn du es machen willst, unterstütze ich dich, das hab ich dir ja gesagt.«

»Vergiss es.«

Chris war wütend, sein Stolz war verletzt, er war frustriert. Cat wusste das, und es machte ihr etwas aus. Auch seine Reaktion machte ihr etwas aus. Er wollte die Allgemeinpraxis verlassen und umschulen, damit er in der klinischen Psychiatrie arbeiten konnte, und er hatte herausgefunden, dass es nur möglich war, wenn er wieder als eine Art Assistenzarzt anfing, mit etwa einem Viertel seines jetzigen Gehalts, und sich dann hocharbeitete. Er war einundvierzig. Zehn Jahre?

»Ich hasse es, wenn du unglücklich bist. Niemand sollte sich so fühlen. Nur weil ich das nicht tue, heißt es nicht, dass ich kein Mitgefühl habe.«

»Das sagst du immer wieder.«

»Mummy ...« Hannah kam brüllend über das Gras auf sie zu, Tränen der Wut strömten ihr über das Gesicht, ihre Hände waren dreckig.

Cat stand auf. »Na gut, wenn er die Barbie tatsächlich in den Hühnerdreck geworfen hat, kriegt er eine Abreibung. Aber wenn es an dem lag, was du mit ihm gemacht oder zu ihm gesagt hast, Hannah, dann bist du dran. Komm mit.«

Chris sah ihnen nach, seiner Frau, seiner Tochter, Cat forsch, geradlinig, unparteiisch, Hannah war nicht so. Hannah war eher das, was Sam einen Schlappschwanz nannte. Chris wandte sich wieder seiner Zeitung zu, überlegte es sich anders und ging ins Haus. Zehn Minuten später waren Sam und Hannah beide in ihren Zimmern, mit der Auflage, erst in einer halben Stunde wieder herauszukommen, und Chris hatte einen Krug Eiskaffee gemacht und ihn in den Garten gebracht, wo Cat inzwischen die Zeitung übernommen hatte.

»Was halten wir davon?«, fragte sie und blickte auf.

»Wovon?«

»Max Jameson.«

»Ach so.«

Die gerichtliche Untersuchung war eröffnet und vertagt worden, bis weitere Ergebnisse vorlagen, aber das Urteil würde auf Selbstmord lauten. Es gab keine verdächtigen Begleitumstände. Max hatte sich auf eine Bank im Garten des Hospizes gelegt und sich die Pulsadern aufgeschnitten, und seine Leiche war schließlich herabgerollt und im Gras gelandet. Der Polizeibericht war unvollständig. Cat hatte eine Aussage gemacht und musste möglicherweise noch vor dem Untersuchungsrichter erscheinen. Sie blickte hinab auf die Zeitung, auf das Foto von Max, die Augen voller Tränen.

Chris streckte ihr die Hand hin.

»Wir sollten uns nicht streiten. Alles Mögliche kann passieren. Ich sag den Kinder, dass sie runterkommen können.«

»O nein. Sie haben sich beide wie Lümmel benommen und sollen sich erst mal abkühlen.«

»Danke, dass du den Kaffee gemacht hast. Und ich meine es ehrlich – wegen der Arbeit.«

»Ich weiß. Aber es wäre eine zu große Bürde für dich, und falls ich versage, würde es sehr schwer werden, wieder als praktischer Arzt zu arbeiten. Vergiss es. Nur …« Sie wusste, was er sagen würde. »Könntest du dir vorstellen, drei Monate Urlaub zu machen? Jemanden zu bezahlen, für die Zeit alles zu übernehmen?«

»Australien?«

»Die Kinder sind noch jung genug, so lange aus der Schule genommen zu werden, aber es ist das letzte Jahr, in dem wir das machen können. Für sie wäre es das Abenteuer ihres Lebens, und wir könnten unsere Akkus aufladen.«

»Sechs wäre besser.«

»Sechs?«

»Monate. Wenn wir es schon machen. Sie könnten dort sogar zur Schule gehen.«

»Ist das dein Ernst?«

Cat schenkte Kaffee nach, lehnte sich zurück und überlegte. Sechs Monate fort von allem war für sie nicht der Punkt, aber das war es für Chris. Sechs Monate reisen, in Sydney leben, den Kindern den Geschmack einer anderen Welt vermitteln; sechs Monate. Wenn sie das Bauernhaus zusammen mit der Praxis zur Verfügung stellten, könnte es leichter sein, Leute dafür zu finden. Haus, Auto, Pony, Hühner.

»Simon«, sagte sie laut.

Chris stöhnte.

»Mum und Dad.«

»Irgendjemand wird es immer sein.«

»Sechs Monate sind gar nichts für irgendjemanden, außer für sie.«

»Wie lange fliegt man von Australien nach England?«

»Ich weiß. Du hast recht. Natürlich hast du recht.«

»Das reicht nicht.«

Cat lachte. »Okay«, sagte sie. »Abgemacht. Fang an, Erkundigungen einzuziehen.«

»Oh, das hab ich bereits.« Er stand auf und lief ins Haus.

## 57

Der Strand war fast leer. In der Ferne spielte eine Familie eine späte Partie Strandcricket. Neben dem Geländer am Südufer stapelten zwei junge Männer die letzten Liegestühle. Das Wasser war weit draußen, der Sand an der Flutlinie flach und schimmernd. Es war wieder heiß gewesen, zu heiß. Jetzt begann der beste Teil des Tages. Bald würden die Uferlichter angehen. Gordon Prior ging am Strand entlang, weg von der Stadt. Er lief oft vier bis fünf Kilometer in diese Richtung. Es war immer leer, er sah niemanden. Noch wurde es nicht dunkel.

Sein schwarz-weißer Hund flitzte am Rand des Wassers entlang, wich den kleinen Wellen aus, hinterließ Pfotenabdrücke, die hinter ihm verschwanden, während er rannte. Dann blieb er stehen und wartete. Gordon neckte ihn mit dem Ball, tat so, als würde er ihn hierhin werfen, dann dorthin, hinaus ins Meer, zurück nach dort, woher sie gekommen waren. Buddy wartete. Er kannte das.

»Hol ihn dir!« Der Ball segelte durch die Luft. Buddy rannte, ließ das Wasser aufspritzen.

Fünf Sekunden später war er zurück. Der Ball lag vor Gordons Füßen. Diesmal gab es kein Necken, Gordon warf, fest und weit. Buddy sauste los.

Gordon sah aufs Meer hinaus. Ein Tanker war am Horizont zu sehen, ein gemaltes Bild auf einem gemalten Ozean, scheinbar vollkommen still. Gordon lebte schon sein ganzes

Leben hier und hatte nie die Möglichkeit gehabt, es so zu genießen, wie er es jetzt tat, morgens und abends, wenn er mit dem Hund herkam, hatte nie zu schätzen gewusst, was direkt vor seiner Nase lag, weil er die Zeit dazu nicht gehabt hatte. Er war sechsundsechzig. Er hoffte, dass er es noch weitere zwanzig Jahre genießen konnte.

Er schaute sich um. Buddy war nirgends zu sehen. Gordon pfiff. Näher bei der Stadt, weit weg und außer Sichtweite, würde das Cricketspiel beendet sein. Die Liegestühle würden gestapelt und abgedeckt worden sein. Er wandte sich vom Meer ab, ging auf die Felsen, Höhlen und Klippen zu, pfiff dabei die ganze Zeit.

So was passierte. Der Ball würde sich in einem Felsspalt verfangen haben oder in einer für Buddy zu tiefen Gesteinsmulde liegen. Nach ein paar Minuten hörte Gordon den Hund bellen. Zuerst war es schwierig zu lokalisieren, woher das Bellen kam. Gordon erreichte die Felsen und schlängelte sich hindurch, rief und pfiff und achtete darauf, nicht auf dem leuchtend grünen Seetang auszurutschen.

Das Bellen wurde dringlicher, und schließlich verfolgte er es zu einer der Höhlen, die in die Klippe hineinführten. Er blieb am Eingang stehen und rief, aber der Hund kam nicht heraus. Seufzend trat Gordon hinein. Es war dunkel, vermutlich zu dunkel, um den Ball zu finden, wo immer der sich verfangen hatte. Gordon wartete einen Moment, bis sich seine Augen daran gewöhnt hatten, ging dann weiter bis dort, wo der Hund kauerte, zu ihm aufschaute und wütend bellte. Der Ball musste irgendwie hochgehüpft sein und lag auf einem Felsvorsprung an der Rückseite der Höhle. Gordon zögerte. Wenn er ihn mit Strecken nicht erreichte, würde er nicht daran denken, ganz allein im Halbdunkel über schlüpfrige Felsen dort hinaufzuklettern. Sie würden eben ohne den dämlichen Ball heimgehen. Er zog Buddys Leine aus der Tasche.

Aber der Vorsprung war gerade noch in Reichweite. Gordon streckte sich und tastete mit der Hand nach dem Ball. Zu seinen Füßen geriet Buddy außer sich, sprang und bellte.

»Schon gut, beruhige dich, wie ist der blöde Ball überhaut da raufgekommen? Buddy, sei still.« Jedes Bellen prallte gegen die Decke und Wände der Höhle und hallte doppelt zurück. »Himmel noch mal, Buddy.«

Er tastete weiter, und dann berührte seine Hand etwas. Nicht den Ball. Gordon schob es vor an den Rand. Er konnte kaum etwas sehen. Nur fühlen. Er schloss seinen Finger und Daumen um etwas Kaltes und Hartes und Bleistiftdünnes. Ein Stock oder ein Zweig. Er fuhr mit Daumen und Finger ein bisschen höher daran entlang, bis ganz nach oben, wo die Geradheit in eine Rundung überging, und das Dünne zu einem glatten Knubbel wurde. Gordon bewegte Finger und Daumen nicht weiter, ließ sie dort liegen, wo sie waren. Buddy hatte jetzt aufgehört zu bellen und begann zu winseln.

Es dauerte eine halbe Stunde, bis er die Uferstraße erreicht hatte, auf der sein Auto stand. Er rannte, aber nicht so schnell, wie er rennen wollte. Der Hund war an der Leine, zerrte jedoch ständig zurück, wollte wieder dorthin, bellte und winselte abwechselnd.

Es war fast dunkel. Der Strand war leer, doch die Cafés und Spielhallen an der Promenade waren geöffnet und voll besetzt, der Geruch von Fish-and-Chips und Bier und warmer Zuckerwatte strömte aus den neonerleuchteten Türen unter den Lichterketten.

Am Eingang einer Spielhalle öffnete ein wächserner Clown den Mund und stieß ein lautes, künstliches Lachen aus.

Gordon erreichte das Auto, schob den Hund auf den Beifahrersitz und fuhr, weg vom Strand und den Lichtern und der Promenade, schneller, als er für gewöhnlich fuhr, auf der Suche nach jemandem, dem er es erzählen konnte, jemandem, der wusste, was zu tun war, und ihm die ganze Sache abnahm.

# 58

Z eitverschwendung«, knurrte DC Joe Carmody und stieß mit einem Fußtritt die Tür zur Herrentoilette auf.

»Die Spurensicherung wird schon was finden.«

»Dass ich nicht lache. Ist doch 'ne völlig aussichtslose Sache, wie immer. Gibt nur eine Antwort.«

»Die Sie für sich behalten können.«

»Legalisieren.«

»Ich sagte, halten Sie die Klappe. Nicht hier drinnen.«

Sie gingen durch das kleine Kaufhaus zum Büro des Geschäftsführers im hinteren Teil des Erdgeschosses. Der Mann war fast hysterisch gewesen, als er sie anrief, um zu berichten, dass Spuren von Kokain auf einem Bord in der Herrentoilette gefunden worden waren. Nathan war mit der Absicht hergekommen, den Mann zu beruhigen, indem er den Fund ernst nahm, obwohl er wusste, dass überall im Bezirk in allen möglichen Toiletten, in Läden und anderen öffentlichen Gebäuden gekokst wurde. Joe Carmody hatte sich dem Mann gegenüber offen zynisch verhalten.

»Sie nehmen den Quatsch doch wohl nicht ernst, Nathe? Das ist doch die reine Verarsche.«

Nathan wich einem Ständer mit Steppdecken aus und drehte sich um. »Ich sagte, halten Sie die Klappe. Wir nehmen die Sache so ernst, wie wir jeden gemeldeten Fall von Drogen ernst nehmen – Koks, Joints, was auch immer ... jeden Nadelfund und jedes kleine Stäubchen weißen Pulvers. Wir haben null Toleranz, verstanden? Die Kids in dieser Stadt haben mehr verdient als diesen Abschaum, der ihnen Zeug verkauft, bevor sie in die Oberschule kommen, also machen Sie Ihre Arbeit und behalten Sie Ihre Meinung für sich.«

»Wenn Sie das sagen.«

»Und keine cleveren Ideen im Büro von dem Kerl, der ist schon aufgeregt genug.«

Sie erreichten die Tür, als Nathans Handy klingelte.

»Gut, Sie warten hier.«

»Ich werd schon mit dem fertig, brauch niemanden, der mir das Händchen hält.«

»Doch, genau das brauchen Sie, verdammt. Ich sagte, Sie warten.«

Während er rasch auf die Straße ging, wo er besseren Empfang hatte, verfluchte Nathan Joe Carmody. Trotz seiner Berichte an den DCI war Carmody für weitere sechs Monate von Lafferton übernommen worden. »Sehr hübsch«, hatte Carmody mit einem Grinsen gesagt. »Füße unter den Tisch, oder was?« Für ihn schien es ein ruhiger Posten zu sein. Nathan wusste, dass sich das als Irrtum erweisen würde, aber seine eigene Frustration wuchs, und ihm war in den letzten Tagen klar geworden, dass das nicht grundsätzlich mit Joe Carmody zu tun hatte. Carmody war nichts als ein Floh.

Er trat auf die Straße und rief zurück. »Chef?«

»Wo sind Sie, Nathan?«

»Draußen vor Toddy's …«

»Haben Sie zu wenig zu tun oder was?«

»Ich wollte DC Carmody nicht allein losschicken, Chef, der ist eine wandelnde Zeitbombe.«

»Oh, werden Sie erwachsen, Nathan. Lassen Sie's. Und kommen Sie aufs Revier zurück. Wir fahren nach Yorkshire.«

## 59

Kommen Sie herein, Jane.«
Geoffrey Peach ging um seinen Schreibtisch herum und ergriff ihre Hand. Er war gestern am späten Abend aus seinem Schwedenurlaub zurückgekommen, woher seine Frau stammte. Jetzt war es kurz nach halb neun, und Jane war die Erste, die er in seinem Arbeitszimmer empfing. »Meine Liebe, ich kann Ihnen gar nicht sagen, wie leid es mir tut. Es ist absolut schrecklich. Wenn ein Elternteil stirbt, ist das immer schwer, aber dann noch auf diese Weise ... Gibt es etwas Neues von der Polizei?«

»Bisher nicht.«

»Und wie geht es Ihnen, Jane? Ich mache mir Sorgen.«

Sie lehnte ihren Kopf an die Sessellehne und sah sich in dem gemütlichen Zimmer um. Bücher. Papiere. Bilder. Ein kleiner Tisch mit einem Kreuz und einer Kniebank davor. Fotos, von Kindern und Enkelkindern, von Hochzeiten und Taufen, von schwedischen Seen und Bergen, von kleinen Hunden und großen Pferden. Durch die ruhige und friedvolle Atmosphäre, durch das Gefühl von Liebe und Gebet schien der Raum eine Erweiterung der Kathedrale zu sein. Es wäre leicht, sich zurückzulehnen und alles in sich aufzunehmen, es über sich hinwegspülen und einsickern und sich davon heilen zu lassen, das Gleichgewicht wiederzufinden. Leicht.

»Was immer Sie möchten – was immer das Richtige für Sie zu sein scheint. Sagen Sie es mir.«

Sie blickte Geoffrey an. Hochgewachsen. Eher unbeholfen. Eckig. Knochige Gesichtszüge. Tief liegende Augen. Sie respektierte und mochte ihn. Sie hatte hier sein wollen, um mit diesem Dean zu arbeiten, mehr als alles andere. Und nun?

»Zu viel ist Ihnen in zu kurzer Zeit zugestoßen. Sie müssen ein wenig kürzertreten.«

»Mehr als das«, sagte Jane. »Geoffrey, ich glaube nicht, dass ich hierbleiben kann. Ich glaube nicht, dass es der richtige Ort für mich ist.«

Er schüttelte den Kopf. »So empfinden Sie das jetzt. Doch es wäre eine in Hast und unter Schock getroffene Entscheidung. Die nie die besten sind, wie Sie sicherlich wissen.«

»Ich weiß. Aber es hat nichts mit dem zu tun, was passiert ist … Max Jameson, meine Mutter … Ich war davon überzeugt, dies sei der Ort, an den ich gehöre. Ich wollte, dass es so ist. Aber es stimmt nicht. Ich bin nicht richtig für die Kathedrale, für Lafferton – und sie sind nicht richtig für mich. Das wäre genauso wahr, wenn nichts von den Dingen passiert wäre. Es tut mir leid. Es tut mir so leid, Geoffrey.«

Ein langes Schweigen entstand. Irgendwo wurde eine Tür geschlossen. Eine weitere. Dann wieder Stille.

»Ich werde Sie nicht durch die Frage beleidigen, ob Sie sorgfältig darüber nachgedacht und gebetet haben. Das haben Sie ganz eindeutig getan. Das weiß ich. Aber wenn Sie das Gefühl haben, dass Lafferton nicht richtig für Sie ist, was wollen Sie dann machen? Was erscheint Ihnen als der richtige Ort? Zu gehen, ist leicht – das Wohin ist es, das gut überlegt sein will.«

Er hatte recht, und Jane wusste das.

»Darf ich Sie um Ihren Rat bitten?«

»Wenn ich Ihnen helfen kann, werde ich das natürlich tun. Ich könnte in der Lage sein, die Dinge mit ein bisschen Abstand zu sehen. Aber nur ein bisschen, Jane – ich möchte Sie hierbehalten, ich schätze Sie und möchte nicht, dass Sie uns verlassen. Ich glaube nicht, dass Sie uns verlassen sollten. Also erwarten Sie keine unvoreingenommene Beurteilung.«

»Das bedeutet mir viel. Ich danke Ihnen.«

»Es ist aufrichtig gemeint, wie Sie hoffentlich verstehen.«

»Ja. Vielleicht würde jemand anderer an meiner Stelle weglaufen – ich meine, sehr weit weg. Um in der Dritten Welt zu arbeiten oder so. Ich wünschte, ich könnte so jemand sein, aber ich glaube nicht, dass ich das bin. Und außerdem verdient die Dritte Welt Besseres als die, die hier ausgemustert wurden.«

»Sie sind mit Sicherheit niemand, die ausgemustert wurde.«

»Ich glaube, ich habe mich selbst ausgemustert.«

»Gefährlich.«

»Es gibt zwei Dinge, die mich anziehen. Sie wissen, dass ich mich für einige Zeit in ein Kloster zurückgezogen hatte – die Nonnen von St. Joseph nennen es lieber Kloster als Konvent. Aber gut, Kloster, Konvent, was auch immer. Ich würde gerne für längere Zeit dorthin zurückkehren. Wenn sie mich aufnehmen.«

Geoffrey Peach runzelte die Stirn. »Und die andere Idee?«

»Für ein oder zwei Jahre wieder in die akademische Arbeit einzusteigen. Meinen Magister-Abschluss in Theologie zu machen, hat mir viel Freude bereitet. Ich vermisse diese Arbeit sehr und würde gerne herausfinden, wie ich weiterstudieren und möglicherweise promovieren kann. Es gibt Bereiche, die ich gerne tiefer erforschen möchte. Ich müsste es natürlich mit einer Arbeitsstelle verbinden, das weiß ich … eine Teilzeitstelle als Hilfspriesterin, so was in der Art?«

»Verzeihen Sie mir, Jane – aber Sie scheinen das noch nicht richtig durchdacht zu haben. Vielleicht ein Rückzug ins klösterliche Leben, vielleicht ein höherer Abschluss, vielleicht verbunden mit dem einen oder anderen … Sie überzeugen mich nicht.«

»Ich bin mir nicht sicher, ob ich mich selbst schon über-zeuge. Es ist nicht klar.«

»Nein.«

»Glauben Sie, dass ich vom Regen in die Traufe kommen könnte?«

»Ich zögere bei dem Gedanken, die St.-Michael-Kathe-drale als Regen zu bezeichnen … Sie brauchen mehr Zeit. Ir-gendwas zu übereilen, ist für gewöhnlich ein Fehler. Bis auf die Ehe, vielleicht. Ich habe übereilt geheiratet, nachdem ich Inga erst drei Wochen kannte. Nehmen Sie sich eine Auszeit von sechs Monaten. Tun Sie nichts, fahren Sie nirgends hin, außer vielleicht in Urlaub. Aber Sie werden vermutlich für einige Zeit in London sein müssen, solange die Polizei noch wegen Ihrer Mutter ermittelt. Können Sie irgendwo einen Unterschlupf finden und die Zeit zum Lesen und Nachden-ken und Beten nutzen? Und um sich zu erholen, Jane. Sie müssen sich erholen.«

»Ich weiß nicht. Ich nehme an, dass meine Mutter etwas Geld hinterlassen hat, und dann ist da noch das Haus. Aber das könnte dauern.«

»Es gibt Mittel und Wege. Lassen Sie mich nachforschen. Ich rate Ihnen ernsthaft, im Moment keine lebensverändern-den Entscheidungen zu treffen.« Er stand auf. »Ich weiß, dass irgendwo Kaffee gekocht wird. Wir werden uns auf die Suche begeben, nachdem wir gemeinsam ein Gebet gespro-chen haben. Entspannen Sie sich und werden Sie einen Mo-ment ganz ruhig.«

Jane schloss die Augen. Lass los, dachte sie. Vertraue. Alles wird gut werden.

»Herr, bring Deiner Dienerin Jane Frieden und Ge-mütsruhe. Gieße auf sie Deine heilende Gnade und Liebe herab …«

Sie versuchte sich auf die Stimme des Deans und auf sein Gebet zu konzentrieren, um sie aus ihrer Dunkelheit und

Verwirrung zu führen, die sich zusammengezogen und verdichtet zu haben schienen, bis sie Jane völlig einhüllten und nun alles, was klar und hoffnungsvoll gewesen war, blockierten.

## 60

Simon.

Ich werde nicht versuchen, mit Dir zu sprechen, mich mit Dir zu treffen oder auch nur Nachrichten auf Deinen diversen Anrufbeantwortern zu hinterlassen. Für mich ist es viel besser, wenn ich dies schreibe, und wenn es für Dich nicht das Beste ist, dann verzeih mir, aber ich gedenke nicht, das in Betracht zu ziehen. Es wäre jedoch kleinlich, Dir nicht mitzuteilen, was geschieht, nach den guten Zeiten, die wir zusammen hatten, kleinlich und unfreundlich. Ob es Dich überhaupt interessiert, entzieht sich meiner Kenntnis, und ob Du antworten willst oder nicht, liegt allein bei Dir.

Wie Du weißt, habe ich die Restaurants verkauft und mich nach einer neuen Investition umgeschaut. Ebenfalls nach einer Zukunft, da ich lange Zeit gehofft hatte, es gäbe eine für mich mit Dir. Aber mir ist jetzt ziemlich klar, dass zumindest Du so etwas nie in Betracht gezogen hast.

Durch eine Firma in der City habe ich jemanden kennengelernt, der Besitzungen in Frankreich hat, und über ihn habe ich zwei Hotels in einer Hügelgegend bei Moissac gekauft. Eines liegt innerhalb der Mauern eines mittelalterlichen Dorfes, das andere in einer herrlichen Umgebung nicht weit entfernt. Sie sind heruntergekommen und benötigen eine Menge Aufwand wie auch Zeit und liebevolle Aufmerksamkeit. Ich habe mir ein Häuschen gekauft, das zwischen beiden liegt, in einem kleinen Markflecken, von wo aus ich während des kommenden Jahres die komplette Renovierung beider Hotels durchführen werde. Geplant ist, das in dem ummauerten Dorf als Erstes zu eröffnen, das andere während der nächsten Saison.

Ich habe meine Wohnung verkauft. Ich habe meine Brücken hinter mir abgebrochen, Simon.

Der Freund, durch den ich die Hotels gefunden habe, Robert Cairns, wird mit mir kommen und sich um einen Teil der geschäftlichen Seite des Unternehmens kümmern. Im Moment ist das alles, was er ist – ein Freund. Ich mag ihn, fühle mich wohl in seiner Gesellschaft. Also wer weiß? Aber er ist ein gutes Stück älter als ich, und außerdem bin ich noch nicht für jemand anderen bereit und werde es auch für längere Zeit nicht sein. Es ist alles zu wund. Dafür gebe ich Dir die Schuld. Ich gebe Dir für vieles die Schuld, aber ich hoffe, dass ich das mit der Zeit überwinde und mich an das Vergnügen und den Spaß erinnere und den Schmerz vergesse.

Ich bin entschlossen, dieses Unternehmen zum Erfolg zu führen, und bin begeistert davon. Ich weiß, dass die Hotels ein Erfolg werden. Ich bin gut in meinem Beruf. Es ist ein vollkommen neuer Anfang. Bitte wünsch mir Glück. Du hast keinen Grund, das nicht zu tun. Ich hätte jeden Grund, Dir Pech zu wünschen, aber das wäre ebenfalls kleinlich und engstirnig, und daher tue ich das genaue Gegenteil.

In Liebe, immer noch

Diana

Wenn ich mich eingerichtet habe, werden Karten mit Adressen et cetera ihren Weg zu Dir finden.

## 61

Die Sonne traf auf die Oberfläche des Meeres und ließ sie in eine Million goldener Splitter zerspringen. Der Strand schimmerte wie Glas. Es war sieben Uhr morgens.

Die Mannschaften stiegen aus den drei Polizei-Landrovern, die so nahe an die Klippe herangefahren waren, wie es ging. Serrailler und Nathan Coates hatten zusammen mit Jim Chapman im ersten gesessen. Mit dem dritten war das Spurensicherungsteam gekommen.

»Wir sind nicht weit entfernt von dort, wo Sie Sleightholme verfolgt haben, Simon … etwa drei Kilometer. Die Klippen an diesem Teil der Küste sind durchlöchert von Höhlen, und wir haben uns auf die konzentriert, die näher am Ort der Verhaftung liegen. Doch es war immer geplant, so viele wie möglich sorgfältig zu durchsuchen, wobei manche so unzugänglich sind, dass es keinen Zweck gehabt hätte – wenn wir sie nicht erreichen können, konnte sie das auch nicht –, und natürlich wird der Zugang dadurch erschwert, dass er nur bei Ebbe zu erreichen ist.«

Der Bereich der Höhlen war einige hundert Meter mit schwarz-gelbem Band abgesperrt. Chapman drehte sich um und ging mit gleichmäßigen Schritten auf eine Höhle zur Linken zu, sie folgten ihm. Hinter ihnen zog das Spurensicherungsteam das an, was Simon bei sich immer als Todesanzüge bezeichnete.

Am Höhleneingang blieb Chapman stehen. »Prior, der

Mann, der mit seinem Hund spazieren ging, hatte den Ball fest geworfen, und der muss mehrmals von den Felsen abgeprallt sein, dann hier rein und auf den Vorsprung. Reiner Zufall. Der Hund ist hinterhergekrochen, versuchte hochzuspringen und begann zu bellen und zu winseln ... entweder wegen des verlorenen Balls oder weil er vielleicht etwas anderes spürte. Bis das örtliche Team hier eintraf, war es dunkel und die Flut lief auf, aber es gelang uns, Lampen und die Absperrung anzubringen und uns rasch umzuschauen. Inzwischen haben wir Gerüste und Arbeitsplattformen, damit die Spurensicherung arbeiten kann, bis die Flut zu hoch steigt. Dann müssen sie sich zurückziehen und warten. Es ist frustrierend, aber sie müssen hier alles durchsuchen, und das kann Tage dauern. Länger. Kommt darauf an. Gut, gehen wir rein.«

Sie hatten Taschenlampen, und das Team würde einen Generator aufstellen und Kabel verlegen, doch da die Flut zweimal innerhalb von vierundzwanzig Stunden die Höhle überspülte, musste alles oberhalb des Höchststands angebracht werden, und das dauerte seine Zeit. Im Moment mussten sie sich mit einem halben Dutzend Hochleistungsstrahlern begnügen, die von Hand getragen wurden.

Jim Chapman ging zum hinteren Teil der Höhle und zog den Kopf ein. Er ließ den Strahl seiner Taschenlampe kurz über die Wand gleiten und richtete ihn dann aus.

»Da. Der Hund hatte sich genau da zusammengekauert, wo Sie stehen, Simon.«

»Ich klettere hinauf«, sagte Serrailler.

»Dachte ich mir schon. Wir leuchten Ihnen.«

Die Höhle war voll mit den Leuten der Spurensicherung und ihrer Ausrüstung, aber jetzt beobachteten alle den DCI, der sich auf die hölzerne Arbeitsplattform des Gerüsts hochschwang. Jedes Mal, wenn sich jemand bewegte oder sprach, hallte es von den feuchten Wänden der Höhle wider.

Der kalte Seetanggeruch wehte ihm von den Felsen ins Gesicht, während er sich langsam und gekrümmt an dem Vorsprung entlangbewegte. Zu seiner Überraschung entdeckte er, dass dieser Vorsprung sehr tief in den Fels hineinreichte. Er zog die Taschenlampe aus seinem Gürtel und knipste sie an. Das hohle schwarze Maul leuchtete vor ihm auf.

»Die Höhle hat fast Zimmergröße«, rief er hinunter. »Bin mir aber nicht sicher, ob ich da reinkomme, ich bin zu groß.«

»Sleightholme ist nicht groß«, sagte Chapman.

Nicht nur der Geruch des salzigen Seetangs und die Kälte schlugen Simon jetzt ins Gesicht. Das Gefühl dafür, was hier passiert war, überrollte ihn in einer Welle. Wut. Übelkeit. Eine ungeheure Traurigkeit.

Er schob sich weiter zum Eingang dieses Hohlraums, bis der Strahl seiner Taschenlampe das Innere erhellte.

Vier lagen auf dem Vorsprung und mehr, dessen war er sich sicher, weiter hinten im Hohlraum im Fels, der Höhle in der Höhle. Vier kleine Skelette, vier schweigende, bleiche Knochenansammlungen. Einen Moment lang schloss er die Augen. Er war nicht wie seine Schwester. Er fühlte sich nicht veranlasst, jedes Mal zu beten, wenn er eine Leiche vor sich hatte, einen Ermordeten, jemanden, der ein schreckliches Ende gefunden hatte. Aber hier, in diesem Fall, konnte er nur mit einer Art Gebet reagieren.

»Vier hier, die ich erkennen kann«, rief er nach unten. »Ich glaube, weiter hinten sind noch mehr. Nein, wartet mal … Da ist noch ein Vorsprung … direkt über diesem. Ich klettere noch ein bisschen weiter hinauf, mal sehen, ob ich etwas entdecke.«

Niemand mahnte ihn, vorsichtig zu sein. Niemand sagte ein Wort. Sein Licht flackerte und schwankte vor dem schwarzen Fels, während er Halt für seine Füße suchte und sich dann etwas weiter hinaufzog. Er bewegte die Taschenlampe. Streckte die Hand aus und tastete vorsichtig herum.

»Großer Gott«, sagte er. »Dieser Vorsprung ist tief. Reicht weit hinein.«

Er sah weitere Skelette, dicht beieinander. Die Arme des einen waren verschränkt, die eines anderen lagen über dem Gesicht.

Seine Lampe ging plötzlich aus, und er starrte in die Schwärze.


Sie kamen in das strahlende Sonnenlicht und den blauen Himmel eines perfekten Morgens hinaus und blieben schweigend stehen, schauten aufs Meer. Dann, nach einem Augenblick, wandten sie sich von der Höhle und der Schwärze und den Haufen kleiner Knochen ab, gingen auf das Wasser zu, weit draußen auf dem flachen, schimmernden Sand. Simon nahm tiefe Atemzüge, als wolle er Leben in seine Adern und Lunge pumpen, zusammen mit dem Sauerstoff. Hinter ihnen schleppten die Männer in den Todesanzügen Ausrüstung in die Höhle. Ihnen blieben ein paar Stunden zum Arbeiten, bevor sie die Höhle wieder der Flut überlassen mussten.

»Der Gestank des Bösen«, sagte Jim Chapman.

Simon nickte, dachte an das letzte Mal, als er in einem beengten Raum damit konfrontiert gewesen war, nachdem Nathan Coates und er in ein Gebäude eingedrungen waren, das der Serienmörder von Lafferton als Leichenhalle benutzt hatte. Da hatte Simon dasselbe verzweifelte Bedürfnis gehabt, hinauszukommen, an die Luft, ins Licht und in die Welt der Normalität.

Sie erreichten das Wasser. Das Meer war sehr ruhig, kleine Wellen schwappten heran, überschlugen sich, gekräuselt mit cremigem Schaum. Der Himmel war silbern am Horizont.

»Von wie vielen wissen wir nicht?«, sagte Chapman schließlich.

»Allmächtiger Gott. Wer verhört sie diesmal? Ich? Sie? Die Polizeikräfte des halben Landes?«

»Sie wird nicht reden.«

»Kommt vor.« Er sah sich um. »Von Ihnen hab ich noch keinen Ton gehört, DS Coates.«

»Sir.«

»Verstörend.«

»Genau. Wir bekommen ein Baby. Ich und Em. Macht's einem bewusst, so was.«

»Bringt nichts, Ihnen zu raten, es nicht an sich heranzulassen. Sachen wie diese – die gehen einem unter die Haut. Müssen sie, sonst ist man kein Mensch mehr.«

»Sleightholme ist nicht mehr menschlich, absolut nicht. Nicht in einer menschlichen Form, die mir bekannt ist.«

»*Wenn* sie es war. *Wenn* ein Zusammenhang besteht. Wir dürfen keine voreiligen Schlüsse ziehen.«

Sie ließen sich nicht täuschen. Chapman musste das sagen, und sie mussten so denken, und es bedeutete nichts.

Eine Frau kam auf sie zu, mit zwei Labradorhunden, alle drei platschten durchs Wasser. Simon bückte sich und hob ein Stück Treibholz auf. Als die Hunde näher kamen, warf er es. Sie jagten los, stürzten sich in das ruhige Meer, die Mäuler offen und bellend vor Aufregung. Die Frau blieb zögernd stehen.

»Was ist da los?« Sie deutete auf die Autos und das Absperrband.

Chapmans Polizeiausweis wurde gezückt. »Besser, Sie kehren um«, sagte er, »Sie werden sowieso zurückgeschickt.«

»Aber was ist los, was ist passiert? Hat es einen Unfall gegeben?«

Serrailler und Nathan überließen es Chapman und gingen langsam vom Meer zurück zu den Autos.

»Alles in Ordnung mit Ihnen?«

»Macht einen halt nachdenklich. Verdammt.« Er schüttelte den Kopf. »Weswegen wollten Sie herkommen, Chef?«

»Wegen unseres Falls.«

»Nur einer davon. Nur einer davon war unser Fall.«

Sie erreichten den Landrover und warteten auf Chapman.

»Dachte, das wäre eine Art Höflichkeitsgeste. Hat er erwartet, dass Sie kommen?«

»Hat er.«

Allerdings. »Sie wollen dabei sein«, hatte Jim Chapman gesagt.

»Sie wollen da rein.« Die Höflichkeitsgeste – wenn es das war, gegenüber einem DCI von einem anderen Ermittlungsteam – wäre immer erfolgt, aber hier ging es um mehr. Für Serrailler war es von dem Tag an, als David Angus verschwand, etwas Persönliches gewesen. Er hatte am Ende dabei sein müssen. War dies das Ende? Ed Sleightholme würde erneut verhört werden, von ihm, von Jim Chapman. Sie würde vielleicht sogar hierhergebracht werden. Gab es noch andere Orte? Verstecke? Begräbnisplätze? Simon wusste, dass er das meiste anderen überlassen musste. Er wollte nur eine endgültige Identifizierung von David Angus, und er wollte erleben, dass Sleightholme dafür verurteilt wurde. Es würde lange dauern, und er würde mit anderen Fällen beschäftigt sein. Aber bis es geschah, würde er nicht fähig sein, diesen besonderen Fall abzuschließen, nicht in seinem Kopf.

Später, als sie auf der Autobahn fuhren, sagte Nathan: »Mir ist eine Stelle angeboten worden.«

»Von Chapman?«

»Nur geht der kommende Weihnachten in Pension. Es wird eine große Umbesetzung geben. Eine offene Stelle für einen DI. In der Gegend von Moors.«

»Und?«

»Hab mich gefragt, was Sie davon halten, Chef.«

»Wenn Sie aufsteigen wollen, dann müssen Sie auch weiterziehen. Ist natürlich weit weg.«

»Um die Wahrheit zu sagen, Chef, ich hab genug von dort, wo ich jetzt bin.«

»DC Carmody? Ich bitte Sie, Nathan.«

»Nee, mit dem werd ich noch vor dem Frühstück fertig. Bloß, Em und ich wollten schon immer aufs Land. Das wär *die* Chance.«

»Glauben Sie, dass Sie genug Erfahrung als Sergeant vorweisen können?«

»Weiß nicht. Denk mir nur, Chapman hätte es sonst nicht erwähnt. Heißt das, Sie würden mich nicht unterstützen, Chef?«

»Doch. Das liegt ganz bei Ihnen. Wenn Sie glauben, dass Sie bereit dafür sind, und wenn Sie gerne dorthin möchten, dann nichts wie los, und ich unterstütze Sie.«

»Jaaa«, sagte Nathan leise und schlug sich mit der Faust in die Handfläche. »Danke.«

»Viel Glück.«

Er meinte es ehrlich. Simon wusste, dass Nathan vorankommen musste. Er stieg die Leiter hinauf, und das machte er gut. Er verdiente es, und jeder, der ihn abwies, würde das letztlich bedauern. Simon sagte sich das alles, während er das letzte Stück Autobahn nach Hause fuhr. Aber er spürte ein plötzliches Bedauern, nicht nur wegen des jungen Detective, den er betreut und gefördert und mit dem er gemeinsam einige schwere Zeiten durchgemacht hatte. Er bedauerte etwas anderes, etwas von seinem jüngeren Selbst, das er zusammen mit Nathan Coates fortgehen sah.

Er fühlte sich alt. Der heutige Tag war nicht hilfreich gewesen. Die kleinen Knochenhäufchen auf den kalten Felsvorsprüngen gingen ihm nicht aus dem Kopf. Vielleicht würden sie das nie tun.

Er spürte, wie ihm die Dinge entglitten, wie das Meer, das sich bei Ebbe zurückzog und ihn am Strand zurückließ.

## 62

Seit Jahren wurden keine Zeitungen mehr nach Hellam House ausgetragen. Stattdessen bekam die Poststelle in dem anderthalb Kilometer entfernten Dorf jeden Morgen eine Lieferung, und es war den Abonnenten überlassen, sich ihre Zeitungen selbst abzuholen. Seit seiner Pensionierung war Richard Serraillers Leben sorgfältig und klar strukturiert, und der Gang zur Post bei jedem Wetter war ein fester Bestandteil seines Tagesablaufs. Um neun Uhr, nach seinem Bad und dem Frühstück, ging er los. Er hatte bei zu vielen seiner Kollegen erlebt, dass sie sich nach der Pensionierung vage und richtungslos treiben ließen, ohne Sinn und Zweck, die einzige Bewegung auf dem Golfplatz vor und nach zu viel Gin zum Lunch.

Er trat ans Wohnzimmerfenster, das zum Garten hinaus geöffnet war. Ein Zweig der Kletterrose an der Seitenwand hatte sich unter dem eigenen Gewicht nach vorne gebogen, aus den Stützdrähten heraus, und blockierte den Pfad. Meriel dünnte aus und schnitt Verblühtes ab.

»Ich gehe die Zeitung holen. Versuch nicht, den Zweig allein zurückzubiegen.«

Sie winkte.

»Hast du mich gehört?«

»Deutlich, danke.«

»Ich geh später mit der Axt dran.«

»Gut.«

Er blickte auf ihren langen Rücken, als sie sich bückte, um Kreuzkraut auszureißen. Sie trug noch ihren Baumwollhausmantel über den üblichen grünen Gummistiefeln. Während ihrer Jahre im Krankenhaus und solange die Kinder klein waren, hatte sie sich nie sonderlich für den Garten interessiert – er war da als Hintergrund, ein Ort, wo die Kinder spielen und Meriel gelegentlich sitzen konnte. Jemand aus dem Dorf mähte das Gras und kümmerte sich um die Beete. Aber mit der Pensionierung war eine plötzliche Leidenschaft erwacht, erst zur Umgestaltung und Bepflanzung des Gartens, dann, um anscheinend fast jeden wachen Augenblick darin herumzuwerkeln, egal zu welcher Jahreszeit. Seit Marthas Tod war sie sogar noch öfter draußen.

Sie sprachen weder über Martha noch über Meriels Geständnis, das sie über den Tod ihrer Tochter abgelegt hatte. Es gab nichts zu sagen. Aber die Wahrheit, sobald sie ausgesprochen war, hatte einen Riss zwischen ihnen geöffnet, den sie beide nicht mehr schließen konnten.

Er beobachtete sie noch ein wenig bei der Arbeit, bevor er losging, seinen Wanderstock von der Insel Skye nahm, den er von seinem Vater geerbt und der sie beide seit mehr als fünfzig Jahren auf meilenweiten Fußmärschen begleitet hatte.

Es war bereits warm, der Himmel wolkenlos, und Richard beeilte sich nicht. Er dachte gerne nach. Am Abend zuvor hatte Cat angerufen und gesagt, sie wolle mit den Kindern zum Tee kommen. Es gebe Neuigkeiten. Seit über einer Woche hatten sie nichts mehr von Simon gehört. Meriel machte sich Sorgen. Richard nicht. Aber er wünschte, Simon würde zur Ruhe kommen, heiraten, eine Familie gründen, Karriere machen. Er überlegte ebenfalls, ob er noch mal versuchen sollte, ihn dazu zu bewegen, sich den Freimaurern anzuschließen. Im folgenden Jahr würde Richard zum Auserwählten Meister seiner Loge werden. Es würde ihm Befriedigung verschaffen, seinen Sohn an seiner Seite zu wissen. Er würde ihn später anrufen und zum Lunch einladen.

Wenn er geplant hatte, auf dem Heimweg weiter über diese Angelegenheit nachzudenken, so wurde seine Aufmerksamkeit durch das, was er in der Zeitung las, völlig in Anspruch genommen.

Die Entdeckung der Kinderskelette in Höhlen an der Küste von North Yorkshire hatte es auf alle Titelseiten geschafft. Richard stand im Dorfladen und überflog die Berichte, sah Simons Namen, erinnerte sich an das Verschwinden des Laffertoner Schuljungen David Angus, Sohn eines ehemaligen Krankenhauskollegen.

Was für eine Art Mensch tat so etwas? Noch ungewöhnlicher, was für eine Art Frau? Eine Psychopathin? Gewiss. Eine beschädigte Seele? Ein missbrauchtes Kind, das zu einem verdrehten Erwachsenen herangewachsen war?

Er kannte die geltende Ansicht, die Meinung, die von den Fachleuten geäußert werden würde. Aber für ihn gab es keine Entschuldigung, keine rationale Erklärung, keine Rechtfertigung. Das war eine Kindermörderin, fest mit dem Bösen verdrahtet, von Geburt an unerlösbar. Dass es solche Individuen gab, hatte er nie bezweifelt. Irgendwo würde irgendjemand eine Anklage gegen Eltern, Geschwister, Betreuer, Aufpasser, Lehrer, Gott weiß wen noch zusammenbasteln, die alle für den Rest ihres Lebens unter der Qual der Schuldgefühle und Selbstvorwürfe leiden würden. Aber warum sollten sie? Es war nicht ihre Schuld. Es war der Teufel, der auf Erden wandelte und sich an jene heranpirschte, die er verschlingen konnte. Richard Serrailler war kein gläubiger Mensch, doch er hatte eine von der Bibel durchtränkte Kindheit und Jugend hinter sich. Und es war in Zeiten wie diesen, dachte er, während er in der Einfahrt zu Hallam House immer noch über die Haufen kleiner Knochen las, dass ihm die Bibel gut zustatten kam.

Er öffnete die Haustür. Die Kaffeemaschine wäre sicher schon angestellt. Sie würden die Zeitungen mit dem Kaffee zusammen in den Garten mitnehmen.

Aber zu seiner Überraschung lag kein Kaffeeduft in der Luft und die Küche war leer.

Richard trat ans Fenster.

Zuerst glaubte er, sie sei über den Rosenzweig gefallen, und während er hinauslief, verfluchte er sich dafür, es nicht erledigt zu haben, bevor er die Zeitung holen ging. Aber tatsächlich lag sie einen halben Meter davon entfernt. Sie hatte den Zweig nicht angefasst.

Er beugte sich hinunter und berührte ihre Hand, tastete dann nach dem Puls am Hals. Nach ein paar Sekunden drehte er sie sanft um. Ihre blauen Augen waren offen. Er strich mit dem Finger über ihr Gesicht. Die Haut war weich wie Chamois und kühl.

Eine ganze Weile blieb Richard Serrailler bei ihr, saß nur auf dem Pfad und hielt ihre Hand. Einmal sagte er: »O mein Liebling.« Der Garten war heiß und still um sie herum. Die Gartenschere lag auf dem Pfad neben ihr, bei einem Trog voll mit Unkraut, trockenen Stängeln, verwelkten Blüten. Eine Ringeltaube ließ tief im Stechpalmenstrauch ihr monotones Gurren ertönen.

Schließlich ging er hinein, um Ian McKay anzurufen, ihren Hausarzt seit dreißig Jahren. Danach rief er Cat an. Sie war in der Sprechstunde. Nein, sagte er zu Kathy, er wolle sie nicht stören, aber sie müsse ihn sofort zurückrufen.

Simon war nicht auf dem Revier. Richard hinterließ eine Nachricht und eine weitere, mitten in der australischen Nacht, für Ivo. Dann löffelte er methodisch Kaffee in den Filter, füllte Wasser ein und stellte die Maschine an, bevor er

eine dünne Decke aus dem Trockenschrank holte, sie hinaus-
trug und sorgfältig über seine tote Frau breitete. Er schloss
ihre Augen und zog die Decke bis an ihren Hals hoch, nicht
über ihr Gesicht, sodass sie in der Sonne lag wie jemand, der
friedlich schlief.

## 63

A ch du großer Gott.«
Langsam las Natalie den ganzen Zeitungsartikel noch einmal. Sie bekam es nicht in den Kopf, konnte es einfach nicht fassen. Was würden sie sonst noch finden? Wie viele noch, um Gottes willen?

Kyra war den Tag über mit dem Jugglers Holiday Club in einem Freizeitpark. Der Bus war um sieben gefahren, und sie würden erst spät zurückkommen.

Gott sei Dank. Gott sei ...

Es war einer der heißesten Tage des Jahres, und Natalie fror. Auf ihren Armen war Gänsehaut. Kurz darauf ging sie nach oben. Kyras Zimmer war still und ruhig und ordentlich und sauber. Natalie blickte aus dem Fenster, zum Haus nebenan. Dann sah sie in den Garten.

Fred West. Zuerst hatten sie seine Terrasse umgegraben, dann den ganzen Garten, dann unter dem Keller. Sie konnte sich nicht mehr erinnern, wie viele sie gefunden hatten.

Eds Blumenbeete waren mit Unkraut überwachsen, und das Gras war nicht gemäht worden. Die Polizisten in den weißen Anzügen hatten ein wenig herumgestochert und waren dann verschwunden. Niemand hatte sich dem Haus genähert. Es sah verkommen aus. Kyra wollte immer wieder hinübergehen und etwas machen, das Gras mähen, Unkraut jäten, sagte ständig, wie viel es Ed ausmachen würde, dass es so unordentlich war, wie Ed sich freuen würde, wenn sie alles in Ordnung brachten, dass Ed nicht gerne heimkommen und es so vorfinden würde. Natalie konnte sie nicht zum Schweigen bringen.

Die Hitze waberte über dem Betonpfad. Über dem langen Gras.

Also gut.

Sie lief die Treppe hinunter, fand den Zettel, auf den sie die Nummer gekritzelt hatte, und rief Lucy Groves, die Journalistin, an.

*»Bin momentan nicht am Schreibtisch. Bitte hinterlassen Sie eine Nachricht. Ich rufe Sie schnellstmöglich zurück.«*

»Hier ist Natalie Combs. Ich habe meine Meinung geändert. Ich sagte, ich würde es nicht tun, aber jetzt will ich doch. Ich mache es.«

Natalie verließ das Haus. Sie musste weg. Dazubleiben und über das Nachbarhaus und den Garten nachzudenken, war mehr, als man ertragen konnte.

Vor dem Tor zu Eds Haus stand eine Menschentraube. Natalie erkannte niemanden. Gaffer. Jagten ihr einen Schauer über den Rücken. Sie öffnete ihre Autotür, und die Gaffer drehten sich um und glotzten sie an.

»Verpisst euch«, brüllte sie. »Lasst uns in Ruhe, das ist keine verdammte Peepshow, hier wohnen Leute.«

Als sie die Straße hinunterfuhr, bog ein Fernsehwagen ab. Sie hoffte, dass er fort sein würde, wenn Kyra zurückkam, sonst kämen noch mehr Fragen, noch mehr Gezicke.

Sie fuhr durch die Stadt zu Donna. Donna hatte einen Säugling und kein Auto, daher war sie meist zu Hause.

Natalie war mit Donna zur Schule gegangen, und in jener Zeit hatten sie Pläne geschmiedet, Pläne, wie sie hier rauskämen, Pläne, ins Ausland zu gehen, Pläne, viel Geld zu verdienen, Pläne, das zu tun, was sie selbst wollten, und nicht das, was andere ihnen vorschrieben, Pläne, sich einen Namen in der Welt zu machen. Dann bekam Natalie Kyra, und Donna, die dumme Kuh, hatte nicht darauf geachtet, was sie sah oder was Natalie sagte, hatte zuerst Danny bekommen und jetzt Milo, den Kyra Lilo nannte.

Natalie hatte sie schütteln wollen, wollte das immer noch, dabei wusste sie, dass sie selbst es war, die sie schütteln wollte. Wie hatten sie so weit kommen können, wenn man zurückschaute und sich an alles erinnerte, was sie gesagt, geplant, versprochen, vereinbart hatten? »Auf keinen Fall.« Sie hatten die Liste oft genug durchgekaut. Männer. Sackgassenjobs. Drogen. Rauchen. Eine Schlampe sein. Babys. Auf keinen Fall.

Das Einzige, woran sie sich beide gehalten hatten, waren Drogen. Auf keinen Fall. Aber manchmal dachte Natalie, sie hätten genauso gut auch Drogen nehmen können.

Donna war zu Hause. Die Eingangstür war offen, und Danny stand im Flur, nur im T-Shirt, und pinkelte auf die Treppe. Milo schrie irgendwo. Natalie hielt sich gar nicht erst damit auf, sich durch Anklopfen oder Rufen bemerkbar zu machen. Sie ging direkt hinein zu Donna, die weinend am Küchentisch saß.

Es dauerte zwanzig Minuten, Milo frisch zu wickeln, Danny und die Treppe sauber zu machen und ihn vor ein *Rugrats*-Video zu setzen, Tee aufzubrühen und sich ein wenig von Donnas Gejammer anzuhören.

»Also gut«, sagte Natalie, »jetzt halt die Klappe. Ich bin dran. Du erinnerst dich doch an all das Zeug, das wir uns ausgedacht haben, um wegzukommen, woanders hinzugehen, etwas aus uns zu machen, all das.«

»Ja, genau, Zeug.«

»Wir werden es tun.«

Donna stand auf, ging an das Kühlfach und nahm einen Becher Eis heraus.

»Nein«, sagte Natalie, »stell den sofort wieder rein. Was soll dir das bringen? Worüber hast du gerade gejammert? Dass du fett und pickelig bist, ja, und warum bist du wohl fett und pickelig, Don? Du warst nie fett und pickelig – na gut, wir waren alle ein bisschen pickelig, aber nicht fett. Du isst den ganzen Tag, was erwartest du? Stell ihn in die Spüle. Jetzt hör zu. Ich habe Pläne für uns, Mädchen.«

»Pläne«, sagte Donna Campbell und ließ sich schwer auf den Stuhl fallen. »Ha.«

»Wir hauen hier ab. Irgendwohin ans Meer … vielleicht North Wales oder vielleicht Devon, ich hab mich noch nicht so ganz entschieden, nur, dass wir abhauen. Wir finden was, Kyra wird in die Schule gehen, deine können irgendwo für zwei oder drei Tage hin, in einen Kindergarten oder vielleicht ein Kindermädchen, und wir fangen an. Am Ende werden wir richtiges Catering anbieten, Diners und Festessen, aber nicht zu Anfang, wir …«

Donna hielt die Hand hoch. »Bitte, Miss …«

»Ich weiß.«

»Weißt du nicht.«

»Ich bin übersinnlich. Nimm eine Karte, irgendeine. Das Wort, das du sagen wolltest, war ›Geld‹.«

»Ganz genau, und dazu braucht man keine Kristallkugel.«

»Kein Problem.«

»Du hast also *doch* was genommen.«

»Ich kriege Geld. Ich kriege in den nächsten Tagen fünftausend, und wenn alles geregelt ist, weitere, wart's ab, fünfundvierzigtausend. Macht fünfzig. Fünfzigtausend.«

Donna starrte sie an. Sie stritt sich nicht mit ihr. Natalie hatte nichts genommen. Natalie sagte nichts, was sie nicht meinte. Sie war keine Träumerin. Donna wartete.

»Nebenan.«

»Ed, meinst du? Wenn das der Grund ist, warum du wegziehen willst, wundert mich das nicht.«

»Ist es und ist es nicht. Ich hab es bis obenhin satt, dass Leute an die Tür klopfen und durch die Fenster glotzen und draußen rumstehen. Ich hab es satt, in den Garten da zu schauen und …«

»… dich zu fragen, was da vergraben ist.«

»Das ist kein Witz, Donna. Hast du gestern Abend die Nachrichten gehört?«

»Ich weiß. Wollte mir nicht in den Kopf. Es hätte Kyra sein können. Hätte Danny sein können. Verdammte Hacke. Was hat das denn aber mit Geld zu tun?«

»Ich hab bei einer Zeitung angerufen. Eine Reporterin war bei mir.«

»Himmel, Nat.«

»Ich weiß. Es ist meine Geschichte. ›Ich wohnte neben Ed Sleightholme.‹ Meine und Kyras. Die Reporterin kommt am Donnerstag wieder. Ich hab angefangen zu erzählen, aber wir müssen uns noch öfter treffen. Sie nimmt das alles auf Band auf.«

»Ich dachte, sie könnten nichts drucken, bevor der Prozess stattgefunden hat und so?«

»Können sie auch nicht. Nur wird das ein schnelles Verfahren werden, und sie bezahlen mir einen Teil von dem Geld, sobald ich den Vertrag unterschrieben habe – ich muss zusagen, dass ich mit keiner anderen Zeitung reden werde –, und dann, wenn der Prozess vorüber ist, drucken sie die ganzen Sachen, und ich bekomme den Rest.«

»Fünfzigtausend Pfund.«

»Das ist ein Haufen, Haufen Geld, Donna.«

»Gute Güte.«

»Und der Punkt ist, ich kriege die fünftausend, sobald der Vertrag unterschrieben ist, als Vorauszahlung. Das reicht für uns, um wegzuziehen. Wie lang ist deine Kündigungsfrist bei der Stadt?«

»Ein Monat.«

»Genau wie bei meinem Vermieter. Bis wir das gemacht haben, hab ich das Geld, und wir verschwinden. Wir müssen uns überlegen, wohin wir wollen, müssen uns eine Mietwohnung suchen – müssen uns am Anfang die Wohnung teilen, es bringt nichts, Geld zu verschwenden.«

»Warte mal. Was war das für eine Idee? Du sagtest, du wüsstest, wie wir anfangen.«

»Genau. Sandwiches? Auf die meisten Sandwiches packen sie irgendwelchen Dreck, und wenn man eins an der Tankstelle kauft, noch mehr von dem Dreck. Sie sind eklig. Okay, wir suchen uns einen Ort aus, der vier oder fünf Tankstellen mit Läden hat, und an die verkaufen wir Sandwiches. Gute Sandwiches. Sandwiches, die Frauen kaufen wollen, Vertreterinnen und so, keine Lastwagenfahrer, die wollen nur Fettiges. Leckere Salate, gutes Brot, vielleicht biologisch Angebautes, und hübsch hergerichtet, kleines Papptablett, Serviette ... Und selbst gebackenen Kuchen ... kostet, wie viel?, vielleicht drei Pfund; einen Kuchen zu backen, weniger, wir verkaufen sie für einsfünfzig das Stück. Sie bezahlen Benzin mit der Kreditkarte, schauen sich um, nehmen alles Mögliche mit, Getränke, Chips ... Tja, und sie nehmen unsere Sandwiches, unseren Kuchen ... Was ist?«

»Denk mal darüber nach, was du gesagt hast. ›Vertreterinnen‹.«

»O Gott.«

»Kommt mir irgendwie ...«

»... passend vor.«

Donna schenkte sich mehr Tee ein. Ihr Gesicht war traurig. Natalie wollte sie schütteln.

»Ein großer Schritt, Nat. Ich meine, das klingt alles toll, bloß ...«

»Hör zu, man bekommt nur eine Chance. Eine einzige. Das ist unsere. Wenn du nicht mitmachst, dann mach ich es trotzdem, Don. Hätte nur gern eine Freundin, mit der ich es zusammen machen kann.«

»Ja, ja.«

»Oh, um Himmels willen, was ist? Was?«

»Nichts.« Donna schaute sie an. »Ich hab es mir gerade vorgestellt. Am Meer zu leben.«

Sie blickten sich an.

Aus dem Wohnzimmer war Danny zu hören, der die *Rugrats*-Musik mitsang, und Milo, der zu einem Brüllen ansetzte.

## 64

Es war wie im Himmel. Nachdem sie Medikamente bekommen hatte, die den Schmerz für Stunden betäubten, war es wie im Himmel. Während der drei oder vier Tage, die sie in der Krankenabteilung verbrachte, befand sich außer ihr niemand dort. Die Wände waren weiß, und es gab ein Fenster, durch das die Sonne hereinschien, auf die weißen Wände und die weiße Bettdecke und das weiße Kissen.

Niemand störte sie. Stundenlang konnte sie der Stille lauschen und die Sonne auf den weißen Wänden betrachten.

Sie hatte nicht verraten, wie sie verletzt worden war, obwohl man sie mit Fragen bestürmt hatte.

»Weiß nicht.« – »Weiß nicht.« – »Weiß nicht.«

Schließlich hatten sie aufgegeben.

Aber seit heute Morgen war der Himmel verschwunden. Die Sonne schien nicht mehr. Eine weitere Frau war in die Krankenabteilung verlegt worden und hatte die halbe Nacht würgende Geräusche von sich gegeben.

Sie aß ihr Frühstück. Wurde untersucht. Zog sich an.

Dann ging es ihr mit einem Schlag auf. Es war ihr bisher nicht aufgegangen, erst als sie in die Schuhe schlüpfte. Die Wand war grau, nicht weiß, und die Frau kotzte schon wieder, und Ed ging auf, dass es das war. Das. Für wer weiß wie viele Jahre. Lebenslänglich. Was bedeutete lebenslänglich? Lebenslänglich. Es war nicht vorübergehend, es war kein nur ein paar Wochen dauerndes Missverständnis. Das wusste sie jetzt. Sie wussten es, und Ed wusste es. Nichts wurde gesagt. Vielleicht würde nie etwas gesagt werden. Weil es nicht nötig war.

Natürlich würden Dinge passieren. Menschen. Verlegungen. Fragen. Gerichte. Wie lange es auch dauerte, alles Mögliche würde passieren, aber am Ende würde es genau das sein.

Ed nahm ihre Tasse und schleuderte sie an die Wand, und als sie zersplitterte, rannen die Teereste an dem Grau hinunter. Sie beobachtete die Tropfen. Es dauerte Stunden, ehe sie ihre Beobachtung beenden musste und abgeführt wurde, und dann fing es an, noch mehr von ihnen redeten auf sie ein, mehr Fragen, die Ärztin, die Psychotante, der Gefängnisdirektor.

Die Sonne kam heraus und verschwand wieder. Sie sah sie hin und wieder durchs Fenster oder reflektiert von anderen Wänden.

Einmal hörte sie einen Krach. Sie wurde einen Flur entlanggebracht, um jemand anderem vorgeführt zu werden, und der Krach begann, ein Zischen, das lauter wurde und von allen Seiten zu kommen schien, als sprühe jemand das Geräusch aus einem Schlauch. Sie hatten sie also gesehen. Sie wussten Bescheid. Jemand brüllte. Das Zischen verstummte.

Sie wurde verlegt. Nicht nur aus der Krankenabteilung. Verlegt in einen anderen Gefängnistrakt. Der Weg dahin schien den ganzen Tag zu dauern.

»Mein Rücken bringt mich um, verdammt.«

»Ist noch nicht Zeit für Ihr Schmerzmittel.«

»Himmel. Wo bin ich hier?«

Sie stand an der Tür zu der neuen Zelle. Die Zelle war kleiner. Anders. In der Wand war eine Glasscheibe. Dahinter ein Vorraum mit einem Stuhl.

»Wozu ist das?«

»Sie sind verlegt worden.«

»Mir hat es da gefallen, wo ich war.« Die Wärterin zuckte

die Schultern. Sie hatte zwei Haare auf einer Warze am Kinn. Ed wollte sie ihr rausziehen. »Wo ist Yvonne?«

»Wer ist Yvonne?«

»Ich will wissen, was los ist.«

»Ich sagte, Sie sind verlegt worden. Sie stehen unter besonderer Bewachung.«

Ed hatte nichts gesagt, hatte keine der Fragen beantwortet, aber es war, als hätten sie einen Dosenöffner für ihr Gehirn und hätten das herausgenommen, was sie brauchten.

»Weswegen?«

»Zu Ihrem eigenen Schutz.«

Es war also entschieden worden. Sie wussten, was sie getan hatte, daher war sie von jetzt an allein, kein Umgang mit den anderen, keine Arbeit, keine Bücherei, keine Sporthalle, keine Kantine. Hofgang nur allein, zu eigenen Zeiten. Und Beobachtung durch die Glasscheibe, rund um die Uhr, an sieben Tagen in der Woche.

Sie setzte sich auf das Bett. Der rot glühende Schürhaken wühlte sich wieder tief in ihr Kreuz. Sie legte sich vorsichtig hin.

Es traf sie erneut, eine Wasserwand, die auf sie niederkrachte. Das war es. Diese Zelle oder eine andere wie diese, mit Glasscheibe. Das hier.

Lieber hätte sie sich noch einmal in die Nieren rammen lassen und den Schmerz ertragen als das hier.

Das hier.

Die Wände waren beige und das Fenster zu hoch oben, als dass die Sonne sie berühren konnte. Das.

Ed zog die Knie an und drückte ihren Rücken gegen den Schmerz auf das niedrige Bett.

## 65

Einst hatten hier sonntagnachmittags Musikkapellen gespielt. Das Podium war noch da, die Farbe blätterte ein
wenig ab, Rost schimmerte durch, aber das ließe sich leicht
wieder aufpolieren, dachte Dougie Meelup, der stehen geblieben war, um es sich anzuschauen. Leute spielten immer
noch in Kapellen, oder? Warum hatte man es verkommen
lassen?

Es war heiß, aber im Park war es ruhig. Zwei Jungs spielten Frisbee, ein paar Mütter mit Kinderwagen saßen auf
einer Bank.

Er wanderte um den Teich. Eine Invasion von Kanadagän-
sen hatte sich unter die Enten gemischt und machte furchtbaren Dreck. Der Stadtrat hatte versucht, sie einzufangen
und wegzuschaffen, aber es hatte einen Aufschrei von einigen blöden Naturschützern gegeben, und es wäre sowieso
nur vorübergehend gewesen. Kanadagänse kamen immer
zurück. Mütter ließen ihre Kleinkinder jetzt nicht mehr die
Enten füttern, die Gänse waren groß und aggressiv.

Dougie setzte sich in einiger Entfernung auf eine Bank,
stellte seinen Plastikbecher mit Kaffee ab, entfernte den Deckel und schlug die Zeitung auf.

Zehn Minuten später hatte er die Zeitung gesenkt, und der
Kaffee wurde kalt.

Von Anfang an, seit sie in dem Hotel in Devon gewesen
waren und Eileen etwas über die Verhaftung im Fernsehen

gesehen hatte, war da ein nagendes Stimmchen in Dougie Meelups Kopf gewesen. Zuerst nur flüsternd, aber als die Wochen vergingen und immer mehr Einzelheiten bekannt wurden, war es lauter geworden. Er hatte es gewusst. Nicht vermutet. Gewusst. Er hätte nie ein Wort zu Eileen sagen können, natürlich konnte er das nicht, hatte überhaupt nichts gesagt, nur versucht, die Dinge irgendwie am Laufen zu halten.

Er blickte hinunter auf die Zeitung in seiner Hand. Es gab Fotos, vom Eingang der Höhle, den Klippen, den Polizeitransportern. Mit gelb und weiß gepunkteten Linien und Pfeilen waren die Zugänge markiert, der Höhleneingang. Sieben, hieß es. Bisher hatten sie sieben gefunden.

Er konnte es nicht fassen. Aber er wusste Bescheid.

Es war ja nicht so, dass es sich um irgendeinen Streuner handelte, einen Einzelgänger mit einem verbeulten Auto, der mal hier, mal da gesehen worden war, jemand unter Verdacht, jemand aus der Gegend mit einem Vorstrafenregister, das zu passen schien. So etwas hätte man infrage stellen, hätte seine Zweifel daran haben können. Zu oft schienen sie den offensichtlich Verdächtigen rauszupicken, weil es einfacher war, und dann bekam man seine Zweifel.

Hier nicht. Wie konnte jemand einen solchen Irrtum begehen? Wie konnten sie eine junge Frau mit einem Job und eigenem Haus und Auto verhaften und anklagen, eine ordentlich aussehende junge Frau mit kurzem dunklem Haar, die meilenweit entfernt von dem Ort der Funde lebte, die aus einer achtbaren Familie kam und nie in irgendwelchen Schwierigkeiten gewesen war? Sie hatten nicht einfach einen Namen aus dem Telefonbuch ausgewählt.

Wie konnten sie sich irren?

Sie konnten es nicht.

Er trank den kalt gewordenen Kaffee. Die Kanadagänse waren gemeinsam zu einer matschigen Stelle unter den Weiden marschiert und überließen es für eine Weile den Stockenten, auf dem Teich im Kreis herumzupaddeln.

Er war losgezogen, um ein paar Kleinigkeiten aus dem Laden zu holen und weitere Briefmarken für Eileen zu kaufen. Inzwischen schien nur noch Geld für Papier und Umschläge und Briefmarken und neue Druckerkartuschen ausgegeben zu werden. Er hatte nie gezählt, wie viele Briefe sie verschickt hatte. Manchmal schaute er auf die Namen und Adressen, wenn er die Briefe für sie einwerfen ging. Abgeordneter dies und Lord das, Bischöfe, Schauspieler, Polizeipräsidenten. Ein Brief war sogar an die Queen gerichtet. Dougie hatte gezögert, ihn einzuwerfen. Wie hoch war die Chance, dass die Queen einen Brief von Eileen Meelup las, ganz zu schweigen davon, Interesse zu bekommen und sich einzumischen? Keine Chance. Aber er dachte, der Brief würde vielleicht von jemandem geöffnet werden, der höflich genug war, eine gedruckte Kenntnisnahme zurückzuschicken. Eileen würde warten. Sie hatte eine Liste und hakte jede Antwort ab. In keiner stand sehr viel, niemand unterstützte das, was Eileen ihren Kampf nannte. Warum sollten sie? Er wusste, sie würden alles über Weeny gelesen haben, würden Bescheid wissen, wie er Bescheid wusste, dass es kein Irrtum gewesen war. Nicht gewesen sein konnte.

Das Haus war in ständiger Unordnung, die er verzweifelt zu beseitigen versuchte. Er kaufte ein und kochte die Mahlzeiten – in denen Eileen nur herumstocherte – und saugte Staub, doch das mit dem Waschen und Bügeln, dem Bettenmachen und so bekam er nicht gut hin. Es deprimierte ihn, aber er hatte solches Mitleid mit ihr, dass er kein Wort gegen das sagen konnte, was sie tat, oder sich über die Auswirkungen beschweren mochte. Weeny war ihre Tochter, angeklagt, kleine Kinder entführt und ermordet zu haben. Was sollte er sagen?

Er hatte nicht das Herz, den Rest der Zeitung zu lesen, und erst recht nicht, sie mitzunehmen. Er konnte sie nicht mit nach Hause bringen. Eileen sah oder hörte sich die Nachrichten nicht mehr an, hielt sie alle für einseitig, voll mit falschen Informationen. Sie brauchte es nie zu erfahren.

Dougie nahm den leeren Becher und die Zeitung und warf sie in den nächsten Abfallkorb. Eine Wespe schwirrte heraus und umkreiste seine Hand.

Er konnte nicht nach Hause gehen. Noch nicht, während alles in seinem Kopf herumwirbelte. Er spürte eine Abscheu davor, und nicht nur vor den Nachrichten, nicht nur vor Weeny, sondern auch vor Eileen und sogar seinem Haus. Er wollte weglaufen, einen Zug nach Schottland nehmen oder ein Flugzeug nach Südamerika. Oder einfach nur gehen. Gehen und sich den Staub und den Dreck und das Entsetzen von den Füßen treten.

Aber nach einer Stunde stieg er ins Auto und fuhr nach Hause, zurück zu Eileen und dem nächsten Stapel Briefe mit der Bitte um Hilfe im Kampf um die Befreiung Edwinas, der nächsten Anstrengung, ein wenig aufzuräumen, Essen zu machen und Eileen dazu zu bewegen, etwas zu sich zu nehmen, der nächsten Sache, die er tun konnte, denn er war wirklich alles, was sie hatte, obwohl er nicht glaubte, dass es ein Irrtum gewesen war, obwohl er, verschlossen in seinem Inneren, die Gewissheit hatte, dieses Wissen.

## 66

Richard Serrailler sah den letzten Autos nach, die durch das Tor fuhren. Es war immer noch heiß.

»Dad.« Cat trat zu ihm und nahm seinen Arm. »Komm mit mir, während ich das Pony füttere.«

»Nein. Ich möchte gern nach Hause.«

»Du kannst nicht allein nach Hause fahren. Nicht heute Abend. Bleib hier. Morgen früh wirst du dich besser fühlen.«

»Warum sollte ich?«

Cat seufzte. Warum musste er immer, immer so sein, immer auf Konfrontation ausgerichtet, immer die Frage nach der genauen, der rationalen Erklärung hinter einer vagen Bemerkung? Er hatte nie Small Talk gemacht, war nie in der Lage gewesen, sich unbekümmert in eine Unterhaltung zu mischen oder Freundschaft anzunehmen. Sie fragte sich, wie ihre Mutter vierzig Jahre Ehe ausgehalten hatte mit jemand so … Dickschädeligem, würde Simon sagen.

»Mir gefällt der Gedanke nicht, dass du heute Abend ganz allein nach Hallam House zurückkehrst.«

»Ich war dort jede Nacht allein, seit deine Mutter gestorben ist. Ich sehe da keinen Unterschied.«

»Na gut. Du musst es wissen.«

Er lächelte ein wenig. »Danke, dass du den Leichenschmaus vorbereitet hast. Ich habe nie verstanden, warum der gereicht wird, aber du hast es bewundernswert über die Bühne gebracht.«

Er schaute zum Tor, als erwartete er, dass ein Auto hereinfahren würde. »Viele Leute sind gekommen«, sagte er. »Einige aus Neugier, nehme ich an. Es gibt professionelle Beerdigungsbesucher.«

»Nein, Dad. Es waren Menschen, die sie kannten und respektierten und mochten und bewunderten. Menschen, die sich von ihr verabschieden wollten. Ihre Gefühle waren echt. Warum musst du immer so zynisch sein?«

Sie wandte sich ab, würgte an ihren Tränen. Der Trauergottesdienst, zelebriert vom Dean, mit Jane Fitzroys Assistenz, und gestaltet von dem Kathedralenchor, hatte sie überwältigt. Die Musik, die Worte, die Anwesenheit so vieler Menschen, die mit Meriel zusammengearbeitet hatten, früher im Krankenhaus oder nach ihrer Pensionierung bei Wohltätigkeitsprojekten, die bleichen, ehrfürchtigen Gesichter von Sam und Hannah.

Simon hatte geweint, und Sam, der neben ihm stand, hatte nach der Hand seines Onkels gegriffen.

Und während all dem, während Richards eigener Bibellesung, während der Bestattung danach auf dem Friedhof, während der Begrüßung der vielen, die mit zum Bauernhaus gekommen waren, war ihr Vater schweigsam, aufgerichtet und dünnlippig geblieben. Unergründlich.

Cat wollte mit den Fäusten auf ihn einschlagen, ihn anbrüllen, ihn fragen, ob er Meriel geliebt hatte, ob er verstört war, ob er sie vermisste, ob ihn die Zukunft ängstigte, aber sie konnte nichts in Worte fassen.

»Komm mit, während ich mich um die Tiere kümmere.«

Er zuckte leicht die Schultern, drehte sich schließlich aber doch um und ging mit ihr zum Koppeltor.

»Die Kinder haben sich gut benommen.«

»Natürlich haben sie das. Sie wissen, was sich gehört. Außerdem hat sie die ganze Sache überwältigt.«

Sie entriegelte die Futterkammer. Irgendwie musste sie

ihm von Australien erzählen. Aber heute bedeutete Australien Ivo, der nicht zur Beerdigung herübergeflogen war. Cat konnte sich kaum überwinden, daran zu denken. Sie konnte sich nicht vorstellen, darüber zu reden, dass sie in dasselbe Land gehen wollten wie ihr Bruder. Richard hatte Ivos Abwesenheit schulterzuckend und mit kaum einem Wort abgetan. Simon hatte gewütet und geschimpft. Cat wusste, dass Ivos Abwesenheit nichts mit Meriel zu tun hatte. Es hatte damit zu tun, sich von seiner Familie zu distanzieren, räumlich seit Anfang zwanzig, aber in jedem anderen Sinne seit frühester Jugend, aus komplexen eigenen Gründen und wegen der Streitigkeiten, die er ständig angezettelt hatte.

Meriel war diejenige gewesen, die mit ihm Verbindung gehalten hatte, durch Briefe, Anrufe, später E-Mails und mehrere Besuche bei ihm, allein. Cat und Chris waren zweimal dort gewesen, Simon einmal.

Auch Simon wusste noch nichts von Australien.

Besorgt schöpfte sie Pferdefutter in einen Eimer. Wie konnte sie ihnen beiden ausgerechnet heute erzählen, dass sie Lafferton für ein halbes Jahr verlassen würden? Aber wenn nicht heute, wann dann? Es würde nie den richtigen Zeitpunkt dafür geben.

»Lass mich das tragen.«

»Das geht schon.«

»Dickköpfig wie immer.«

»Woher ich das wohl habe?«

Sie lächelten sich kurz an, dann stand Meriel zwischen ihnen. Cat spürte ihre Präsenz so stark, als könnte sie ihre Mutter sehen. Sag mir, was ich tun soll, bat sie. Hilf mir, Ma.

Das graue Pony wartete. Cat entriegelte das Gatter und schob das Tier sanft beiseite, damit sie das Futter in den Metallhalter schütten konnte. Die Hennen scharrten zu ihren Füßen und warteten darauf, dass Körner herabfielen, was allerdings nur wenige taten.

»Warum du dir all das aufbürdest, werde ich nie verstehen. Als ob ein Ehemann und drei Kinder und eine halbe Allgemeinpraxis nicht genug wären.«

Sie gab ihm den leeren Eimer und verriegelte das Gatter. Dann sagte sie: »Da ist noch was.«

Er wartete schweigend, gab ihr keine Hilfestellung. Vom Bauernhaus her hörte sie Felix ein langes Heulen ausstoßen, eher wütend als gequält.

»Nun?«

»Wir gehen nach Australien. Wir haben ein Paar gefunden, das die Praxis übernimmt, und Derek wird die Dienste übernehmen. Wir bleiben sechs Monate. Es …«

Richard Serrailler war losgegangen, und sie musste hinterherhasten, um ihn einzuholen.

»Dad?«

»Catherine?«

Sie fühlte sich, als wäre sie wieder sechs Jahre alt.

»Sag irgendwas, um Gottes willen, sag mir, was du denkst.«

»Ich denke, die Kinder werden verwildern.«

»Du weißt, was ich meine.«

Schweigen.

»Wenn du es für zu früh hältst … Wenn du lieber möchtest, dass wir nicht gehen, würden wir natürlich nicht im Traum daran denken. Oder du könntest vielleicht mit uns kommen.«

»Ich glaube nicht. Ich werde den Winter über sehr beschäftigt sein. Das Journal muss weitergeführt werden. Es wird viel Arbeit in der Loge geben.«

»Aber du wirst allein sein. Natürlich wirst du zu tun haben, natürlich hast du Freunde, aber du wirst Mutter oder uns nicht haben. Die Familie.«

»Ach, komm«, sagte er, blickte sie vielsagend an. »Ich habe immer noch Simon.«

## 67

Chef? Das Pub heißt Flaxen Maid, auf der Golby Road. Das Opfer ist männlich, zweiundzwanzig Jahre alt, Stichwunden in Hals und Brust. Der Krankenwagen ist unterwegs. Die Streife war innerhalb von zehn Minuten da, bloß war der Täter da schon abgehauen, logisch – jemand hat aber das Kennzeichen notiert.«

»Wird gestohlen sein. Ist das Pub leer?«

»Ja, alle haben sich verzogen, als es anfing. Der Wirt heißt Terry Hutton. Sagt, es wär ziemlich ruhig gewesen heut Abend.«

»Weiß er etwas?«

»Nee. Oder wenn doch, hält er sich zurück. Schätze, es war jemand, der wusste, dass der Kerl hier war, wusste, dass es ruhig war, kam herein, hat Streit angefangen, ihn nach draußen gelockt … Das war's dann.«

»Das Übliche. Überprüfen Sie, ob dieser Hutton weiß, wer in seinem Pub war, ob es irgendwelche Anwohner waren. Danach Befragung der Nachbarn. Gab es draußen Zeugen? Die Spurensicherung könnte was finden. Morgen früh müssen wir mit der Familie und den Freunden des Toten reden. Sind sie schon informiert?«

»Ja, seine Mutter und sein Bruder werden jetzt ins Krankenhaus gebracht.«

»Sorgen Sie dafür, dass das Autokennzeichen durchgegeben wird, und quetschen Sie den Wirt noch mal aus. Versuchen Sie, Namen zu bekommen. Wenn er ein Stammgast war, dann mit wem er geredet hat, mit wem er getrunken hat. Die laden wir alle morgen vor.«

»Geht klar, Chef.«

Simon legte auf. Ein weiterer junger Mann tot. Ein weiterer Streit um Drogen oder Geld oder vielleicht eine Frau, und raus mit den Messern. Routine. Geduldige Polizeiarbeit würde die infrage kommenden Verdächtigen zutage fördern, Routineermittlungen und ein wenig Glück würden sie aufstöbern, und Befragungen und Spurensicherung würden vermutlich einen Treffer landen. Nein, nicht nur vermutlich, sondern wahrscheinlich. Es war wohl einer dieser Fälle. Einer der weniger interessanten im Polizeileben. Und was war dann »interessant«?, dachte er, während er zwei Becher und einen Teller in die Küche trug. Der Ed-Sleightholme-Fall. Sieben Kinder, wenn nicht sogar mehr als sieben, entführt und ermordet und ihre kleinen Knochen auf Felsvorsprüngen hinten in einer Höhle versteckt. Interessant?

Er stellte das Geschirr in die Spülmaschine.

Eine Stunde zuvor hatte er das Bauernhaus seiner Schwester verlassen, war zu schnell gefahren, erschüttert von ihrer Ankündigung und unfähig, nach der Beerdigung auch noch damit umzugehen.

»Du machst ja mehr Theater als Dad.«

»Das wundert mich nicht.«

»Um Himmels willen, Si, es sind sechs Monate, wir wandern doch nicht aus. Krieg dich wieder ein.«

Cat war wütend gewesen, weil sie verstört war. Es war aus ihr herausgeplatzt, und er war zu entsetzt gewesen, um ruhig zu reagieren. Er wollte nicht allein zu Hause bleiben. Die Messerstecherei in der Flaxen Maid rechtfertigte keine Überstunden eines DCI, selbst wenn er hätte arbeiten wollen. Und doch war ein ausfüllender Job das, was er brauchte.

Sein Vater kam ihm in den Sinn, dunkler Anzug, schwarze

433

Krawatte, graues, zurückgebürstetes Haar, Basiliskenblick, kühl und höflich in seiner Begrüßung derjenigen, die mit zum Bauernhaus gekommen waren. Was hatte er empfunden und gedacht, als er neben dem Sarg seiner Frau stand, mit einem einzelnen schmalen Kranz weißer Blumen darauf?

Simon hatte den Anblick kaum ertragen können. Er hatte seine Mutter mehr geliebt als jeden anderen, mit Ausnahme seiner Schwestern, der lebenden Cat und der toten Martha. Er hatte Meriel nie vollkommen verstanden, sie aber vorbehaltlos bewundert, sich in ihrer Gegenwart wohlgefühlt, sie ausgelacht, sie geneckt. Sie hatte ihn wahnsinnig gemacht und genervt; er hatte Mitleid mit ihr gehabt, hatte sie verteidigen wollen und nach einer Stunde oder zwei ihre Gegenwart nicht mehr ertragen. Aber seine Liebe zu ihr hatte nie geschwankt oder gar infrage gestanden. Und sie hatte ihn geliebt. Er hatte oft gedacht, dass niemand ihn je so absolut lieben würde, auch wenn ihre Liebe nicht unkritisch gewesen war.

Er hatte geglaubt, sie sei unsterblich.

Seine Zeichnung von ihr hing an der Wand. Andere hingen in seinem Schlafzimmer, und weitere lagen in den Mappen in der Kommode. Er hatte gern ihre elegante, aber gleichzeitig sanfte Schönheit gezeichnet. Er wünschte, er hätte sie als junge Frau zeichnen können. Fotos waren ihr nie gerecht geworden, außerdem hatte sie es gehasst, fotografiert zu werden.

Er blickte sie an. Sie wirkte gelassen und ruhig, der Kopf leicht zur Seite geneigt. Er hatte es im vorigen Jahr gezeichnet, als sie an einem Wintermorgen in der Küche gesessen hatte, um ihr Gartenjournal auf den neusten Stand zu bringen, während die niedrig stehende Sonne zum Fenster hereinschien. Wenn er die Augen schloss, war er dort. Er konnte den leicht parfümierten Chinatee in der Tasse neben ihrem Ellbogen riechen.

Seine Augen brannten von plötzlich aufsteigenden Tränen.

Ihm war danach, loszuziehen und sich zu betrinken. Aber er war kein Mann, der für eine solche Unternehmung ein paar Freunde zusammentrommeln konnte. Sein Schwager würde im Bauernhaus zu tun haben, Nathan arbeitete entweder noch oder war zu Hause bei seiner schwangeren Frau. Allein zu trinken, war nicht nach Serraillers Geschmack.

Und da wusste er, was er tun wollte; die Idee schoss ihm glasklar und befriedigend in den Kopf. Er war erstaunt darüber.

## 68

Ich gestehe, dass ich mich weiteren Beerdigungen nicht gewachsen fühle«, sagte Jane Fitzroy und hielt die Tür des Kühlschranks auf. »Max Jameson, was furchtbar war – sechs Menschen waren da, und zwei davon waren Ihre Schwester, weil sie seine Ärztin war, und ich. Meine Mutter, die dafür ausdrückliche Anweisungen hinterlassen hatte – keine religiöse Zeremonie, keine Gebete, keine Lesungen, keine Musik. Haben Sie eine Ahnung, wie trostlos so etwas in einem Krematorium ist? Die von Ihrer Mutter heute, die triumphal, aber anstrengend war. Ich habe keine Emotionen mehr übrig. Ich habe allerdings Eier, Käse, einen guten, hausgeräucherten Schinken vom Bauernmarkt und die Zutaten für einen Salat. Und eine anständige Flasche Wein.«

Simon blickte sie an. Wie konnte sie eine Priesterin sein, eine Geistliche – wie auch immer sie genannt werden wollte? Sie trug hellblaue Jeans und eine weiße Bluse mit Rüschen. Ihr Haar war länger als bei ihrem ersten Zusammentreffen. Vorhin, während des Beerdigungsgottesdienstes, war es zurückgebunden und mit einem schwarzen Seidentuch bedeckt gewesen. Jetzt hing es locker herab und schimmerte im Licht, das durch das Küchenfenster drang. Sie war nicht geschminkt und sah aus wie zwanzig. »Jane, ich bin gekommen, um mit Ihnen zu reden, und nicht, damit Sie für mich kochen.«

Sie betrachtete ihn einen Moment lang, als wollte sie die

Bedeutung seiner Worte herausfinden. »Ich weiß. Und ich sagte Ihnen, ich hätte keine Kraft dazu. Ich wollte mir *Ocean's Eleven* anschauen.«

»Toller Film.«

»Der beste. Brad Pitt, wie er Brezeln kaut.«

»Brad Pitt, wie er dem kleinen chinesischen Akrobaten auf dessen Rede antwortet – bloß auf Englisch.«

»Haben Sie *Ocean's Twelve* gesehen?«

»Hab ich mir noch aufgehoben.«

»Lassen Sie's sein.«

»Ah ja.«

Sie häufte Sachen auf den Tisch in ihrer winzigen Küche, Schüsseln, Gabeln, Eier, Tomaten, Avocados, den Schinken.

»Ich wünschte, ich hätte Ihre Mutter besser gekannt. Ich glaube, wir hätten Freundinnen werden können. Vielleicht ist das anmaßend.«

»Nein. Ma hat gerne Freundschaften geschlossen. Sie war gut darin. Es entschädigte sie für meinen Vater.«

Sie fragte nicht, sah ihn nicht an, nahm nur eine Flasche Sauvignon aus dem Kühlschrank.

»Dad mag sie nicht. Freunde.«

»Also demnach kein Menschenfreund«, sagte Jane mit Gelassenheit.

»Nur ein verdammter Freimaurer.«

Sie warf ihm einen flüchtigen Blick zu und begann zu lachen.

»Und Sie?«

»Gott, nein.«

»Tut mir leid, ich sollte das nicht, aber die ganze Sache bringt mich zum Lachen. Diese kleinen Koffer und Schürzen und der komische Händedruck. Ehrlich, wie kleine Jungs.« Sie reichte ihm ein Schneidbrett, ein Messer und einige Tomaten. »Dünne Scheiben.«

Niemand, dachte Simon, niemand in meinem Leben ist je

so gewesen. Was ist es? Lustig. Respektlos. Aufrichtig. Ehrlich. Vernünftig. Unbeschwert. All diese Dinge. Mehr als das. Er hatte sich nie ein Leben vorgestellt wie das von Cat und Chris, ein Leben mit Kindern und einer warmen Küche, einer Katze, einem Garten, einem … Es hatte Freya gegeben. Vielleicht hätte er solche Dinge mit Freya haben können. Würde. Hätte. Wer konnte das jetzt noch sagen? Er hatte es nie herausgefunden.

Aber nach Freya hatte er bezweifelt, ob er diese Dinge überhaupt wollte.

Er schnitt die Tomaten oblatendünn. Jane stellte ihm ein Glas Wein neben die linke Hand.

»Hab ich Ihnen erzählt, dass die Polizei sich die ehemaligen Patienten meiner Mutter vorgenommen hat? Es war sehr mühsam … Sie haben jeden Namen rausgezogen, von dem sie meinten, er könnte mit ihr aneinandergeraten sein – wohlgemerkt, was meine Mutter angeht, hätten das die meisten Menschen sein können. Aber sie haben drei gefunden, die es ernsthaft auf sie abgesehen haben könnten. Der Inspector hat mich gestern angerufen. Er geht ihre Unterlagen durch, redet mit den anderen Angestellten aus der Klinik. Ich kann ihm nicht so recht helfen. Sie hat natürlich nie über ihre Patienten gesprochen. Sie hat über ihre theoretische Arbeit geredet. Das akademische Zeug, nie über die Kinder.«

»Die werden schon dahinterkommen.«

»Ah, Kriposolidarität.«

»Letztlich geht es immer darum, die Details durchzugehen.«

»Haben Sie Edwina Sleightholme auf diese Weise gekriegt?«

»O nein. Durch Glück. Einen riesigen Glückstreffer. Die braucht man. Glauben Sie an den Teufel? Ich nehme an, das müssen Sie.«

»Ich glaube an das Böse. Die Macht des Bösen. Das reine und personifizierte Böse. Wenn es das ist, was Sie meinen.«

»Bin mir nicht sicher. Ich bin kein Theologe.«

»Ich auch nicht. Sieht gut aus.« Sie nahm den Teller mit den Tomaten. »Danke.«

»Ich habe es gespürt. Das Böse. Als ich sie anschaute. Aber es war nicht das, was ich erwartet hatte. Es war undurchdringlich und sinnlos. Kalt. Eingesperrt. In sich selbst verschlossen.«

»Verzweifelt?«

»Ja. Ich nehme an, das könnte man so sagen. Seltsam. Ich hatte das Gefühl, keinen menschlichen Kontakt mit dieser Person herstellen zu können, nicht ein einziger Erkennungsfunke, dass wir auf denselben Planeten gehörten.«

»Hätte sie weitergemacht?«

»Ja. Solange sie am Leben und unaufgespürt geblieben wäre, hätte sie weitergemacht. Solche Menschen können nicht aufhören. Aber sie ist nicht wahnsinnig.«

»Sind Sie sicher?«

»Absolut und total sicher. Was auch immer das Böse ist, ja, was auch immer Wahnsinn ist, nein.«

Er war froh, dass sie nicht ausgegangen waren. Draußen wäre es anders gewesen, andere Menschen, Krach, Unterbrechungen. So war es besser, ruhig zu reden, das Essen einfach und gut, Kaffee in einem Emma-Bridgewater-Becher auf einem niedrigen Tisch neben ihm. Er dachte an Cat. Wenn er heimkam, würde er sie anrufen. Er hatte das Bauernhaus in schlechter Stimmung verlassen, und jetzt hatte sich seine Stimmung vollkommen geändert. Alles. Vollkommen. Verändert. Er konnte nicht aufhören, Jane anzusehen.

»Ich habe mich gefragt, wie leid es mir wirklich tun wird, wenn ich von hier fortgehe«, sagte sie.

Das Zimmer wurde kalt.

»Ach, Sie wussten das nicht. Na ja, woher auch?«

»Sie sind doch gerade erst angekommen. Warum? Hat es mit Ihrer Mutter zu tun?«

»Nein, nein. Ich habe nur die falsche Entscheidung getroffen. So was passiert. Selbst Geistlichen. Ich weiß nicht, warum.«

»Wie kann es falsch sein? Was ist falsch daran?«

»Ich. Was in diesem Haus passiert ist, als Max mich angriff. Hinzu kommt, dass ich nicht in die Kathedralenhierarchie passe … Der Dean ist in Ordnung, er war derjenige, der mich hier haben wollte und Druck gemacht hat, bis sie mich aufnahmen. Aber sie wollen keine Frau, sie sind noch nicht bereit für eine Frau, wissen Sie, und das ist wirklich keine Schlacht, die ich ausfechten werde. Ich habe anderes zu tun.«

»Ich dachte, die Schlacht wäre längst geschlagen.«

»Ja, das sollte man meinen, nicht wahr?« Sie schenkte sich ein weiteres halbes Glas Wein ein. »Zu viele Schlachtfelder. Das Krankenhaus, Imogen House … Ich bin keine Kämpferin, Simon, ich möchte nur meine Arbeit tun, es gibt wichtigere Dinge. Mit Politik komme ich nicht zurecht.«

»Ach, hören Sie, warum wollen Sie die gewinnen lassen?«

»Das ist keine Sprache, die ich spreche. Zumindest nicht in diesem Kontext.«

Er blickte sie bestürzt an, konnte nur daran denken, dass er irgendwie genug Gründe – keine Argumente, er spürte, dass die versagen würden – zusammenbringen musste, um sie zu bewegen, ihre Meinung zu ändern. Er hatte keinen Zweifel daran, dass ihm das gelingen würde. Er hatte den besten aller Gründe. Aber er wusste noch nicht, wie er ihr den präsentieren sollte.

»Was ist mit Ihnen? Ein Leben lang Lafferton?«

»Nein, hier geht es um Sie. Sie.«

»Mich?«

»Wie kommen Sie darauf, dass es an einem anderen Ort anders sein wird? Kämpfe gibt es überall. Haben Sie denn keine ausgefochten, bevor Sie hierherkamen?«

»Täglich. Und die meisten, während ich aufwuchs. Mein Kampf, um zur Kirche gehen zu dürfen, getauft zu werden, Theologie zu studieren, mich ordinieren zu lassen. Meine Kämpfe in der letzten Gemeinde mit einem widerspenstigen Kirchenvorstand und einem sehr schwierigen Bischof. Ich weiß alles über blutige Kämpfe, vielen Dank. Ich verlasse das Schlachtfeld.«

»Was, um nicht mehr Geistliche zu sein?«

»Ich bleibe Geistliche. Ich gehe für ein Jahr in ein Kloster. Danach werde ich entweder bleiben wollen, oder ich kehre in die akademische Welt zurück. Ich spüre eine Promotion auf mich zukommen.«

Er schwieg entsetzt. Das Zimmer war dunkel. Jane knipste eine Lampe an und saß im Lichtkreis. Er war wie gebannt von ihrer Schönheit, der ruhigen Art, in der sie nicht auf einem Sessel saß, sondern auf dem Fußboden neben ihm, die Beine angezogen, die Arme darumgelegt.

»Jane ...«

»Die Leute haben eine falsche Vorstellung«, sagte sie, »über Konvente.«

»Ich habe überhaupt keine Vorstellung davon, ich weiß bloß, dass Sie sich nicht in eins einsperren können.«

»Sehen Sie, was ich meine?«

»Himmel, Sie würden sich ... einmauern. Wozu? Um was zu tun?«

»Wenn ich sage, ›um zu beten‹, erwarte ich keine richtige Antwort. Lassen Sie es.«

»Ich kann es nicht lassen.«

»Warum? Warum ist das etwas, das die Leute immer so reizbar macht? Ich will mich nicht streiten, ich will keinen Kampf. Bitte.«

»Gehen Sie und machen Sie Ihren Doktor; wenn es das ist, was Sie wollen, dann sollten Sie es tun.«

»Später. Vielleicht. Vielleicht nicht. Zuerst das andere.«

Lange Zeit herrschte eine so vollkommene, so absolute Stille, dass er nicht wusste, ob er sie je brechen, sich je äußern, je wieder ein Wort zu ihr würde sagen können, für den Rest seines Lebens. Die Stille war eine Entfernung und eine Zeitspanne wie auch die Abwesenheit von Geräuschen. Ein leerer Raum, von dem er nicht wusste, ob er den Nerv oder die Fähigkeit besaß, ihn zu durchschreiten.

Er sagte: »Ich möchte nicht, dass Sie das tun.«

Sie blickte ihn ratlos an.

»Bitte nicht.«

»Es gilt ja eher als ungehobelt, wenn man sagt, ›Was hat das mit Ihnen zu tun?‹, aber trotzdem …«

»Es *hat* mit mir zu tun.«

»Wieso? Sie kommen ja nicht mal in die Kathedrale.« Sie klang jetzt auch verwirrt, konnte ihm nicht mehr folgen.

»Es geht nicht um die Kathedrale.«

»Oder sonst etwas. Ich bin kein Polizeikaplan, ich …«

»Himmel. Nein. Nicht mit Ihrer Arbeit … mit Ihnen.«

Er stand auf und trat ans Fenster. Ihm fiel ein, wie er von der anderen Seite aus mit Max Jameson gesprochen hatte. Die Büsche waren zurückgeschnitten worden, sodass er das Licht aus dem Haus des Kantors sehen konnte, das in den Garten schien.

»Ich möchte Sie öfter sehen, möchte, dass Sie hierbleiben.«

Sie lachte. Es war ein leichtes Lachen, nicht unfreundlich, nicht spöttisch. Aber sie lachte, bevor sie sprach. »Sie kennen mich doch gar nicht, Simon. Wir haben ja kaum miteinander zu tun gehabt.«

»Ich möchte Sie kennenlernen. Deswegen bin ich hergekommen, um mit Ihnen auszugehen. Heute ist es besser, hier zu sein. Aber beim nächsten Mal gehen wir aus.«

»Nein. Kein nächstes Mal. Vielen Dank. Ich fühle mich geschmeichelt und habe Ihre Gesellschaft wirklich genossen. Es war ein Abend, an dem wir beide nicht hätten allein sein sollen. Aber damit muss es genug sein.« Sie stand auf, kam zum Fenster und stellte sich neben ihn, berührte seinen Arm.

»Wir hätten gute Freunde sein können, Simon, hätten zusammenarbeiten können. All so was. Ich bin sehr froh, dass Sie heute Abend zu mir gekommen sind. Aber jetzt sollten Sie gehen.«

Das Blut schien nicht durch seine Adern zu fließen. Die Nacht war warm, und ihm war kalt.

»Simon?«

»Warum stößt Sie die Vorstellung so ab – öfter mit mir zusammen zu sein?«

»Weil ich die falsche Person bin. Das müssen Sie mir glauben.«

»Ich kann nicht, ich muss wissen, warum.«

»Ich will niemanden. Wollte es nie. Ich habe ... andere Dinge.«

»Um Himmels willen, Jane, verschwenden Sie sich nicht, wie können Sie nur daran denken?«

»Ich habe nicht daran gedacht. Ich werde nicht in Lafferton bleiben, aus all den Gründen, die ich Ihnen genannt habe, von denen keiner etwas mit Ihnen zu tun hat. Wie könnten sie mit Ihnen zu tun haben, Sie sind ja praktisch ein Fremder. Ich bleibe nicht hier, es hätte keinen Zweck. Ich will Sie nicht täuschen, Simon. Das wäre falsch. Sie sind ein netter Mann.«

»Warum klingt das wie etwas, das ich nicht sein möchte?«

Sie lächelte. »Sie verdienen die richtige Person, und das kann nicht ich sein. Es geht einfach nicht, und ich bin nicht bereit, das noch näher zu erläutern.«


Als er durch den Garten zurück zum Kathedralenhof ging, war es fast so warm wie mitten am Tag. Die Luft stand beinahe still. Simon wandte sich nicht nach links zu seinem Hofende, sondern bog nach rechts und durch das Tor in das Gewirr der Kopfsteinpflasterstraßen, die zum Marktplatz führten. Menschen waren unterwegs, saßen auf Bänken, kamen aus den Pubs, aßen noch spät in den beiden chinesischen und thailändischen Restaurants. Er sah zwei junge Männer und eine Frau, die auf der Straße torkelten, ziemlich betrunken, aber bisher noch friedlich. Eine Familie kam vorbei, mit einem Kleinkind auf den Schultern des Vaters und einem Jungen, der um dessen Füße herumhüpfte. Simon erinnerte sich an solche Nächte, wenn es zu heiß zum Schlafen war und er sich stundenlang aus seinem Fenster lehnte, die Nachtgerüche einsog und mit seinem Bruder flüsterte. Niemand wäre je auf die Idee gekommen, sie mit rauszunehmen, damit sie die spätnächtliche Stadt genießen konnten. Er lächelte bei dem Gedanken und empfand einen plötzlichen stechenden Schmerz über den Verlust seiner Mutter. Verlust. Er hatte das Gefühl, nie gewinnen zu können. Er wusste, dass er rührselig war, doch das war ihm völlig gleich und half ihm auch nicht aus dem tiefen Loch des Selbstmitleids, in das Jane Fitzroys Reaktion ihn gestoßen hatte. Er war ebenfalls wütend, aber nicht auf sie, nur auf sich selbst, weil er ein solcher Narr gewesen war.

Er erreichte den Teil der Stadt, wo die Läden und Pubs und Cafés in Wohnstraßen übergingen. Die Altstadt. Das rechtwinklig angelegte Straßennetz, das die Apostel genannt wurde. Dahinter lag der Hügel. Hinter dem Hügel die breiteren Straßen der wohlhabenderen Vororte Laffertons. Sorrel Drive. Und so weiter, zur Umgehungsstraße und der Bevham Road, zu anderen Wegen hinaus aufs Land, zu dem Dorf seiner Schwester, zu dem seiner Eltern – seines Vaters, verbesserte er sich, jetzt nur noch seines Vaters. Weiter nach Osten, und man erreichte Starly Tor und dann Starly, Heim eines beachtlichen Haufens von New-Age-Therapeuten, angeblich durchzogen von Kraftlinien.

Er machte kehrt. Er hatte diesen Ort immer geliebt, kannte ihn besser, als er sich kannte. Aber der Ort veränderte sich. Eine Gruppe Mädchen im Teenageralter hockte auf der Bordsteinkante. Eine versuchte sich auszuziehen. Eine übergab sich. Zwei fummelten mit Wegwerfkameras herum und kreischten. Er wich ihnen aus. Unflätigkeiten wurden ihm nachgerufen. Noch vor fünf Jahren wären diese Mädchen nicht hier gewesen. Wieder kam er an der Familie mit den kleinen Kindern vorbei, die gerade ins Auto stieg, die beiden Jungs schlafend wie gefällte Baumstämme.

Was wollte er? Jane. Liebe. Kinder. Ein Leben wie das seiner Schwester. Jane?

Ja. Ihr Bild hatte sich in seinem Kopf festgesetzt, wie sie auf dem Boden unter der Lampe saß, die Beine angezogen, die Arme darumgelegt, Haar wie das eines Engels.

Er war kurz davor gewesen, sich in Freya Graffham zu verlieben, aber wenn sie am Leben geblieben wäre, dann hätte sich diese Verliebtheit so gut wie sicher wieder gelegt. Diana war ihm nie nahe gewesen. Er hatte sie nie geliebt. Es hatte andere Frauen gegeben, aber keine, für die er ernsthafte Gefühle entwickelt hätte. Einige hatten ihn geliebt. Vielleicht viele. Er hatte dafür gesorgt, nichts davon zu wissen.

Jane.

Er konnte sie sich nicht in einem grässlichen Habit vorstellen, eingemauert in einem Konvent – nenn es Kloster, nenn es was immer, es war ein Haufen Frauen, gemeinsam eingepfercht mit ihren Frustrationen und ihrer Hysterie. Bei dem Gedanken wurde ihm übel. Wenn sie wenigstens ins akademische Leben zurückgekehrt wäre, hätte es noch Hoffnung für sie gegeben. Nein, nicht für sie. Er meinte, Hoffnung für ihn. Er wäre in der Lage gewesen, Kontakt mit ihr zu halten, ihr zu schreiben, sie zu sehen, zu verfolgen, zu überzeugen. Wie in Gottes Namen sollte er ihr in ein verdammtes Nonnenkloster folgen?

Er erreichte den Torbogen zum Kathedralenhof. Die Kathedralenmauern waren mit dem weichen silbrigen Licht der Strahler übergossen. Simon zögerte. Er würde zurückgehen. Sie dazu bringen, auf ihn zu hören. Nie hatte er etwas so sehr gewollt.

Er blieb stehen. Er konnte sich ihr nicht wieder nähern.

»Oh, verdammt noch mal«, sagte er laut.

Rasch ging er den Weg entlang, schloss sein Auto auf und stieg ein.

Zehn Minuten später bog er auf den Vorhof des Reviers. Kaum jemand würde da sein. Es gab immer Papierkram zu erledigen, was schneller ging, wenn es ruhig war und er nicht unterbrochen wurde. Es gab immer Arbeit.

»Chef? Ist was passiert?« Der Diensthabende blickte überrascht von seinem Computer auf.

»Nein«, sagte Simon auf dem Weg zur Treppe. »Überhaupt nichts.«

»Das hör ich gern.« Der Sergeant senkte den Kopf und tippte weiter auf seiner Tastatur.

»Überhaupt nichts.«

Er arbeitete bis fast zwei Uhr. Danach war sein Schreibtisch leer geräumt. Als er ging, lud einer der Polizeibusse gerade drei von den Mädchen aus, die Simon vorhin gesehen hatte. Eine hatte getrocknetes Blut an der Schläfe.

»Was glotzt du so, du Scheißtyp? Fuck, das ist Belästigung, dafür krieg ich euch am Arsch, verdammte Bullen.«

Auf seinem Anrufbeantworter zu Hause waren zwei Nachrichten, eine von der Polizeipräsidentin.

»Simon. Paula Devenish hier. Ich möchte etwas mit Ihnen besprechen. Besteht die Möglichkeit, dass Sie morgen Vormittag gegen elf ins Präsidium kommen?«

Die andere war von seinem Vater.

»Ich hatte gehofft, dich anzutreffen. Ich hätte dich gern irgendwann zum Lunch eingeladen. Wärst du so freundlich, mich zurückzurufen?«

Simon schenkte sich einen Whisky ein. Die Wohnung war heiß. Er öffnete die drei hohen Fenster, um die Nachtluft hereinziehen zu lassen.

Die Polizeipräsidentin. Beim letzten Mal, als sie ihn gebeten hatte, zu ihr zu kommen, und es nicht um eine laufende Ermittlung gegangen war, hatte sie ihm den Vorschlag gemacht, ob er nicht die neue Drogeneinheit leiten wolle, und dann, ob er an etwas auf dem Gebiet der Pädophilenkriminalität im Internet interessiert sei. Vielleicht ging es diesmal um Verkehrskontrolle. Großer Gott. Aber er würde ins Präsidium fahren müssen, genauso wie er morgen früh als Erstes seinen Vater würde anrufen müssen, um die Verabredung zum Lunch zu treffen und wieder gedrängt zu werden, bei den Freimaurern einzutreten.

Doch in Richard Serraillers Stimme war eine ganz schwache Spur von etwas gewesen, das Simon zögerte, als »Bedürfnis« zu bezeichnen, aber es war sicherlich eine dringliche Bitte.

Darauf konnte niemand antworten als er selbst.

## 69

Paula Devenish hatte gesagt, sie würde ihn gerne gegen elf Uhr sehen, doch bei ihr gab es kein »gegen«. Ihre Tür öffnete sich, als die volle Stunde erreicht war.

»Zwei Dinge, Simon … die Fälle von Kindesentführung. Falls die Spurensicherung von North Riding zu einer positiven Identifizierung der Überreste von David Angus kommen sollte, könnte es sein, dass seine Mutter dorthin fahren möchte. Das hilft manchmal. Wie denken Sie darüber?«

Das Bild des Strandes und der aufragenden Klippen erschien vor seinen Augen, und dann die dunkle, feuchte Höhle mit dem hohen Vorsprung, auf dem er die angehäuften kleinen Knochen ertastet hatte. Er schüttelte den Kopf. »Das ist nicht der freundliche Grasstreifen neben einem Autounfall, nachdem alles weggeräumt ist.«

»Ich weiß. Trotzdem.«

»Wollen Sie, dass ich mich mit ihr in Verbindung setze?«

»Warten Sie, bis Sie die Ergebnisse haben. Dann gehen Sie zu ihr. Geben Sie ihr die Gelegenheit. Wenn sie möchte, dass Sie mit ihr dorthinfahren, sollten Sie es tun.«

Die Tür öffnete sich. Ihre Sekretärin trug ein Tablett mit Kaffee und Keksen herein. Ich soll weichgeklopft werden, dachte Serrailler. Verkehrskontrolle.

»Ich war bei mehreren Treffen hochrangiger Polizeibeamter im Innenministerium«, sagte Paula Devenish. »Es gibt eine neue Initiative.«

»Und wäre es sehr zynisch von mir, wenn ich sagen würde, ›Was – noch eine?‹«

Sie lächelte. »Die hier wird wirklich laufen. Einige von uns wurden gebeten, Kandidaten vorzuschlagen.«

Wenn die Initiative von der Polizei in Zusammenarbeit mit der Regierung erdacht worden war, handelte es sich zumindest nicht um Verkehrskontrolle.

»Im Wesentlichen geht es um Folgendes: Es wird ein Spezialteam zusammengestellt – eine Sondereinheit für außergewöhnliche Verbrechen –, das aus fünf oder sechs höheren Kriminalbeamten bestehen wird, handverlesen aus verschiedenen Polizeieinheiten. Ihrer ist der einzige Name, den ich aus unserer Einheit vorschlagen möchte, Simon. Sagen Sie mir, was Sie davon halten.«

»Für welche Funktion würden Sie meinen Namen vorschlagen? Wenn ich fragen darf?«

»Natürlich. Um die Sondereinheit zu leiten.«

»Dafür fehlt mir der Rang.«

»Der Rang eines Detective Superintendent wäre mit der Stellung verbunden. Und daraus würde mit fast absoluter Sicherheit innerhalb des ersten Jahres ein Detective Chief Superintendent werden.«

»Wo würde diese neue Einheit stationiert sein?«

»Jedes Mitglied würde dort bleiben, wo es ist, mit Abkommandierung zur Sondereinheit, wenn Bedarf besteht. Aber ich würde dann wollen, dass Sie ins Präsidium kommen.«

»Als?«

»Detective Superintendent.«

»Und ›außergewöhnliche Verbrechen‹ bedeutet was?«

»Das ist eine Art Kompromissbezeichnung. Mehr als ›Schwerverbrechen‹. Wir haben angeführt, dass wir alle Verbrechen als schwer bewerten, aber es gibt in dieser Kategorie natürlich Abstufungen. ›Außergewöhnlich‹ ist etwas anderes.«

»Die ermordeten Kinder.«

»Ganz genau. Harold Shipman wäre ein weiteres Beispiel. Es schließt organisiertes Verbrechen aus, was, wie Sie wissen, zum größten Teil Drogen bedeutet, und ebenfalls alles, was mit Einwanderung, Geheimdienst und so zu tun hat. Ich glaube, es sollte vor allem darum gehen, etwas als außergewöhnlich zu erkennen, wenn es auftaucht.«

Simon trank seinen Kaffee aus. »Nimm deine erste Reaktion ernst«, war für ihn seit langer Zeit ein Motto gewesen, vor allem, was die Arbeit betraf. Es war eine Abwandlung von »trau deinen Instinkten«. Seine erste Reaktion auf diesen Vorschlag war eine aus dem Bauch gewesen. Erregung. Verheißung. Jaaaa. Danach musste die Überlegung kommen, das Abwägen.

Aber er wusste, dass die Polizeipräsidentin eine direkte und unmittelbare Reaktion schätzte, unabhängig davon, ob es das war, was sie hören wollte oder nicht.

»Erste Reaktion?«, kam sie ihm zuvor.

»Ist – Ja. Auf jeden Fall Ja dazu, dass Sie meinen Namen vorschlagen. Und zu mehr wird es natürlich möglicherweise auch nicht kommen.«

»Es wird Konkurrenz geben, das versteht sich von selbst. Ob es das sein wird, was ich gute oder was ich eher schwierige Konkurrenz nenne ...« Sie zuckte die Schultern. »Ich unterstütze Sie, Simon. Ich habe am Freitag ein Treffen im Innenministerium.«

Er hob die Augenbrauen. Aber Paula Devenish stand auf. »Ich wusste, dass Sie sich dafür entscheiden würden.«

»Vielen Dank, Ma'am.«

»Tut mir übrigens leid, dass Sie den jungen Nathan Coates verlieren.«

»Mir auch. Aber er muss sich auf eigene Füße stellen, und es wird ihm da oben gefallen. Jim Chapman hatte ihn von Anfang an im Visier.«

»Ich hatte schon befürchtet, dass er es auch auf Sie abgesehen haben könnte. Das war ein weiterer Grund für mich, diese Sondereinheit zu beschleunigen. Und lassen Sie mich wissen, was Mrs Angus tun möchte.«

Eine Mahnung, beim Gehen. Wobei er Marilyn Angus nicht aus dem Gedächtnis verlieren würde, wenn die Bestätigung kam, dass die Leiche ihres Sohnes zu den in der Höhle gefundenen gehörte.

Er stieg ins Auto und rief Cat an. Sie war gerade mit der Sprechstunde fertig.

»Fährst du nach Hause?«

»Hallo, Si. Guter Gott, wie denkst du denn, dass das Leben einer praktischen Ärztin aussieht?«

»Du arbeitest Teilzeit.«

»Ha.«

»Zeit zum Lunch?«

»Was ist passiert?«

»Zeugs, wie Sam sagen würde.«

»Du kannst hier ein halbes Sandwich haben.«

»Nimm dir eine Stunde frei … Triff dich mit mir im Horse and Groom um halb eins.«

Er beendete das Gespräch, bevor sie widersprechen konnte.

Das Pub, meilenweit bekannt für sein gutes Essen, füllte sich bereits, als er um Viertel nach zwölf eintraf. Er sicherte sich einen Tisch und setzte sich mit seinem Bier neben die offene Tür, die in den kleinen Garten führte. Sonnenlicht strömte herein. Ein Baum hing voll mit frühen Pflaumen. Simon fühlte sich plötzlich optimistisch. Er wollte diesen neuen Posten, war überrascht darüber, wie sehr er ihn wollte. Vielleicht würde Paula Devenish Wunder bewirken. Simon erlaubte sich nicht, weiter über Jane Fitzroy und den vergangenen Abend nachzudenken. Er spürte den scharfen Schmerz der Zurückweisung, obwohl sie sanft und großzügig gewesen war; er glaubte, dass sie ihn nicht persönlich vor den Kopf stoßen wollte, sondern sich eher gegen jede enge Beziehung sträubte, aus ihren eigenen speziellen Gründen. Wenn er sich gestattet hätte, über das Geschehene nachzugrübeln, hätte er sich wegen seines Verhaltens Diana gegenüber noch schuldiger gefühlt, das wusste er.

Das Pub brummte, als Cat kurz vor eins hereinkam.

»Du siehst völlig aufgelöst aus.«

»Was du nicht sagst. Gott, ich bin hungrig, hab seit Ewigkeiten kein anständiges Essen mehr bekommen, außer es wurde von mir zubereitet.« Die Tafel mit der Speisekarte hing an der gegenüberliegenden Wand. »Ich nehme das Menü. Ich hab heute Nachmittag ein Seminar, und ich übernehme die Abendvertretung für Derek Wix. Keine Ahnung, wann ich das nächste Mal was zu essen bekomme.«

»Und das von der Frau, die mit einem halben Sandwich auskommen wollte. Greif ordentlich zu.«

»Genau … Avocadosalat mit Krebsfleisch, danach die Meerbrasse. Und ein Ingwerbier.«

Simon sah hinüber zu seiner Schwester, während er am Tresen darauf wartete, bestellen zu können. Aufgelöst war in etwa richtig, aber Cat sah glücklich aus. Sie hatte das Letzte an Gewicht verloren, das sie nach der Geburt ihres dritten Kindes so schwer hatte loswerden können, sie war gebräunt, sie wirkte jünger.

»Das ist die Aussicht auf Australien«, sagte er und stellte ihr das Getränk hin. »Bringt dich regelrecht zum Funkeln.«

»Danke. Prost, Si. Weißt du was, ich freue mich inzwischen wirklich sehr darauf. Du hast vollkommen recht. Ich wollte nicht weg, ich hab mich wie blöd gewehrt, aber nachdem jetzt alles geregelt ist, sehne ich mich so nach einem neuen Leben – für eine Weile. Viel Sonne und Meer und Surfen und diese angenehme, entspannte Haltung Down Under.«

»Begeistere dich nicht zu sehr dafür.«

»Nein. Wir kommen zurück, keine Bange. Abgesehen von allem anderen müssen wir an Dad denken.«

»Er hat mir gestern Abend eine Nachricht hinterlassen. Will sich mit mir zum Lunch treffen.«

»Bring ihn hierher.«

»Es wird wieder um die dämlichen Freimaurer gehen.«

»Dagegen hast du dich doch schon früher erfolgreich gewehrt. Er wird einsam sein, Si. Sie waren sehr lange verheiratet.«

»Hm.«

»Ich weiß. Ma hatte es nicht leicht mit ihm, aber ich glaube, dass es zum Schluss besser lief, weißt du. Irgendwas ist letztes Jahr zwischen ihnen passiert. Ich weiß nicht, was. Aber irgendwas. Es lief besser.«

»Mir graute davor. Mit Dad allein fertigwerden zu müssen, wenn du nicht da bist.«

»Aber?«

»Die Präsidentin hat mich heute Morgen zu sich gerufen.«

Cats Salat und Simons frittierte Sardinen wurden gebracht. Sie aß und hörte zu, während er ihr von der Sondereinheit erzählte.

»Ich wage gar nicht, darüber nachzudenken, weil es gut sein kann, dass ich den Posten nicht bekomme. Die Konkurrenz wird hart sein. Paula genießt hohes Ansehen bei unseren Vorgesetzten, aber ihre Kollegen werden sich mit allen Kräften für ihre eigenen Kandidaten einsetzen.«

»Du willst den Posten.«

Er presste Zitrone über seinem Fisch aus. Der Geruch der Sardinen, vermischt mit dem scharfen Zitrusduft, war pikant und köstlich. »Ich will ihn wirklich sehr.«

»Dann sollte ich dich lieber ganz oben auf die Liste meiner Gebete setzen.«

»Ich glaub nicht, dass ein Job für mich hohe Priorität bekäme.«

Er beobachtete, wie sie die letzten paar cremigen Stücke Krebsfleisch auf ihre Gabel häufte. Er wollte ihr von Jane erzählen. Die beiden waren Freundinnen geworden, das wusste er, obwohl sie sich nicht allzu häufig sahen. Aber Cat könnte fragen, könnte ein Wort für ihn einlegen, könnte …

Nein.

Wenn er ihr erzählte, was am Abend zuvor passiert war, wusste er genau, was seine Schwester sagen würde. »Geschieht dir verdammt recht. Diesmal ist es anders herum, und wie fühlt sich das an?«

Er würde sich nicht von Cat demütigen lassen, und er konnte weder die Beschimpfung noch ihr Mitleid ertragen. Er war verblüfft, welche Gefühle Jane in ihm ausgelöst hatte. Sie waren neu, heftig, völlig unerwartet und mit Füßen getreten worden. Es war zu persönlich. Er hatte nie viel vor seiner Schwester verheimlicht, aber das behielt er für sich.

»Hab ich dir von dem Haus in Sydney erzählt? Zwei Stockwerke, großer Garten, Balkon, direkt am Meer, zwanzig Minuten von der Praxis – die neu gebaut ist, als Gemeinschaftspraxis. Die Schulen …«

Er hörte zu. Sie war ganz wild darauf, fortzukommen. Er hoffte bei Gott, dass sie alle, wie sie versprochen hatte, auch zurückkommen würden.

Sie blieben noch bei Nachtisch und Kaffee sitzen. »Das muss reichen«, sagte Cat. »Bis nächsten Mai.«

»Ich werde euch alle vermissen, aber die Zeit wird verfliegen, vor allem, wenn es mit diesem neuen Posten klappt – was noch dauern kann –, und dann seid ihr wieder da. Ma nicht.«

»Ich hab es auch erst gestern Abend richtig begriffen, weißt du. Irgendwas, das Hannah über Hallam House gesagt hat … dass der Garten traurig sein wird, weil Grandpa nicht weiß, wie man ihn ordentlich pflegt.«

»Da hat sie recht. Bei ihm heißt das Mähen, Schneiden, fertig. Er kann da nicht bleiben. Da wird er ja rammdösig. Er wird schrecklich einsam sein.«

»Denk bloß nicht daran, ihm das zu sagen.«

»Als würde ich das tun.«

Langsam gingen sie zu ihren Autos hinaus. »Ich dachte, du hättest es eilig.«

»Dachte ich auch. Hat gut getan.« Sie blieb stehen und sah ihn an. »Was ist los? Nur Ma?«

»Klar.«

»Lügner.«

»Ich kann nicht darüber reden.«

Das war alles, was er zu äußern ertragen konnte. Cat hakte sich bei ihm unter. »Mach es dir nicht so schwer.«

Sein Handy klingelte. Nathan Coates. Simon hörte sich den kurzen Satz an.

»Was ist?«

»Ich muss von hier zu Marilyn Angus fahren. Um ihr zu sagen, dass die Spurensicherung den Bericht über die Funde in der Höhle durchgegeben hat.«

»David?«

Er nickte. Cat umarmte ihn und winkte ihm dann zu, als sie losfuhr.

Simon blieb noch ein paar Sekunden in der Sonne stehen. Sie waren unter den Letzten gewesen, die das Pub verließen. Es war ruhig. Ein paar gerade flügge gewordene Schwalben übten Sturzflüge hoch über seinem Kopf. Tränen traten ihm in die Augen, und das leuchtende Gesicht von David Angus, wie es auf den Plakaten und Tag für Tag in den Medien zu sehen gewesen war, tauchte vor ihm auf.

Er öffnete die Autotür, blieb aber noch einen Moment lang stehen, beobachtete die Schwalben, schaute in den Himmel hinauf.

## 70

Es ist so sinnlos«, sagte Marilyn Angus. »Vielleicht ist das das Schwerste. Der Gedanke, dass es alles so sinnlos ist.«

Nieselregen und niedriger Nebel hingen in der Luft, obwohl es mild war. Serrailler überlegte, ob es so nicht besser war, ob ein strahlender Sonnentag an einem goldenen Strand alles noch schmerzlicher gemacht hätte oder ob das irrelevant war.

Er hatte sie nachts hergefahren. Sie wolle bei Tagesanbruch hier sein, hatte sie gesagt, wolle aber nirgends übernachten, also waren sie größtenteils schweigend über das Netzwerk von Autobahnen zwischen den Fernlastern gefahren, und ihm fielen keine tröstlichen Worte ein, was sie und Lucy auch nicht erwarteten.

»Ich möchte, dass *Sie* dabei sind«, hatte sie gesagt, »nur Sie. Keine Fremden. Niemand sonst. Bitte.«

Sie parkten auf dem harten Sand, ein paar hundert Meter entfernt. Es war Ebbe und kurz nach fünf.

Von hier aus konnten sie das flatternde schwarz-gelbe Polizeiband sehen. Sie gingen langsam und schweigend, Lucy Angus hielt sich ein wenig von ihnen entfernt, den Blick gesenkt. Ein- oder zweimal blieb sie stehen, betrachtete die aufgeworfenen Häufchen der Sandwürmer oder einen Seestern, der sich in einer winzigen Mulde zwischen den Felsen verfangen hatte, aber sie sprach nicht, und Marilyn Angus ging weiter, blickte nach vorne, als sei ihre Tochter nicht da.

Der Wind blies vom Meer, trug salziges Sprühwasser heran. Möwen segelten am Himmel und ließen sich in Scharen auf den Klippen nieder, stießen ihre hässlichen, krächzenden Schreie aus.

Etwa zwei Meter vor dem abgesperrten Gebiet blieben sie stehen. Auf Marilyns Bitte hin waren keine Polizisten anwesend, und das Spurensicherungsteam würde erst in ein paar Stunden eintreffen.

»Würden Sie bitte hier warten?«

»Ich muss Ihnen zeigen ...«

»Nein. Wir haben unsere Taschenlampen. Ich komme schon zurecht.«

»In Ordnung. Gehen Sie in der Höhle ganz nach hinten – der Vorsprung befindet sich über Ihrem Kopf. Passen Sie wegen des Gerüsts auf. Das Licht ist ziemlich stark.«

Marilyn zögerte. Lucy stand da, schweigend und für sich allein, hatte sich halb dem Meer zugewandt.

»Lucy?«, sagte Simon. »Wenn du nicht mit reingehen möchtest, kannst du hier bei mir bleiben.«

Aber ohne ein Wort löste sie sich von ihnen, schlüpfte unter dem Absperrband hindurch und verschwand im Höhleneingang, ohne zu zögern oder zurückzublicken. Nach einem Augenblick folgte ihr Marilyn Angus, blieb jedoch am Eingang stehen, sodass Simon schon meinte, sie könne es doch nicht ertragen und würde umkehren.

Er wartete.

Die Möwen krächzten, flogen auf, kreisten.

Marilyn ging langsam vorwärts, hielt die Taschenlampe vor sich und betrat die Höhle.

Er ging am Strand entlang. Nach drei oder vier Kilometern sah er den Pfad, der vom Klippenrand herabführte, und den Vorsprung, auf dem er mit Ed Sleightholme gekauert hatte, während sie auf den Rettungshubschrauber warteten. Er blickte hinauf. Von hier aus sah er, dass der Fels schroff und steil war, der Pfad schmal und an den Seiten abbröckelnd, der Vorsprung kaum breit genug, um ihnen beiden Platz zu bieten. Simon überlief ein Schauder. Er ging jetzt langsam, dachte nach, musste seine Gedanken aber rasch von so vielen Dingen ablenken, die ihn beschäftigten, von seiner Mutter, von Jane, von Cat, die mit ihrer Familie auf die andere Seite der Welt flog, von der unvermeidbaren Verletzlichkeit seines Vaters. Von den Kindern, deren Leben auf einem Sims in einer feuchten dunklen Höhle tief im Innern einer Klippe geendet hatte. Von der Möglichkeit, dass er den Posten nicht bekommen würde, den er in zunehmendem Maße haben wollte.

Er fragte sich, ob er je an einem klareren Tag hierher zurückkommen würde, um die Klippen mit ihren außergewöhnlichen Vorsprüngen und Schatten zu zeichnen, die Möwen, die auf ihnen hockten und durch den Himmel segelten.

Er wandte sich von den Klippen ab und dem Meer zu. Weitere Möwen schaukelten auf den Wellen, hüpften wie Korken auf und ab. Wenn er allein hier gewesen wäre, hätte er es allmählich genießen können, trotz des grauen Himmels und des Nieselregens. Das Gefühl von Weite und Leere erfrischte ihn, und er hörte auf, Gedanken zu wälzen, an die kommenden Monate zu denken, sich Sorgen zu machen, und schwelgte nur in dieser Freiheit. Er hob ein paar Steine auf und versuchte, sie über das Wasser hüpfen zu lassen, ohne Erfolg, ging näher an den Wasserrand, damit er die zurückschwappenden, wieder anrollenden und sich überschlagenden Wellen hören konnte.

Ihm fiel auf, dass er bereits seit einer ganzen Weile allein hier draußen war. Er hatte niemanden gesehen. Er sah auf die Uhr. Sie waren seit fast einer Stunde in der Höhle. Simon rannte los.

Marilyn Angus saß auf dem nassen Sand ganz hinten in der Höhle, die Hand ausgestreckt, um den glitschigen Fels zu berühren, der Kopf war gebeugt, ruhte auf ihrem Arm. Sie gab keinen Laut von sich, weinte nicht, schien kaum zu atmen. Ein Stück von ihr entfernt, den Kopf abgewandt, den Blick auf die offene Welt, den Himmel, das graue Meer gerichtet, stand Lucy, still wie ein Stein. Es war wie ein entsetzliches Gemälde, in das sie beide eingeschlossen waren, unfähig, zusammenzukommen oder sich voneinander zu lösen, unfähig, irgendetwas zu tun außer zu bleiben, gefangen in ihren Gedanken, ihrem eigenen getrennten und unerreichbaren Kummer.

Simon entfernte sich vorsichtig aus der kalten, nach Seetang riechenden Dunkelheit und blieb draußen stehen, den Jackenkragen gegen den Regen hochgeschlagen, blickte hinaus auf das ferne Wasser. Wartete.

## Danksagung

Ich danke der RAF 202 Squadron Search and Rescue für ihre Hilfe und Informationen und dafür, dass ich an einer typischen und dadurch gefährlichen Luft-See-Rettung teilnehmen durfte. Die Website www.raf.mod.uk gibt einen Eindruck davon, was wir diesen mutigen Mannschaften verdanken.

Außerdem danke ich der Gerichtspsychiaterin Dr. Jane Ewbank für die vielen anregenden und hilfreichen Gespräche über den kriminellen Verstand, und ich danke ihrem Mann, dem Gastroenterologen Dr. Sean Weaver, für den Vorschlag der neuen Variation von CJD.

# Susan Hill

Susan Hill wurde 1942 in Yorkshire geboren. Ihre Geistergeschichten und die Kriminalromane um Simon Serrailler haben sie zu einer der populärsten britischen Schriftstellerinnen gemacht. Ihr Gothic-Roman *Die Frau in Schwarz* läuft als Theateradaption seit über dreißig Jahren im Londoner West End und wurde 2012 erfolgreich mit Daniel Radcliffe in der Hauptrolle verfilmt. Für ihre Romane, Erzählungen und Jugendbücher wurde sie mit zahlreichen Preisen ausgezeichnet, darunter mit dem Somerset Maugham Award, und zum Commander of the British Empire ernannt. Susan Hill lebt in Norfolk in einem alten Bauernhaus, in dem in jedem Winkel Bücher stehen, die im Winter gut isolieren. Bislang erschienen im Kampa Verlag die Serrailler-Krimis *Schattenrisse*, *Herzstiche* und *Phantomschmerzen*, die Romane *Stummes Echo* und *Wie tief ist das Wasser* sowie die Geistergeschichten *Die kleine Hand*, *Das Gemälde* und *Die Frau in Schwarz*.